온 세계에 사는 앤의 벗들에게

최순영
연세대학교 영어영문학과·국어국문학과 졸업. 옮긴 책으로 데이비드 그레이버 《가능성들》(공역), 이철수 판화집 《네가 그 봄꽃 소식 해라》, Prime Dharma Master Kyongsan 《The Shore of Freedom》, 《The Path to Awaken to and Cultivate the Mind》, 메리 E. 윌킨스 프리먼 《뉴잉글랜드 수녀》 등이 있다.

앤4
윈디윌로즈의 앤

지은이	루시 모드 몽고메리
옮긴이	최순영
디자인	홍동원 김도형
발행일	1판 1쇄 2025. 6. 1
펴낸이	고윤주
펴낸곳	동서문화사
창업	1956. 12. 12. 등록 16-3799
주소	서울 중구 마른내로 144 동서빌딩 3층
홈페이지	www.dongsuhbook.com
전화	546-0331~2 팩스 545-0331
ISBN	978-89-497-1975-7 04840
	978-89-497-1971-9(전8권)

이 책은 저작권법에 의해 보호를 받는 저작물이므로 무단전재와 무단복제를 금합니다.
잘못된 책은 구입하신 서점에서 바꿔 드립니다. 책값은 뒤표지에 있습니다.

앤
ANNE
4
Anne of Windy Willows
윈디윌로즈의 앤
루시 모드 몽고메리/최순영 옮김

차례

첫해

길버트에게 보내는 편지…13

조그만 엘리자베스와의 만남…35

단풍나무언덕 저택으로의 초대…60

프링글 집안의 냉대…67

옛날 묘지 산책…72

프링글 집안 두 노부인의 방문…94

엘리자베스와 함께한 산책…104

트릭스 테일러의 부탁…109

사이러스 테일러, 총공격을 받다…118

앤은 길버트를 사랑하고 있다…131

깁슨 댁 방문…138

앤의 계책…150

깁슨 부인과의 하루…159

폴린의 영원히 마음에 간직할 하루…171

결혼식 전야…177

결혼식과 야밤의 헛소동…190
첫해의 마지막…202

둘째 해

다시 서머사이드로…209
루이스, '꼬맹이'의 사진을 찍다…214
뜻밖의 인연…225
캐서린의 승낙…235
캐서린의 고백…246
캐서린의 새로운 인생관…259
크리스마스 휴가의 끝…270
팔촌 어니스틴…278
길버트는 목사가 아니지만…290
헤이즐의 토로…293
헤이즐의 항의…308
그린게이블즈에 간 엘리자베스…318

셋째 해

서머사이드의 마지막 해…327

쌍둥이와의 하루…330

혼쭐난 아이비 트렌트…339

셜리 선생님이 좋아요…346

사랑은 어디로…354

지금 아니면 기회는 두 번 다시 없다…364

고양이 가죽을 벗기는 방법…372

엘리자베스 아버지에게 띄운 편지…381

톰갤런 저택으로의 초대…389

톰갤런 저택에서의 하룻밤…397

'두둥실 구름'에 간 엘리자베스…406

서머사이드의 마지막 나날…421

윈디윌로즈여, 안녕…428

윈디윌로즈의 앤

첫해

길버트에게 보내는 편지

서머사이드 고등학교 교장, 문학사 앤 셜리가
킹스포트 레드먼드 대학 의과대학생 길버트 블라이드에게 보내는 편지

9월 12일 월요일
프린스에드워드섬
서머사이드, 유령골목
윈디윌로즈에서

사랑하는 길버트에게

집 주소 어때? 이토록 유쾌한 이름을 들어본 적 없을걸? '윈디윌로즈(바람 부는 버드나무집)'란 내가 살게 된 새집의 이름이야. 나는 무척 마음에 들어! 유령골목이라는 이름도 멋지지? 물론, 법적으로 존재하는 장소는 아니야. 정식 명칭은 트렌트 거리이지만 그 이름으로는 좀체 부르는 일이 없어서, 이따금 주간지 《위클리쿠리어》에 트렌트 거리라는 이름이 등장하면 동네 사람들은 의아한 얼굴로 '그게 어디 있는 거지?' 하면서 갸우뚱한대. 그래, 어쨌든 트렌트 거리가 아니라 이곳은 유령골목이야. 그 이유는 나도 몰라. 리베카 듀에게도 이

미 물어봤지만, 리베카 또한 오래전부터 유령골목이었다는 사실 말고는 알려줄 수 있는 것이 없대. 예전에 못생긴 유령이 나왔다는 오래된 소문도 있지만 실제로는 자기 자신보다 더 못생긴 건 그 골목에서 본 적이 없다고 했어.

그나저나 내가 너무 앞서가면 안 되겠지. 길버트는 아직 리베카 듀가 누군지 모르니까. 이제 곧 알게 될 거야. 틀림없이 앞으로 내 편지 속에 리베카 듀가 자주 나오게 될 거라 생각하거든.

나의 사랑하는 길버트!

지금은 저물녘이야. (그나저나 '저물녘'이란 말 참 좋지 않아? 황혼이라는 말보다 훨씬 감미로워. 벨벳처럼 보드라우면서 어둑어둑하고, 그리고……그리고……그야말로 참 '저물녘'스러워.)

나는 낮에는 이 세상에 속해 있고, 밤에는 영원과 꿈의 세계에 빠져들어. 하지만 저물녘에는 그 모든 것에서 벗어나 나는 오직 나만의 내가 돼. 아니, 우리 둘만의 것이 돼. 그래서 이 신성한 시간을 바쳐 길버트에게 편지를 쓰려고 해.

그렇다 해도 지금 쓰고 있는 건 연애편지가 아니야. 직직 긁히는 펜이나 닳아빠진 펜으로는 연애편지를 쓸 수 없어. 그러니 내가 제대로 된 펜을 구했을 때에만 나한테서 '그런' 편지를 받을 수 있겠거니 생각해줘. 그 전에 우선은 내가 머물게 된 집과 함께 살고 있는 사람들 이야기를 해줄게. 길버트, 여기는 집도 좋고 사람들도 모두 너무 좋아.

나는 하숙집을 구하기 위해 어제 서머사이드에 왔어. 린드 아주머니도 함께 왔었지. 표면적으로는 쇼핑을 하기 위해서 왔다고 했지만 사실은 내 하숙집을 같이 찾아주기 위해서 왔다는 걸 알고 있었어. 대학에서 4년이나 공부해서 문학사를 받았는데도, 린드 아주머니는 아직도 나를 손을 꼭 잡고 끌어주거나 감독하지 않으면 안 되는 철부지로 여기셔.

우리는 기차를 타고 왔는데, 아, 길버트, 너무나 우스운 일이 있었어! 알다시피 나라는 사람은 바라지 않아도 엉뚱한 일이 알아서 다가오는 타입이잖아. 어떤 때는 마치 나에게 이상한 자석이 있어서 그런 일을 끌어당기기라도 하는 것 같아.

그 일은 바로 기차가 역에 멈춰 서려는 순간에 일어났어. 나는 일어나 린드 아주머니의 옷가방을 집어 들려고—아주머니는 서머사이드의 친구 집에서 일요일을 보낼 예정이었거든—좌석의 번쩍번쩍 빛나는 팔걸이를 힘주어 손으로 잡았어. 그런데 별안간 철썩 손을 얻어맞아 나는 그만 비명을 지를 뻔했어.

길버트, 글쎄, 내가 좌석 팔걸이라 생각했던 건 어떤 남자분의 대머리였던 거야. 그 사람은 무서운 얼굴로 나를 노려보았어. 분명 내가 잠을 깨워버린 것 같았어. 나는 정말 비굴하게 허리를 숙여 사과하고 얼른 기차에서 내렸어. 마지막으로 돌아보았을 때에도 그 남자는 여전히 나를 노려보고 있었단다. 린드 아주머니는 어쩔 줄 몰라 했고, 내 손은 아직도 욱신욱신 아파!

한두 번도 아니니 하숙집을 구하는 일에 별문제가 없으리라 여기고 있었어. 톰 프링글 부인이라는 사람이 서머사이드 고등학교 교장들을 15년 동안이나 하숙시켜 왔다는 이야기를 들은 것도 있었고. 그런데 무슨 이유인지 모르지만 프링글 부인은 갑자기 '신경 쓰는 일'이 싫어졌다며 나를 받아주지 않겠다는 거야. 내 맘에 들었던 다른 몇 집에서도 보기 좋게 거절당했어. 그나마 남은 몇 집은 오히려 내 쪽에서 마음에 들지 않았지.

오후 내내 거리를 쏘다녀 덥고 지치고 말도 하기 싫어지고 머리까지 아파와서—아주머니는 몰라도 적어도 나는 그랬어—절망한 나머지 단념하려 했던 바로 그때, 유령골목이 나타났던 거야!

우리는 린드 아주머니의 옛 친구인 브래독 부인 집에 들렀던 중이었어. 그랬더니 브래독 부인이 '미망인들'이 나를 맡아줄지도 모른다는 말을 하는 거야.

"리베카 듀의 급료를 치르기 위해 하숙인을 하나 두고 싶다는 말을 들었어요. 그분들은 돈을 벌지 않고는 더 이상 리베카를 둘 여력이 없거든요. 하지만 만일 리베카가 가버리면 대체 누가 그 늙은 붉은 암소의 젖을 짜겠어요?"

브래독 부인은 마치 내가 그 암소의 젖을 짜야 한다고 여기기라도 하듯 나를 뚫어지게 쳐다보았어. 하지만 젖을 짜는 일이라면 내가 할 수 있다고 고집스레 맹세해도 부인은 믿지 않았을 거야.

린드 아주머니가 물었어.

"미망인들이란 누구를 말하는 거지요?"

"누구긴 누구예요, 케이트 아주머니와 채티 아주머니죠."

브래독 부인은 아무리 대학을 갓 나온 세상 물정 모르는 여선생이라도 그런 것쯤은 당연히 알겠거니 하는 말투였어.

"케이트 아주머니란 애머사 매코머의 미망인인데, 남편은 선장이었어요. 그리고 채티 아주머니는 링컨 매클린의 미망인으로 선장 부인도 뭐도 아닌 그냥 미망인이지요. 동네에서는 이 두 사람을 '아주머니'라고 불러요. 유령골목 끄트머리에 살고 있어요."

유령골목! 그 이름을 듣는 순간 나는 사실 마음을 정했어. 어떻게 해서든지 그 미망인들이 사는 집에 하숙해야겠다고 결심했지.

"얼른 가서 그분들을 만나봐요."

나는 린드 아주머니를 졸랐어. 잠시라도 우물쭈물하다가는 유령골목이 동화의 나라 안으로 영영 사라져버리지 않을까 걱정이 되었거든.

"그 사람들을 만난다 해도, 셜리 선생님을 받아들일지 어떨지 결정하는 건 리베카예요. 윈디윌로즈를 좌지우지하는 건 리베카 듀거든요."

윈디윌로즈라고? 그런 것은 사실일 리 없어. 그래, 있을 수 없는 일이야! 나는 꿈을 꾸고 있는 게 틀림없어. 실제로 린드 아주머니는 집에 붙이기에는 묘한 이름이라고 말했지.

"아, 그 이름은 매코머 선장이 붙였어요. 거기가 선장의 집이었거든요. 선장이 지금 집 둘레에 있는 버드나무를 모두 심었고 무척 자랑했었죠. 정작 자신은 집에 있는 일이 거의 손에 꼽을 정도고, 오래 머무를 새도 없었지만요. 케이트 아주머니는 그 점이 귀찮다고 언제나 불평하곤 했죠. 우리로서는 선장이 그처럼 집에 짧게만 머물러 불만스럽다는 건지, 아니면 돌아오는 일 자체가 귀찮다는 건지 끝내 알 수가 없었지만 말이에요.

셜리 선생님! 그 집에 하숙할 수 있기를 빌게요. 리베카 듀는 음식을 정말 잘하는데 특히 콜드 포테이토는 아주 끝내줘요. 일단 리베카의 마음에 들면 선생님은 편안하게 지낼 수 있어요. 마음에 들지 않으면……그땐 대책이 없고요. 은행가도 한 명 새로 이사를 와서 하숙을 구한다는 말이 있으니까 리베카가 그 사람을 선호할지도 모르겠군요.

그런데 톰 프링글 부인이 선생님에게 방을 빌려주지 않은 게 이상하네요. 서머사이드에는 프링글 집안사람과 그 친척이 잔뜩 있어요. 그 사람들은 이 동네에서 '왕족'이라고 불리니 셜리 선생님도 그 사람들 눈에 들지 않으면 안 돼요. 그러지 않으면 서머사이드 고등학교에서 잘 지낼 수 없을 거예요.

이 도시는 그 사람들이 쥐락펴락해왔어요. 에이브러햄 프링글 노선장의 이름을 딴 거리가 있을 정도니까요. 정말이지 서머사이드에서는 어딜 가나 그 집안사람이 영향력을 미치지만 가장 웃어른인 단풍나무언덕 저택의 그 두 노부인이 사실상 그 일족을 휘두른다고 할 수 있어요. 그런데 당신이 그 두 분한테 미운털이 박혔다는 소문이 있어요."

나는 화들짝 놀라 소리쳤어.

"어째서요? 그분들은 나를 본 적도 없는데."

"그게 말이에요, 그 팔촌 되는 사람이 이번에 교장 자리에 지원을 해서 모두 그 자리는 따 놓은 당상이라고 여겼던 거죠. 그런데 셜리 선생님이 채용되자 그 일족 사람들이 말도 안 되는 일이라며 뒤에서 욕했대요.

글쎄, 사람이란 그런 거니까, 그 집안사람들을 만나더라도 그런가 보다 하고 있는 그대로 받아들이는 수밖에 없어요. 그 사람들은 선생님을 만나면 앞에서는 입에 꿀을 바른 말만 하며 친절히 대하겠지만 아마 사사건건 방해를 할 거예요.

셜리 선생님 기분을 언짢게 하려는 건 아니지만, 알고 있으면 미리 조심할 수 있지 않겠어요. 선생님이 훌륭하게 해내서 그 사람들의 코를 납작하게 해줬으면 좋겠어요.

만일 미망인들이 선생님에게 방을 빌려준다면 선생님은 리베카 듀와 함께 식사해도 상관없죠? 리베카는 하녀가 아니거든요. 그 사람은 선장의 먼 친척이에요. 손님이 방문했을 때 리베카는 식탁에 앉지 않아요—그런 때에는 자기의 분수를 잘 지켜요—하지만 선생님이 거기에 하숙하게 되면 물론 리베카는 선생님을 손님으로 여기지 않을 거예요."

나는 마음을 써주는 브래독 부인에게 리베카 듀와 식사하는 것은 전혀 문제될 것 없다고 말하고 린드 아주머니를 잡아끌듯 나와 당장 가보기로 했어. 어떻게든 은행가를 앞지르지 않으면 안 되니까.

브래독 부인은 문가까지 따라 나왔어.

"그리고 채티 아주머니의 감정을 상하게 하면 안 돼요. 마음이 여려서 아주 사소한 일로도 쉽게 마음이 상하는 편이에요. 그 사람은 케이트 아주머니만큼도 돈이 없어요…… 케이트 아주머니도 그리 큰돈을 가지고 있는 건 아니지만요. 게다가 케이트 아주머니는 남편을 진심으로 좋아했어요. 자기 남편을 말이에요. 하지만 채티 아주머니는 그렇지 않았어요. 자기 남편을 몹시 싫어했죠. 무리도 아니에요! 링컨 매클린은 괴짜 노인이었으니까요. 어쨌든 채티 아주머니는 남편이 그렇게 괴짜스러웠던 것을 세상 사람들이 자기 탓으로 여길 거라는 자격지심을 가지고 있어요.

오늘이 토요일이어서 잘됐어요. 금요일이었다면 채티 아주머니는 셜리 선생님을 하숙시키는 일 같은 건 생각도 하려 하지 않을 거예요. 미신을 믿는 사람은 케이트 아주머니일 것 같죠? 뱃사람들은 그런 데가 있으니까요. 그런데 정작 미신에 잘 휘둘리는 것은 채티 아주머니랍니다…… 그 사람 남편은 목수였는데도 말이죠. 그 사람도 젊었을 때는 아주 예뻤었죠."

채티 아주머니의 마음을 헤아리겠다고 브래독 부인에게 내가 다짐하고 또 다짐했는데도, 부인은 정원의 오솔길까지 따라 나왔어.

"케이트와 채티는 셜리 선생님이 집을 비운 동안 선생님 물건들을 뒤지는 짓은 하지 않아요. 아주 정직한 사람들이니까요. 리베카 듀는 꼭 그렇다고만도 할 수 없지만, 유치하게 고자질 같은 건 하지 않을 거예요.

그리고 내가 선생님이라면 정문 현관으로는 가지 않겠어요. 그 집 사람들이 정문을 쓰는 것은 정말로 큰일이 있을 때뿐이거든요. 남편인 애머사의 장례가 있은 뒤로 한 번도 열지 않았을 거예요. 옆문으로 가보세요. 열쇠는 창틀에 둔 화분 밑에 놓여 있어요. 만일 집에 아무도 없으면 열쇠로 문을 열고 들어가 기다리세요. 그리고 또 어떤 일이 있어도 그 집 고양이를 칭찬해서는 안 돼요. 리베카 듀가 몹시 싫어하거든요."

내가 고양이를 결코 칭찬하지 않겠다고 약속하고 나서야 브래독 부인은 겨우 우리를 놓아주었어. 얼마 안 가 우리는 유령골목에 이르렀지. 거기는 아주 짧은 골목으로, 골목 끝에 다다르면 탁 트인 시골 풍경으로 이어지고 저 멀리 푸른 언덕이 아름다운 배경을 이루고 있었어.

골목 한편은 집 한 채 없이 항구 쪽으로 완만하게 언덕을 이루며 내려가고, 다른 한편에는 집이 세 채밖에 없었어. 첫 번째는 너무 평범해서 그냥 집이라는 것 이상은 아무것도 말할 게 없는 집이야. 그다음 집은 크고 위압적이고 음침한 대저택이었어. 석재로 테두리를 두른 빨간 벽돌 건물로, 경사진 지붕의 한쪽 면에는 지붕창이 꼭 무사마귀처럼 가득 있고 평평한 꼭대기에는 철책이 둘러쳐졌어. 가문비나무와 전나무가 빽빽하게 우거져 집이 거의 보이지 않을 정도였어. 아마도 그 때문에 집 안이 몹시 어두울 거야. 마지막이 윈디윌로즈로, 마침 오솔길 모퉁이에 자리 잡아 앞에는 잔디가 깔린 길이고 모퉁이를 돌면 나무 그늘이 아름다운 시골길이 있어.

나는 그만 이 집에 넋을 잃고 말았지. 왠지 자기도 모르게 한눈에 마음을 빼앗기는 그런 집이 있잖아. 윈디윌로즈가 바로 그런 곳이었어. 그 집은 하얀—새하얀—목조 건물로, 초록색—아주 선명한 초록색—덧문이 달려 있고, 집 한쪽에 '탑'이 있고 양쪽에 지붕창이 있어. 거리와 경계를 이루는 낮은 돌담을 따라 일정한 간격으로 버드나무를 심었고 뒤쪽 큰 뜰에는 어여쁜 꽃과 채소가 뒤섞여 자라는 모습이 유쾌한 정경을 빚어내고 있어. 하지만 이 설명만으로는 그 매력을 다 전할 수가 없어. 한마디로 말하면 윈디윌로즈는 아주 유쾌한 개성이 있는 집이고, 어딘지 그린게이블즈의 향기가 감돌았어.

나는 홀린 듯 말했지.

"여기야말로 나를 위한 곳이에요. 여기서 살게 될 운명이에요."

린드 아주머니는 그런 운명 같은 것을 진실로 믿는 얼굴은 아니었고, 무뚝뚝하고 덤덤한 목소리로 말했어.

"학교에 가려면 많이 걸어야겠는걸."

"괜찮아요. 좋은 운동이 될 거예요. 어머나, 길 맞은편 저 아름다운 자작나무와 단풍나무 숲을 보세요!"

린드 아주머니는 눈길을 던졌으나 이렇게 말할 뿐이었어.

"모기한테 시달리지나 않았으면 좋겠구나."

그 말씀에는 나도 동감했어. 왱왱거리는 모기는 딱 질색이니까. 모기 한 마리가 양심의 거리낌보다 더 사람이 잠을 설치게 하는 법이니까.

현관문을 보았을 때 거기로 들어가지 않아도 되는 걸 얼마나 다행스럽게 여겼는지 몰라. 정말 가까이하기 어려운 모습이었거든. 나뭇결이 드러나 보이는 묵직한 문으로 빨간 꽃무늬 유리가 끼워져 있었어. 문짝이 둘인 그 문은 이 집에 조금도 어울려 보이지 않았어.

그 대신 잔디 사이로 판판한 사암이 드문드문 묻힌 귀여운 오솔길을 따라가면 조그만 초록색 옆문이 나온단다. 그쪽이 훨씬 친밀감이 들고 환영해주는 느낌이었어. 뜰의 오솔길을 따라 잘 손질된 아주 반듯한 화단이 있어서 파릇파릇한 갈풀이며 금낭화, 참나리, 수염패랭이꽃이며 개사철쑥, 신부의 부케로 불리는 꽃, 빨강과 하양 데이지, 그리고 작약이 심어져 있었어. 물론 이 계절에 꽃이 모두 피어 있는 건 아니었지만 그때그때 꽃망울들이 하나둘씩 벌어지면서 훌륭히 피어날 것 같았어.

좀 떨어진 한구석에 장미원이 있고, 윈디윌로즈와 음침한 옆집 사이에는 담쟁이덩굴이 멋들어지게 뻗은 벽돌담이 서 있는데, 가운데 빛바랜 녹색 쪽문 위쪽에는 덩굴이 타고 올라갈 수 있는 아치형의 격자 구조물이 있어. 덩굴이 문에도 잔뜩 얽혀 있는 것을 보면 이 문은 꽤 오랫동안 닫혀 있었던 게 분명했어. 문이라고는 했지만 사실 높이는 절반밖에 안 돼. 위 절반은 그냥 직사각형 모양으로 뚫어 놓은 구멍이어서 그곳으로 건너편 집의 정글 같은 뜰이 보였어.

우리가 윈디윌로즈 뜰로 들어갔을 때 대문으로 들어서자마자 길섶에 클로버가 한 무더기 나 있었어. 충동적으로 나는 몸을 굽혀 가만히 살펴보았지. 그랬더니, 길버트, 눈앞에 네 잎 클로버가 셋이나 있었어! 아주 좋은 징조가 아닐까? 프링글 일족조차 이 행운에는 맞서지 못할 거야. 그리고 그 은행가에게는 결코 기회가 주어지지 않으리라 굳게 믿었어.

옆문이 열려 있어서 누군가가 집에 있는 걸 알았으니 우리는 화분 밑의 열쇠를 찾지 않아도 됐어. 문을 두드리니 마침 리베카 듀가 나왔지. 그녀가 리베카 듀인 줄 한눈에 알아볼 수 있었던 건 이 세상 어느 누구도 그녀를 대체할 수 없기 때문이야. 또 그 이름만 하더라도 리베카 듀 말고 딴 이름일 수 없다고 여겨졌지.

리베카 듀는 '마흔 살 안팎'이야. 만일 토마토에 숯처럼 검은 머리가 자라고 반짝거리는 조그만 까만 눈과 코끝이 뭉툭한 자그마한 코 그리고 길쭉한 입이 달려 있다면, 그거야말로 리베카 듀 바로 그 사람일 거야. 그녀 몸의 모든 것은 어딘지 좀 짧았어—팔도 다리도 목도 코도. 웃는 얼굴만 빼고 전부. 웃을 때면 입이 양쪽 귀에 걸릴 것처럼 활짝 미소 지었지. 하지만 리베카 듀가 웃는 것을 본 건 좀 더 나중의 일이야. 내가 매코머 부인을 만날 수 있겠느냐고 묻자 리베카 듀는 아주 무뚝뚝한 표정을 지었어.

리베카 듀는 마치 이 집에 매코머 부인이 적어도 열두 명은 있다는 듯이 꾸짖는 투로 말했어.

"매코머 '선장님' 부인 말입니까?"

내가 목구멍 안으로 기어드는 목소리로 그렇다고 대답하자 우리는 곧 응접실로 안내받아 거기서 기다리게 되었어. 그곳은 깨끗하고 조그만 방이었어. 의자마다 의자덮개가 덮여 있어 좀 어수선했지만 내가 좋아하는 조용하고 편안한 분위기를 지니고 있어 마음에 들었어. 가구들도 저마다 모두 긴 세월 동안 한자리를 지키고 있는 듯했어. 게다가 얼마나 반짝이던지! 가게에서 산 그 어떤 광내는 약으로도 그토록 거울처럼 빛낼 수 없을 거야. 그것은 리베카 듀가 팔이 빠져라 여러 번 닦은 결과임을 나는 알 수 있었어. 벽난로 선반 위에는 돛 달린 모형 배를 넣어둔 병이 장식으로 놓였는데, 그것이 린드 아주머니의 흥미를 끌었어. 아주머니는 배가 어떻게 병 속에 들어가 있게 되었는지는 상상할 수 없지만 그 덕분에 마치 '바다 같은 분위기'를 만들어주고 있다고 말했지.

그때 '미망인들'이 들어왔어. 나는 첫눈에 그 두 사람이 좋아졌어. 케이트 아주머니는 키가 크고 마른 데다 머리가 희끗희끗하고 좀 엄해 보이는 게 영락없이 마릴라를 닮은 타입이었어. 채티 아주머니는 키가 작고 가냘픈 데다 머리가 세었으며 좀 슬퍼 보이는 데가 있었어. 처녀 시절에는 아주 아름다웠을 텐데 지금은 눈 말고는 모든 게 변해 있었어. 눈은 정말 아름다워……포근하고 큰 갈색 눈이야.

내가 용건을 말하자 미망인들은 얼굴을 마주 보더니 채티 아주머니가 입을 열었어.

"리베카 듀와 의논해야 돼요."

그러자 케이트 아주머니도 고개를 끄덕이며 말했어.

"그렇고말고요."

곧 리베카 듀가 부엌에서 불려 왔지. 그 고양이도 함께 방으로 들어왔어. 가슴과 목둘레가 흰 크고 토실토실한 몰타 고양이였지. 나는 쓰다듬어주고 싶어 견딜 수 없었지만 브래독 부인의 주의 사항을 떠올리고 모른 척했어.

리베카 듀는 웃음기 없는 얼굴로 나를 지켜보았어.

"리베카!"

허튼 말을 하는 사람이 아님을 차차 알게 된 케이트 아주머니가 먼저 입을 뗐어.

"셜리 선생님이 여기서 하숙하고 싶다는군. 우리는 받을 수 없다고 생각하는데."

리베카 듀가 물었어.

"어째서지요?"

채티 아주머니가 설명했지.

"리베카가 너무 힘들까 봐 그래요."

그러자 리베카 듀가 말했어.

"힘든 거야 이미 너무도 익숙해요."

어쩐지 나는 리베카 듀라는 이름을 따로 떼어 놓을 수 없어, 길버트. 절대 불가능해. 그런데 미망인들은 따로 떼어 부르고 있었지. 말할 때마다 둘 다 '리베카'라고 불러. 어떻게 그럴 수 있는지 나는 도저히 모르겠어.

채티 아주머니가 덧붙였어.

"젊은 사람들을 드나들게 하기에는 우리가 너무 나이를 먹었어요."

리베카 듀가 말을 받았어.

"그건 두 분 생각이지요. 나는 이제 겨우 45살이고 몸뚱이도 아직 튼튼해요. 그리고 젊은 사람이 이 집에 머물면 좋다고 생각해요. 이왕이면 여자 쪽이 남자보다 더 좋고요. 남자는 밤낮으로 담배를 피워대서 우리마저 자다가 타죽는 일이 벌어지고 말 거예요. 하숙인을 굳이 두어야만 한다면, 이 여자분을 받으라는 게 '제' 의견이에요. 하지만 여기는 제 집이 아니라 두 분의 집이니까 결정은 알아서들 하세요."

 리베카 듀는—호메로스가 자주 쓰던 표현처럼—말을 마치자 사라져버렸어. 이로써 모든 것이 결정된 줄 알았는데, 채티 부인이 위로 올라가 방이 나랑 맞을지 어떨지 봐야 한다고 말했어.

 "우리는 탑의 방을 주려고 해요. 손님용 침실만큼 넓지는 않지만 겨울에 난로 놓을 때를 대비해서 연통 구멍이 나 있고 전망이 훨씬 좋죠. 거기에서는 옛날 공동묘지가 보인답니다."

 역시 그 방이 내 마음에 쏙 들 줄 알았어. '탑의 방'이라는 이름 자체가 나를 두근거리게 만들었어. 마치 애번리 초등학교 때 곧잘 노래했던 '잿빛 바닷가의 높이 솟은 탑에 살고 있다'는 옛 노래 속 소녀가 되는 듯한 느낌이 들었으니까. 역시나 더할 나위 없이 멋진 방이었어. 그곳으로 가려면 층계참 한구석에서 다시 작은 층계를 몇 단 더 올라가야 돼. 방은 좀 좁았지만 레드먼드에서 첫해를 보낸 그 혐오스러운 하숙집 방만큼 답답하지는 않았어.

 창문은 서쪽의 천창과 북쪽의 창문이 하나씩 있고, 구석에는 탑이 만들어낸 내닫이창에 바깥쪽으로 열리는 창문이 달려 있고 창 아래쪽에는 내 책들을 꽂을 수 있는 선반이 있어.

 바닥에는 둥글게 땋은 형태의 깔개가 여러 개 놓여 있고, 천장으로부터 캐노피가 드리워진 커다란 침대에는 기러기 무늬 퀼트 이불을 덮어 놓았는데 주름 하나 없이 잘 다려져 있어 그 속에서 자느라 그것을 구기는 것이 미안하게 여겨질 정도야. 게다가 길버트, 이 침대는 너무 높아 신기한 조그만 발판을 딛고 올라가야만 해. 이 발판은 넣고 뺄 수 있는 거라 낮에는 침대 밑에 감춰둘 수 있어. 아마도 매코머 선장이 어딘가 '외국'에서 전체를 한 세트로 사온 것 같아.

한구석에 작은 찬장이 놓였는데, 선반에는 가장자리가 귀여운 파도 무늬로 잘려 있는 흰 종이가 깔려 있고 문에 꽃다발 그림이 그려져 있어. 아까 말한 세 개의 창 가운데 하나는 내닫이창이라 의자처럼 앉을 수 있는 창가 자리가 있고, 파란색의 동그란 쿠션이 하나 놓였는데 가운데에 깊숙이 단추가 달려 있어서 부풀어 오른 파란 도넛처럼 보여.

그리고 앙증맞은 세면대가 있는데 선반은 두 단이야. 윗선반은 세숫대야와 지빠귀 알처럼 푸른 물병이 딱 놓일 만한 크기이고, 아랫선반에는 비눗갑과 더운물이 담긴 주전자를 두도록 되어 있어. 놋쇠손잡이가 달린 서랍이 붙어 있고 안에 수건이 차곡차곡 개어져서 들어 있어. 세면대 위에는 하얀 도자기 귀부인이 우아하게 앉아 있어. 금색 띠를 허리에 두르고 분홍 구두를 신고 황금색 머리에 빨강 장미를 꽂고 있어.

옥수숫빛의 노란 커튼 너머로 쏟아져 들어오는 빛은 온 방 안을 황금색으로 물들이고, 회칠한 벽에는 창밖에 늘어진 버드나무 가지의 그림자가 무늬를 만들어내는, 이 세상에 둘도 없을 진귀한 태피스트리[1]가 걸려 있어. 쉼 없이 어른대며 모양이 바뀌는 살아 있는 태피스트리인 셈이야.

어쩐지 아주 행복한 방처럼 여겨져서, 나는 세상에서 가장 큰 행운을 얻은 아가씨처럼 느껴졌어.

돌아오면서 린드 아주머니가 말했어.

"거기라면 안심이다, 정말이지."

나는 아주머니를 놀려주려고 장난스레 말했어.

"패티의 집에서 그처럼 자유를 누리면서 지냈던 데 비하면 좀 갑갑하게 여겨

---

[1] 여러 가지 색실로 그림을 짜 넣어 벽걸이나 가리개 따위의 실내 장식품으로 쓰는 직물.

지긴 하겠죠."

그러자 린드 아주머니는 코웃음 쳤지.

"자유를 누렸다고? 자유라니! 그런 양키 같은 소리 하지 마라, 앤."

그래서 오늘 모든 소지품을 챙겨서 서머사이드로 왔어. 물론 그린게이블즈를 떠나는 것은 싫었어. 몇 번이나, 그리고 아무리 오랫동안 그린게이블즈를 떠나 있었어도 휴가가 되면 곧바로, 한 번도 그곳을 떠난 적 없는 것처럼 다시금 그린게이블즈의 일부로 돌아오곤 했었지. 그러다가 다시 떠날 때는 가슴이 찢어지는 것 같았어. 그렇지만 나는 이곳을 좋아하게 될 것을 알고 있어. 그리고 이곳도 나를 아주 좋아하게 될 게 틀림없어. 언제나 나는 집이 나를 좋아하는지 어떤지 알 수 있거든.

내 방 창문으로 내다보이는 풍경은 아주 멋져—옛날 공동묘지까지도. 묘지는 울창한 전나무숲에 둘러싸여 있고, 양옆이 야트막한 돌담으로 된 구불구불한 오솔길을 지나서 들어가게 되어 있어. 서쪽 창문으로는 항구에서부터 멀리 안개 낀 바닷가까지 다 내다보이는데 내가 아주 좋아하는 귀엽고 조그만 돛단배가 몇 척이나 떠 있고 큰 배가 먼 바다 쪽으로 나아가고 있어. 목적지는 '미지의 항구'—이 말 참 근사하지? 상상할 여지가 무궁무진하게 많은 말이야! 북쪽 창문으로는 길 맞은편 자작나무와 단풍나무 숲이 보여. 길버트도 알 거야, 나는 오래전부터 나무 숭배자잖아. 우리가 레드먼드의 영문학 수업 시간에 테니슨을 공부했을 때도 나는 늘 가엾은 오이노네와 한마음으로 소나무가 사정없이 베어내진 일을 안타까워했었지.[2]

숲과 묘지 너머는 근사한 골짜기인데, 빨간 리본 같은 황톳길이 구불구불

---

2) 영국 빅토리아 시대의 계관시인 앨프리드 테니슨(1809~1892)의 시 〈오이노네〉 참고.

나 있고 그 길을 따라 하얀 집들이 군데군데 하얀 점처럼 보여. 어떤 골짜기는 왠지 모르게 사랑스러울 때가 있지. 그냥 보고 있기만 해도 마음이 즐거워져. 그 골짜기 저편에는 내가 아주 좋아하는 푸른 언덕이 있어. 그 푸른 언덕에 '폭풍왕'이라는 이름을 붙였어…… 그래, 나 이번에도 못 참고 또 이름을 지었어.

　여기서는 혼자 있고 싶으면 언제든지 홀로 있을 수 있어. 왜, 가끔은 고독을 즐기고 싶을 때가 있잖아. 그래도 바람이 내 친구가 되어줄 거야. 바람은 나의 탑 둘레에서 울부짖고 한숨지으며 때로는 나지막이 노래하겠지. 겨울의 하얀 바람, 봄의 연둣빛 바람, 여름의 푸른 바람, 가을의 진홍빛 바람, 그리고 네 계절에 걸쳐 불어댈 거친 바람……'그의 말씀을 따르는 광풍이여.'[3] 전부터 나는 이 성서 구절이 얼마나 좋았는지 몰라. 마치 어느 바람이든 모두 내게 전할 말을 가지고 있는 것만 같아! 옛날부터 나는 늘 조지 맥도널드[4]가 쓴 그 옛이야기에 나오는, 북풍과 함께 날아간 남자아이를 부러워했었지. 길버트, 어느 날 밤, 나는 탑의 창문을 열고 바람의 품속으로 뛰어들 거야. 그리고 그다음 날 아침 내 방에 들어온 리베카 듀는 어째서 내 침대에 내가 누웠던 흔적이 없는지 그 까닭을 영영 모를 테지.

　길버트, 우리의 '꿈의 집'을 찾았을 때 그 집 둘레에도 바람이 불어주었으면 좋겠어. 어디에 있을까……그 미지의 집은? 나는 미래의 그 집에서 온통 달빛에 젖어 있을 때 가장 행복할까, 아니면 동틀 녘의 빛을 받을 때일까? 앞으로 그 집에서 우리는 서로 사랑과 우정을 나누며 일을 하겠지……늘그막에 웃음을 가져다줄 우스꽝스러운 모험도 몇 가지 할 것이고. 늘그막이라니! 우리도 나이를 먹게 될까, 길버트? 지금으로서는 도저히 상상이 안 된다.

---

3) 《구약성서》〈시편〉148편 8절.
4) 스코틀랜드 시인·소설가, 1824~1905. 아동 소설 《북풍의 뒤에》가 있음.

탑 왼쪽 창으로는 도시의 크고 작은 집들의 지붕이 보여. 이 도시에서 적어도 나는 1년은 살아야 해. 아직 만나지는 못했지만 내 친구가 될 사람들이 그 집집마다 살고 있겠지. 그리고 어쩌면 내 적이 될 사람도. 애번리 밖에도 파이네 같은 사람들이 갖가지 이름으로 발길 닿는 곳곳에 있을 테니. 프링글 집안도 염두에 두어야만 하고.

학교는 내일부터 시작해. 나는 기하를 가르쳐야만 한대! 프링글 집안에 기하의 천재가 없기를 하느님께 간절히 기도하고 있어.

여기 온 지 채 이틀도 안 되었는데 미망인들이며 리베카 듀를 지금까지 줄곧 알고 지내온 듯한 기분이야. 미망인들은 벌써 자기들을 '아주머니'로 불러달라고 해서 나도 '앤'으로 불러달라고 부탁했어. 리베카 듀에게는 '미스 듀'라고 불러보았어……딱 한 번.

리베카는 되물었어.

"미스 뭐라고요?"

나는 목구멍으로 기어드는 소리로 되풀이했어.

"듀요. 그게 성이 맞죠?"

"아, 그래요. 그건 틀림없지만 나는 '미스 듀'라고 불리지 않은 지 하도 오래돼서 깜짝 놀랐어요. 앞으로는 그렇게 부르지 말았으면 해요, 셜리 선생님, 그렇게 불리는 데 나는 익숙하지 않거든요."

"기억해둘게요, 리베카…… 듀."

나는 애써 듀를 말하지 않으려 했지만 헛일이었어.

채티 아주머니의 마음이 여리다고 했던 브래독 부인의 말은 꼭 들어맞았어. 나는 그 일을 저녁 식사 때 몸소 느꼈지. 케이트 아주머니가 '채티의 66번째 생일'에 대해 뭔가 말했어. 흘끗 채티 아주머니에게로 눈길을 보낸 나는 채티 아주머니가……아니, 울음을 와락 터뜨린 건 아니야. 그건 너무도 폭발적이어서 아주머니 행동에 어울리는 말이 못 돼. 아주머니에게서는 그저 눈물이 줄줄 흘러나오고 있었어. 눈물은 커다란 갈색 눈에 차오르는가 싶더니 그냥 소리 없이 넘쳐흘렀어.

케이트 아주머니가 좀 엄하게 물었어.

"왜 그래요, 채티?"

채티 아주머니가 울먹이며 말했어.

"그건……그건 내 65번째 생일이었어요."

"내가 잘못했어요, 샬럿."

케이트 아주머니가 사과해서 다시 분위기는 좋아졌어.

고양이는 황금빛 눈의 커다랗고 귀여운 수고양이로, 몰타 고양이 특유의 회색 털에 흠잡을 데 없는 흰 리넨 색이 섞여 있고 언제나 우아한 모습이야. 케이트 아주머니와 채티 아주머니는 이 고양이를 '더스티 밀러'라고 불러. 그게 이 고양이의 이름이야. 반면 리베카 듀는 그냥 '그 고양이'라고 애정 없이 부르는데, 그것은 그녀가 이 고양이를 싫어해서야. 왜냐하면 아침저녁으로 사방 1인치(약 2.5센티미터) 크기의 간을 먹여야지, 고양이가 응접실로 몰래 들어올 때마다 낡은 칫솔로 팔걸이의자에 묻은 고양이털을 떼내야지, 게다가 밤늦게까지 바깥에 있을 때는 찾아와야 하는 것 때문에 울화통이 터지기 때문이래.

채티 아주머니가 내게 말했어.

"리베카 듀는 원래도 고양이를 싫어해요. 특히 더스티는 더 싫어하죠. 2년 전 일인데 캠벨 노부인의 개가……그즈음 캠벨 부인은 개를 기르고 있었거든요…… 아무튼 그 개가 더스티를 입에 물고 이리로 데려왔어요. 아마 캠벨 부인에게 데려가봐야 돌봐주지 않으리라 여긴 게 아닐까 해요. 그때 더스티는 흠

뼥 젖어 추위에 오들오들 떨고 있었어요. 조그만 뼈가 가죽을 찢고 나올 듯이 비쩍 말라서 그토록 가엾고 비참한 새끼 고양이가 또 있을까 싶었어요. 돌로 된 심장을 지닌 사람이라도 그 고양이를 모른 척하지는 못했을 거예요.

그래서 케이트와 난 그 고양이를 입양했는데, 리베카 듀는 아직까지도 그 일에 대해 결코 진심으로 우리를 용서하지 않아요. 그즈음 우리는 아직 외교적인 수완이 없었거든요. 그 고양이를 안 받아줬으면 됐을 텐데. 그런데 사실 앤은 아직 눈치채지 못했을 수도 있는데……."

채티 아주머니는 부엌에서 식당으로 들어오는 문쪽을 조심스럽게 한번 돌아보았어.

"우리는 나름대로 리베카 듀를 다루는 방법이 다 있기는 해요."

하지만 나는 눈치채고 있었어. 그것은 아름다운 모습이었지. 서머사이드 사람들과 리베카 듀는 그녀가 이 집을 지배하고 있다고 여길지 모르지만, 지혜로운 미망인들은 그렇지 않다는 걸 알고 있는 거야.

"우리는 은행가에게 방을 빌려주고 싶지 않았어요. 젊은 사내란 여러모로 불안한 점이 있을 테고, 교회에도 제대로 안 나간다면 분명히 마음이 쓰였을 것이거든요. 하지만 우리가 은행가에게 방을 빌려주고 싶은 척하자, 리베카 듀는 바로 반대하고 나섰죠. 앤이 와줘서 정말 기뻐요. 앤 같은 좋은 사람을 위해서라면 요리하는 일도 보람 있을 거예요. 앤 쪽에서도 우리를 좋아해주기를 바라고 있어요.

그래도 리베카 듀에게는 몇 가지 아주 훌륭한 점이 있어요. 리베카 듀가 15년 전 여기에 처음 왔을 때는 지금처럼 깔끔하게 청소나 정리 정돈을 잘하지 않았어요. 한번은 응접실 거울에 앉은 먼지를 보여주기 위해 케이트가 거울 가운데다 '리베카 듀'라고 쓰지 않으면 안 될 정도였죠. 그런 일은 두 번 다시

할 필요 없었어요. 리베카 듀는 바로 알아차렸거든요.

머물고 있는 방이 마음에 들었으면 해요, 앤. 원한다면 밤새도록 창문을 열어두어도 돼요. 케이트는 밤바람이 몸에 좋지 않다고 생각하지만 하숙하는 사람들 나름의 사는 방식을 존중해야 한다는 것은 알고 있으니까요.

케이트와 나는 방을 같이 쓰는데, 하룻밤은 케이트를 위해 창문을 닫고 그다음 날 밤은 나를 위해 열기로 정했죠. 사람들 사이의 그런 조그만 문제는 반드시 풀 수 있는 방법이 있어요, 그렇죠? 그럴 마음만 먹으면 무엇인들 못 하겠어요. 뜻이 있는 곳에는 언제나 길이 있는 법이니까요.

밤중에 리베카가 집 안을 돌아다니는 일이 있어도 놀라지 말아요. 리베카는 언제나 무슨 소리가 들린다고 하고, 그러면 꼭 알아보려고 일어나서 돌아다녀요. 그 때문에 리베카가 은행가를 하숙인으로 두기 싫어한 게 아닌가 해요. 잠옷 바람으로 은행가와 부딪치기는 싫었겠죠.

케이트가 말이 좀 없어도 마음 쓰지 말아요. 그냥 습관이니까요. 이야깃거리는 참 잔뜩 가지고 있을 텐데도 말이에요. 젊어서 애머사 매코머 선장님과 함께 온 세계를 두루두루 돌아다녔거든요. 나도 케이트 같은 이야깃거리를 가지고 있으면 좋겠어요. 하지만 나는 한 번도 프린스에드워드섬을 떠나본 적이 없어요. 이따금 세상은 어째서 이럴까 고개를 갸우뚱하기도 해요. 말하기 좋아하는 나는 이야깃거리가 없고, 이야깃거리가 무궁무진한 케이트는 말하기를 싫어하니까요. 하지만 그 까닭은 하느님만이 아시겠죠."

채티 아주머니는 말이 좀 많은 편이지만 혼자서만 이야기를 줄줄 늘어놓은 건 아니야. 사이사이에 내가 적당히 끼어들었지. 하지만 대단한 이야기를 하지는 않았어.

이 집 아주머니들은 소를 한 마리 기르고 있는데, 길 위쪽 제임스 해밀턴 씨네 목초지에서 풀을 뜯게 해서 리베카 듀는 거기까지 젖을 짜러 다녀. 집에 크림은 항상 넉넉히 있어. 날마다 아침저녁으로 리베카 듀가 옆집과의 사이에 있는 담의 쪽문 위쪽에 난 구멍으로 우유를 캠벨 부인네 '시녀'에게 전달해. '조그만 엘리자베스'에게 먹이기 위해서인데, 엘리자베스는 의사의 처방에 따라 갓 짠 우유를 반드시 먹어야만 한대. '시녀'가 누구인지, 또 조그만 엘리자베스가 누구인지는 아직 나도 몰라. 캠벨 부인은 이웃 요새의 거주인 겸 소유자고, 그 집 이름은 '늘푸른나무 저택'이야.

　오늘 밤은 잠이 올 것 같지 않아. 낯선 잠자리에서 첫날 밤을 보낼 때에는 언제나 잠이 잘 안 들어. 게다가 이 묘한 침대는 내가 본 것 중 가장 낯선 침대라. 하지만 상관없어. 나는 밤을 좋아하니까 가만히 누워서 눈을 뜬 채 시간여행을 하면 돼. 인생의 온갖 일—과거, 현재, 미래의 일—을 생각해보면 즐거울 거야. 특히 다가올 미래에 대해서.

　정말 무자비한 편지가 된 것 같아, 길버트. 두 번 다시 이처럼 긴 편지로 당신을 괴롭히지 않을게. 하지만 나의 새로운 환경이 당신 눈앞에 그려지도록 모든 것을 이야기하고 싶었어.

　이만 줄여야겠어. 멀리 항구 쪽에서 달이 '그림자 나라로 가라앉고'[5] 있거든. 그리고 마릴라에게도 편지를 한 통 써야 해. 편지는 그린게이블즈에 모레쯤 도착하겠지. 데이비가 우체국에 들러서 편지를 집으로 가져가면, 마릴라가 겉봉을 뜯는 동안 데이비와 도라는 마릴라에게 바싹 붙어 있을 거고 린드 아주머니는 귀를 쫑긋 세우고 있을 거야. 아……아……안 돼! 이런 생각을 하다 보니 향수병이 막 생기려 해. 잘 자, 사랑하는 길버트.

---

5) 캐나다의 시인·작가 E. 폴린 존슨(1861~1913)의 시 〈달넘이〉에서 따옴.

지금도 그리고 앞으로도 영원히,

　　　　　　　　당신을 가장 사랑하고 사랑할

　　　　　　　　　　　　앤 셜리로부터

조그만 엘리자베스와의 만남

앤이 길버트에게 보낸 몇 통의 편지에서 발췌.

9월 26일

길버트, 당신에게서 받은 편지를 내가 어디서 읽는지 알아? 큰길 건너편에 있는 숲속이야. 그곳에는 작은 골짜기가 있고, 우거진 나무 사이로 비쳐 드는 햇살이 풀고사리 위에 아롱지고, 시냇물이 구불구불 흐르고 있어. 거기 가서 어느 비틀어진 이끼 낀 나무둥치에 기대앉아 보니 눈앞에는 싱그러운 어린 자작나무들이 사이좋은 자매같이 서 있지. 이제부터는 어떤 황홀한 꿈—진홍 잎맥이 들어간 황록색의 꿈—가운데에서도 정말로 꿈다운 꿈을 꾸게 되면, 그것이 내 비밀스러운 자작나무 골짜기로부터 온 것이고, 아주 가녀린 그 나무들과, 속삭이듯 노래하는 작은 시냇물의 신비스러운 어우러짐에서 생겨난 것이라 믿으며, 그것들은 내 공상을 충분히 만족시킬 거야.

나는 그곳에 앉아 숲의 고요에 귀 기울이는 게 정말 좋아. 고요에도 몇 가지 다른 종류가 있다는 걸 생각해본 적 있어, 길버트? 숲속의 고요, 바닷가의 고요, 초원의 고요, 밤의 고요, 여름날 나른한 오후의 고요…… 모두 달라. 밑바탕에 흐르는 선율이 저마다 다르기 때문이야. 만일 내가 앞을 전혀 못 보고 더

위와 추위에 무감각하다 하더라도 내가 어디 있는지 나를 감싼 고요의 종류로 쉽사리 알아차릴 자신이 있어.

학교 '운영'을 시작한 지 2주일이 되었는데 그런대로 잘해내고 있어. 그러나 브래독 부인의 말이 맞았어. 프링글 집안 때문에 걱정이야. 행운을 부른다는 네 잎 클로버를 찾았는데도 어떻게 그 고민을 해결해야 좋을지 아직 잘 모르겠어. 브래독 부인이 말했듯, 겉으로는 입에 꿀을 바른 말만 해. 하지만 그만큼 미끄덩거리기도 해서 도무지 갈피를 잡을 수가 없어.

프링글 집안사람들은 서로 감시하고 자기네끼리 무섭게 싸우지만, 자기네에 속하지 않은 사람들에 대해서는 한데 뭉쳐 무너뜨리려 들지. 마침내 나는 서머사이드에는 두 종류의 사람밖에 없다는 결론에 이르렀어. 프링글 집안과 그 밖의 사람들.

우리 교실에는 프링글 무리가 바글바글하고, 다른 성을 쓰고 있다 해도 프링글 혈통을 이어받은 학생이 무척 많아. 그 가운데 우두머리 격인 아이가 젠 프링글인 듯한데, 이 아이는 베키 샤프[1]가 14살 때 저런 모습이 아니었을까, 라는 상상을 하게 하는 초록색 눈의 악동 여자아이야.

젠이 중심이 되어서 '셜리 선생에 대한 반항 및 무시 운동'을 은근히 조직하고 있는 모양인데, 나는 그것에 어떻게 대처해야 할지 너무 골치 아파. 젠은 웃음이 절로 터지게 하는 이상한 표정을 참 잘 지어. 내 뒤에서 아이들이 숨 죽여 웃는 소리가 온 교실로 퍼질 때면 무엇 때문인지 잘 알지만 이제까지 나는 젠이 그런 얼굴을 하고 있는 현장을 한 번도 잡지 못했어. 게다가 젠은 머리까지 좋아. (하필이면 정말!) 작문을 시키면 문학 작품의 팔촌쯤 되는 글을 써내기

---

[1] 영국 작가 윌리엄 메이크피스 새커리(1811~1863)의 소설 《허영의 시장》에 나오는 인물.

도 하고 수학까지 잘해. 아아, 이를 어쩌면 좋단 말이오! 이 아이는 말이나 행동에 어떤 번뜩임이 느껴지고 유머 감각도 있어서, 처음부터 나를 싫어하지만 않았더라면 그 점이 우리를 단단히 묶어주는 끈이 되었을 텐데. 지금 상태로는 젠과 내가 '함께' 웃기까지 꽤 시간이 걸릴 거야.

젠의 사촌인 마이라 프링글은 학교에서 가장 예쁜 아이야. 그리고 터무니없이 바보스럽기도 해. 포복절도할 어이없는 실수를 종종 저지르는데, 이를테면 오늘도 역사시간에 인디언들이 샹플랭[2]과 그 부하들을 신이거나 아니면 '인간이 아닌 어떤 존재'로 여겼다는 말을 했어.

리베카 듀 말에 따르면 프링글 집안은 사회적으로는 서머사이드의 '엘라이트(엘리트)'들이야. 이미 나는 프링글 집안의 두 가정으로부터 저녁 초대를 받았어. 새로 온 선생을 초대하는 것이 예의와 법도에 맞는 일이고, 프링글 일족은 의례적인 행사를 소홀히 하는 법이 없으니까.

엊저녁에는 제임스 프링글네 집에 갔어. 앞에서 말한 젠의 아버지야. 보기에는 어엿한 대학교수 같은 풍모를 지녔지만 실제로는 아둔하고 아무것도 몰라. 식탁보를 손가락으로 두드리며 기강이 해이해져서 큰일이라고 열심히 이야기했는데, 그 손톱은 꾀죄죄했고 이따금 문법에도 몹쓸 짓을 저질렀어.

"서머사이드 고등학교는 믿음직한 인물을 필요로 해왔습니다. 경험 있는 교사로 가능하면 남자를 원했죠. 안됐지만 당신은 아무래도 나이가 너무 젊지 않은가요."

그러더니 마지막에는 슬픈 듯 이렇게 덧붙이는 거야.

"하긴 그 젊다는 결점이야 시간이 금방 고쳐주겠지만."

---

[2] 사뮈엘 드 샹플랭(1567?~1635). 프랑스 탐험가로, 퀘벡을 건설하고, 캐나다 초대 프랑스령 식민지 총독을 지냄.

나는 아무 말 하지 않았어. 일단 입을 열면 굳이 안 해도 될 말까지 주저리주저리 해버릴 것 같았으니까. 그래서 나는 프링글 집안의 어느 누구보다도 부드럽고 얌전하게 굴었어. 침착한 태도로 제임스 프링글 쪽을 맑은 눈으로 바라보며 마음속으로만 이렇게 외치는 것으로 만족해야 했지.

'이 심술쟁이, 편견덩어리 영감탱이야!'

젠의 좋은 머리는 어머니로부터 물려받은 게 확실하다는 생각이 들었고, 그 어머니는 만나보니까 마음에 들었어. 부모 앞에서 젠은 예의범절의 표본처럼 행동했어. 그러나 더없이 공손한 표현을 쓰면서도 말투에는 거만함이 묻어났지. '셜리 선생님' 하고 부를 때마다 용케 거기에 경멸을 담아서 말하더라고. 그리고 내 머리를 쳐다보는 눈길을 느낄 때마다 평범한 당근색으로밖에 보고 있지 않는다는 것이 느껴졌어. 확실히 프링글 집안사람은 아무도 내 머리를 적갈색이라고 인정하지 않을 게 틀림없어.

또 초대받은 곳은 모튼 프링글네 집인데 이쪽이 훨씬 호감이 갔어. 다만 모튼 프링글이라는 사람은 상대가 하는 말을 전혀 듣지 않아. 모튼은 자기가 무슨 말을 하고, 그 뒤 상대방이 대답하고 있는 동안 벌써 자기가 그다음에 할 말만 열심히 생각하고 있어.

미망인인 스티븐 프링글 부인—서머사이드에는 미망인이 많아—이 어제 내게 편지를 보냈어. 품위 있고 정중하지만 가시 돋친 편지였지. 그 내용은, 셜리 선생은 밀리한테 숙제를 너무 많이 내준다, 밀리는 허약한 아이니까 너무 무리해서 공부하면 안 된다, 벨 선생은 결코 이 아이에게 숙제를 내주지 않았다, 예민한 아이다, '이해'해 주지 않으면 안 된다, 벨 선생은 너그러이 잘 이해해주었다! 셜리 선생도 그럴 마음만 있으면 받아들이리라 여긴다! 라는 거였어.

스티븐 부인은 오늘 애덤 프링글이 코피가 난 것도 내 탓을 했을 거야. 코피를 핑계로 애덤은 조퇴를 했지. 그리고 어젯밤 자다가 깬 나는 칠판에 쓴 문제에서 깜빡하고 소문자 i자를 쓰면서 위에 점을 찍지 않은 일을 불현듯 생각해 내고는 다시 잠들 수 없었어. 분명 젠 프링글이 알아차렸을 거야. 그 일이 은밀히 그 집안사람 사이에 퍼질 테지.

레베카 듀 말로는 단풍나무언덕 저택의 노부인들만 빼놓고 프링글 집안사람들은 모두 나를 초대하고 그 뒤로는 영원히 무시할 거래. 그 집안사람이 '엘라이트들'이니까 그렇게 되면 나는 서머사이드에서 사회적으로 추방된다는 뜻이라고 말했어. 글쎄, 두고 보기로 하겠어. 싸움은 시작되었고 아직 이긴 것도 진 것도 아니니까.

그래도 어쨌든 좀 서글퍼. 편견 앞에서는 그 어떤 설득도 통하지가 않으니까. 아직 나에게는 어린 시절의 습성이 사라지지 않고 남아 있나 봐. 남이 나를 싫어하는 게 괴로워서 견딜 수가 없어. 우리 학교 학생 절반과 그 일족이 나를 미워한다고 생각하면 기분이 썩 좋지가 않아. 게다가 내가 무슨 나쁜 짓을 한 것도 아니라 더 억울한 마음도 들고. 나를 쓰라리게 하는 것은 그런 "부당함"이야. 쓰다 보니 굳이 따옴표까지 써서 강조를 해버렸네! 하지만 이렇게 하는 것만으로도 기분이 좀 풀려

프링글 일족만 빼면 나는 학생들이 아주 좋아. 교육받는 일에 진심으로 흥미를 가진, 똑똑하고 꿈 많은 성실한 학생도 몇 있어. 루이스 앨런은 하숙집 일을 도와주며 자기 식비를 마련하고 있는데, 그것을 조금도 부끄럽게 여기지 않아. 소피 싱클레어는 날마다 아버지의 안장도 없는 늙은 말을 타고 6마일이나 되는 길을 오가며 학교를 다녀. 대단하지. 그런 아이들에게 조금이라도 힘이 되어줄 수 있다면 프링글 일족이 무슨 대수겠어.

다만 프링글들을 내 편으로 끌어들이지 않으면 누구에게도 힘이 되어줄 수

없다는 것이 난처한 점이긴 하지만.

 그래도 윈디윌로즈는 정말 좋아. 여기는 하숙집이 아니야. 그냥 집이야! 그리고 이 집 사람들이 모두 나를 진심으로 좋아해줘. 고양이 더스티 밀러까지도 나를 가족으로 받아들인 거 같아. 하지만 때로 내게 마음 상하는 일이 있으면 토라졌다는 것을 알려주기 위해 일부러 나에게 등을 돌리고 앉지. 그러고는 내가 그것을 어떻게 받아들였는지 보려고 고개를 슬쩍 돌려 한쪽 눈으로 나를 흘끗 돌아봐.

 리베카 듀가 가까이 있을 때는 더스티 밀러를 너무 귀여워하지 않으려 하고 있어. 실제로 리베카 듀를 짜증 나게 만들기 때문이야. 더스티 밀러는 낮에는 도도하고 태평스러우며 명상적인 고양이지만, 밤이면 정말로 희한한 동물이 돼. 리베카 듀는 그 이유가, 어두워진 뒤에는 절대 집 밖에 나다니지 못하게 하기 때문이라고 말했어.

 뒤뜰에 서서 더스티를 불러들이는 것을 리베카 듀는 몹시 싫어해. 이웃 사람들이 자기를 웃음거리로 생각할 게 틀림없대. 리베카 듀는 새된 목소리로 '야옹아……야옹아……야옹아!' 하고 우렁차게 외쳐서 조용한 밤에는 온 마을에 울릴 정도야. 두 미망인은 자기들이 자러 갈 때까지 더스티 밀러가 집 안에 없으면 히스테리 발작을 일으키니까.

 리베카 듀는 내게 툴툴거리며 딱 잘라 말했어.

 "'그 고양이' 덕분에 내가 어떤 꼴을 당하는지 아무도 몰라요…… 아무도요!"

 미망인들은 가까워질수록 더욱 좋은 분들이야. 하루하루 나는 이곳 사람들이 좋아져. 케이트 아주머니는 소설 읽는 일을 탐탁지 않게 여기지만 내가 읽는 책을 검열하지는 않겠다고 말했어. 채티 아주머니는 소설을 퍽 좋아해. 아주머니에게는 물건들을 감춰두는 '비밀 장소'가 있어. 시내 도서관에서 빌려와 몰래 집 안에 들여온 소설이나 혼자서 '솔리테르' 게임을 하기 위한 트럼프 카드, 그 밖의 무엇이든지 케이트 아주머니에게 들키고 싶지 않은 것을 넣어두는 장소야. 그 비밀 장소는 의자 시트 속에 만들어 두었는데 그것이 단순한 의자가 아닌 것을 아는 사람은 나와 채티 아주머니뿐이야. 채티 아주머니는 나에게 그 비밀을 털어놓았는데, 내 생각엔 앞에서 말한 책을 몰래 들여오는 일을 내가 방조해주기를 바라서가 아닌가 싶어.

사실 윈디윌로즈에 따로 비밀 장소는 필요가 없어. 정체를 알 수 없는 벽장이 이토록 많은 집은 본 적이 없거든. 하기야 리베카 듀가 그런 벽장이 비밀을 간직하도록 그대로 놓아두지 않을 것은 확실해. 언제나 맹렬한 기세로 청소하고 있거든.

미망인 두 분 가운데 한 분이 그렇게까지 하지 않아도 괜찮다고 말해도 리베카는 슬픈 듯 이렇게 대답하곤 하지.

"집이란 내버려둔다고 저절로 깨끗해지는 그런 게 아니니까요."

소설이든 트럼프든 눈에 띄면 리베카 듀는 깨끗이 처리해버릴 테지. 그 두 가지 다 고지식할 만큼 신실한 리베카 듀의 생각으로서는 전율할 만한 물건들이니까. 트럼프는 악마의 책이고 소설은 더욱 나쁘다고 리베카 듀는 단언해. 성서 말고 리베카 듀의 오직 하나뿐인 읽을거리는 《몬트리올가디언》 신문의 사교란이야. 백만장자의 집이며 가구에 관한 정보나 그런 사람들이 하는 일 등을 리베카 듀는 정말 재미있어하며 열심히 읽어.

리베카 듀는 부러운 듯 말하지.

"황금 욕조에 들어가 몸을 담그고 있는 것을 생각해보세요, 셜리 선생님!"

그래도 리베카 듀는 정말 사랑스러운 사람이야. 얼마 전에는 내 몸이 편하게 쏙 들어가는, 빛바랜 양단을 씌운 오래된 안락의자를 어딘가에서 꺼내 와서 말했어.

"이건 선생님 의자예요. 선생님 것으로 정해두겠어요."

그리고 더스티 밀러가 그 위에서 자지 못하게 하지. 행여 학교에 입고 가는 내 치마에 고양이 털이 묻어 프링글 집안사람들에게 흉잡힐 거리를 줘서는 안 되기 때문이래.

세 사람 모두 내 진주 목걸이와……그것이 무엇을 의미하는지에 무척 관심을 보이고 있어. 케이트 아주머니는 터키석이 박힌 자기 약혼반지를 보여주었어. 이제는 너무 작아져 낄 수 없대. 채티 아주머니는 눈에 눈물을 살짝 머금으며, '나는 약혼반지를 받지 못했어요.'라고 했어. 아주머니의 남편이 그런 것은 '쓸데없는 낭비'라고 여겼기 때문이래. 그때 아주머니는 내 방에서 탈지유로 얼굴을 닦고 있었어. 윤기를 유지하기 위해 채티 아주머니는 밤마다 그렇게 하는데, 케이트 아주머니에게 들키는 게 싫어 내게 비밀 엄수를 다짐하도록 했어.

"나이 먹을 만큼 먹고서 어리석은 짓을 한다고 혀를 찰 테니까요. 리베카 듀 또한 그리스도교인이라면 여자가 외모에 치중해서는 안 된다고 여길 게 틀림없어요. 늘 케이트가 잠들면 몰래 부엌으로 내려가서 하곤 했지만, 리베카 듀가 오지 않을까 언제나 조바심을 냈죠. 리베카는 잠귀도 무척 밝거든요. 여기에 밤마다 몰래 와서 이렇게 할 수 있으면 좋으련만…… 아, 그렇게 하라고요? 고마워요, 앤."

그리고 이웃의 늘푸른나무 저택 사람들에 대해서도 조금은 알게 되었어. 캠벨 부인은 (프링글 집안 출신이야!) 여든 살인데, 나는 아직 만난 적 없지만, 듣건대 아주 꼬장꼬장한 노부인 같아. 캠벨 부인에게는 거의 같은 나이로 보이는 무뚝뚝한 마사 몽크먼이라는 하녀가 있는데, 흔히 '캠벨 부인의 시녀'라고 불리고 있어. 노부인은 엘리자베스 그레이슨이라는 증손녀와 함께 살고 있지. 내가 이곳에 온 지 벌써 2주일이 되는데 그 아이를 아직 한 번도 본 적 없다는 게 믿어져? 엘리자베스는 8살배기 아이인데 '뒷길' 즉 뒤뜰로 난 지름길로 초등학교에 다녀. 그래서 이 아이의 등굣길에도 하굣길에도 결코 마주칠 일이 없어.

 엘리자베스의 죽은 어머니는 캠벨 부인의 손녀인데, 부모를 일찍 여의어서 그녀도 캠벨 부인 손에 자랐대. 어머니는 린드 아주머니가 말하는 '양키'인 피어스 그레이슨이라는 사람과 결혼했어. 어머니는 엘리자베스가 태어나자마자 세상을 떠났고 아버지 피어스 그레이슨은 그가 다니는 회사의 파리 지점을 맡게 돼서 바로 미국을 떠나야만 했대. 그래서 갓난아기 엘리자베스는 캠벨 노부인에게로 보내졌다는 거야. 소문에 따르면, 아버지는 엘리자베스 때문에 아내가 죽었다고 생각해 아이를 보는 것만으로도 괴로워서 캠벨 부인에게 맡겨둔 뒤로 만나러 오지도 않는대. 물론 이것은 소문에 지나지 않을지도 몰라. 캠벨 노부인도 그 시녀도 이 아버지에 대해서는 입을 연 적이 한 번도 없었으니까.

 리베카 듀는 조그만 엘리자베스가 너무도 엄격한 노부인이나 시녀 곁에서 아무 즐거움도 모르고 지내고 있는 것 같다고 걱정스러워했어.

 "그 애는 여느 아이 같지 않아요. 8살치고는 너무 어른스러워요. 이따금 묘한 말을 하지요. 언젠가도 내게 이렇게 말했어요.

 '리베카, 잠자리에 들려고 할 때 뒤꿈치를 물어뜯기는 듯한 기분이 들 때가 있어요?'라고요. 컴컴한 방 안에서 자는 게 무서운 거예요. 그런데도 그 집 사람들은 어린애를 그렇게 재우죠. 캠벨 부인은 자기 집안에 겁쟁이 같은 건 있을 수 없다고 말한다니까요.

 그 사람들은 두 마리 고양이가 쥐를 감시하듯 그 아이에게 눈을 번뜩이며 애가 숨이 막힐 지경으로 이래라저래라 잔소리를 해요. 그 애가 소리를 조금이라도 내면 그 사람들은 까무라칠 것처럼 소란을 떨지요. 노상 "쉿! 쉿!" 이런다 니니까요. 그렇게 쉿쉿만 하다가는 결국 애가 숨 막혀 죽고 말 거예요. 대체 어 떻게 하면 좋을까요?"

그러니까, 정말 어떻게 하면 좋을까! 나는 그 아이를 만나보고 싶어졌어. 어 쩐지 가엾게 느껴졌거든. 케이트 아주머니 말로는, 물질적으로는 부족함 없이 보살핌을 받고 있다나 봐.

케이트 아주머니가 한 말씀은 정확히는 이거였어.

"저 집에서는 아이를 제대로 먹이고 입히고 있어요."

하지만 아이는 빵으로만 살 수 없는걸. 나는 그린게이블즈에 오기 전 내 삶 이 어떠했는지 지금도 결코 잊지 못해.

다음 주 금요일 밤 애번리에서 즐거운 이틀을 보내려고 집으로 돌아갈 참이 야. 한 가지 걱정스러운 점은, 만나는 사람마다 서머사이드에서 가르치는 게 어 떠냐고 물어오리라는 거야.

하지만 지금 그린게이블즈가 어떤 모습일지 생각해 봐, 길버트……푸른 안 개가 자욱이 낀 '반짝이는 윤슬의 호수', 시냇물 건너편 붉게 물들기 시작한 단 풍나무, '도깨비숲'의 황갈색 풀고사리, 저물녘 '연인의 오솔길'에 드리워진 그림 자…… 이 모든 것 하나하나가 그립고 그리운 곳이야!

마음속으로 바라는 것은 내가 지금 거기에 누군가와 함께 가 있는 거야…… 누군가와…… 그게 누구게?

정말이지 길버트, 나는 자기를 너무 사랑하는 게 아닌가 하는 의심이 짙어 질 때가 있어!

10월 10일

존경해 마지않는 당신에게

채티 아주머니네 할머니의 연애편지 하나가 이런 식으로 시작했어. 근사하지 않아? 이것을 보고 할아버지는 설레는 우월감을 느꼈겠지! 사실은 자기도 '사랑하는 길버트에게'라고 쓰는 것보다 이걸 더 좋아하는 건 아닐까? 어쨌든 난 자기가 그 할아버지가 아니어서—또는 다른 할아버지도 아니어서—다행이라고 생각해. 우리가 젊고 앞날이—둘이 함께 보낼 인생이—눈앞에 펼쳐져 있다는 것은 엄청난 일이야, 그렇지?

(여기부터 몇 장은 생략한다. 앤의 펜이 긁히지도 않고 끝이 닳지도 않고 또는 녹슬지도 않아서 연애편지를 쓰기에 좋았던 것이리라.)

나는 탑의 방, 창가 자리에 앉아 호박빛 하늘에 살랑거리는 나무들과 그 건너편 항구를 바라보고 있어. 어젯밤 나는 혼자서 즐거운 산책을 했어. 정말 어디로든 가야만 했었어. 윈디윌로즈는 어제 좀 우울했거든. 채티 아주머니는 마음이 상해서 거실에서 울고 있었고, 케이트 아주머니는 애머사 선장이 돌아가신 날이라고 침실에서 흐느끼고 있었고, 리베카 듀까지도 나로선 알 수 없는 이유로 부엌에서 훌쩍거리고 있었어.

리베카 듀가 우는 것을 한 번도 본 적이 없어. 그래서 내가 그 까닭을 슬그머니 알아보려 하자 리베카 듀는 사람이 울고 싶을 때 마음대로 울 수도 없느냐며 다짜고짜 마구 화냈어. 그래서 난 리베카 듀가 울고 싶을 만큼 울도록 혼자 남겨두고 얼른 나와버렸어.

밖으로 나와서는 항구 거리를 걸었어. 10월다운, 상쾌하고 서늘한 공기 속에 막 갈아엎은 밭의 기분 좋은 흙내음이 섞여 떠돌고 있었어. 저녁 어스름이 짙어지더니 달 밝은 가을밤이 될 때까지 줄곧 걸었었어. 나는 혼자였지만 외롭지 앉았어. 공상 속 친구들과 대화를 나누고 스스로도 놀랄 만큼 많은 경구들이 떠올랐거든. 프링글 집안사람들에 대한 일이 걱정스러웠지만 이내 즐거운 기분이 되었지.

　프링글 집안사람들 일을 생각하면 뭔가를 자꾸 울부짖고 싶어져. 인정하고 싶지 않지만 서머사이드 고등학교의 사태는 그리 잘 풀리지 않고 있어. 분명히 나를 반대하는 비밀결사가 만들어진 것 같아.

　예를 들면 프링글 집안이거나 프링글 집안의 피가 섞인 아이들은 결코 숙제를 해오지 않아. 부모에게 호소해봐야 소용없어. 부모들은 예의 바르고 정중하게 은근슬쩍 말을 돌려버리거든. 프링글 집안이 아닌 학생들은 나를 좋아하는 걸 알지만, 프링글 일족이 퍼뜨리는 반항 바이러스가 반 전체의 사기를 떨어뜨려버려. 어느 날 아침에는 내 책상이 거꾸로 뒤집혀 있었어. 누가 한 짓인지 아는 아이는 한 명도 없어. 어떤 날엔 내 책상 위에 상자가 놓여 있길래 뚜껑을 열었더니 장난감 뱀이 툭 튀어나온 일도 있었지. 물론 누가 그런 짓을 했는지 알지도 못한다고 잡아떼거나, 감히 아무도 말하려 하지 않았어. 하지만 상자를 열었을 때 내 얼굴을 보고 프링글 집안 아이들은 한 사람도 빠짐없이 폭소를 터뜨렸지. 소스라치게 놀란 얼굴을 내가 감추지 못했던 것 같아.

　젠 프링글은 한 주일의 반쯤은 지각을 하고, 그래서 나한테 꾸지람을 듣게 되면 언제나 정중한 표현을 쓰지만 건방지게 입을 삐죽이면서 빈틈없는 구실을 늘어놓곤 해. 수업 중에도 젠은 내 코앞에서 동급생 아이에게 쪽지를 보내. 오늘은 외투를 입고 주머니에 손을 넣었더니 껍질 벗긴 양파가 들어 있었어. 이 아이가 예의 바르게 행동할 때까지 빵과 물만 주며 방에 가둬두고 싶은 마음이 굴뚝같지.

　특히 심했던 사건은 어느 날 아침 칠판에 나를 우스꽝스러운 모습의 캐리커

처로 그려놓은 것을 발견한 일이야. 얼굴은 흰 분필로 그리고 머리는 '주홍색'이었어. 모두 한목소리로 아무도 그런 짓을 하지 않았다고 말했고 그 가운데 젠도 있었어. 그러나 반 전체에서 그런 그림을 그릴 수 있는 학생은 젠 하나뿐임을 나는 알고 있어. 무척 잘 그렸거든. 내 코—알다시피 나의 유일한 자랑이며 기쁨인 그 코—는 주먹코로 그려져 있었고, 입은 입대로 프링글 집안 아이들로 가득 찬 학교에서 30년이나 가르치다 심술로 뒤틀린 노처녀의 입처럼 되어 있었어. 하지만 그럼에도 부인할 수 없는 내 모습이었지. 그날 새벽 3시에 나는 잠에서 깨서 그 그림 생각을 하며 몸부림쳤어. 자기가 저지른 나쁜 짓 때문에 밤에 생각나서 괴로워하는 일은 극히 드물다는 게 좀 묘하다는 생각 들 때 있지 않아? 잠을 설치게 하는 건 언제나 굴욕적인 일뿐이지.

  나에 대해서 온갖 이야기가 떠돌고 있어. 해티 프링글에게서 프링글 집안사람이라는 것만으로 내가 시험 '점수를 짜게 주었다'는 비난을 듣기도 했어. 아이들이 실수를 하면 내가 비웃는다는 소문도 났어. (그래, 프레드 프링글이 고대 로마에서 백 명의 병사를 지휘하던 '백인(百人) 대장'을 '백 년 동안 산 대장'이라고 잘못 정의했을 때 그만 웃고 말았던 건 인정해. 웃음이 터져버린 걸 어떡해.) 제임스 프링글은 "기강이 제대로 서 있지 않습니다, 기강이."라고 말하고 다녀. 그리고 내가 '업둥이'였다는 소문도 나돌고 있어.

  나는 다른 방면에서도 프링글 집안사람들의 적대행위에 맞닥뜨리기 시작했어. 서머사이드에서는 교육 분야의 일뿐만 아니라 사교 활동도 죄다 프링글 집안사람들 손아귀에 있는 듯해. 그들이 왕족이라고 불리는 것도 무리가 아니야. 지난주 금요일 앨리스 프링글이 하이킹 파티를 열었는데 나는 초대받지 못했어. 그리고 프랭크 프링글 부인이 교회의 사업을 원조하기 위해 (리베카 듀의 말로는 부인들이 뾰족탑을 '세우려는' 거래!) 다과회를 열었을 때 장로교회 여성 교인 가운데 초대받지 못한 사람은 나 하나뿐이었어. 서머사이드에 새로 온 목사님 부인이 나에게도 성가대에 들어와달라고 제안을 한다고 했을 때 프링글 집안사람들이 그런 일을 하면 자기들은 모두 그만두겠다고 통보했대. 행여 그렇게 되면 성가대는 뼈대밖에 남지 않는 형편이니 계속해나갈 수 없게 돼버려 목사님 부인의 제안은 흐지부지됐지.

학생들로 인해 어려움을 겪는 선생은 물론 나 혼자만이 아니야. 다른 선생님들이 자기 학생의 '기강'을 잡아달라면서—이 말이 얼마나 싫은지 몰라!—내게 보낼 때 그 절반은 프링글 집안 아이들이야. 하지만 다른 선생들에 대한 불평은 하나도 안 나와.

이틀 전 저녁, 젠이 일부러 해오지 않은 문제를 마저 풀게 하려고 수업이 끝난 뒤 젠을 교실에 남게 했어. 10분 뒤 단풍나무언덕 저택의 마차가 학교 앞에 서고 미스 엘런이 현관으로 내렸지. 아름답게 치장하고 상냥스러운 미소를 띤 노부인으로, 훌륭한 매부리코를 하고 우아한 검정 레이스 장갑을 낀 차림으로 마치 1840년대의 옷장에서 그대로 걸어나온 듯한 모습이었어.

"대단히 송구스럽지만 젠을 돌려보내줄 수 없는지요? 로베일의 친구를 만나러 가는 길인데 젠을 데려가기로 약속했거든요."

젠은 의기양양해서 돌아갔고, 나는 나에 대한 반대 세력의 강한 결속력을 새삼스레 깨달았지.

아주 비관적인 기분이 드는 날이면 프링글 집안은 슬론 집안과 파이 집안의 연합군 같다는 생각을 해. 하지만 사실은 그렇지 않은 걸 알고 있어. 만일 적이 아니라면 나는 그 사람들을 좋아할 수 있을 거야. 대체로 솔직하고 쾌활하며 의리가 깊은 사람들이거든. 미스 엘런조차도 좋아할 수 있을 거야. 미스 세라는 아직 만난 일이 없어. 10년 동안이나 단풍나무언덕 저택에서 나온 일이 없대.

　리베카 듀는 코웃음 치며 말했어.

"몸이 너무 약해서겠죠. 아니면 스스로 그렇게 믿고 있든가. 하지만 여기가 안 좋다, 저기가 아프다 하면서도 그 거만스러움은 약해지지 않고 여전해요. 프링글 집안사람들은 모두 거만하지만 그 두 노처녀는 아주 더하지요. 그들이 자기 조상 이야기를 하는 것을 셜리 선생님이 한번 들어봐야 돼요. 그 사람들의 아버지인 에이브러햄 프링글 선장은 확실히 훌륭한 사람이었어요. 그 동생 마이럼 쪽은 그리 훌륭하지 못했는지, 그 사람에 대해서는 프링글 집안사람들이 말하는 것을 못 들었어요. 어쨌거나 그 프링글들이 셜리 선생님을 어지간히 애먹일 거예요. 무슨 일이든, 어떤 사람에 대해서든 그 집안에서 한번 마음먹은 것은 여간해서 바뀌지 않거든요. 그래도 고개 꼿꼿이 들고 힘내야 해요, 셜리 선생님."

　채티 아주머니가 한숨을 쉬며 말했어.

"미스 세라의 파운드케이크 만드는 법을 알고 싶은데, 그 사람은 만드는 법을 적어준다고 몇 번이나 약속했으면서도 알려주지 않아요. 그건 옛날부터 영국 가정에 전해져오는 제과법이에요. 그 사람들은 자기네들 요리법은 손에 움켜쥐고는 좀처럼 남에게 가르쳐주지 않아요."

　가끔 밑도 끝도 없는 꿈을 꾸는 일이 있어. 그 꿈에서 나는 곧잘 미스 세라가 무릎을 꿇고 채티 아주머니에게 파운드케이크 만드는 법을 써주게 만들거나, 젠에게는 버릇없는 말과 행동을 고치도록 명령하곤 해. 그런데 정말 화가 나는 것은 프링글 일족들이 단결해서 젠의 못된 행동을 부추기지만 않는다면, 내 힘으로 문제없이 젠의 버릇을 고칠 수 있으리라는 점이야.

　(두 장 생략.)

당신의 충실한 종
앤 셜리로부터

추신. 채티 아주머니네 할머니가 연애편지에 보내는 이를 이런 식으로 썼어.

10월 17일

어젯밤 이 마을의 반대편 지역에 도둑이 들었다고 오늘 들었어. 도둑이 어느 집에 숨어들어 현금 얼마와 은숟가락을 여남은 개 훔쳐갔대. 그래서 리베카 듀는 개를 빌리러 해밀턴 씨네로 갔어. 개를 뒷베란다에 매어 둔대. 내게는 약혼반지를 서랍에 넣고 잘 잠가두라고 주의를 주었어.

그건 그렇고 리베카 듀가 왜 울었는지 알아냈어. 아마 집안에서 다툼이 좀 있었나 봐. 더스티 밀러가 또 '실수'를 해서, 리베카 듀가 케이트 아주머니에게 정말이지 '그 고양이'를 어떻게 하지 않으면 안 되겠다, 나도 이제는 두 손 두 발 다 들었다, 올 들어 세 번째다, '그 고양이'가 일부러 그러는 걸 알고 있다고 말을 했대. 그랬더니 케이트 아주머니는 고양이가 야옹야옹 울 때 리베카가 제때 밖에 내놓아주었으면 실수를 저지르는 일이 없었을 거라고 반박했던 거야.
"너무하네요. 난 참을 만큼 참았어요!"
리베카 듀는 소리쳤고, 그 결과가 눈물이었지!

프링글 집안사람들의 형세는 조금씩 더 험악해져가고 있어. 어제는 내 책 하나에 무척 무례한 말이 적혀 있었고, 호머 프링글은 하굣길에 학교 복도에서 내내 공중제비를 하며 갔어. 또 얼마 전에는 심하게 비꼬는 말을 잔뜩 쓴 익명의 편지를 받았어. 어쩐지 책이나 편지는 젠이 한 일 같지 않았어. 젠이 못된 장난을 치기는 해도 그렇게까지 저열한 짓을 할 애는 아니거든.

리베카 듀는 내가 당한 일에 불같이 화를 내. 그래서 만일 프링글 집안사람들이 리베카 듀의 손길이 뻗치는 곳에 있다면 어떤 일을 당할지 생각만 해도 몸서리가 나. 고대 로마의 폭군 네로의 잔학함 같은 건 비교도 안 될 거야. 사실 리베카 듀를 나무랄 것도 없어. 나도 프링글 집안사람 누구에게라도 보르지아[3]가 사용한 독약이라도 먹이고 싶다고 생각한 적이 있는걸.

다른 선생들에 대해서는 아직 별로 이야기하지 않았지? 두 명이 있어. 교감이면서 1학년을 맡은 캐서린 브룩과 진학준비반을 맡은 조지 매케이.

조지에 대해서는 거의 이야기할 게 없어. 내성적이고 사람 좋은 20살의 젊은이로, 스코틀랜드 하일랜드 사투리가 좀 섞인 부드러운 목소리를 지녔지. 듣기만 해도 목장이며 안개 낀 섬들이 보이는 듯한 느낌이 들어. (조지의 할아버지가 스카이섬[4] 사람이야.) 조지는 진학준비반 학생들과 아주 원만히 잘해나가고 있어. 나는 아직까지는 조지가 마음에 들어.

그런데 문제는 캐서린 브룩이야. 캐서린 브룩은 여간해서 좋아질 것 같지 않아. 캐서린은 28살이지만 35살쯤으로 보여. 교장으로 승진할 희망을 품고 있었다는 말을 들었는데, 내가 그 자리에 와서 날 원망하는 것 같아. 특히 내가 자기보다 훨씬 어리니까 더 그렇겠지.

그래도 캐서린은 좋은 선생님인데—좀 엄한 편이긴 하지만—인기가 전혀 없어. 게다가 그것을 신경 쓰지도 않아! 친구도 친척도 없는 듯하고, 더럽고 좁은 템플 거리의 음침한 집에 하숙하고 있어. 옷차림도 맵시가 없고 사교적인 외출을 전혀 하지 않는 데다 구두쇠래. 비꼬는 말을 너무 잘하는 편이라 캐서

---

[3] 1475~1507. 이탈리아 알렉산드르 6세의 아들로 추기경·군인. 정적들을 독살한 것으로 악명이 높았음.
[4] 스코틀랜드 북서쪽 헤브리디스제도 가운데 가장 큰 섬.

린의 학생들은 그녀의 신랄한 말을 두려워해. 그녀가 짙은 검은 눈썹을 치켜올리며 거만한 말투로 느릿느릿 말을 할 때면 아이들은 아주 기가 질린다고 하더라고. 나도 프링글 집안 아이들에게 그런 방법을 써보고 싶다는 생각을 했어. 하지만 나는 캐서린처럼 상대방의 공포심을 이용하여 지배하고 싶지는 않아. 나는 학생들로부터 사랑받고 싶어.

학생들이 자기가 시키는 대로 따르게 하는 정도는 아무런 어려움이 없는데도 캐서린은 늘 몇몇 아이들, 특히 프링글 집안 아이들의 기강을 잡아달라고 내게 보내. 일부러 그런다는 것을 알아. 내가 난처하면 의기양양해하고, 내가 당하는 모습을 보며 즐기는 거겠지.

리베카 듀는 아무도 그 사람과 친구가 될 수 없다고 했어. 윈디윌로즈의 미망인들이 캐서린을 몇 번이나 일요일 저녁 식사에 초대했었대. 그 두 분은 상냥해서 외로운 사람들을 위해 늘 그렇게 하시거든. 언제나 맛있는 닭고기 샐러드를 만들어놓았지만 캐서린은 한 번도 오지 않았어. 케이트 아주머니가 말하듯 '모든 일에는 정도가 있는 법'이니까 두 분도 끝내 캐서린에 대해서는 아예 단념해버렸어.

캐서린은 머리가 아주 좋고, 노래도 잘 부르고 암송—리베카 듀 식으로 말하면 자만에 찬 '연설'—도 잘한다는 소문이 있는데, 그 어느 것도 하려고 하지 않아. 언젠가 채티 아주머니가 교회 만찬회에서 암송해주지 않겠느냐고 부탁한 적이 있었대.

"그랬더니 아주 무례하게 거절했어요."라고 케이트 아주머니가 말했지.

그러자 리베카 듀가 말했어.

"아주 딱딱거렸지요."

캐서린은 기분 좋지 않을 때에는 굵고 쉰—남자 같은—목소리를 내서 딱딱거리는 것처럼 들려.

예쁘지는 않지만 좀 더 낫게 보일 수 없는 건 아니야. 살갗은 좀 어둡고, 근사한 검은 머리를 늘 넓은 이마에서부터 힘껏 잡아당겨서 목 언저리에서 대충 감아 묶어. 검은 눈썹 밑의 눈은 맑고 밝은 호박색이어서 머리색과 어울리지 않아. 부끄러워하며 숨길 필요가 없는 귀와 내가 지금껏 살면서 본 적 없을 만큼 아름다운 손을 가지고 있어. 또 윤곽이 또렷한 입매를 하고 있어.

그런데 옷차림은 형편없어. 몸에 걸쳐서는 안 될 색깔과 실루엣의 옷을 발견해내는 데 천재가 아닐까 여겨질 정도야. 혈색이 나빠서 녹색이나 잿빛은 어울리지 않는데 칙칙한 암록색이며 우중충한 회색 옷을 입는다거나, 키가 크고 여윈 몸이 한층 더 크고 말라 보이는데도 줄무늬 옷을 입지. 게다가 그 옷은 늘 입은 채로 자다가 깨서 그대로 입고 나왔나 싶을 만큼 후줄근하거나 구깃구깃해.

캐서린의 태도는 아무도 가까이 다가오지 못하게 하려는 듯해. 리베카 듀 말을 빌리자면, 언제나 싸울 듯한 태세야. 층계에서 엇갈릴 때마다 캐서린이 나에 대해 뭔가 무서운 생각을 하고 있는 것만 같아. 그리고 캐서린에게 말을 걸 때면 항상 내가 무언가 해서는 안 되는 말을 해버린 듯한 기분이 들고. 그런데도 캐서린이 딱하게 여겨지는 거 있지. 하기야 내가 자기를 동정한다고 생각하면 캐서린은 오히려 맹렬히 분개할 테지. 캐서린 자신이 도움을 바라지 않으니 나로서도 도와줄 수 있는 일은 아무것도 없어.

캐서린은 나한테 무척 적대적이야. 어느 날 우리들 선생 셋이 교무실에 앉아 있을 때, 내가 뭔가 학교의 불문율 가운데 하나를 위반하는 짓을 저지르고 말았나 봐.

그러자 캐서린이 퉁명스럽게 이죽거리며 말했어.

"아마 교장이라고 자신은 규칙 위에 있다고 여기시나 보죠, 셜리 선생님."

또 한번은 내가 학교를 위해 좋으리라 여긴 개혁안을 제안했더니 캐서린은 비웃으며 말했지.

"나는 동화에는 흥미 없어요."

이런 식이야.

어느 날은 캐서린의 성취와 교수법을 칭찬했더니 이렇게 말하더군.

"이 사탕발림 다음에 어떤 입에 쓴 약을 주시면서 몸에 좋으니 받아먹으라고 하실 셈인가요?"

그러나 나를 가장 거슬리게 한 일은……어느 날 교무실에서 별생각 없이 캐서린의 책을 집어든 나는 뒷장으로 언뜻 눈길을 보내며 말했어.

"당신의 이름이 K로 시작해서 다행이에요. K로 시작하는 캐서린 쪽이 C로 시작하는 캐서린보다 훨씬 매력적이잖아요. K라는 글자가 왠지 새침 떠는 듯한 C보다 훨씬 자유분방한 느낌이 있으니까요."

캐서린은 그 자리에서는 아무 말도 하지 않았지만, 그다음 번에 제출한 문서에 자기 이름을 C로 시작하는 캐서린으로 서명해 놓지 않았겠어.

그날 나는 집으로 돌아오는 내내 재채기를 했어.

솔직히 말하면 캐서린과 친구가 되려고 애쓰는 일을 그만두고 싶어. 그런데, 왜 그런지 설명할 수는 없지만, 그 무뚝뚝하고 초연한 체하는 태도 뒤엔 사실 사람의 정에 굶주린 마음이 있을지도 모른다는 어떤 묘한 예감이 들어.

정말이지 캐서린이나 프링글 집안사람들의 적대적인 태도로 외로운 이곳에서 친절한 리베카 듀와 자기의 편지…… 그리고 조그만 엘리자베스가 없었다면 어떻게 지냈을지 모르겠어.

참, 조그만 엘리자베스와 친분이 생겼어. 아주 귀여운 아이야.

사흘 전 저녁때, 내가 우유 한 잔을 들고 쪽문으로 가니까 그 늘푸른나무 저택의 시녀 대신 엘리자베스가 나와 있었어. 머리가 문의 꼭대기 부분 바로 위의 직사각형 구멍으로 빼꼼히 나와 마치 얼굴이 담쟁이덩굴로 둘러진 액자 속에 쏙 들어가 있는 모양새가 됐지.

금발에다 조그맣고 핼쑥하고 슬퍼 보이는 아이야. 가을 해 질 녘 빛깔 속에서 나를 바라보는 그 아이의 큰 눈은 황갈색이었어. 은빛이 도는 금발은 가운데에서 가르마를 타서 둥그런 빗으로 매끈하게 머리에 꽂아 붙였는데 어깨에 파도치듯 흘러내리고 있었어. 연하늘색 깅엄 원피스를 입고 요정의 나라에서 온 공주 같은 표정을 짓고 있었지. 리베카 듀가 말한 대로 그야말로 '가냘픈 모습'으로, 얼마쯤 영양실조에 걸린 아이라는 인상을 받았어—몸보다는 영혼의 영양실조. 햇빛보다 달빛이라는 느낌이었지.

내가 물었어.

"네가 엘리자베스니?"

엘리자베스는 정색을 하고 대답했어.

"오늘 밤은 아니에요. 오늘은 내가 베티가 된 밤이에요. 오늘 밤은 온 세상의 모든 것이 좋거든요. 어젯밤에는 엘리자베스였지만. 내일 밤은 아마 베스가 될 거예요. 그날그날의 기분에 따라 달라져요."

이른바 '닮은꼴 영혼'의 교감이 딱 느껴지는 순간이 아니었겠니! 나는 갑자기 설렘으로 두근거리는 것을 느꼈어.

"그렇게 쉽사리 그날그날 바뀔 수 있는 이름을 가지고 있다니 부럽구나. 게다가 아무리 바뀌어도 여전히 자기 이름이라는 느낌이 다 남아 있고 말이야!"

조그만 엘리자베스는 고개를 끄덕였어.

"엘리자베스는 정말 여러 이름으로 만들 수 있어요. 엘시, 베티, 베스(Bess), 엘리사, 리즈베스, 그리고 베스(Beth). 하지만 리지는 아니에요. 나는 좀처럼 리지라는 느낌은 들지 않거든요."

"아마 누구라도 그럴걸."

"나를 한심하게 여기지 않나요, 셜리 선생님? 할머니와 시녀는 그렇게 생각하거든요."

"한심하다니. 전혀 그렇지 않아. 아주 똑똑하고 재미있는 생각인걸."

조그만 엘리자베스는 눈을 접시처럼 동그랗게 뜨고 우유가 담긴 유리잔 테두리 너머로 나를 바라보았어. 나는 어떤 비밀스러운 마음의 저울 위에서 저울질되고 있음을 느꼈지. 고맙게도 나를 자질이 부족한 사람으로 여기지 않는다는 것을 곧 깨달았어. 왜냐하면 엘리자베스가 작은 손을 내밀며 내게 부탁을 하나 했거든. 엘리자베스는 자기 마음에 들지 않는 사람에게는 부탁을 하지 않는대.

엘리자베스는 수줍어하며 물었어.

"그 고양이를 들어 올려 내가 쓰다듬게 해주실 수 있나요?"

더스티 밀러는 내 다리에 몸을 비벼대고 있었어. 더스티를 들어 올리자 엘리자베스는 조그만 손을 내밀어 기쁜 듯 더스티의 얼굴을 쓰다듬었어.

"나는 아기보다 아기 고양이가 더 좋아요."

엘리자베스는 도전하는 듯한 느낌으로 내 쪽을 쳐다보았는데, 마치 내가 어이없어 할 것을 예상하지만, 그래도 진실을 말할 수밖에 없다는 그런 표정이었지.

"아마도 아직은 아기를 본 적이 별로 없어서 아기가 얼마나 귀여운지 몰라서 그럴 거야."

나는 웃으며 말하고 나서 덧붙였어.

"너도 아기 고양이를 기르고 있니?"

엘리자베스는 머리를 가로저었어.

"아뇨, 없어요! 할머니가 고양이를 그다지 좋아하지 않아요. 게다가 시녀는 고양이를 아주 싫어해요. 오늘 밤은 시녀가 없어서 내가 우유를 가지러 올 수 있었죠. 나는 우유 가지러 오는 심부름을 아주 좋아해요. 리베카 듀는 아주 유쾌한 사람이거든요."

"오늘 밤 리베카 듀가 오지 않아서 실망했니?"

말하고 나서 나는 웃었어.

조그만 엘리자베스는 머리를 저었어.

"아니요, 선생님도 유쾌한 분이에요. 나는 선생님을 알고 싶었지만, '내일'이 오기 전에는 사귈 수 없을지도 모른다고 오늘도 생각했었어요."

거기에 서서 이야기하는 동안 엘리자베스는 얌전하고 우아하게 우유를 마시며 '내일'에 대해 모조리 말해주었어.

"시녀는 '내일' 같은 것은 오지 않는다고 하지만 나는 잘 알고 있어요. '내일'은 꼭 와요. 어느 아름다운 아침에 눈을 떠보면 그게 '내일'인 날이 올 거예요. '오늘'이 아닌, '내일'이요. 그때부터는 여러 가지 일들이 일어나요...... 멋진 일이요. 아무에게도 감시받지 않고, 내가 하고 싶은 대로 마음껏 할 수 있는 그런 날이 올지도 몰라요."

그렇지만 엘리자베스는 아마도, 그런 멋진 일은 아무리 '내일'이 오더라도 일어날 리 없다고 생각하는 듯했어. 엘리자베스는 '내일'이 오면 멋진 빨간 뱀처럼 구불구불하게 이어져 있는 저 항구 거리가 어디에 이르는지도 알아낼 수 있을 거라고 말했어. 엘리자베스가 생각하기에는, 그 길을 계속 걸어가면 세계의 끝에 이르고 어쩌면 그곳에 '행복의 섬'이 있을 것 같대. '행복의 섬'에는 한

번 나가면 다시는 돌아오지 않는 배가 모두 닻을 내리고 있다고 했어. 언젠가 '내일'이 오면 그 섬을 찾아낼 참이라 했지.

"그리고 머나먼 '내일'이 오면, 나는 개 백만 마리와 고양이 마흔다섯 마리를 기를 거예요. 할머니가 아기 고양이를 기르면 안 된다고 했을 때 내가 그렇게 말했어요, 셜리 선생님.

그랬더니 할머니는 화를 내면서 말했죠.

'나는 그런 말투를 아직 들어본 적이 없다, 건방진 꼬마 아가씨야.'

그날 나는 벌로 저녁을 굶고 자러 가게 됐어요. 하지만 건방진 말을 할 생각은 아니었어요. 그러고 나서 시녀가 저한테 건방지게 굴고 나서 잠을 자다가 죽어버린 아이가 있다고 말해서 그날 밤 한잠도 못 잤어요."

엘리자베스가 우유를 다 먹었을 때, 가문비나무 뒤 어딘가 보이지 않는 창문을 날카롭게 두드리는 소리가 났어. 우리 두 사람을 줄곧 감시했던가 봐. 나의 요정 소녀는 금발을 휘날리며 달려 어두컴컴한 가문비나무 통로 사이로 사라져버렸어.

내가 한 그날의 모험—분명히 모험이라고 할 만한 일이었어, 길버트—이야기를 듣고 리베카 듀가 말했어.

"그 애는 엉뚱한 생각을 많이 하는 어린아이예요. 언젠가 내게 이렇게 물었죠. '사자가 무섭지 않나요, 리베카 듀?' 하고요. '아직 한 번도 마주친 적이 없어서 모르겠구나.' 이랬더니 "내일'엔 사자가 얼마든지 있어요. 얌전하고 신사다운 사자들이요.' 하는 거예요. '아가, 그런 눈을 하고 있으면 온몸이 다 눈이 되어버린다.' 하고 나는 주의를 줬어요. 그 아이의 눈은 나를 꿰뚫어 그 '내일'이라는 시간 속에 있는 무언가를 지켜보고 있었으니까요. '나는 말예요, 깊은 생각에 잠겨 있었어요, 리베카 듀.'라고 하더군요. 그 애는 너무 웃지 않는 것이 문제예요."

그 말을 듣고 생각해보니 우리가 이야기하는 동안 엘리자베스가 내내 단 한 번도 웃지 않았다는 사실을 깨달았어. 웃는 법을 모르는 게 아닐까? 그 커다란 집은 너무 조용하고 쓸쓸해서 웃음의 그림자도 없어. 세상이 온통 울긋불긋 가을빛으로 물든 지금도 그 집은 왠지 칙칙하고 음침해. 조그만 엘리자베스는 그 세계에 살면서 사라져간 속삭임에 지나치게 귀 기울이고 있어.

서머사이드에서 내 사명 가운데 하나는 엘리자베스에게 웃는 법을 가르쳐 주는 일이 될 듯해.

당신의 가장 따뜻하고 충실한 벗

앤 셜리로부터

추신. 또 채티 아주머니네 할머니를 좀 따라 해 봤어!

단풍나무언덕 저택으로의 초대

10월 25일
서머사이드, 유령골목
윈디윌로즈에서

사랑하는 길버트에게

  무슨 일이 있었는지 알아? 바로 단풍나무언덕 저택에서 마련한 만찬에 다녀왔어!
  미스 엘런이 직접 초대장을 쓴 거야. 리베카 듀는 그 일로 아주 흥분했어. 설마 그 사람들이 내게 관심을 기울이리라고는 생각지 않았기 때문이야. 그렇지만 호의에서 비롯된 초대는 아닐 게 틀림없다고 말했어.
  리베카 듀는 소리쳤지.
  "분명 무슨 못된 꿍꿍이가 있어요. 확실해요!"
  물론 나도 속으로는 얼마쯤 그런 마음을 가지고 있었지.
  리베카 듀가 명령했어.
  "가장 좋은 옷을 입도록 하세요."
  나는 보랏빛 제비꽃 무늬의 예쁜 크림색 샬리[1] 천으로 된 옷을 입고 머리는 이마 쪽에서 살짝 들어가는 새로운 스타일로 빗었어. 아주 잘 어울려 보였지.

  길버트, 단풍나무언덕 저택에 있는 두 노부인은 나름대로 아주 멋진 사람들이야. 그분들만 좋다고 하면 나는 가까워질 수 있으리라 생각해. 하지만 단풍나무언덕 저택은 도도하고 가까이하기 어려운 집으로, 둘레에 빼곡히 나무를 심어놓고 서민들과는 어울리려 하지 않아. 그곳 과수원에는 에이브러햄 노선장의 그 유명한 배 '고 앤드 애스크 허(Go and Ask Her)'호의 뱃머리에서 뜯어온 크고 하얀 목재 여인상이 있어. 그리고, 현관 층계 언저리에 큰 물결이 치듯 우거져 있는 개사철쑥은 초대 프링글이 이주했을 때 영국 본토에서 가져온 것으로 백 년도 넘었대. 또 조상 중에는 민덴[2] 전투에 참전한 사람이 있는데 그의 칼이 응접실 벽 에이브러햄 선장의 초상화 옆에 걸려 있었어. 에이브러햄 선장은 이 두 자매들의 아버지인데, 두 사람이 그를 아주 자랑스럽게 여기는 것을 한눈에 알 수 있었어.

  세로로 홈이 파인 오래된 검은 벽난로 선반 위에는 장엄한 거울이 걸려 있고, 유리 상자 안에는 밀랍 세공의 정교한 조화와 옛날 배의 아름다운 사진이 여러 장 있고, 프링글 집안의 유명한 사람들 머리카락을 모아 둥글게 엮은 장식품이며 큰 소라 껍데기 같은 것이 장식되어 있고, 손님방 침대에는 아주 자잘한 부채 패턴을 이어 만든 퀼트 이불이 덮여 있었어.

  우리가 응접실에서 앉은 의자는 셰러튼[3]의 마호가니 의자였지. 방에는 고급스러운 은빛 줄무늬 벽지가 발라져 있고 창문에는 묵직한 양단 커튼이 쳐 있었지. 대리석 상판의 탁자들 가운데 하나에는 새빨간 선체에 돛이 눈처럼 하

---

1) 울과 실크를 교직하여 만든 얇고 가벼운 옷감.
2) 7년 전쟁 중 1759년 8월 1일에 영·독연합군이 프랑스군에게 큰 승리를 거둔 곳.
3) 토머스 셰러튼(1751~1806), 영국의 가구 제작자.

얀 아름다운 배 모형이 놓여 있었는데 그것이 바로 '고 앤드 애스크 허'호래.

유리로 만든 찰랑거리는 장식을 가득히 내려뜨린 거대한 샹들리에가 천장에서부터 드리워져 있었어. 한가운데에 시계를 박아놓은 둥근 거울은 에이브러햄 선장이 '외국'에서 가져온 것인데 참으로 근사했어. 우리가 꿈꾸는 집에도 그런 것이 있었으면 좋겠다는 생각을 해 봤어.

그곳은 그림자까지도 무언중에 웅장함을 드러내고 전통의 무게를 느끼게 했어. 미스 엘런은 몇 백만 장—기분상 그쯤 되는 것 같았지—에 이르는 프링글 집안의 사진을 보여주었는데 가죽 케이스에 들어 있는 은판 사진이 많았어. 커다란 삼색 고양이가 방으로 들어와 내 무릎에 뛰어올랐지만 곧 미스 엘런이 부엌으로 쫓아버렸어. 미스 엘런은 내게 사과했어. 하지만 고양이에게도 미리 부엌에서 사과해두었을 듯해.

이야기는 주로 미스 엘런이 했어. 미스 세라는 매우 작달막한 체구에 검은 비단옷을 입고 빳빳이 풀 먹인 페티코트를 받쳐 입었는데, 머리는 눈처럼 희고 눈은 입고 있는 옷처럼 검고, 핏줄이 비치는 갸름한 손은 무릎의 훌륭한 레이스 장식 속에 포개어져 있었어. 슬픈 듯 아름답고 품위 있는 그 모습은 입을 열면 깨어져버릴 듯 여려 보였어. 길버트, 그런데도 나는 프링글 일족 전체가—미스 엘런도 포함하여—미스 세라의 장단에 춤을 추는 듯한 인상을 받았어.

만찬은 기막혔어. 물은 차갑고 식탁을 장식한 리넨류는 하나같이 아름답고 접시와 유리잔들은 얇은 것들이었어. 시중드는 하녀조차 이 집 사람들처럼 초연하고도 귀족적이었지. 식사는 근사했지만 미스 세라는 내가 말을 걸면 매번 귀가 좀 어두운 척해서 나는 음식을 한 입 삼킬 때마다 음식이 죄다 목에 걸리는 것 같았어. 내 안의 용기가 그만 모조리 빠져나가버렸지. 그래서 내가 마치 끈끈이에 잡힌 가엾은 파리 신세가 된 기분이었어. 길버트, 난 정말로 이 '왕족'

을 도저히 꺾을 수도 이길 수도 없을 듯해. 새해에 사직서를 낼 내 모습이 훤히 보이는 것 같아. 이런 일족을 상대로 이길 재간은 절대로 없어.

하지만 이 집을 둘러보았을 때 나는 노부인들이 좀 안됐다고 여기지 않을 수 없었어. 이 집도 한때는 '살아 있는' 곳이었겠지. 사람들이 태어나고 죽고 환호작약하기도 하고 잠들기도 했으며 절망, 두려움, 기쁨, 사랑, 희망, 미움을 실컷 맛보았을 거야. 그런데 지금은 그 아련한 추억밖에 남지 않아, 노부인들은 그것을 지키며 자랑거리로 삼아서 살아가는 데 지나지 않아.

오늘 채티 아주머니는 내 침대에 깔려고 세탁한 시트를 펼치다가 가운데에 마름모꼴로 접힌 주름을 보고 기분이 언짢아지셨어. 집안의 누군가가 죽게 될 징조라지 뭐야. 케이트 아주머니는 그런 미신을 아주 싫어해. 하지만 나는 미신을 믿는 사람을 좋아하는 편인 듯해. 따분한 생활에 빛깔을 더해주니까. 만일 모든 사람이 현명하고 분별 있고…… 더구나 '선량하다면' 인생은 너무 단조롭지 않을까? 그렇게 된다면 무슨 이야깃거리가 있을까?

이틀 전 밤에, 이 집에서 '고양이 소동'이 있었어. 리베카 듀가 뒤뜰에서 새된 소리를 지르면서 '야옹아, 야옹아'라고 불렀는데도 더스티 밀러는 밤새 집에 돌아오지 않았어. 아침이 되어 돌아왔을 때……오, 그 몰골이란! 한쪽 눈은 완전히 보이지 않고 턱에는 달걀만 한 혹이 생기고 털은 진흙이 잔뜩 묻어 딱딱하게 굳어 있고 앞발 하나는 물어뜯겨 있었어. 그런데도 멀쩡한 다른 한쪽 눈은 승리에 차서 뉘우치는 기색 없는 당당한 표정을 담고 있었어!

미망인들은 기겁했지만 리베카 듀는 신바람이 난 듯 말했어.

"'그 고양이'는 지금까지 한 번도 싸움다운 싸움을 해 본 적이 없지만 상대 고양이는 이보다 훨씬 더 비참한 꼴을 하고 있을 게 틀림없어요!"

오늘 밤은 안개가 항구로부터 스렁스렁 스며와 조그만 엘리자베스가 탐험

하고 싶어하는 빨간 길이 사라졌어. 집집마다 뜰에서 잡초며 낙엽을 태우고 있어서 연기와 안개가 뒤섞여 유령골목은 으스스한 마력과 마법에 사로잡힌 곳으로 바뀌었어.

밤도 깊어 내 침대가 '잠을 대령해 놓았어요.'라고 말하고 있어. 난 발판의 층계를 디뎌서 침대에 오르내리는 일에 겨우 익숙해졌어. 사실은 길버트, 지금까지 아무에게도 말하지 않았지만 너무 우스운 일이라 더는 혼자 간직할 수가 없어서 말해야겠어. 이곳 버드나무집에서 눈을 뜬 첫날 아침에 나는 사실 발판의 층계에 대한 것을 까맣게 잊고 침대에서 신나게 뛰어내렸었어. 리베카 듀였다면 '천 개의 벽돌이 한꺼번에 무너지는 것 같았다'고 했을 소리를 내며 나는 요란하게 방바닥에 떨어졌지. 다행히 뼈는 부러지지 않았지만 1주일 동안 시퍼런 멍투성이였어.

요즘 나는 조그만 엘리자베스와는 둘도 없는 짝꿍이 되었어. 엘리자베스는 매일 저녁 무렵이 되면 우유를 받으러 와. 시녀가 기관지염으로 누워 있기 때문이야. 엘리자베스는 늘 마당의 쪽문에서 그 큰 눈망울에 황혼의 빛을 담고서 나를 기다려. 우리는 이미 몇 해 동안이나 열린 적이 없는 쪽문을 사이에 두고 수다를 떨지. 엘리자베스는 시간을 오래 끌려고 되도록 천천히 우유를 마셔. 그래도 마지막 한 방울까지 다 마시고 나면 이내 창문을 똑똑 두드리는 소리가 들려와.

엘리자베스는 '내일'이 오면 여러 일들이 일어나겠지만 그 가운데는 아버지에게서 편지가 오는 것도 들어 있다고 살짝 알려주었어. 여태 한 번도 받은 일이 없대. 그 아버지라는 사람은 무슨 생각을 하고 있을까?

엘리자베스가 말했지.

"아버지는 내 얼굴을 보고 싶지 않은 거예요, 셜리 선생님…… 하지만 편지라면 써주실지도 몰라요."

나는 벌컥 화가 치밀어서 물었어.

"아버지가 엘리자베스의 얼굴을 보기 싫어한다고 누가 말했지?"

"시녀가요."

엘리자베스가 시녀(The Woman)라고 할 때마다 내 눈앞엔 각지고 뾰족뾰족한 W자가 금지의 표상처럼 커다랗게 떠오르지.

"게다가 그 말은 진짜 같아요. 그렇지 않으면 진작에 만나러 오시지 않았을까요."

엘리자베스는 그날은 베스였어. 아버지 일을 말하는 날은 베스일 때뿐이지. 베티인 날에는 할머니나 시녀에 대해 이야기하며 얼굴을 찌푸려 장난꾸러기 같은 표정을 짓고, 엘시가 되면 그런 짓을 해서는 안 되었다고 뉘우치면서 잘못했다고 말해야 한다고 생각하지만 겁이 나서 그러지 못하겠다고 해. 엘리자베스로 있을 때는 별로 없지만, 그런 때는 요정의 음악에 귀 기울이고 장미나 토끼풀의 속삭임을 알아듣는 표정을 하고 있어.

아주 독특한 아이야, 길버트. 바람결에 살랑이는 버드나무잎처럼 예민해. 그래서 나는 그 아이가 무척 좋아. 그 무서운 두 노파가 이 어린아이를 깜깜한 어둠 속에서 잠들게 하는 것을 생각하면 격렬한 노여움에 휩싸이곤 해.

"나는 이제 클 만큼 컸으니 불빛 없이 잘 수 있다고 시녀가 말했어요. 하지만 나는 아직 어리다는 생각이 들어요. 밤이 너무 길고 무서워요. 게다가 내 방에 놓인 박제 까마귀가 너무너무 무서워요. 시녀는 내가 울면 그 까마귀가 눈을 쪼아버릴 거라고 했어요.

물론 그런 일이 정말 일어난다고 생각하는 건 아니에요, 셜리 선생님. 그래도 역시 무서워요. 밤이 되면 여기저기서 수군거리는 소리가 들리는걸요. 하지만 '내일'이 되면 모든 두려운 것들이 없어질 거예요…… 유괴범에게 끌려갈 걱정도요."

"하지만 유괴될 염려는 없잖니, 엘리자베스?"

"내가 어디에 혼자 가거나 모르는 사람에게 말을 걸면 유괴되고 말 거라고 시녀가 말했어요. 하지만 선생님은 모르는 사람이 아니죠, 셜리 선생님?"

"그럼, 엘리자베스. 우리는 '내일'이라는 시간 속에서 오래전부터 알고 있었는걸."

프링글 집안의 냉대

11월 10일
서머사이드, 유령골목
윈디윌로즈에서

사랑하는 그대에게

　지금까지 내가 세상에서 가장 싫어한 사람은 내 펜촉을 못쓰게 망가뜨려 놓는 사람이었어. 그렇지만 리베카 듀에게는 내가 학교에 간 사이 툭하면 내 펜으로 요리법을 베껴두는 버릇이 있는데도 나는 리베카 듀를 도무지 미워할 수가 없어. 어쨌거나 리베카 듀가 또다시 그렇게 한 바람에 자기는 긴 편지도, 또 애정이 담긴 연애편지도 이번에는 받을 수 없게 돼버렸어. (사랑해 마지않는 자기야)

　올해는 귀뚜라미의 마지막 노래도 다 끝났어. 이제 저녁이면 너무 쌀쌀해서 내 방에는 자그맣고 통통하면서 길쭉한 원통 모양의 장작 난로가 들어왔어. 세심한 리베카 듀가 넣어준 거야. 그래서 펜에 대해서는 용서하기로 했어. 리베카 듀는 못하는 게 없어. 내가 학교에서 돌아오면 방이 데워져 있도록 언제나 불을 미리 때놓아.

내 방의 난로는 난로 가운데에서도 더없이 작아 손으로 거뜬히 들어 올릴 수 있을 정도야. 꼭 쇠로 된 네 개의 안짱다리가 달린 앙증맞은 검은 개와 비슷하게 생겼어. 하지만 속에 장작을 가득 넣으면 새빨간 장밋빛으로 빛나며 놀라운 열을 내뿜어 방을 얼마나 아늑하게 만들어주는지 몰라. 난 지금 난로 앞에 앉아 조그만 난로 받침대에 발을 얹은 채 무릎 위에 편지지를 올려놓고 이 편지를 쓰고 있어.

온 서머사이드 사람들—이라고 해도 될 만한 사람들—은 모두 하디 프링글네 집 무도회에 가 있어. 나는 초대받지 못했어. 그 일로 리베카 듀가 몹시 기분 나빠 더스티 밀러에게 화풀이를 하고 있어. 내가 더스티가 아니라 천만다행이라고 여겨질 정도야.

그래도 하디의 딸인 아름답지만 머리 나쁜 마이라가 이등변 삼각형의 마주 보는 두 내각의 크기가 서로 같다는 것을 증명하라는 수학 문제에서 '각(angle)'의 철자조차 제대로 몰라 처음부터 끝까지 '천사(angel)'라고 시험 답안지에 써놓은 걸 생각하면 너무 딱해서 온 프링글 집안사람을 용서하고 싶어져. 게다가 지난주에도 나무의 종류를 나열하라고 했더니 '교수대(gallows tree)'라는 단어 맨 끝에 '나무(tree)'라는 말이 붙어 있다는 이유로, 마이라는 진지하게 그것을 목록에 적어 넣고 있는 게 아니겠어! 그러나 공평하게 말하자면, 프링글 집안 아이들만 이런 어처구니없는 실수를 저지른다고 단정할 수는 없어. 얼마 전에 블레이크 펜턴은 악어가 '커다란 곤충의 일종'이라고 정의를 내렸으니까. 이런 일들이야말로 교사 생활의 하이라이트지!

오늘 밤은 눈이 올 것 같아. 나는 이렇게 금세라도 눈이 올 듯한 밤이 좋아. 바람이 '작은 탑이며 나무들'[1] 사이로 불어대니 내 방이 한층 더 아늑하게 느껴져. 금빛 마지막 잎새가 오늘 밤 사시나무에서 팔랑 떨어져버리겠지.

아마도 나는 지금까지 모든 집에서 남김없이 저녁 초대를 받은 것 같아. 시내와 시골에 사는 우리 반 학생들 모두의 가정을 말하는 거야. 그래서 말인데, 길버트, 꼭 부탁하고 싶은 게 있어. 나는 호박 설탕절임에는 이제 진절머리가 나버렸어! 그러니까 우리의 '꿈의 집'에서는 절대로 호박 설탕절임은 만들어 먹지 말자.

지난달 내가 초대받아서 간 거의 모든 집에서 저녁 식사에 호박 설탕절임을 내놓았어. 처음에는 나도 좋았어. 멋진 황금빛을 띠고 있어서 마치 설탕절임으로 만들어놓은 햇빛을 먹는 기분이었거든. 그래서 별생각 없이 자꾸 맛있다고 했지. 그러자 내가 호박 설탕절임을 꽤 좋아한다는 소문이 나서 사람들이 일부러 나를 위해 준비를 했던 거야.

어젯밤에는 해밀턴 씨네에 초대받았는데 리베카 듀가 "그 집에서라면 호박 설탕절임을 먹을 일은 없을 거예요. 해밀턴 씨 식구 중에는 그걸 좋아하는 사람이 아무도 없으니까요."라고 말했어.

그런데 모두들 식탁에 앉자 식탁 옆 낮은 찬장 위에 놓인 유리그릇에 이날도 어김없이 호박 설탕절임이 수북이 담겨 있었어.

해밀턴 부인이 내 접시에 가득 덜어주며 말하더라.

"우리 집에는 호박 설탕절임이 없지만 선생님이 아주 좋아하신다는 말을 듣고, 마침 지난 일요일 로베일의 사촌 언니네에 갔을 때 '이번 주에 내가 셜리 선생님을 초대했는데, 선생님이 호박 설탕절임을 아주 좋아하신다고 하거든. 그래서 말인데, 선생님께 드리게 한 병 나눠줄 수 없을까?' 하고 물어봐서 한 병 받아 왔어요. 드시다가 남으면 집으로 가져가세요."

---

1) 앨프리드 테니슨의 시 〈자매들〉에서 매 연마다 반복되어 나오는 시구임.

내가 해밀턴네 집에서 유리병에 3분의 2쯤 든 호박 설탕절임을 가지고 돌아왔을 때 리베카 듀 얼굴을 자기도 봤어야 했는데! 이 집에서는 아무도 좋아하지 않아서 우리는 한밤중에 그걸 몰래 뜰에 묻어버렸어.

리베카 듀는 근심스러운 듯 물었어.

"이 일을 설마 소설로 쓰지는 않으시겠죠?"

내가 이따금 잡지에 실리는 짤막한 단편을 쓴다는 것을 알게 된 뒤로 리베카 듀는 행여나 윈디윌로즈에서 일어나는 일을 하나에서 열까지 모두 소설로 쓰는 게 아닌가 하는 두려움—또는 써줬으면 하는 바람인지, 어느 쪽인지 잘은 모르지만—을 안고 살고 있어. 리베카 듀는 내게 프링글 집안에 대해 써서 그들이 기를 못 펴게 해달라고 했어. 그러나 아아! 오히려 프링글 집안사람들 쪽에서 나를 기를 못 펴게 해서 나는 그들과 학교 일에 치여 소설을 쓸 짬이 거의 나지 않아.

이제 이 집 뜰에는 시든 잎과 서리 맞은 줄기밖에 없어. 리베카 듀가 예년처럼 장미에 짚과 감자 포대를 덮어 추위막이를 해놓아서 저녁놀 속에서 그것을 보면 마치 지팡이에 기대선 곱사등이 노인들의 무리처럼 보여.

오늘 데이비로부터 키스를 나타내는 X자 표시를 열 개나 쓴 엽서와 프리실라로부터 '일본에 있는 친구'가 보내주었다는 종이에 쓴 편지를 받았어. 실크처럼 엷은 종이에 벚꽃 무늬가 마치 유령처럼 흐릿하게 들어가 있어. 왠지 그 프리실라의 친구라는 사람이 과연 친구가 맞는지 슬슬 의심이 돼.

하지만 자기가 보내준 크고 두툼한 보랏빛 편지야말로 오늘 내가 받은 최고의 선물이야. 나는 그 편지의 모든 풍미를 남김없이 즐기고 싶어서 네 번이나 다시 읽었어…… 마치 개가 음식이 담겨 있던 접시를 싹싹 핥아 먹듯이 말이야! 분명 낭만적인 비유는 아니지만, 마침 머리에 문득 떠올랐어. 하지만 아무리 잘 쓴 편지라 해도 편지로는 '만족'할 수 없어. 나는 '자기'가 보고 싶어. 크리스마스 휴가까지 5주일밖에 안 남았다고 생각하니 기뻐서 견딜 수가 없어.

옛날 묘지 산책

 11월도 다 지난 어느 날 저녁, 펜을 입에 물고 탑의 창가에 앉아 꿈꾸는 눈으로 저물녘 경치를 보고 있던 앤은 갑자기 옛날 공동묘지를 산책해보고 싶다는 생각이 들었다. 자작나무와 단풍나무 숲이나 바닷가를 더 좋아하다 보니 저녁 산책으로 아직까지 한 번도 묘지에 가본 적이 없었다. 그러나 나뭇잎이 다 떨어진 뒤 11월에는 여유가 생기기 마련이다. 이때는 숲에 들어선다는 것이 외려 조금은 미안한 마음마저 드는 달이다. 숲의 나무와 땅 위에 가득했던 이 지상의 영광은 이미 사라진 뒤, 신성하고 때 묻지 않은 순백의 모습을 한 천상의 영광으로 다시 빛날 날은 아직 오지 않았기 때문이었다.
 그래서 앤은 숲 대신 묘지로 향했다. 이즈음 앤은 너무도 의기소침하고 절망에 빠져 있어 묘지가 오히려 유쾌한 곳으로 여겨졌다. 게다가 리베카 듀의 말에 의하면 이 묘지는 프링글 집안사람들로 가득하다고 한다. 프링글 집안은 새로운 묘지보다 이곳을 선호해서 대대로 계속 묻히다가 '더 이상 한 사람도 더 욱여넣을 자리가 없게' 되었다. 앤은 다른 사람들을 아무도 괴롭힐 수 없는 곳에 그 많은 프링글 집안사람들이 이미 가 있는 것을 보면 그야말로 기분이 나아질 성싶었다.
 프링글 집안사람들에 대해 앤은 이제 해 볼 만큼 다 해 봤다는 생각마저 들었다. 상황은 차츰 나빠져 악몽이 되어가고 있었다. 젠 프링글이 중심이 되어 조직된, 앤을 상대로 한 교묘한 '반항 및 무시 운동'은 마침내 정점에 다다랐다. 지난주에 앤은 상급반 학생들에게 '이번 주에 있었던 가장 중요한 일'이라는 주제로 글짓기를 하도록 시켰다. 젠 프링글은 놀랄 만한 글을 지었는데—이 악동 아가씨는 실제로 머리가 좋았다—시치미를 떼며 그 속에 선생님인 앤에 대한 교묘한 모욕을 써넣었다. 그런데 도저히 그냥 지나칠 수 없을 만큼 지독한 것이었다. 앤은 젠을 집으로 돌려보내며, 이 일에 대한 사과 없이는 학교에 오는 것을 결코 허락하지 않겠다고 통보했다. 그야말로 불덩이에 기름을 부은 격이었다.

이제 앤과 프링글 집안 사이에 공공연한 전쟁이 시작되었다. 가엾은 앤은 어느 편에 승리의 깃발이 나부낄지에 대해 전혀 의심하지 않았다. 학교 이사회는 프링글 집안사람들을 지지할 것이며, 앤에게는 젠의 복교와 자신의 사직이라는 양자택일의 선택지만 주어질 게 뻔했다.

앤은 억울했다. 자기로서는 최선을 다해 왔고, 공정한 기회만 주어졌더라면 잘해보려고 애쓴 만큼 성과를 거뒀을 것이었다.

앤은 비참한 마음으로 생각했다.

'내가 잘못한 게 아니야. 그런 대부대가 똘똘 뭉쳐 그런 전술을 구사하는데 누가 이길 수 있겠어?'

그러나 패배하여 그린게이블즈로 돌아가야 하다니! 린드 아주머니의 분개와 파이네가 환호작약할 모습을 이를 악물고 견뎌내야 하다니! 친구들의 동정이나 위로조차 괴로움 될 것이다. 게다가 서머사이드에서의 실패가 소문이 나면 다른 학교에 일자리를 얻는 것도 어려워질 터였다.

적어도 연극 사건을 놓고 보면 프링글 집안사람들도 앤을 호락호락 이기지는 못했다. 그때 일을 떠올리고 앤은 장난스러운 기쁨이 넘치는 눈빛으로 좀 짓궂게 웃었다.

앤은 고등학교 연극부를 조직해서, 각 교실에 걸 수 있는 좋은 판화 작품을 산다는 계획을 위해 기금을 모으려고 작은 연극을 상연키로 했다. 캐서린 브룩에게도 도와달라고 부탁했다. 무슨 일에서든 캐서린이 항상 소외돼 있는 듯했기 때문이다. 하지만 그 일로 앤은 몇 번이나 후회해야만 했다. 캐서린이 여느 때보다 한층 더 퉁명스럽고 빈정거리는 태도를 취했기 때문이다. 캐서린이 눈썹을 한껏 치켜뜨며 무슨 꼬투리든 잡아 신랄한 비평을 하지 않고 연습이 끝난 적은 거의 한 번도 없었다. 엎친 데 덮친 격으로 캐서린은 젠 프링글에게 스코틀랜드의 메리 여왕 역을 맡겨야 한다고 주장했다.

캐서린은 신경질적인 목소리로 말했다.
"우리 학교에서 이 역을 해낼 수 있는 아이는 달리 없어요. 그 역에 필요한 개성을 가진 아이가 또 누가 있겠어요."

하지만 앤은 그렇게 생각하지 않았다. 소피 싱클레어라는 키 크고 담갈색 눈을 한, 숱 많은 밤색 머리 소녀 쪽이 젠보다 훨씬 훌륭한 메리 여왕이 되리라 여기고 있었다. 그러나 소피는 연극부원이 아니었고 연극을 해 본 일이 한 번도 없었다.
"이번 일에 경험이 없는 사람은 절대로 포함시킬 수 없어요. 잘되지도 않을 일에 나는 관계하고 싶지 않으니까요."

캐서린이 아주 불쾌하게 말했으므로 앤은 마지못해 양보했다. 젠이 이 역에 아주 잘 어울린다는 점은 앤도 부정할 수 없었다. 젠은 연기에 대한 소질을 타고났고 언뜻 보기에는 젠 자신도 그 역할에 진심으로 몰두하는 것 같았다.

연습은 1주일에 네 번 저녁때 했고, 겉으로는 모든 일이 아주 순조롭게 진행

되는 듯했다. 젠은 자기 역할에 대단히 흥미를 느껴 연극에 관한 한 앤에게도 온순한 태도를 보였다. 앤은 젠에게 간섭하지 않고 젠을 지도하는 일은 캐서린 손에 맡겨두었다. 그러나 한두 번 젠의 얼굴에 알 수 없는 교활한 승리의 표정이 떠오르는 것을 보고 앤은 당혹감을 느꼈다. 그것이 무엇을 뜻하는지 그때는 알 수 없었다.

연극 연습이 시작되고 얼마 안 된 어느 날 오후, 앤은 여학생 탈의실 한구석에서 눈물에 젖어 있는 소피 싱클레어를 발견했다. 처음에 소피는 눈물이 그렁그렁한 담갈색 눈을 깜박이며 아무 일도 아니라고 했지만 끝내 울음을 터뜨리고 말았다.

"실은 저도 연극부에 들어가서…… 메리 여왕 역할을 정말 해 보고 싶었어요."

소피는 흐느꼈다.

"그렇지만 저에게는 기회가 없었어요…… 아버지가 연극부에 가입하지 못하게 했거든요. 회비를 내야 하는데, 우리 집은 한 푼이라도 아끼지 않으면 안 되는 형편이니까요. 물론 저는 연극을 해 본 경험도 없어요.

그래도 저는 메리 여왕을 전부터 아주 좋아했어요…… 그 이름을 듣기만 해도 손끝까지 떨릴 정도인걸요. 메리 여왕이 단리 경을 죽인 일에 연관되어 있다니 믿어지지 않아요…… 앞으로도 믿지 않을 거예요. 잠깐 동안이라도 내가 메리 여왕이 될 수 있다면 얼마나 멋질까요."

그때 앤은 다음과 같이 대답했는데, 나중에 돌이켜보니 수호천사가 도와주었음에 틀림없었다.

"내가 너에게도 대본을 하나 줄게, 소피. 그리고 연기도 따로 지도해줄게. 너에게도 좋은 연습이 될 거야. 그리고 이 연극이 여기서 잘되면 다른 데서도 하려고 계획하고 있거든. 그러니까 혹시라도 젠이 무대에 오르지 못할 사정이 생길 경우에 대비해 대역을 할 수 있는 사람이 있으면 좋지. 하지만 이 일은 아무에게도 말하지 않기로 하자."

다음 날 소피는 대사를 하나도 빠짐없이 전부 외워서 왔다. 날마다 오후 수업이 끝나면 앤과 함께 윈디윌로즈로 가서 연습했다. 소피는 조용하면서도 쾌활함이 넘치는 소녀였으므로 두 사람은 아주 유쾌하게 시간을 보냈다.

연극은 11월 마지막 금요일에 시내 공회당에서 막을 올리기로 되어 있었다. 홍보가 잘되어서 좌석이 남김없이 다 팔렸다. 앤과 캐서린은 공회당 장식을 위해 이틀 저녁이나 그곳에서 지냈다. 음악을 연주해줄 악단도 특별히 고용했고 샬럿타운에서 초청한 유명 소프라노 가수가 와서 막간에 노래도 해주기로 되어 있었다. 의상까지 입고 하는 최종 리허설은 성공적이었다. 젠은 정말로 훌륭했고 다른 배역들도 모두 그에 못지않은 연기를 보여주었다.

금요일 아침에 젠은 학교에 오지 않았다. 오후가 되자, 젠의 어머니로부터 젠의 목이 몹시 아픈 듯한데 편도선염이 아닌가 염려된다는 전갈이 왔다. 무척 안타까운 일이지만 그날 밤 젠이 연극에 출연하는 것은 무리라고 했다.

처음으로 놀라움과 실망이라는 한마음을 경험한 캐서린과 앤은 멍하니 서로 얼굴을 마주 보았다.

캐서린이 애써 마음을 가라앉히며 느릿느릿 말했다.

"연극을 미뤄야만 돼요. 그 말은 결국 이 연극은 실패라는 뜻이겠죠. 12월에 들어서면 그야말로 여러 가지 행사가 잔뜩 있어서 연극을 올릴 수 없을 테니까요. 하기야 1년 가운데 이런 애매한 시기에 연극을 하다니 바보 같은 짓이라고 나는 처음부터 생각했어요."

"연극을 미룰 수는 없어요."

젠에게 뒤지지 않을 만큼 녹색을 띤 앤의 눈은 그 순간 형형히 빛나고 있었다. 캐서린 브룩에게는 말할 마음이 없었지만, 앤은 젠 프링글이 편도선염 같은 것에 걸렸을 턱이 없다는 것을 너무나도 잘 알고 있었다. 앤만큼이나 젠 또한 건강하고 팔팔했다. 프링글 집안사람들 가운데 다른 누가 공모를 했는지까지는 알 수 없지만, 앤 셜리가 앞장서서 추진한 계획이라는 이유로 이 연극을 고의적으로 망쳐버리려는 간교한 계략인 것이다.

"아, 선생님이 그럴 마음이라면야……."

캐서린은 할 테면 해 보라는 듯이 어깨를 으쓱하고 말을 이었다.

"하지만 어떻게 할 생각이죠? 그 역을 누구에게 맡기려는 건가요? 그래 봐야 연극은 어차피 망칠 텐데 무슨 소용이 있을까요? 이 작품은 메리 여왕을 위한 연극이나 다름없는데."

"메리 여왕 역이라면 소피 싱클레어가 젠 못지않게 할 수 있어요. 의상도 몸에 맞을 거예요. 잘되었네요. 다행히 의상은 선생님이 만들어서 젠이 아닌 선생님이 가지고 있으니까요."

그날 밤 연극은 수많은 관객들 앞에서 상연되었다. 기뻐서 어쩔 줄 모르는 소피는 메리 여왕을 훌륭히 연기했다. 아니, 벨벳 예복에 보석으로 치장한 소피는—젠 프링글로서는 감히 어림없을 정도로—어느 모로 보나 메리 여왕 그 자체였다. 서머사이드 고등학생들은 이제껏 촌스럽고 칙칙한 서지[1] 옷에 볼품없는 외투를 입고 초라한 모자를 쓴 소피밖에 본 적이 없었으므로, 깜짝 놀라 소피에게서 눈을 떼지 못했다. 소피를 정식 연극부원에 포함시켜야 한다는 주장이 그 자리에서 나와—앤이 회비를 내주면서—그때부터 소피는 서머사이드 고등학교의 '기대주' 가운데 한 사람이 되었다.

---

[1] 견사나 모사로 짠 능직물의 하나.

그러나 어느 누구도—소피 자신은 더욱이—그날 밤 소피가 스타를 향한 먼 길에 첫발을 내디딘 것이리라고는 꿈에도 생각지 못했다. 20년 뒤 소피 싱클레어는 미국에서 일류 여배우가 된 것이다. 하지만 그날 밤 서머사이드 시내 공회당에서 막이 내렸을 때 들려온 떠나갈 듯한 박수갈채만큼 소피의 귀에 달콤하게 들린 박수소리는 그 이후에도 없었으리라.

제임스 프링글 부인이 집으로 돌아가 딸 젠에게 그날 밤 연극에 대한 모든 이야기를 해주자 그 아가씨의 초록색 눈은 별안간 질투로 불타올랐다. 리베카 듀가 흥분해서 말한 것처럼 젠은 비로소 '마땅한 벌'을 받은 것이었다. 그리고 그 결과가 이번 주에 있었던 가장 '중요한 일'에 대한 글짓기의 모욕 사건으로 번진 것이었다.

서리가 하얗게 내린 풀고사리가 술 장식처럼 달린 이끼 낀 높다란 돌담 사이로, 깊이 파인 바큇자국이 난 오솔길을 따라 앤은 옛 묘지로 걸어갔다. 휘부는 11월 바람에도 아직 잎을 모두 빼앗기지 않은, 길쭉하고 우듬지가 뾰족한 양버들이 오솔길을 따라 일정한 간격으로 서서는 저 먼 곳의 자수정빛 언덕을 배경으로 울창하게 솟아 있었다. 묘비의 절반가량이 술 취한 듯 비스듬히 쓰러져 있는 옛 공동묘지는 키가 큰 음침한 전나무숲이 사방을 둘러싸고 있었다.

앤은 여기에서는 누구와도 마주칠 일이 없으리라고 여겼는데, 정문으로 들어서자마자 바로 품위 있는 긴 코와 얇고 우아한 입술에 가녀리고 비스듬한 어깨와 범접하기 어려운 숙녀다움을 온몸에 지닌 미스 밸런타인 코탤로와 마주쳐 좀 당황했다. 물론 앤은 서머사이드의 다른 모든 사람들과 마찬가지로 미스 밸런타인을 잘 알고 있었다. 그녀는 자타공인 서머사이드 최고의 양재사로, 그녀가 모르는 일은—살아 있는 사람에 관한 것이든 죽은 사람에 관한 것이든—서머사이드에서 고려할 만한 가치가 없는 일로 취급되었다.

앤은 혼자 돌아다니면서 이상한 옛날의 비문을 이것저것 읽으며, 이끼에 덮이고 세상에 잊힌 연인들의 이름이나 맞혀보고 싶었다. 하지만 미스 밸런타인이 앤의 팔짱을 끼며 묘지를 안내하겠다고 나섰으므로 하는 수 없었다. 알고 보니 묘지에는 프링글 집안사람 못지않게 코탤로 집안사람도 많이 묻혀 있었다. 미스 밸런타인에게는 프링글 집안의 피가 한 방울도 섞여 있지 않았고 앤이 귀여워하는 남학생 하나가 미스 밸런타인의 조카였다. 그래서 미스 밸런타인을 상냥하게 대하는 일은 앤에게 크게 어렵지 않았다. 다만 딱 하나 명심할 것은, 미스 밸런타인이 '생계를 위해 바느질일을 하고 있다'는 사실만큼은 조금도 내비쳐서는 안 된다는 점이었다. 그 부분에 관한 한 미스 밸런타인은 아주 예민하다는 소문이 있었다.

미스 밸런타인은 말했다.

"오늘 저녁 여기 오기를 참 잘했네요. 여기에 묻힌 사람들에 대해서라면 제가 모조리 말씀드릴 수 있으니까요. 제가 누누이 말하지만, 묘지란 거기에 묻힌 사람들에 대해 자세히 알고 나면 정말이지 즐거운 곳으로 여겨지기 마련이거든요.

나는 새 묘지보다 이쪽을 거니는 게 좋아요. 여기에 묻힌 이들은 '전통 있는' 집안사람들뿐이거든요. 이름 댈들 알 수도 없는 여느 집안사람은 새 묘지에 묻혀 있어요. 코탤로 집안의 묘지는 이 한 모퉁이에요. 정말이지 우리 집안에서는 꽤 많은 장례를 치렀죠."

뭔가 맞장구를 쳐주기를 미스 밸런타인이 기대하고 있는 기색이 역력하여 앤이 말을 꺼냈다.

"오래된 집안들이라면 모두 그렇겠죠."

그러자 미스 밸런타인은 경쟁심에 불타는 듯 말했다.

"우리 집안처럼 많은 장례를 치른 데가 또 있다니, 어림도 없어요. 우리 집 사람들은 폐병에도 많이 걸렸어요. 대개 기침에 시달리다 그만 목숨을 잃었죠.

이건 코러 고모의 무덤이에요. 아주 미인이었죠. 그즈음 서머사이드의 목사님이 고모에게 '당신을 보는 것만으로도 나의 그날 하루가 시가 된다'고 말했을 정도예요. 멋진 표현이지 않아요. 목사가 할 말은 아니라고 생각하지만요.

코러 고모는 양키와 결혼해서 평생을 보스턴에서 살았는데, 이곳 프린스에드워드섬의 친정에 들렀다가 이 오래된 묘지를 한번 보더니 남편을 보고 '나를 여기에 묻어주세요, 토머스.'라고 말했대요. 고모부는 그 말대로 했어요. 물론 곧바로는 아니에요. 그로부터 3년 뒤 고모가 돌아가셨을 때 말이지요.

이건 베시 고모의 묘예요. 성녀가 있다면 이 고모야말로 성녀였죠.

그렇지만 확실히 이야기 상대로 더 재미있는 사람은 그 동생인 시실리아 고모였어요. 마지막으로 만났을 때 고모는 내게 이렇게 말했어요. '앉아라. 자, 편하게 앉자. 오늘 밤 나는 11시 10분에 죽을 거란다. 하지만 그렇다고 우리가 마지막으로 이런저런 재미있는 소문에 대해 유쾌하게 수다를 떨어서는 안 될 이유는 없으니까.'

이상하게도 셜리 선생님, 고모는 그날 밤 11시 10분에 진짜 돌아가셨어요. 고모가 그것을 어떻게 알았던 걸까요?"

앤으로서는 알 수가 없었다.

"제 고조할아버지인 코탤로 할아버지가 여기에 묻혀 있어요. 그분은 1760년에 태어나 물레를 만드는 것을 업으로 하셨죠. 전해오는 말에 따르면 한평생 400대를 만들었대요. 돌아가셨을 때 목사님이 '그들의 행한 일이 따름이라 하시더라'[2]는 성경 말씀에 대해 설교했는데, 마이럼 프링글 노인이, 그렇다면 우리 고조할아버지가 지나간 뒤 천국으로 가는 길은 물레로 가득 메워져 발 디딜 틈도 없을 거라고 했대요. 그런 말은 아무래도 품격이 떨어진다고 생각하지 않으세요, 셜리 선생님?"

"물론 그렇지요."

만일 그 말을 한 것이 프링글 집안사람이 아니었다면, 해골과 뼈다귀 두 개를 X자로 엇갈리게 한 그림으로 꾸며진 묘석을 흘끗 보며 이것도 품격과는 거리가 먼 그림이 아닌가라고 생각하고 있던 앤이 이렇게까지 딱 잘라 말하지는 않았을 것이다.

"여기가 잭 삼촌의 무덤이에요. 이 삼촌은 무심한 분이어서 마음에 둔 사람이 있으면서도 다른 여자와 결혼을 했죠. 하지만 그런 사실을 아내가 결코 눈치채지 못하게 했어요. 정말 신사적인 사람이었죠……

이 무덤은 내 사촌 언니 도라의 첫 번째 남편의 남동생의 첫 번째 아내의 첫 남편이었던 사람의 것이에요. 이 사람이 어떻게 해서 우리 묘지에 와서 묻히게 되었는지는 알 수 없어요."

미스 밸런타인은 무심했다던 삼촌의 무덤에서 풀을 뽑으려고 몸을 구부렸다. 이야기가 끊어진 사이를 틈타 앤은 상쾌한 공기를 들이마시며, 복잡한 계보의 타래로 어질어질해진 머리를 잠시 쉬게 했다.

"사촌 언니 도라는 여기 묻혀 있어요. 그녀는 남편이 셋 있었는데 그들은 다 너무 일찍 죽고 말았어요. 가엾게도 도라는 건강한 남자를 만날 운이 없었나 봐요. 마지막 남편은 벤저민 배닝이었는데 여기에 묻혀 있지 않아요. 로베일의 첫 아내 곁에 묻혀 있지요. 벤저민 형부는 죽음을 잘 받아들이지 못했어요.

---

2) 《신약성서》〈요한 계시록〉 14장 13절. "또 내가 들으니 하늘에서 음성이 나서 이르되 기록하라 지금 이후로 주 안에서 죽는 자들은 복이 있도다 하시매 성령이 이르시되 그러하다 그들이 수고를 그치고 쉬리니 이는 그들의 행한 일이 따름이라 하시더라"

도라 언니가 당신은 이제 더 좋은 곳으로 갈 거라고 했더니 벤은 가엾게도 이렇게 말했대요.

'그럴지도 몰라. 아니, 그렇겠지. 하지만 나는 결점투성이인 이 세상에 익숙해져버렸어.'

형부는 예순한 종류나 되는 약을 챙겨 먹어야 할 정도로 골골했지만 그런 것치고는 그래도 꽤 오래 버틴 편이죠.

데이비드 코델로 삼촌네 가족은 모두 여기에 묻혀 있어요. 무덤마다 그 언저리에 장미를 심었어요. 얼마나 활짝 피어나는데요! 나는 해마다 여름이 되면 여기에 와서 그 장미를 꺾어다가 꽃병에 꽂아놓곤 해요. 버려두기엔 아깝잖아요. 그렇게 생각지 않으세요?"

"그, 그렇게 생각해요."

"내 불쌍한 여동생 해리엇도 여기에 잠들어 있어요."

미스 밸런타인은 한숨을 쉬었다.

"멋진 머릿결을 가지고 있었죠. 빛깔은 선생님과 비슷했어요. 그만큼 빨갛지는 않았을지도 몰라요. 무릎까지 내려올 만큼 긴 머리였죠. 죽기 전, 이미 약혼을 했었어요. 선생님도 약혼했다죠? 나는 결혼하고 싶다는 생각은 그리 한 적 없지만 그래도 약혼은 했어도 좋았겠다는 생각을 할 때는 있어요.

네, 물론 내게도 그럴 기회는 몇 번인가 있었어요. 아마 내가 너무 까다로웠나 봐요. 하지만 코델로 집안사람이 무턱대고 아무하고나 결혼할 수는 없는 걸요. 그렇지 않아요?"

그 말이 맞는 것 같았다.

"프랭크 딕비―옻나무 밑 저 구석에 있어요―저 사람이 나를 원했었어요. 저 사람을 거절했을 때는 좀 아까운 생각이 들었죠. 하지만 딕비 집안사람이라니, 안 될 말이죠! 그 사람은 조지나 트루프와 결혼했어요.

　조지나는 옷을 자랑하고 싶어서 교회에 늘 조금 늦게 오곤 했죠. 옷을 참 어지간히도 좋아했어요! 묻혔을 때는 예쁜 파란색 드레스를 입고 있었어요…… 조지나가 어느 결혼식에 갈 때 입는다고 해서 내가 만들어줬는데, 결국 자기 장례식에 입게 되었죠. 조지나에게는 귀여운 아이가 셋 있었어요. 교회에서 내 앞자리에 앉곤 해서 내가 늘 사탕을 줬죠.

　그런데 셜리 선생님, 교회 안에서 아이에게 사탕을 주는 건 나쁜 일일까요? 박하사탕은 아니었어요. 박하사탕이라면 아무 문제 없었겠죠. 박하사탕은 왠지 '종교적'이라는 느낌이 들잖아요. 하지만 그 애들은 박하사탕을 좋아하지 않았어요.

　이게 사촌 오빠 노블 코탤로의 무덤이에요. 우린 사촌 오빠가 살아 있는데 묻힌 게 아닐까 늘 마음에 걸렸죠. 꼭 살아 있는 것처럼 보였거든요. 하지만 그걸 누군가가 생각해냈을 때는 이미 늦은 뒤였죠."

　앤은 맥 빠진 맞장구를 쳤다.

"그거 참 안됐군요."

　앤은 미스 밸런타인이 입을 다물 때는 자신이 뭔가 대꾸를 해주기를 바라서라는 것을 알았지만, 알맞은 말을 찾아내기가 아주 어려웠다.

"사촌 여동생 아이더 코탤로는 여기 있어요. 내가 아는 사람 가운데 제일 예쁜 사람이었어요. 하지만 변덕이 심했죠. 그야말로 산들바람보다도 더 쉽게 이랬다저랬다 했더랬지요. 선생님, 사촌 오빠 버넌 코탤로는 이쪽에 있어요. 버넌은 엘시 프링글과—엘시 프링글은 저쪽에 누워 있는데—한때 서로 열렬히 사랑하는 사이였어요. 그래서 결혼까지 약속했는데 이런저런 일이 일어나 미루어지는 동안에 그만 두 사람 다 그럴 마음이 싹 없어져버렸어요."

코탤로 집안의 무덤이 끝나자 미스 밸런타인의 추억담에는 가시가 돋쳐갔다. 코탤로 집안사람이 아니라면 누구든 그리 대수롭지 않았다.

 "러셀 프링글 노부인 묘는 여기예요. 나는 이 할머니가 천국에 가 있을까 자주 생각해요."

 앤은 좀 놀라며 물었다.

 "그건 또 어째서죠?"

 "이 사람은 원래 자기 언니인 메리 앤을 싫어했는데, 메리 앤이 두세 달 먼저 죽었어요. 그랬더니 만일 메리 앤이 천국에 가 있다면 자기는 그곳에 있기 싫다고 말했었거든요. 이 사람은 자신이 한 말은 기어이 지키는 사람이었어요. 프링글 집안사람답지요. 태어나기도 프링글 집안 태생인데, 사촌 오빠인 러셀과 결혼했어요…….

 이 묘는 댄 프링글 부인의 묘예요—재니타 버드였지요. 죽을 때 꼭 70살이었어요. 사람들 말로는 70살에서 하루라도 더 살다 죽어선 안 된다고 여겨서 그 날 죽은 거래요. 70살이 성경에 정해진 사람의 수명이라서요.

 사람들이란 참 우스운 이야기도 잘해요. 재니타가 남편의 허락을 받지 않고 제멋대로 한 것은 죽은 일뿐이라는 말도 들었는데, 그 남편이라는 사람이 재니타가 언젠가 자기 마음에 들지 않는 모자를 사왔을 때 어떻게 했는지 아세요, 선생님?"

 "글쎄요, 도저히 모르겠는걸요."

 미스 밸런타인은 엄숙한 목소리로 말했다.

 "먹어치웠어요. 물론 조그만 모자이긴 했어요. 레이스와 꽃만으로 장식되고 깃털은 하나도 달려 있지 않았죠. 아무리 그래도 소화가 잘되지 않았을 것은 분명해요. 꽤 오랫동안 배가 아파서 괴로워했다는 얘기가 있어요. 먹는 것을 내 눈으로 보지는 못했지만, 이 이야기는 사실일 것으로 생각하고 있어요. 선생님 생각은 어때요?"

앤은 신랄하게 말했다.

"프링글 집안사람들이라면 아무리 심한 일이라도 뭐든지 할 수 있다고 믿어요."

미스 밸런타인은 동정의 뜻을 담아 팔짱을 끼고 있는 앤의 팔을 자신의 손으로 꼭 하고 한번 눌렀다.

"짐작할 수 있어요, 진심으로. 그 집안사람들이 선생님을 대하는 태도는 정말이지 너무해요. 하지만 서머사이드에는 프링글 집안사람들만 있는 게 아니에요, 셜리 선생님."

앤은 분한 듯한 미소를 떠올렸다.

"이따금 그런 것처럼 여겨질 때가 있어요."

"아뇨, 그렇지 않아요. 선생님이 그 사람들의 코를 납작하게 해주는 모습을 보고 싶어하는 이들이 많이 있어요. 무슨 일이 있어도 그 사람들에게 항복해서는 안 돼요. 그 사람들은 악마에 씌었다니까요. 하지만 그 일족은 그야말로 똘똘 뭉쳐 있는 데다, 미스 세라는 자기 조카에게 학교의 교장직을 맡기고 싶어했으니까요.

여기는 스티븐 프링글이 묻힌 곳이에요. 이 사람의 눈은 아무리 해도 감기지 않아 부릅뜬 채 묻혔어요."

앤은 곧바로 상상이 되어 몸서리를 쳤다. 죽은 프링글이 감기지 않은 눈으로 지금도 악의를 품고 땅속에 누워 올려다보고 있는 무서운 모습이 눈앞에 떠올랐다.

"이 사람은 살해된 게 분명해요. 사다리를 올라가다가 떨어졌거든요, 그런데 소문으로는…….”

저녁 어스름 속에서 미스 밸런타인은 오싹하게 목소리를 낮추었다.

"사촌 동생 블랙 조 카드가—스티븐의 어머니는 카드 집안사람이에요—스티븐이 떨어지도록 사다리의 발판 하나에 일부러 손을 써두었다고 해요. 스티븐과 조는 같은 아가씨에게 구혼하고 있었거든요.

나는 그런 소문을 믿지는 않았어요. 사람들이 참 무서운 말을 한다고 생각지 않나요, 선생님? 하지만 어쨌든 그 때문에 확실히 블랙 조가 전보다 더 흥미 있는 사람으로 보이기 시작했죠. 교회에서 나는 블랙 조를 자세히 보며 그게 정말일까 생각하곤 했어요. 어쩌면 사실일지도 몰라요. 그래서 억울한 스티븐은 눈을 감지 못한 거고요.

헬런 에이버리 무덤은 여기예요. 이 사람은 두 번 죽었어요. 왜냐하면 죽었다고 여겨졌는데 묻으려고 염을 하는 도중에 되살아났으니까요. 그다음에 죽었을 때에는—4년 뒤였어요—남편이 다른 지역에 가고 집에 없을 때여서, 남편에게 헬런의 사망 소식을 전했더니 '장례 절차 진행 전 사망 확인 요망'이라는 전보를 보내왔답니다.

네이선 프링글 부부는 여기 있어요. 네이선은 언제나 아내가 자기를 독살하려 한다고 믿고 있었어요. 하지만 그렇다고 특별히 신경을 쓰는 것 같지는 않았어요. 덕분에 일상생활에 긴장이 생긴다고 말하고 다녔죠. 한번은 아내가 오트밀에 비소를 넣은 게 아닌가 의심이 들어 그것을 밖으로 가지고 나와 돼지에게 먹였는데 3주일 뒤 돼지가 죽어버렸대요.

그건 우연이었는지도 모르고, 어쨌든 죽은 돼지가 그 오트밀을 먹은 돼지인지 아닌지도 정확히 알 수 없다고 네이선은 말했어요. 결국은 아내가 네이선보다 먼저 죽었고, 그 뒤로 네이선은 그 한 가지만 빼고는 언제나 정말 좋은 아내였다고 말했죠. 그 일에 대해서는 네이선이 잘못 생각했다고 믿는 것이 자비로운 태도다 싶어요."

앤은 깜짝 놀랐다. 그리고 소리 내어 읽었다.

"'미스 킨지를 기리며.' 어쩜 이런 특이한 비문이 다 있죠? 이분은 성뿐이고 이름이 없었나요?"

"있었겠지만 아무도 몰라요. 이 사람은 노바스코샤에서 온 사람이었는데, 조지 프링글네에서 40년 동안 일했어요. 자기를 미스 킨지라고 소개해서 모두들 그렇게 불렀죠. 그러다 이 사람이 갑자기 죽자 아무도 이 사람의 이름을 모른다는 것을 알게 되었죠. 게다가 친척도 찾을 방도가 없었어요. 그래서 비문에 이렇게 쓴 거예요.

조지 프링글네에서는 정중히 장사 지내고 묘비값도 치렀죠. 이 사람은 몸을 아끼지 않고 성실히 일한 사람이었답니다. 만약 선생님이 그녀를 만났다면 그녀는 '날 때부터 미스 킨지였다'고 생각했을 거예요.

여기 있는 건 제임스 몰리 부부예요. 나는 이 사람들의 금혼식에 초대받았었는데, 꽤나 요란뻑적지근했죠. 선물이고 축하 연설이고 꽃이며, 고향을 떠났던 아이들도 모두 고향으로 돌아왔고, 부부는 싱글벙글하면서 허리를 굽혀 사람들에게 감사 인사를 했죠. 그러면서도 두 사람 다 온 힘을 기울여 서로 미워하고 있었답니다."

"서로 미워했다고요?"

"아주 지독하게요. 모두들 알고 있었어요. 수년 동안이나 그래온걸요. 거의 결혼 생활 내내 줄곧 그러지 않았나 싶어요. 결혼식을 끝내고 교회에서 집으로 돌아오면서부터 싸웠다고 하니까요. 어쩌면 이렇게 사이좋게 나란히 묻혔는지 정말 이상할 정도예요."

앤은 다시금 몸서리쳤다. 어쩌면 이토록 무서운 일이 있을까. 낮에는 한 식탁에 마주 앉아 식사를 하고 밤에는 서로 곁에서 잠들며, 자기들 아이의 세례를 받으러 교회에 함께 가면서도 그동안 끊임없이 서로를 미워하고 있었다니! 그래도 처음에는 서로 진심으로 사랑했겠지.

길버트와 나 두 사람에게도 그런 일이 있을 수 있을까? 당치도 않아! 프링글 일족 때문에 내 머리까지 이상해지고 있어.

"미남 존 맥태브는 여기 묻혀 있어요. 애니타 케네디가 물에 몸을 던져 죽은 원인은 존 때문이 아닌가 늘 의심받았었죠. 맥태브 집안사람들은 모두 잘 생기기는 했지만 그 사람들 말은 하나도 믿을 수가 없어요.

여기에는 존의 삼촌인 새뮤얼의 비석이 있었어요. 50년 전에 그 새뮤얼 삼촌이 바다에서 익사했다는 기별이 전해졌었어요. 그랬는데 이 사람이 어느 날 갑자기 멀쩡히 살아 돌아온 거예요. 그래서 집안사람들이 비석을 치워버렸죠. 하지만 그 비석을 판 집에서 돈을 물러주지를 않아서 새뮤얼의 아내가 그것을 빵 반죽 치대는 판으로 썼어요. 대리석 묘비 위에서 밀가루 반죽을 했다는 이야기죠! 그 오래된 비석이 제법 쓸 만하다고 새뮤얼 부인은 자랑스럽게 말했어요. 새뮤얼 맥태브네 아이들은 늘 학교에 비문에 무늬처럼 들어간 글씨나 숫자가 양각으로 새겨진 비스킷을 가져왔어요. 아이들은 아주 인심 좋게 그 비스킷을 사람들에게 나눠주곤 했지만 나는 아무래도 못 먹겠더라고요. 그런 점에서 나는 좀 까다롭다면 까다롭거든요.

여기에는 할리 프링글 씨가 있어요. 이 사람은 언젠가 선거 결과를 걸고 했던 내기에서 진 바람에, 여성용 보닛을 쓰고 피터 맥태브를 손수레에 태워 큰길에서 밀고 다녀야 했어요. 온 서머사이드 사람들이 모조리 구경을 나왔지요. 물론 프링글 집안사람들은 빼고요. 그 사람들은 창피해서 죽을 지경이었으니까요.

여기는 밀리 프링글이에요. 프링글 집안사람이기는 해도 나는 밀리가 참 좋았어요. 정말 예뻤던 데다, 발놀림은 어찌나 요정처럼 가벼웠던지. 있잖아요, 선생님, 나는 이따금 오늘 밤 같은 때면 밀리가 무덤에서 살짝 빠져나와 살아있었을 때처럼 빙그르르 돌며 춤추고 있지는 않을까 하는 생각이 들기도 해요. 하지만 그리스도교도라면 그런 생각을 해서는 안 되겠죠.

이것은 허브 프링글 무덤이에요. 프링글 집안사람들 가운데 가장 익살스러운 사람이었지요. 늘 사람들을 웃겼어요. 한번은 허브가 교회에서 웃음을 터뜨린 일이 있었어요. 메타 프링글이 머리를 숙이고 기도하고 있을 때 모자에 장식된 꽃에서 쥐가 튀어나와 툭 하고 떨어졌거든요.

하지만 나는 웃을 수가 없었어요. 쥐가 어디로 갔는지 몰라서 불안했거든요. 치마 끝단을 단단히 발목에 감고 예배가 끝날 때까지 누르고 있었죠. 덕분에 설교가 귀에 하나도 안 들어왔어요.

허브는 내 뒤에 앉아 있었는데 얼마나 크게 소리를 질렀던지! 쥐를 보지 못한 사람들은 허브가 미쳤다고 여겼을 정도였어요. 허브의 그 웃음소리만은 죽지 않을 거라고 생각했어요. 만일 허브가 아직 살아 있다면 선생님 편을 들어 줬을 거예요. 상대가 세라라 할지라도…….

그리고 이것이, 이미 아시겠지만, 에이브러햄 프링글 선장의 기념비예요."

그 기념비는 묘지 전체를 바라보며 당당히 서 있었다. 위로 갈수록 작아지는 네 단의 돌을 포개놓은 정사각형 받침대 위에 거대한 대리석 기둥이 서 있고, 그 꼭대기에는 '흘러내리는 천을 씌워놓은 듯한 장식으로 꾸며진 유골 항아리 모양의 기묘한 조각상'[3]이 놓여 있고, 그 밑에서는 뚱뚱한 천사가 뿔피리

---

3) draped urn. 고대 그리스·로마 미술과 건축의 부흥으로 19세기에 유행했던 형태의 묘지 조각.

를 불고 있었다.

앤이 솔직하게 말했다.

"너무 흉측하네요!"

미스 밸런타인은 좀 놀라는 듯했다.

"어머나, 정말 그렇게 생각하세요? 처음 세웠을 땐 아주 훌륭하다고들 했었죠. 저건 나팔을 불고 있는 천사 가브리엘이라나 봐요. 나는 이 기념비가 묘지에 우아한 분위기를 더해준다고 여기는데요. 9백 달러나 들었어요.

에이브러햄 선장은 정말 훌륭한 노인이었어요. 돌아가신 게 정말 안타까워요. 이분이 살아 있다면 그들도 이토록 선생님을 괴롭히지는 못했을 테니까요. 세라와 엘런이 에이브러햄 선장을 자랑스럽게 여기는 것도 무리는 아니에요. 좀 지나쳐서 문제이기는 하지만요."

묘지 정문 앞에 돌아와서 앤은 방금 걸어온 쪽을 돌아보았다. 어떤 평화스러운 고요함이 바람도 없는 묘지 전체에 머물고 있었다. 긴 손가락처럼 뻗은 달빛이 어둑어둑한 전나무숲 사이로 스며들기 시작하며 여기저기 비석에 닿아 사방에 묘한 그림자를 드리우고 있었다. 요컨대 묘지는 슬픈 장소는 아니었다. 미스 밸런타인의 이야기를 들은 뒤에는 실제로 이 묘지 사람들이 살아 있는 듯 여겨졌다.

두 사람이 오솔길을 내려가고 있을 때 미스 밸런타인이 걱정스러워 말했다.

"선생님은 소설을 쓴다고 들었는데, 내가 말한 것을 이야기 속에 넣지 말아주세요."

앤은 약속했다.

"걱정 마세요, 쓰지 않는다고 약속해요."

"망자의 일을 나쁘게 말하는 건 정말로 잘못된 일, 혹은 위험한 일일까요?"

두려워서 묻는 듯한 미스 밸런타인에게 앤이 대답했다.

"그 어느 쪽도 아니라고 생각해요. 다만 좀 불공평한 게 아닐까요. 자기를 방어할 능력이 없는 사람을 때리는 것과 마찬가지로 말이에요. 하지만 어느 누구에 대해서도 특별히 심한 말 하지도 않으셨어요, 미스 밸런타인."

"네이선 프링글이 아내에게 독살당하지 않을까, 라고 믿고 있었다는 말을 했는걸요."

"하지만 그 일에 대해 네이선 프링글이 잘못 생각했을 수도 있다는 말을 덧붙여서 네이선 부인이 무죄라는 여지를 남겼잖아요."

이 말을 듣고 미스 밸런타인은 마음을 놓고 돌아갔다.

집으로 돌아와 앤은 길버트에게 편지를 썼다.

오늘 밤 나는 묘지로 발길을 돌렸어. '발길을 돌리다'라는 말이 왠지 멋있게 들려서, 써도 될 것 같은 문장이 있으면 되도록 자주 써보려고 하고 있어. 내가 묘지 산책을 즐겼다고 하면 이상하게 들리겠지만, 정말 즐거웠어. 미스 코탤로의 이야기는 무척이나 재미있었어. 하기야 그 가운데에는 꽤나 섬뜩한 것도 있었지만. 인생에는 희극과 비극이 참 지독하게 뒤섞여 있다는 생각이 들어, 길버트.

오늘 들었던 이야기 가운데 내 머릿속에 박혀 떠나지 않는 것은 50년이나 함께 살면서 늘 서로를 미워하고 있었다는 부부의 이야기야. 그런 끔찍한 일이 있을 수 있다는 것이 나는 어쩐지 믿어지지 않아. 누군가 '미움이란 길을 잘못 들어선 사랑이다.'라는 말도 했다지만, 그 두 사람의 미움 이면에 실은 사랑하는 마음이 있었을 거라고 확신해…… 마치 내가 줄곧 자기를 싫어하고 있다 여겼지만 그동안 사실은 자기를 사랑하고 있었던 것처럼. 그것을 죽음이 그 두 사람에게 일깨워주었을 거야. 나는 살아 있는 동안에 알게 되어 참 다행이지. 또 프링글 집안사람들 가운데에도 올바른 이들이 있다는 것을 알게 되어 그것도 좋았어—죽은 사람이기는 하지만.

어젯밤 뭘 좀 마시러 아래층으로 내려갔다가 부엌에서 케이트 아주머니가 탈지유로 얼굴을 손질하는 것을 보고 말았어. 아주머니가 채티한테 말하지 말아달라, 바보같이 여길 거다, 라고 근심스런 얼굴로 부탁해서 말하지 않겠다고 굳게 약속했어.

엘리자베스는 요즘도 우유를 얻으러 와. 시녀는 이제 기관지염이 많이 회복되었다는데. 앞으로도 줄곧 엘리자베스가 오도록 놔둘지 모르겠어. 특히 캠벨 노부인은 프링글 집안 출신이니 말이야.

지난 토요일 밤 엘리자베스가—그날 밤은 아마 베티였을 거야—나와 헤어진 뒤 노래를 부르며 집으로 뛰어 들어갔는데, 현관에서 시녀에게 붙들려 '안식일이 코앞인 오늘 그런 노래를 부르면 못써.'라고 짜증 섞인 잔소리를 듣는 게 내 귀에 또렷이 들어왔어. 그 시녀는 무슨 구실을 대서든 안식일이 아니라 그 어떤 날에도 엘리자베스에게 노래를 못 부르게 하고 싶은 거지!

그날 밤 엘리자베스는 짙은 포도주색의 새 옷을 입고 왔었어. (확실히 그 집 사람들은 그 애에게 좋은 옷을 입히기는 해.)

그러고는 슬픈 목소리로 말했어.

"오늘 밤 이 옷을 입었을 때 내가 조금은 예쁘구나, 라고 생각했어요, 셜리 선생님! 그래서 아빠에게 보여주고 싶었죠. 물론 '내일'이 오면 만날 수 있지만, '내일'이 참 느릿느릿 온다고 여겨질 때가 있어요. 시간한테 좀 빨리 가라고 할 수 있으면 좋을 텐데요, 셜리 선생님."

그런데 길버트, 지금부터 기하 문제를 풀지 않으면 안 돼. 기하 문제가 리베카 듀가 이른바 나의 '문학적 열정'이라고 부르는 것의 자리를 빼앗고 말았어. 요즘 날마다 나를 괴롭히는 망령은 수업시간에 내가 풀 수 없는 문제가 느닷없이 튀어나오지 않을까 하는 공포야. 그렇게 되면, 오, 그렇게 되면 프링글 집안사람들이 뭐라고들 말할까! 그 일족이 신이 나서 뭐라고 흉볼까!

딴 얘기지만, 나뿐만 아니라 고양이도 사랑하는 길버트, 비탄에 잠긴 학대받는 가엾은 수고양이를 위해 기도해줘. 며칠 전 식료품 저장실에서 쥐 한 마리가 튀어나와 리베카 듀의 발등 위로 후다닥 지나간 뒤로 리베카 듀는 맹렬히 화를 내고 있어.

"'그 고양이'는 먹고 자는 일 말고 대체 하는 일이 뭐야. 쥐 한 마리도 잡지 못해서 집 안에 쥐가 들끓게 하고. 내가 정말 더는 그냥 못 두고봐!"

그래서 리베카 듀는 더스티를 잠시도 가만있지 못하게 틈만 나면 이리저리 내몰고, 제일 좋아하는 푹신한 쿠션에서도 끌어내리는 데다—마침 내 두 눈으로 직접 보아서 알게 됐는데—더스티를 집 밖으로 내보낼 때 발을 쓰는데, 그 발놀림이 절대 부드럽지 않았어.

프링글 집안 두 노부인의 방문

12월 막바지의, 추위가 조금 누그러든 어느 맑은 금요일 저녁, 앤은 칠면조 만찬회에 참석하러 로베일에 갔다. 윌프레드 브라이스는 로베일에서 삼촌 부부와 함께 살고 있는데, 그가 앤에게 수업이 끝난 뒤 자기와 함께 교회의 칠면조 만찬에 갔다가 다음 날인 토요일을 자기네 집에서 보내줄 수 있는지 수줍게 물어왔던 것이다. 앤은 가서 윌프레드가 학교를 계속 다닐 수 있도록 그의 삼촌을 설득할 수 있을지 모른다고 여겨 기꺼이 승낙했다. 윌프레드는 새해에 학교로 돌아올 수 없는 게 아닌가 은근히 걱정하고 있었다. 그는 영리하고 야망이 있는 소년이었으므로 앤은 특별히 그의 앞날에 관심을 기울이고 있었다.

이 방문은 윌프레드를 기쁘게 해주었다는 점을 빼면 앤에게는 그리 즐거운 것이 못 되었다. 삼촌 부부는 좀 괴팍하고 상스러운 사람들이었다.

토요일 아침은 바람이 거세고 하늘이 흐렸다. 희뜩희뜩한 눈발마저 날려 처음에 앤은 어떻게 이 추운 날을 지낼까 걱정했다. 어젯밤 칠면조 만찬회가 늦게 끝난 터라 앤은 무척 피곤도 하고 졸리기도 했다. 윌프레드는 보리타작을 도우러 나가야 했으며 집 안에는 책다운 책 하나 보이지 않았다. 그때 2층 뒷편 복도에서 낡은 선원용 상자를 보았던 일을 떠올린 앤은 스탠튼 부인의 부탁이 불현듯 생각났다.

스탠튼 부인은 프린스군(郡)의 향토사를 쓰고 있었는데, 앤에게 자신의 책에 어떤 도움이 될 만한 오래된 일기나 기록 문서에 대해 들어보았거나 그런 것을 찾아봐줄 수 있는지 물어온 적이 있었다.

부인은 말했다.

"물론 프링글 집안에야 내게 도움이 될 만한 것이 잔뜩 있지만, 그 사람들에게 부탁할 수는 없어요. 아시겠지만 프링글 집안과 스탠튼 집안은 한편이었던 적이 결코 없으니까요."

앤은 말했다.

"저도 그 사람들에게 아쉬운 소리를 할 수는 없어요. 모처럼 부탁하셨지만요."

"아, 당연히 그런 부탁을 하는 건 아니에요. 제 말씀은, 선생님이 다른 집을 이곳저곳 방문할 때, 잘 살펴봐서 오래된 일기나 지도 같은 것들이 눈에 띄거나 있다는 말을 듣게 되면 저를 대신해서 그것을 빌려달라고 부탁을 좀 해주십사 하는 거죠.

오래된 일기 속에서 제가 재미있는 일들을 얼마나 많이 발견했는지 상상도 못 하실 거예요. 사소한 실생활의 단편들 덕분에 옛 개척자들이 되살아나요. 통계며 족보는 물론이고, 그런 자료도 얻을 수 있으면 내 책에 도움이 많이 될 거예요."

그런 오래된 기록이 있는지 앤이 브라이스 부인에게 묻자 부인은 고개를 가로저었다.

"내가 알기론 없어요."

그러다 무엇인가 떠오른 듯 표정이 밝아지더니 말했다.

"그러고 보니 앤디 삼촌이 썼던 낡고 큰 나무상자가 위에 있어요. 그 속에 뭔가 있을지도 모르겠네요. 앤디 삼촌은 에이브러햄 프링글 선장님이랑 같이 배를 탔었거든요. 선생님이 뒤져봐도 좋을지 덩컨에게 물어보고 올게요."

남편 덩컨은 앤 마음대로 상자를 '뒤져보아도' 좋으며 뭐든 '자료'가 될 만한 것이 있으면 가져도 좋다고 흔쾌히 말했다. 덩컨은 어차피 그 상자에 든 것들은 꺼내서 깡그리 태워버리고 상자만 남겨서 연장통으로 쓸 참이었다.

앤은 서둘러 뒤져보았다. 발견한 것은 앤디 브라이스가 해상 생활 동안 적었던 낡고 빛바랜 '항해일지'뿐이었다. 앤은 바람이 몰아치는 오전을 오랜 세월 덮여 있던 항해일지를 흥미진진하고도 즐겁게 읽으며 보냈다. 앤디는 무수한 경험으로 바다의 지식에 정통해 있었고, 에이브러햄 프링글 선장과 수많은 항해를 함께했으며, 선장에 대한 존경심이 엄청난 듯했다. 항해일지에는 선장의 용기와 어떤 일에 맞닥뜨렸을 때 발휘된 선장의 기지라든가, 특히 선장이 혼곶을 무사히 빠져나간 데 대한 찬사가 엉망진창인 맞춤법과 말도 안 되는 문법으로 적혀 있었다. 에이브러햄 선장의 동생인 마이럼도 다른 배의 선장이었지만, 그의 존경심은 에이브러햄 선장의 동생 마이럼에게까지는 미치지 않았다.

'오늘 밤 마이럼 프링글에게 갔다 왔다. 마이럼이 부인에게 화를 내며 부인 얼굴에 물을 끼얹었다.

마이럼은 지금 집에 와 있다. 자기 배가 불타버려서 선원들 모두 구명정으로 도망쳤다. 거의 굶어 죽게 되었다. 결국 그들은 권총자살을 한 조너스 셀커크를 먹어치웠다. 메리 G호가 와서 구조해줄 때까지 그들은 조너스로 연명했다. 이 일은 마이럼이 자기 입으로 말해주었다. 그는 그걸 재미있는 농담쯤으로 생각하는 거 같다.'

이 최후의 대목을 보고 앤은 파르르 몸을 떨었다. 이런 잔혹한 사실을 앤디가 덤덤하게 적고 있어 그것은 한층 더 소름 끼쳤다.

이윽고 앤은 생각에 잠겼다. 이 항해일지에는 스탠튼 부인에게 도움 될 만한 것은 하나도 없지만, 미스 세라와 미스 엘런에게는 숭배하는 아버지의 일이 많이 적혀 있어서 좋아하지 않을까? 이것을 두 사람에게 보내면 어떨까? 덩컨 브라이스는 이것을 내 마음대로 해도 좋다고 했어.

아니, 그러지 말자. 내가 뭣하러 그 사람들을 기쁘게 하고, 그렇지 않아도 이미 터무니없이 높을 대로 높은 그 콧대가 더 높아지도록 부채질하는 일을 한단 말인가? 그 사람들은 나를 학교에서 내쫓으려 작정을 했고, 성공을 거두고 있다. 그 두 사람과 그 떼거리에게 앤은 하릴없이 당하고만 있지 않은가.

그날 저녁, 윌프레드는 앤을 윈디윌로즈로 바래다주었다. 둘 다 행복했다. 앤은 윌프레드가 남은 학기를 마쳐 학교를 졸업할 수 있도록 덩컨 브라이스와 이야기를 잘 끝내고 왔던 것이다.

윌프레드는 말했다.

"어떻게든 학교를 마치고 나면 퀸즈아카데미를 1년 만에 졸업하고, 그다음에 교사로 일하면서 독학을 할 거예요. 이 은혜를 어떻게 보답해야 좋을지 모르겠어요, 선생님.

삼촌은 다른 사람 말은 들은 척도 안 했을 텐데 속으로는 선생님이 좋았던 거예요. 아까 헛간에서 저한테 '나는 빨강머리 여자들 말이라면 뭐가 됐든 그만 듣게 돼버리고 만다니까.'라고 했지만, 실은 선생님 머리색 때문은 아니라고 생각해요. 물론 아주 아름다운 머리이긴 하지만요. 어쨌든 그냥 셜리 선생님이었기 때문에 삼촌도 설득된 거예요."

자다가 새벽 2시에 눈이 떠진 앤은 앤디 브라이스의 항해일지를 단풍나무언덕 저택에 보내기로 마음먹었다. 그 노부인들에게 얼마쯤이나마 호의를 가진 데다, 그 사람들에게는 인생의 기쁨이라고 해 봐야, 아버지에 대한 자부심 빼면 없는 것이나 마찬가지였다. 새벽 3시에 다시 눈을 뜬 앤은 보내지 않기로 마음을 바꾸었다. 미스 세라는 앤이 무슨 말을 할 때마다 귀먹은 척하지 않았던가, 정말 어이가 없어서! 4시에 앤은 다시금 흔들렸다. 그리고 마침내 그녀는 보내주기로 마음을 굳혔다. 속 좁은 짓은 하지 말자. 앤은 파이 집안사람들처럼 옹졸한 마음을 갖게 되는 것만큼은 결코 용납할 수 없었다.

이렇게 마음을 정하자, 밤에 눈을 떴다가 탑 주위를 휘몰아치는 겨울의 첫눈보라 소리를 들으며 또다시 따뜻한 담요 속으로 기어들어가 꿈나라로 날아가는 것이 얼마나 달콤한 일이냐며 앤은 다시금 잠 속으로 스르르 빠져들었다.

월요일 아침, 앤은 낡은 항해일지를 잘 싸서 간단한 편지와 함께 미스 세라에게 보냈다.

    미스 프링글께

    부인께서 이 오래된 항해일지에 흥미를 가질지 어떨지 모르겠습니다. 이것은 이 군의 향토사를 집필 중인 스탠튼 부인을 위해 브라이스 씨에게 얻어온 것이지만, 스탠튼 부인에게 도움이 될 만한 내용은 없었습니다. 그래도 부인께서는 한번쯤 보고 싶을 수도 있다 여겨 보내드립니다.

                                  앤 셜리 올림

앤은 생각했다.

'정말 딱딱하고 멋없는 편지네. 하지만 그들에게는 자연스러운 글이 나오지가 않는걸. 그리고 저쪽에서 거만하게 되돌려 보내와도 조금도 놀랄 것 없어.'

맑게 갠 겨울 저녁 이른 시각에 리베카 듀는 일생일대의 놀라움을 경험했다. 단풍나무언덕 저택의 마차가 유령골목을 달려와 문 앞에 멈춰 섰던 것이다. 미스 엘런이 마차에서 내리고 이어서 더욱 놀랍게도 10년 동안이나 저택에서 나온 적이 없었던 미스 세라가 나타났다. 모두 입이 딱 벌어졌다.

당황해서 숨도 제대로 쉬지 못하는 듯한 리베카 듀가 말했다.

"현관으로 오고 있어요!"

케이트 아주머니가 반문했다.

"프링글 집안사람이 어디 다른 문으로 들어오겠어요?"

리베카는 비극적인 목소리로 말했다.

"물론이죠. 물론 그렇죠. 하지만 문이 잘 열리지 않아요. 문틀에 꽉 끼어 있다고요. 잘 아시면서. 지난봄 대청소를 한 뒤로 한 번도 연 적 없잖아요. 이래서야 어디!"

현관문은 꿈쩍도 하지 않았다. 그러나 리베카 듀는 필사적인 힘을 발휘하여 문을 열고 단풍나무언덕 저택 부인들을 정중히 응접실로 맞아들였다.

리베카 듀는 생각했다.

'오늘 여기에 불을 피워두기를 정말 잘했어. '그 고양이' 녀석이 소파를 온통 털투성이로 만들어놓지는 않았어야 할 텐데. 만일 우리 집 응접실에서 세라 프링글 옷에 고양이 털이 묻었다고 하게 되면……'

리베카 듀로서는 그 결과를 감히 떠올리고 싶지도 않았다.

셜리 선생님은 댁에 있느냐는 미스 세라의 물음에 리베카 듀는 2층에 올라가 앤을 불러온 뒤 부엌으로 물러났지만, 대체 무슨 일로 프링글 집안 늙은 자매가 셜리 선생님을 만나러 왔는지 궁금해서 미칠 것만 같았다.

리베카 듀는 음울하게 말했다.

"이 이상 더 선생님을 괴롭힐 것 같으면……."

앤 자신도 속으로는 상당히 겁을 먹고 동요한 상태에서 뭉긋대다 내려왔다. 그 사람들은 차가운 경멸을 담아 그 일기를 돌려주러 일부러 왔을까?

앤이 응접실로 들어오자, 자리에서 일어나 인사말도 없이 단도직입으로 입을 연 것은 그 무엇에도 꿈쩍 않는 작고 주름투성이인 미스 세라였다.

미스 세라는 분한 듯이 말했다.

"우리는 항복하러 왔어요. 달리 어쩔 도리가 없어서…… 물론 아가씨는 가엾은 마이럼 삼촌에 대한 그 괘씸한 글을 발견했을 때 이미 이렇게 될 줄 알았겠지요. 그 내용은 사실이 아니에요…… 사실일 리가 없어요. 삼촌은 다만 앤디 브라이스를 놀린 것뿐이에요…… 앤디는 무엇이든 곧이곧대로 믿는 사람이었으니까요.

하지만 우리 집안이 아닌 사람들은 하나같이 신이 나서 그 일을 사실로 생각할 거예요. 그 때문에 우리가 남의 웃음거리가 되리라는 것을……아니, 더 난처하게 되리라는 것을 아가씨는 알고 있었던 거예요.

네, 아가씨는 분명히 매우 똑똑해요. 그건 우리도 인정해요. 젠은 진심으로 고개 숙여 사과를 할 것이고, 앞으로 얌전히 행동할 거예요…… 그것은 나, 세라 프링글이 약속하지요. 아가씨가 스탠튼 부인에게 말하지 않겠다고……아무에게도 말하지 않겠다고 약속만 해준다면……우리는 무슨 일이라도 하겠어요…… 어떤 일이라도."

미스 세라는 파르스름하게 정맥이 비치는 작은 손으로 올이 가느다란 레이스 손수건을 비틀었다. 글자 그대로 그녀는 부들부들 떨고 있었다.

앤은 깜짝 놀라 꼼짝 못 한 채 멍하니 있었다. 가엾은 할머니들! 내가 협박한다고 여기고 있는 것이다!

앤은 동정심이 일어 미스 세라의 손을 잡으며 소리쳤다.

"어머나, 저를 무척 오해하고 계시군요! 전……설마 제가 그런 일을 하는 것으로 받아들이시리라고는 꿈에도 생각 못 했어요. 저는 그냥 두 분이 훌륭한 아버님에 대한 여러 가지 흥미있는 기사를 보고 싶어하시리라 여겼을 뿐이에요. 말씀하신 그 하찮은 기사를 다른 누군가에게 보여준다거나 이야기하려고는 전혀 생각지도 않았어요. 대수롭지도 않은 일이라고 여겼는걸요. 앞으로도 그럴 마음은 없어요."

한순간 침묵이 흘렀다. 이윽고 미스 세라는 부드럽게 손을 빼고는 손수건을 눈에 대고 주름은 깊지만 품위 있는 얼굴을 엷게 붉히며 자리에 앉았다.

"우리는 아가씨를……완전히 오해하고 있었어요. 그리고 정말로 아가씨에게 몹쓸 짓을 해왔어요. 용서해줄 수 있겠어요?"

30분 뒤─리베카 듀에게는 죽음에 비길 만한 긴 30분이었다─프링글 자매는 돌아갔다. 그 30분은 앤디의 항해일지 속에 나오는, 위험의 소지가 없는 기사에 대한 이야기를 화기애애하게 나누며 지나갔다.

현관에서 미스 세라는─이날은 담소를 나누는 내내 그녀의 청력에 아무런 문제가 없었다─나가려다 잠깐 뒤돌아서서, 입구를 여며놓은 끈을 풀더니 손가방에서 아주 훌륭한 글씨로 또박또박 쓴 종이쪽지를 꺼냈다.

"깜박 잊을 뻔했어요. 얼마 전 매클린 부인에게 우리 집의 파운드케이크 요리법을 적어드린다고 약속했었지요. 이걸 좀 전해주시겠어요. 그리고 케이크를 재워놓는 과정이 아주 중요하다고 말해주세요……절대로 빠뜨려서는 안 되는 과정이에요. 엘런, 보닛이 한쪽으로 좀 삐뚤어졌어. 나가기 전에 바로하는 게 좋겠구나. 여기 오려고 외출 준비를 할 때 마음이 좀 많이 산란했거든요."

앤은 미망인들과 리베카 듀에게 앤디 브라이스의 항해일지를 단풍나무언덕 저택 부인들에게 보냈더니 고맙다는 인사를 하러 온 것이라고 자초지종을 말했다. 이 설명으로 세 사람은 만족해야만 했다. 리베카 듀는 그 속에 달리 뭔가 있다—그 이상의 어마어마한 무언가가 틀림없이 있다—고 짐작을 했지만, 더 이상은 알아낼 수 없었다. 담배 얼룩에 절어 있는 낡아빠진 항해일지를 보내줘서 황송하다고 세라 프링글이 이 윈디윌로즈 현관까지 행차를 할 리 없지 않은가! 셜리 선생님은 꾀쟁이다. 정말로 꾀쟁이다.

리베카 듀가 잘라 말했다.

"이제부터 하루에 한 번은 그 현관문을 열기로 하겠어요. 연습으로요. 아까 문이 겨우 열렸을 때 저 하마터면 벌렁 나자빠질 뻔했다니까요. 아무튼 파운드케이크 만드는 법이 드디어 손에 들어왔군요. 세상에, 달걀을 서른여섯 개나 넣는다니! '그 고양이' 녀석을 처분해버리고 나한테 닭을 기르게 해주면 1년에 한 번은 만들 수 있을까요."

말을 마치자 리베카 듀는 부엌으로 씩씩하게 걸어들어가, '그 고양이'가 간을 먹고 싶어하는 것을 뻔히 알면서도 운명의 신을 거스를 심산으로 고양이 녀석에게 일부러 우유를 주었다.

이리하여 셜리 대 프링글의 불화는 마침내 끝이 났다. 그 까닭을 아는 사람은 프링글 집안사람들 말고는 아무도 없었지만, 서머사이드 사람들은 셜리 선생님이 어떤 불가사의한 방법을 써서 오직 혼자 힘으로 그 집안사람들을 완전히 굴복시켜 그 뒤로 그들은 셜리 선생님 말이라면 뭐든 따르게 되었다는 것만은 확실히 알았다.

다음 날 젠 프링글은 학교로 돌아와 학생 모두가 보는 앞에서 공손히 앤에게 사과했다. 그 뒤 젠은 모범생이 되었고 프링글 집안 학생들은 빠짐없이 젠을 본받았다. 또한 프링글 집안 어른들의 적의도 태양 앞의 안개처럼 물러나버렸다. '기강'이며 숙제에 대한 불평은 아예 없어졌다. 이 일족 특유의 교묘하고 음흉한 모욕과 무시도 사라지고 그들은 앞다투어 앤에게 잘 보이려 했다. 어떠한 댄스파티나 스케이트 모임도 앤 없이는 열 수 없을 정도였다.

프링글 집안의 운명을 좌우할 항해일지는 미스 세라 자신의 손에 의해 불타 없어지기는 했지만 기억은 살아 있을 것이며 셜리 선생이 마음만 먹으면 남에게 얼마든지 말을 할 수도 있다. 그 캐묻기 좋아하는 스탠튼 부인의 귀에 마이럼 프링글 선장이 식인종이었다는 말이 들어가는 일은 결코 있어서는 안 된다!

엘리자베스와 함께한 산책

길버트에게 보낸 편지에서 발췌.

나는 지금 나의 탑에 있고 리베카 듀는 부엌에서 "그곳에 오를 수만 있다면"이라는 찬송가[1]를 부르고 있어. 노래를 듣다보니 생각났는데, 성가대에 들어오지 않겠느냐고 목사님 부인에게 권유를 받았어! 물론 그러도록 프링글 집안에서 먼저 말했기 때문이지. 그린게이블즈에 돌아가지 않는 일요일이면 노래하게 될지도 몰라. 프링글 집안사람들은 언제 그랬냐는 듯이 나에게 친교의 악수를 청하더니……이제는 앞뒤 재지 않고 나를 다 받아들였어. 어쩜 사람들이 이럴까!

나는 프링글 집안에서 마련한 파티 세 군데에 다녀왔어. 나쁜 뜻으로 하는 말은 아니지만, 프링글 집안 아가씨들은 모두 내 머리 모양을 따라 하고 있나 봐. '모방은 가장 진실한 형태의 찬사다.'라는 거겠지.

그리고 길버트, 아마도 저쪽에서 마음만 열어준다면 그렇게 되리라 전부터 짐작했지만, 나는 진심으로 그 사람들이 좋아지고 있어. 머잖아 젠조차 사랑

---

[1] 영국 회중교회 목사 아이작 와츠(1674~1748)가 가사를 쓴 찬송가 〈순결한 기쁨의 땅이 있노라〉를 가리키는 것으로 보임.

할 것 같아. 젠은 그럴 마음만 먹으면 아주 매력이 넘치는 아이야. 그리고 이미 그렇게 마음먹은 게 틀림없어.

어젯밤 나는 제 발로 사자 굴에 들어가 사자 수염을 뽑았어. 무슨 말이냐면, 용기를 내서 '늘푸른나무 저택' 층계를 올라가, 회칠을 한 쇠항아리가 네 모서리에 놓인 네모난 포치에 다다라서 초인종을 눌렀다는 거야. 그리고 하녀인 미스 몽크먼이 나왔을 때, 엘리자베스를 산책에 데려가도 되겠느냐고 정중히 물었어. 당연히 거절할 줄 알았는데, 그녀는 안으로 들어가 캠벨 부인과 의논하고 다시 나오더니 엘리자베스를 데려가도 좋지만 절대로 너무 늦게까지 밖에 있게 하지 말아달라고 뚱한 목소리로 말했어. 캠벨 부인까지 미스 세라 프링글의 명령을 받은 것인지 궁금해지더라.

어두운 층계를 춤추며 사뿐사뿐 내려오는 엘리자베스는 마치 빨간 코트를 입고 초록색 모자를 쓴 작은 요정 같았어. 너무 기뻐서 말문이 막힌 듯했지.

밖으로 나오자마자 엘리자베스가 속삭였어.

"가슴이 두근두근해요, 셜리 선생님. 오늘 나는 베티예요. 이런 기분일 때면 나는 언제나 베티예요."

우리는 '세계의 끝까지 이어지는 길'을 갈 수 있는 데까지 한껏 걸어갔다가 돌아왔어. 이날 밤 새빨간 저녁놀 밑에 어둑하니 드러누워 있는 항구는 '외따로운 요정 나라'[2]와 지도에도 없는 수많은 미지의 섬들을 떠올리게 했어. 나는 설렘으로 가슴이 마구 뛰었어. 내가 손을 잡고 있는 조그만 아이도 그랬지.

"만일 힘껏 달리면 저녁놀 속으로 들어갈 수 있을까요, 셜리 선생님?"

엘리자베스는 알고 싶어 했지. 나는 폴이 꿈꾸던 저녁놀 나라를 떠올렸어.

---

2) 영국의 낭만주의 시인 존 키츠(1795~1821)의 〈나이팅게일에게 부치는 송가〉에서 따옴.

"그러려면 '내일'이 오기를 기다려야 해. 봐, 엘리자베스, 저 항구 어귀의 바로 위에 금빛 섬 같은 구름이 떠 있지? 저것이 너만의 '행복의 섬'이라고 해두자."

엘리자베스는 꿈꾸듯 말했어.

"저기 멀리멀리에 섬이 하나 있어요. 이름은 '두둥실 구름'이에요. 멋진 이름이죠? 꼭 '내일'에서 빠져나온 이름 같지 않아요? 지붕 밑 다락방 창문에서 보면 보여요. 그 섬은 보스턴에서 온 어떤 신사분 건데, 여름 별장이 있대요. 하지만 나는 그 섬이 내 거라고 상상해요."

집으로 들여보내기 전 나는 문 앞에서 몸을 굽혀 엘리자베스의 뺨에 살짝 뽀뽀를 했어. 그 아이의 눈망울을 나는 잊을 수가 없어, 길버트. 그 애는 너무도 애정에 굶주려 있었어.

오늘 저녁 우유를 받으러 나온 엘리자베스를 보니, 아이가 그때까지 울고 있었던 것 같았어.

엘리자베스는 훌쩍거리며 말했어.

"난······모처럼 선생님이 뽀뽀를 해줘서 씻고 싶지 않았는데, 할머니랑 시녀가 얼굴을 씻어버렸어요, 셜리 선생님. 나는 절대, 절대 얼굴을 씻고 싶지 않았거든요. 결코 씻지 않겠다고 '맹세'도 했는걸요. 선생님의 뽀뽀를 씻어버리고 싶지 않았으니까요. 그래서 오늘 아침에는 얼굴을 씻지 않고 학교에 갔는데, 밤에 시녀가 나를 붙잡아 빡빡 씻어버렸어요."

나는 귀여워서 웃음이 나려는 걸 꾹 참고 진지한 얼굴로 말했어.

"얼굴을 씻지 않고 평생 지낼 수는 없어, 엘리자베스. 하지만 뽀뽀라면 걱정하지 않아도 돼. 네가 저녁에 우유를 가지러 올 때마다 뽀뽀를 해줄 테니까. 그러면 다음 날 아침에 씻어도 아무 상관 없겠지."

"나를 사랑해주는 건 이 세상에서 선생님뿐이에요. 선생님이 말을 하면 제비꽃 향기가 나요."

 이처럼 아름다운 찬사를 말해준 사람이 또 있었던가? 하지만 나는 그 직전에 했던 말을 무심히 넘길 수가 없었어.

"네 할머니도 너를 사랑하고 있어, 엘리자베스."

"아니, 그렇지 않아요. 할머니는 나를 싫어해요."

"우리 엘리자베스가 아직 좀 어려서 잘 모르는구나. 할머니도 미스 몽크먼도 둘 다 나이가 많으셔. 나이 든 분들은 금방 불안해하거나 걱정하시지. 물론 엘리자베스도 때로는 할머니들을 애먹이기도 하니까. 그리고……물론……할머니들이 어렸을 때는 지금 아이들보다 더 엄격하게 커왔어. 그래서 아직도 옛날 방식을 지키고 있는 거야."

 그러나 엘리자베스가 납득하지 못한다는 것이 나에게도 느껴졌어. 어쨌든 그 두 사람은 엘리자베스를 사랑하고 있지 않고, 엘리자베스도 그걸 다 아는 거야. 엘리자베스는 조심스럽게 집 쪽을 뒤돌아보고 문이 닫혀 있는 것을 확인했어.

 그러고는 찬찬히 말했어.

"할머니하고 시녀는 나를 꼼짝 못 하게 하려는 늙은 마귀예요. 그러니까 '내일'이 오면 나는 그 사람들한테서 멀리멀리 달아나서 다시는 안 돌아올 거예요."

 엘리자베스는 내가 놀라 자빠지리라 여겼을 거야. 그저 한번쯤 나를 깜짝 놀라게 하기 위해 그렇게 말한 게 아닌가 나는 진심으로 그렇게 생각해. 나는 한바탕 웃고 엘리자베스에게 뽀뽀를 해주었어. 그 모습을 마사 몽크먼이 부엌 창문으로 보았으면 좋겠다고 생각했지.

 탑 왼쪽 창문으로 서머사이드 시내가 내다보여. 지금은 친숙하게 느껴지는 흰 지붕들이—프링글 집안사람들이 내 친구가 된 뒤 마침내 친숙하다고 말할 수 있게 되었어—옹기종기 모여 있지. 이쪽저쪽 지붕 밑 창문에서 불빛이 반짝이고, 여기저기 흐릿한 잿빛 연기가 홀연히 피어오르고 있어. 그 위에 나직이 흩뿌린 듯 별이 빛나고 있고. 그 모습은 고스란히 '꿈꾸는 도시'야. 아름다운 말이지? '꿈꾸는 도시를 지나 나는 갔도다'[3]라는 시구절 기억하지?

나는 지금 무척 행복해, 길버트. 크리스마스 때, 패배해서 면목 없이 그렇게 이블즈로 돌아가지 않아도 되니까. 인생은 멋져…… 참으로 멋져!

미스 세라의 파운드케이크도 훌륭했어. 리베카 듀는 일러준 대로 케이크를 '재워두었어'. 케이크를 '재워둔다'는 건, 그것을 갈색 포장지 몇 장으로 겹겹이 싸고 다시 수건 몇 장을 감아 사흘 동안 놓아두는 것을 말해. 이 방법은 권장할 만해.

(그런데 말야, 권장(recommend)이라는 단어에는 c가 둘이야, 아니야? 난 대학을 나왔으면서도 이게 항상 헷갈려. 행여 내가 앤디의 항해일지를 발견하기 전에 프링글 집안사람들이 이 사실을 알았다면 어쩔 뻔했어!)

---

3) 앨프리드 테니슨의 시 〈갤러해드 경〉에서 따옴.

트릭스 테일러의 부탁

2월 어느 날 밤, 트릭스 테일러는 탑에서 무릎을 감싸고 앉아 있었다. 흩날리는 눈발이 창문을 스치며 낮게 쉭쉭대고 앤 방의 터무니없이 작은 난로는 새빨갛게 달아오른 검은 고양이처럼 가르랑가르랑 소리를 내고 있었다.

트릭스는 앤에게 고민을 털어놓고 있었다. 앤은 모든 사람들이 비밀 이야기를 털어놓는 상대가 되었다. 앤이 약혼을 한 사실이 알려지면서 서머사이드 아가씨들은 앤을 사랑의 경쟁자로 여겨 저어할 필요가 없었다. 그런 데다 앤에게는 어쩐지 비밀을 털어놓아도 마음이 놓이는 무엇인가가 있었다.

트릭스는 앤에게 다음 날 밤 만찬에 와달라고 부탁하러 온 것이었다. 그녀는 반짝거리는 갈색 눈에 장밋빛 뺨을 한 쾌활하고 통통한 조그만 아가씨로, 그 20살의 어깨에 인생의 무거운 짐을 짊어진 듯 보이지는 않았다. 그러나 그녀에게도 나름의 괴로움이 있는 것 같았다.

"레녹스 카터 박사도 내일 저녁 식사에 오기로 되어 있어요. 그래서 앤이 꼭 와주었으면 하는 거예요. 박사는 새로 레드먼드 대학 근대어학과의 학과장이 된 사람인데 머리가 말도 못 하게 좋아요. 그러다 보니 누군가 박사의 이야기 상대가 될 만한 분이 필요해요.

알다시피 나에게는 자랑할 만한 똑똑한 머리가 없고 내 남동생 프링글도 마찬가지예요. 그리고 에즈미 언니 말인데…… 저, 있잖아요, 앤, 에즈미만큼 상냥한 사람이 없고, 사실 언니는 머리도 정말 좋지만 부끄럼을 많이 타고 내성적인 성격이라 카터 박사가 옆에 있을 때는 그 머리를 아예 쓰지를 못해요. 에즈미는 박사를 깊이 사랑하고 있어요. 안쓰러울 정도예요. 나도 조니를 굉장히 좋아하지만, 그래도 그렇게 맥을 못 출 정도가 된 적은 없어서……."

"에즈미와 카터 박사는 약혼했나요?"

트릭스는 의미심장하게 말했다.

"아직이요. 하지만 오, 앤, 에즈미는 이번에야말로 박사가 청혼하지 않을까 기다리고 있어요. 그럴 생각이 없다면 학기 중인데 사촌을 만나겠다고 프린스에드워드섬까지 오겠어요? 제발 청혼하면 좋겠다고 나는 에즈미 언니를 위해 간절히 바라고 있어요. 그렇지 않으면 언니는 죽어버릴 것 같거든요. 그런데 앤과 나, 그리고 이 침대 기둥만 있으니 하는 말이지만, 솔직히 나는 그 사람이 형부로 썩 내키진 않아요.

에즈미가 말했는데, 그 사람은 아주 까다로운 편이라서, 에즈미는 우리 가족이 그의 눈에 차지 않으면 어쩌나 몹시 걱정하고 있어요. 우리가 눈에 차지 않으면 청혼하지 않을 거라고 에즈미는 생각해요. 그러니 내일 저녁 식사 때 모든 일이 잘 되어주기만 바라며 에즈미가 얼마나 노심초사하고 있는지 앤은 짐작도 못 할 거예요.

나는 잘되지 않을 리 없다고 생각해요. 왜냐하면 어머니는 누구보다도 요리 솜씨가 좋고 실력 있는 하녀도 있는 데다, 프링글에게는 내 1주일치 용돈의 절반을 주면서 얌전히 있으라고 단단히 일러두었거든요. 사실 프링글도 카터 박사를 좋아하지 않아요. 똑똑하다고 괜히 잘난 체만 한다는 거예요. 하지만 프링글은 에즈미를 아주 좋아하거든요. 아버지의 부루퉁하는 병만 도지지 않는다면 괜찮을 텐데!"

앤은 물었다.

"불안해할 이유라도 있나요?"

서머사이드 사람이라면 누구나 사이러스 테일러의 부루퉁하는 병에 대해 알고 있었다.

트릭스는 우울한 얼굴로 말했다.

"언제 일어날지 아무도 몰라요. 오늘 밤에는 새 플란넬 잠옷이 보이지 않는다며 공연히 화를 냈어요. 에즈미가 실수로 다른 서랍에 넣었더라고요. 아버지의 기분이 내일 밤에는 나아질지도 모르고 나아지지 않을지도 몰라요. 만약 나아지지 않는다면, 우리 가족을 망신시킬 것이고 카터 박사는 이런 가정에서 자란 딸과는 혼사를 맺을 수 없다고 여길 게 뻔해요. 어쨌든 에즈미는 그렇게 말했고, 나도 그 말이 맞다고 생각해요.

그런데 앤, 나는 레녹스 카터가 에즈미를 아주 좋아하는 것 같아요…… 에즈미가 자기에게 '아주 알맞은 아내'가 되어줄 것으로 생각도 하고 있어요…… 하지만 성급하게 행동하거나 고매하신 본인을 섣불리 내던지는 일은 하고 싶지 않은 거죠. 남자란 결혼할 때 상대 집안이 어떤지 신중하게 알아보지 않으면 안 된다고 사촌에게 말했대요. 그러니까 카터 박사는 지금 아주 사소한 일로 이쪽을 택할 수도, 저쪽을 택할 수도 있는 기로에 서 있는 거죠. 그렇게 되면 아버지의 부루퉁한 병은 사소한 일 정도가 아닌 거예요."

"아버지는 카터 박사를 좋아하지 않나요?"

"아뇨, 좋아해요! 에즈미에게 잘 어울리는 짝으로 여기고 있죠. 하지만 아버지에게 일단 발작이 한번 일어나면, 그게 이어지는 동안은 그 어떤 것도 통하지 않아요. 그게 바로 앤도 알고 있는 프링글 집안의 지독한 특징이죠.

우리 할머니가 프링글 집안 출신이었거든요. 우리 가족이 어떤 일을 겪어왔는지 도저히 상상이 안 될 거예요. 아버지는 조지 삼촌처럼 단번에 화르르 끓어오르는 그런 일은 없어요. 조지 삼촌네 식구들은 삼촌이 화를 내도 다들 신경 쓰지 않아요. 울화가 치밀었을 때 삼촌이 분을 못 이겨 펄펄 뛰며 고함치는 소리는 세 집 건너에서까지 들릴 정도예요. 하지만 그러고 나면 삼촌은 양처럼 순해져서, 한 사람 한 사람에게 사과하는 뜻으로 새 옷을 사주곤 해요.

우리 아버지는 달라요. 그냥 입을 꾹 다물고 사람을 노려보기만 하면서, 식사 내내 누구하고도 말을 하지 않는 식이에요. 에즈미는 그래도 그편이 사촌 오빠 리처드 테일러보다는 낫대요. 리처드는 식사 자리에서 늘상 비꼬는 말 아니면 아내를 모욕하는 말만 하거든요. 하지만 난 아버지의 그 무서운 침묵보다 더 난감한 건 없다고 생각해요. 우리는 불안에 떨면서 무서워서 입도 뻥긋 못해요. 물론 우리끼리만 있을 때 그러는 거면 그렇게까지 문제 될 것은 없죠. 그런데 손님이 왔을 때도 걸핏하면 그러니 문제예요. 에즈미도 나도 아버지가 그렇게 손님한테 실례가 될 지경으로 숨 막힐 듯한 침묵으로 일관할 때 변명을 해야 하는 일에 지쳐버렸어요.

에즈미는 지금 아버지가 잠옷 일로 내일 저녁때까지도 여전히 부루퉁해 있지 않을까 걱정이 태산이에요…… 그런 일이 일어나면 레녹스는 뭐라고 생각할까요?

아, 그리고 에즈미는 앤이 파란색 옷을 입어줬으면 해요. 레녹스가 파란색을 좋아해서 이즈미가 새 옷을 맞추면서 일부러 파란색을 골랐거든요. 하지만 아버지는 파란색을 몹시 싫어해요. 그래서 앤이 파란 옷을 입고 오면 아무리 아버지라도 에즈미에게 아무 말 못 하고 넘어가지 않을까 생각한 거예요."

"에즈미가 그냥 다른 옷을 입는 게 좋지 않을까요?"

"손님을 초대한 만찬 자리에 에즈미 언니가 입고 나가도 될 만한 드레스라면 아버지가 크리스마스 때 사준 녹색 포플린 드레스밖에 없어요. 옷만 놓고 보면 분명 예뻐요. 아버지는 우리가 예쁜 옷을 입었으면 해서 잘 사주시는 편이거든요. 그런데 문제는 녹색만큼 에즈미한테 안 어울리고 보기 싫은 색이 또 없거든요.

프링글은 에즈미가 녹색 옷을 입으면 안색이 꼭 폐병 말기 환자 같다고까지 말했어요. 게다가 레녹스 카터의 사촌이 레녹스는 몸이 약한 사람과는 결코 결혼하지 않을 거라고 에즈미에게 말했거든요. 조니가 그렇게 까다로운 사람이 아니어서 얼마나 다행인지 몰라요."

앤은 물었다.

"조니와의 약혼에 대해서는 아직 아버지에게 말씀드리지 않았나요?"

앤은 트릭스의 연애에 대해 모조리 알고 있었다.

가엾은 트릭스는 신음했다.

"아직 용기가 나지 않아요, 앤. 아버지가 펄펄 뛸 게 뻔하니까요. 아버지는 처음부터 조니를 마땅치 않게 여겼어요. 조니가 너무 가난해서요. 그렇지만 아버지는 자신이 철물점을 시작했을 때 조니보다 더 가난했던 걸 잊었나 봐요.

물론 빨리 말을 하긴 해야죠. 하지만 에즈미의 일이 매듭지어질 때까지는 잠자코 기다리고 싶어요. 내가 이야기를 해버리면 아버지는 몇 주일 동안 우리와 말을 안 할 거고 어머니는 안절부절못할 거예요. 어머니는 아버지의 부루퉁하는 병을 못 견뎌 하거든요. 아버지 앞에서 우리 가족은 아주 소심한 겁쟁이가 돼버려요. 물론 어머니와 에즈미는 원래 소심한 성격이라 누구에게든 할 말을 제대로 못 하긴 해요. 그래도 프링글과 나는 제법 배짱이 있어요. 아버지 앞에서만 꼼짝을 못 한다 뿐이지.

가끔은 그런 생각 해요. 누군가 우리를 뒤에서 받쳐주는 사람이 있으면 어땠을까, 라고. 하지만 그런 사람은 없고, 우리는 그냥 어쩔 수 없이 바짝 얼어버릴 뿐이죠. 정말이지 앤, 아버지가 부루퉁해 있을 때 손님을 초대하면 집안 분위기가 어떤지 상상도 못 할 거예요.

그래도 내일 저녁만이라도 아버지가 분별 있게 행동해준다면 모든 걸 용서해드릴 참이에요. 마음만 먹으면 아버지도 남에게 무척 싹싹할 수 있는 사람이거든요. 꼭 롱펠로의 시에 나오는 작은 소녀하고 똑같다니까요. 좋을 때는 마냥 좋고, 기분이 나빠지면 그 누구도 손을 쓸 수가 없죠.[1] 우리 집안 분위기는 모든 게 아버지 마음먹기에 달렸어요."

"지난달에 내가 식사에 초대되어서 갔던 날 밤에는 아버지가 정말 잘해주셨어요."

"네, 아까도 말했듯이 아버지는 앤을 좋아해요. 그런 이유도 있어서 이렇게 앤에게 꼭 와달라고 부탁하는 거예요. 그 덕분에 아버지의 기분이 좋아질지도 모르니까요. 아버지 마음에 드는 것이라면 우리는 무슨 일이든지 해 볼 참이에요. 하지만 부루퉁하는 병이 정말로 심하게 발작했을 때는 아버지는 만사가 다 마음에 안 들고 어떤 사람이든 마뜩잖아하긴 해요.

아무튼, 내일을 위해 굉장한 만찬을 준비하고 있어요. 디저트로는 오렌지 커스터드를 내놓을 거예요. 어머니는 파이로 하고 싶어했어요. 아버지 말고는 온 세상 남자가 무엇보다도 디저트로는 파이를 좋아하고, 아무리 대단한 근대어학 교수라 하더라도 그건 다 매한가지라고 말씀하셨거든요. 그렇지만 아버지가 좋아하지 않으니까 이처럼 중대한 내일 만찬에 운명을 건 도박을 해서는 안 된

---

[1] 미국의 시인 헨리 워즈워스 롱펠로(1807~1882)의 시 〈작은 소녀가 있었네〉에서 따옴.

다고 판단한 거죠. 아버지가 제일 좋아하는 디저트가 오렌지 커스터드거든요.

　가엾은 조니와 나는 언젠가 둘이서 야반도주라도 해야 할지 몰라요. 그러고 나면 아버지는 나를 결코 용서하지 않겠죠."

　"용기 내서 아버지에게 말해봐요. 그다음에 아버지가 못마땅해서 얼마 동안 뚱하게 대하는 것을 견뎌내기만 하면 아버지는 기꺼이 마음을 돌릴 거예요. 그러면 애만 태우면서 몇 달이나 불안하게 있지 않아도 되잖아요."

　하지만 트릭스는 암담한 마음으로 말했다.

　"그건 앤이 아버지를 몰라서 하는 소리예요."

　"어쩌면 내가 트릭스보다 더 아버지를 잘 알고 있을지도 몰라요. 트릭스는 오히려 시야의 균형감을 잃었을 수 있거든요."

　"뭘 잃었다고요? 이봐요, 앤, 내가 대학을 안 나왔다는 것을 잊으면 안 돼요. 나는 고등학교까지밖에 안 다녔어요. 대학에 정말 가고 싶었지만, 아버지는 여자에게 고등교육은 필요 없다는 입장이에요."

　"내가 하려던 말은, 트릭스는 아버지와 너무 가까이 있기 때문에 오히려 잘 보이지 않는 부분이 생길 수 있다는 거예요. 생판 남인 사람이 훨씬 또렷하게 보아서 아버지를 더 잘 이해할 수 있을지도 몰라요."

　"아버지가 한번 입을 닫겠다 마음먹으면 그 무엇도 아버지의 입을 열게 하지 못해요. 어떤 노력도 안 통해요. 아버지는 심지어 그것을 자랑스레 여기죠."

　"그렇다면 트릭스나 다른 사람들이 아무 일 없다는 듯이 이야기를 이어나갈 수는 없어요?"

　"그렇게 할 수가 없어요. 아까 말했잖아요. 아버지는 우리까지 바짝 얼어버리게 만든다고. 아버지가 잠옷 일을 아직 잊을 생각이 없다면 내일 밤 앤도 직접 눈으로 보고 내가 하는 말뜻을 이해하게 될 거예요. 아버지가 어떻게 우리까지 그렇게 만드는지는 모르지만, 어쨌든 그렇게 돼요. 아버지가 말문만 좀 연다면 밸이 좀 꼴려서 툴툴거린다 해도 우리가 이 정도로 마음 쓰지는 않을 거예요. 우리를 안절부절못하게 만들어버리는 것은 그 지독한 침묵이에요. 만일 아버지가 내일 밤 그런 행동을 한다면 나는 결코 용서하지 못할 거예요. 그만큼 중대한 상황이니까요."

"최선을 다했으니 우리 잘되길 빌어보죠, 트릭스."

"그러려고 해요. 그러니까 앤이 와줬으면 하는 거예요. 어머니는 캐서린 브룩도 초대하자고 했지만, 그 사람을 부르면 아버지 기분이 오히려 나빠질 게 뻔해요. 아버지는 그 사람을 너무너무 싫어하거든요.

그 점에서 나는 아버지에게 뭐라 할 수 없어요. 나도 그 사람이 오지 않는 편이 차라리 고마우니까요. 앤은 어떻게 그 사람에게 그토록 잘해줄 수 있는지 모르겠어요."

"그 사람이 안쓰러워서요, 트릭스."

"그 사람이 안쓰럽다고요? 하지만 사람들이 그 사람을 좋아하지 않는 건 순전히 자기 탓이잖아요. 뭐, 세상에는 온갖 사람이 있는 거니까요. 하지만 서머사이드는 캐서린 브룩 하나쯤 없어도 멀쩡히 돌아갈걸요…… 그런 무뚝뚝한 심술쟁이 같은 사람은……."

"캐서린은 우수한 교사예요, 트릭스."

"어머나, 그걸 내가 모르는 줄 알아요? 나는 그 사람한테 배웠어요. 확실히 지식을 내 머릿속에 마구 욱여넣었죠…… 그러면서 그 지독하게 빈정거리는 말로 '산 채로 내 뼈에서 살을 뜯어내는'[2] 것도 잊지 않고요.

---

2) 《신약성서》〈미가서〉 3장 2절 참조.

게다가 그 사람의 옷차림은 또 어떻고요! 아버지는 옷차림이 보기 흉한 여자라면 질색해요. 단정치 못한 여자는 아버지에게도 아무 쓸모가 없지만, 하느님에게도 마찬가지일 거래요. 내가 앤에게 이런 말까지 한 것을 알면, 어머니는 기절할지도 몰라요. 어머니는 아버지가 남자니까 그렇게 말하는 것도 어쩔 수 없다고 여기고 눈감아주기로 했대요.
　아버지에게 눈감아줄 일이 그뿐이면 괜찮게요! 불쌍한 조니는 이제 감히 집에 잘 올 엄두도 못 내요. 아버지가 너무 안하무인으로 대해서요. 그래서 날씨가 좋은 밤에 내가 몰래 빠져나가 둘이 몸이 반쯤 얼어버릴 때까지 광장을 몇 바퀴고 돌고 또 돌죠……."
　트릭스가 돌아가자 앤은 간신히 한숨을 좀 돌렸다. 그리고 리베카 듀에게 밤참을 만들어달라 하려고 아래층으로 내려갔다.
　"테일러네 집에 저녁 초대를 받아서 간다고요? 그 집 주인 양반 사이러스가 부디 점잖게 굴어야 할 텐데요. 그 부루퉁 병이 도질 때마다 집안사람들이 그렇게 겁내지만 않는다면 그 양반도 걸핏하면 그렇게 굴지는 못했을 거예요. 내 장담하는데요, 셜리 선생님, 사이러스는 말이에요, 부루퉁하는 병을 즐기고 있는 거예요.
　아이고, '그 고양이' 녀석의 우유를 데워줘야겠네요, 고작 고양이 주제에 저렇게 응석받이 노릇을 하다니!"

사이러스 테일러, 총공격을 받다

다음 날 저녁 사이러스 테일러네 집에 닿았을 때, 앤은 들어서자마자 집안 분위기에서 냉랭함을 느꼈다. 날씬한 하녀가 손님방으로 안내했는데, 층계를 올라갈 때 사이러스 테일러 부인이 잰걸음으로 식당에서 부엌으로 가는 모습이 보였다. 해쓱한 사이러스 부인은 근심으로 여위기는 했으나 아직은 앳된 티가 남아 있는 얼굴에서 눈물을 훔치고 있었다. 잠옷 사건 뒤 사이러스의 기분이 아직 풀리지 않았다는 것을 짐작하고도 남았다.

트릭스가 몹시 곤란한 표정으로 손님방에 몰래 들어와 초조한 듯 속삭이는 말로써 그 사실은 확인되었다.

"아아, 앤! 아버지의 기분이 정말 안 좋은 상태예요! 오늘 아침에는 꽤 온화한 듯해서 우리도 희망을 조금은 가졌어요. 그런데 오늘 오후에 체커 게임에서 휴 프링글에게 져버렸어요. 아버지는 체커에서 지는 것을 못 견뎌 해요. 그게 하필이면 오늘 일어난 거예요.

그러더니, 아버지의 말을 빌리자면, 에즈미 언니가 '거울에 비친 자기 모습에 넋을 잃은' 게 마음에 들지 않는다고 트집을 잡았죠. 그러고는 곧장 언니를 언니 방에서 쫓아내고 방문을 잠가버렸어요. 가엾은 에즈미는 자기 몸차림이 레녹스 카터 박사의 마음에 들지 어떨지 그냥 살펴보고 있었을 뿐인데요. 그래서 에즈미는 진주 목걸이도 미처 하지 못했어요.

그리고 나를 좀 봐요! 감히 용기가 안 나서 머리에 컬도 못 했어요…… 아버지는 타고난 곱슬머리가 아닌데 컬을 해서 곱슬거리게 하는 것을 아주 싫어해요. 덕분에 이런 형편없는 모습이 되었지요. 사실 내 모습이야 아무래도 좋은데, 그냥 지금 집안 분위기가 어떤지 보여준다는 거죠.

아버지는 어머니가 식탁에 꽂아둔 꽃도 죄 뽑아서 내다버렸어요. 어머니가 정말 마음 아파했죠…… 신경을 많이 써서 꽂은 거거든요…… 게다가 어머니더러 석류석 귀걸이도 하지 말라고 했어요.

아버지 기분이 이 정도로 나쁜 건 지난봄 서부에서 돌아온 뒤로 처음인 것 같아요. 그때 기분이 언짢아진 것은 어머니가 거실에 아버지가 좋아하는 짙은 자주색이 아닌 빨간색 커튼을 쳤기 때문이었죠.

오, 앤, 아버지가 식사 때 입을 열지 않으면, 부탁이니 앤이 좀 열심히 이야기를 해주세요. 그러지 않으면 너무도 끔찍한 시간이 되고 말 거예요."

"할 수 있는 데까지 해 볼게요."

확실히 앤은 지금까지 이야깃거리가 궁했던 적은 결코 없었다. 그러나 이제부터 곧 맞닥뜨릴 사태는 정말이지 한 번도 겪어보지 못한 일이었다.

비록 꽃은 없었지만 아주 아름답고 훌륭하게 차려진 식탁에 모두들 둘러앉았다. 잿빛 비단옷을 입은 소심한 사이러스 부인은 긴장한 나머지 낯빛이 그 옷보다도 더 잿빛이었다. 이 집안에서 가장 아름다운 에즈미는 전체적으로 여린 빛을 띠는 미인이었지만—엷은 금발, 옅은 핑크빛 입술, 연한 물망초빛 눈—이날은 여느 때보다 얼굴이 훨씬 파리하여 금방이라도 기절할 듯이 보였다.

동그란 눈에 안경을 끼고 거의 백발로 보일 만큼 옅은 금발의 프링글은 보통 때는 14살의 뚱뚱하고 쾌활한 장난꾸러기 소년이었으나 오늘은 목줄에 매인 개와 똑같은 모습이었고, 트릭스는 겁에 질린 초등학생 같았다.

카터 박사는 어두운색 곱슬머리에 영민한 검은 눈을 하고, 은테 안경을 낀 모습이 분명 품위 있는 미남이었다. 하지만 레드먼드 조교수 시절의 젊은 카터 박사를 지나치게 젠체하는 따분한 사람이라고 여겼던 앤에게 그가 그 자리를 거북스러워하고 있음이 눈에 보였다. 분명히 박사도 뭔가 이상한 분위기를 감지하고 있는 것 같았다. 하긴 주인이 식탁 윗자리로 성큼성큼 걸어가면서 아무에게도 말을 걸지 않고 자기 자리에 털썩 앉는 것을 보았으면 그렇게 느끼는 것도 무리가 아니었다.

사이러스가 식전 기도를 하려 하지 않아서, 사이러스 부인은 얼굴이 비트처럼 빨개진 채 목구멍으로 기어드는 목소리로 웅얼거렸다.

"주님 오늘 저희에게 일용할 양식을 허락하심을 감사드립니다."

식사는 처음부터 최악이었다. 잔뜩 겁을 먹은 에즈미가 포크를 바닥에 떨어뜨렸던 것이다. 사이러스를 빼고는 다들 화들짝 놀랐다. 모두들 그만큼 잔뜩 긴장해 있었기 때문이다.

사이러스는 말 없는 가운데, 튀어나온 푸른 눈에 노여움을 가득 담고 에즈미를 째려보았다. 그런 다음 모두를 한 사람 한 사람 노려보았으므로 그들은 그 순간 얼어붙어 입을 열지 못했다. 가엾은 사이러스 부인은 겨자무 소스를 접시에 한 숟가락 더는 순간, 자신을 쏘아보는 사이러스의 눈초리를 느끼고, 자신이 위장이 약하다는 사실이 떠올랐다. 그때부터 부인은 소스를 한 입도 입에 대지 못했다. 그녀는 그 소스를 아주 좋아했고, 솔직히 그것이 위에 탈을 일으키리라고 생각지도 않았다. 하지만 사이러스 부인은 아무것도 먹을 엄두가 나지 않았다. 그것은 에즈미도 마찬가지였다. 두 사람은 그냥 먹는 시늉만

했다.

　식사는 무시무시한 침묵 속에 이어졌으며 트릭스와 앤이 이따금 날씨 이야기를 꺼내 간간이 침묵을 깰 뿐이었다. 트릭스가 무엇인가 이야기를 해달라고 앤에게 간절한 눈짓을 보냈지만 앤은 태어나서 처음으로 아무런 할 말이 떠오르지 않았다. 어떻게든 이야기를 해야겠다고 필사적으로 생각했지만, 그럴수록 너무 시답잖아 차마 입에 담을 수 없는 말밖에 떠오르지 않았다.
　모두가 마법에라도 걸린 것일까? 고집불통인 한 남자의 뚱한 기분이 다른 사람에게 이 정도 영향을 미칠 수 있다는 것이 불가사의할 정도였다. 직접 보지 않았다면 앤은 그런 일이 가능하다는 것을 결코 믿지 않았을 터였다. 그런데 자기가 식탁에 있는 사람들을 견딜 수 없이 거북하게 만드는 사실을 알고 사이러스는 혼자서 은밀한 기쁨을 맛보고 있을 게 틀림없었다. 대체 무슨 생각인 것일까? 만일 누군가가 사이러스를 핀으로 찌르면 깜짝 놀라기는 할까? 앤은 사이러스의 뺨을 찰싹 때리고 한바탕 꾸짖은 다음 구석에 가서 서 있으라고 하고 싶었다. 버릇없는 아이를 엄하게 다루듯이 벌을 주고 싶었다. 삐쭉삐쭉 자란 머리는 반백이고 한껏 치솟은 콧수염을 기르고 있어도 그가 하는 짓거리는 제멋대로인 어린아이와 비슷했다.
　무엇보다도 앤은 사이러스의 입을 열게 하고 싶었다. 결단코 말을 하지 않겠다고 마음먹은 사람을 제대로 응징할 방법은 입을 열어 말하게 하는 것밖에 없음을 앤은 본능적으로 느끼고 있었다.
　만일 그녀가 자리에서 일어나 구석 탁자에 놓인 저 커다랗고 흉물스러운 오래된 꽃병을 일부러 와장창 깨뜨려버리면 어떨까? 그 꽃병은 장미꽃과 잎새로 이루어진 화환 장식이 빼곡히 들어찬 정교한 물건이었는데, 먼지를 털어내기 아주 힘들게 생겼음에도 먼지 한 톨 없이 깨끗이 관리해야만 했다. 집안 식구 모두가 이 꽃병을 싫어하는 것을 앤은 잘 알고 있었다. 그러나 사이러스 테일러는 그것이 자기 어머니 꽃병이었다며 다락방에 보관해두는 것을 결단코 허락지 않았다. 앤은 그 꽃병을 깨뜨림으로써 분노가 폭발한 사이러스의 입을 열게 할 확신만 있다면 대담무쌍하게 그 꽃병을 깨뜨릴 텐데 하고 생각했다.

그런데 어째서 레녹스 카터는 아무 이야기를 하지 않는 것일까? 카터 박사가 입을 떼면 앤도 말을 하고 트릭스와 프링글도 어쩌면 그들을 꽁꽁 묶은 주문에서 풀려나 무엇이든 이야기를 이어갈 수 있을지 모르는데. 그러나 카터 박사는 그냥 가만히 앉아 묵묵히 먹고만 있을 뿐이었다. 아마 그렇게 하는 게 제일 낫겠다고 여겼을지도 모른다. 이미 화가 잔뜩 난, 사랑하는 여성의 아버지에게 무슨 말을 잘못했다가 그의 화를 더 돋우면 큰일이라고 여기고 있는 듯했다.

사이러스 부인이 푹 꺼질 듯한 목소리로 웅얼거리며 물었다.

"셜리 선생님, 피클을 먼저 덜고 나서 그릇을 다른 사람에게 좀 돌리시지 않겠어요?"

그 순간 어떤 짓궂은 생각이 앤의 머릿속에서 떠올랐다. 앤은 피클이 담긴 그릇을 다른 사람에게 돌리기 시작했다. 그리고 더불어 다른 것도 시작했다. 앤은 몸을 앞으로 숙이고 잿빛이 어린 초록색의 커다란 눈을 맑게 빛내며 상냥한 목소리로 망설임 없이 말했다.

"저, 카터 박사님, 이 말씀을 들으면 깜짝 놀라시겠지만 테일러 씨는 지난주에 갑자기 귀가 먹어버렸대요."

일단 폭탄을 던지고 나자 앤은 제자리에 다시 앉았다. 앤은 스스로도 뭘 기대하거나 바라고 있는지 잘 알 수 없었다. 주인이 불같이 화나 있는 게 아니라, 귀를 먹었을 뿐이라는 말을 들으면 카터 박사가 입을 뗄지도 모른다고 생각한 것일까. 사실 앤이 거짓말한 것은 아니었다. 사이러스 테일러가 '원래부터' 귀머거리라고 말한 건 아니기 때문이다. 그러나 사이러스 테일러의 입을 열도록 하려 했다면 그것은 한마디로 실패였다. 사이러스는 그저 아무 말 없이 앤을 노려볼 뿐이었다.

그러나 앤의 말은 트릭스와 프링글에게 앤이 미처 생각 못 한 효과를 발휘했다. 말은 하지 않았지만 트릭스도 이미 노여움에 부들부들 떨고 있었다. 앤이 짓궂은 말을 던지기 바로 전 에즈미가 절망으로 가라앉은 푸른 눈에 고인 눈물 한 방울을 남몰래 훔쳐내는 걸 본 것이다. 이미 상황은 절망적이었다. 어차피 이제 레녹스 카터가 에즈미에게 청혼할 일은 절대로 없을 것이다. 더 이상 누가 무슨 말을 하건 어떤 행동을 하건 달라질 게 없었다. 갑자기 트릭스는 잔인한 아버지에게 보복해주고 싶은 불타오르는 욕망에 사로잡혔다. 그런 트릭스에게 앤의 말은 이상한 영감을 주었다. 프링글도 처음에는 의아해하며 하얀 속눈썹을 몇 번 깜빡거리다가 화산에서 용암이 솟구쳐 오르듯 억눌렸던 장난기가 폭발하여 곧 누나에게 장단을 맞추기 시작했다. 살아 있는 한 앤도 에즈미도 사이러스 부인도 그 뒤에 이어진 경악스러운 15분 동안의 일을 결코 잊을 수 없으리라.

트릭스는 식탁 너머로 카터 박사에게 말했다.
"가엾은 아버지에게는 정말 안된 일이에요. 아직 예순여덟 살밖에 안 되셨으니까요."

자기 나이가 여섯 살이나 늘어난 것을 듣고 사이러스 테일러의 콧구멍이 연신 벌씸벌씸했지만, 그래도 그는 입을 떼지 않았다.

프링글이 또렷이 말했다.
"제대로 된 음식을 먹을 수 있다니 아주 기뻐요. 자기 가족에게 과일과 달걀

밖에 먹이지 않는 그런 남자를 어떻게 생각하시나요, 카터 박사님? 먹는 것에 대해 까탈스럽게 굴면서 딱 과일과 달걀 말고는 아무것도 못 먹게 하는 그런 가장이요."

"아버지께서……?"

어리둥절한 카터 박사가 말을 하려는데, 트릭스가 다그치는 듯한 말투로 끼어들었다.

"자기 마음에 들지 않는 커튼을 달았다고 아내에게 무섭게 달려들어 무는 남편을 어떻게 생각하세요?"

프링글이 아무렇지 않게 덧붙였다.

"피가 날 정도로요."

"설마 아버지께서……?"

트릭스가 또 말했다.

"아내의 비단 드레스의 디자인이 마음에 들지 않는다고 그 옷을 가위로 난도질해버리는 남편을 어떻게 생각하세요?"

프링글이 물었다.

"자기 아내가 귀여운 강아지를 기르고 싶어하는데 안 된다는 남자를 어떻게 생각합니까?"

"못내 기르고 싶어하는데도요."

트릭스는 이 말을 하고 한숨을 내쉬었다.

이 짓궂은 놀이를 슬슬 즐기기 시작한 프링글이 계속 물었다.

"아내에게 크리스마스 선물로 멋대가리 없는 방한용 고무 오버슈즈를 사주는 사람을 어떻게 생각하세요? 다른 선물도 없이 딱 그것만 주는 사람이요."

카터 박사는 그제서야 인정했다.

"오버슈즈만으로는 엄청난 감동이 밀려오지는 않겠네요."

앤과 눈이 마주치자 박사는 미소 지었다. 앤은 지금까지 박사가 미소 짓는 것을 본 적이 없음을 떠올렸다. 그 미소는 그의 인상을 놀랄 만큼 부드럽게 만들었다.

그나저나 트릭스는 무슨 말을 하고 있는 것일까? 트릭스가 이런 악마가 될 수 있으리라고 누가 상상이나 했겠는가?

"저, 카터 박사님, 구운 고기가 잘 익지 않았다고 그걸 하녀에게 냅다 집어 던지면서 아무런 거리낌이 없는, 정말 한 치의 거리낌도 없는 사람과 같이 사는 일이 얼마나 끔찍한지 생각해본 적 있으세요?"

카터 박사는 순간 사이러스가 닭뼈를 누구에겐가 던지지 않을까 걱정스러운 듯 사이러스 쪽을 힐끔 보았다. 그러다가 주인이 귀가 먹었다는 것을 기억해내고는 마음을 놓는 모습이었다.

프링글이 어처구니없다는 듯 물었다.

"지구가 평평하다고 믿는 사람을 어떻게 생각합니까?"

이번에는 사이러스도 무슨 말이든 하리라고 앤은 생각했다. 그의 붉은 얼굴에 한순간 미세하게 떨림이 일었으나 끝내 말은 나오지 않았다. 그래도 그의 콧수염에서 교만함이 한풀 꺾인 것처럼 보였다.

트릭스가 물었다.

"자기 고모를……단 하나밖에 없는 고모를 구빈원에 갖다 넣어버리는 남자를 어떻게 생각하세요?"

프링글이 그 뒤를 쫓듯 말했다.

"게다가 자기 소를 공동묘지에 갖다 풀어놓고 풀을 먹이는 사람이라면요. 서머사이드 사람들은 그 광경을 아직도 잊지 못하죠."

트릭스가 물었다.

"날마다 그날 무엇을 먹었는지 일기에 적는 사람을 어떻게 생각하세요?"

카터 박사는 또다시 미소를 지으며 말했다.

"위대한 피프스[1]가 그렇게 했었죠."

그 목소리는 웃고 싶어하는 듯이 들렸다. 박사는 젠체했던 게 아니었는지도 모른다. 다만 나이가 젊고 부끄럼을 잘 타는 데다 지나치게 진지했을 뿐이었다고 앤은 생각했다.

그러나 앤은 점점 겁에 질려가고 있었다. 사태를 이렇게까지 걷잡을 수 없이 키울 생각은 없었다. 모든 일은 시작보다 끝맺이가 훨씬 어렵다는 것을 느끼기 시작했다. 트릭스와 프링글은 극악무도하리만큼 치밀하고 영리했다. 둘 다 그러한 짓들 중 단 한 가지라도 자기들의 아버지가 했다고는 결코 말하지 않았다.

앤은 프링글의 속셈이 느껴졌다. 그가 동그란 눈을 실로 순진한 척 한층 동그랗게 뜨고, "나는 순전히 '참고하려고' 카터 박사님의 의견을 물어본 것뿐이에요."라고 대답하는 모습이 그려질 정도였다.

트릭스가 계속했다.

"아내에게 온 편지를 허락 없이 뜯어서 읽는 남편을 어떻게 생각하세요?"

프링글이 물었다.

"장례식에—심지어 아버지 장례식에—막일할 때나 입는 멜빵바지 작업복을 입고 가는 사람을 어떻게 생각하세요?"

이 둘은 다음에는 무엇을 생각해낼까? 사이러스 부인은 아예 드러내놓고 울었고, 에즈미는 절망한 나머지 오히려 차분했다. 이제는 어떻게 되어도 좋다.

---

1) 새뮤얼 피프스(1633~1703). 영국 정치가·일기작가. 1660~69년에 걸친 일기에 그즈음 런던의 생활상이 자세히 쓰여 있음.

에즈미는 자기로부터 영원히 떠나버린 사랑을, 카터 박사를 똑바로 바라보았다. 태어나서 처음으로 에즈미는 자극을 받아 실로 기발한 말을 하기에 이르렀다.

에즈미가 조용히 물었다.

"어미 고양이가 총에 맞아 죽었을 때, 가엾은 아기 고양이들이 굶어 죽을까 봐 그 아기 고양이들을 하루 종일 걸려 찾아낸 남자를 어떻게 생각하세요?"

기묘한 침묵이 방 안에 흘렀다. 트릭스와 프링글은 갑자기 부끄러워하는 표정이 되었다. 그러자 이번에는 생각지도 않게 아버지를 두둔한 에즈미를 편드는 게 아내로서의 의무라고 느껴 사이러스 부인이 가는 목소리에 힘을 실어 말했다.

"그리고 그분은 코바늘뜨기 솜씨가 아주 좋지요. 지난겨울 요통으로 누워 있는 동안 응접실 식탁에 덮을 아주 멋진 식탁보를 떴답니다."

사람은 누구나 참는 데 한계가 있다. 사이러스 테일러도 마침내 그 한계에 이르렀다. 그는 의자를 힘껏 뒤로 밀었다. 의자는 잘 닦인 바닥을 힘차게 미끄러져 꽃병이 놓인 탁자를 넘어뜨렸다. 꽃병은 글자 그대로 산산이 깨져버렸다. 분노로 숱 많은 하얀 눈썹이 잔뜩 곤두선 사이러스는 벌떡 일어나 마침내 폭발했다.

"이봐, 나는 코바늘뜨기 같은 건 안 해! 별 시답잖은 뜨갯것 하나 따위로 남자의 명예를 영원히 박살낼 참이야? 그때 나는 그 망할 놈의 요통이 너무도 심해서 내가 뭘 하는지도 몰랐다고. 게다가 내가 귀머거리라고요, 셜리 선생? 귀머거리라고?"

트릭스가 소리쳤다.

"셜리 선생님은 아버지가 귀머거리라고는 말하지 않았어요."

트릭스는 화가 나서 펄펄 뛰며 소리 지르는 아버지는 조금도 겁내지 않았다.

"아, 그래. 그렇게는 말하지 않았지! 너희들 누구 하나 나라고 꼭 짚어 말하지는 않았지! 난 아직 예순두 살인데 예순여덟 살이라고 말한 적 없지? 내가 너희 어머니에게 개를 못 기르게 한다고도 안 했겠지! 좋아, 당신이 키우고 싶다면 개 4만 마리를 키운다 한들 난 아무 소리 안 해. 그걸 알고 있으면서! 대체 언제 당신이 하고 싶어하는 것을 내가 안 된다고 한 적 있어? 언제 그랬지?"

사이러스 부인은 울음을 터뜨리며 말했다.

"한 번도 그런 적 없어요. 여보, 한 번도요! 그리고 나는 한 번도 개를 기르고 싶다고 생각한 일조차 없어요, 여보."

"내가 언제 당신 편지를 뜯어 봤어? 언제 내가 일기를 썼단 말이야? 일기라니! 말도 안 돼! 그리고 내가 어떤 장례식에고 간에 멜빵바지 작업복을 입고 간 적이 언제 있단 말이야? 언제 내가 소를 공동묘지에 풀어놓고 풀을 먹였어? 나의 어느 고모가 구빈원에 들어가 있어? 내가 누구한테고 구운 고기를 집어 던진 일이 대체 언제 있어? 너희들에게 과일과 달걀밖에 먹이지 않은 일이 언제 있었어?"

사이러스 부인은 계속 흐느끼며 말했다.

"없었어요, 여보, 한 번도! 당신은 언제나 우리가 넉넉히 살 수 있게 해주셨는걸요…… 아무 모자람 없게."

"지난번 크리스마스 때 오버슈즈를 가지고 싶다고 한 건 당신이었잖아?"

"그렇고말고요. 네, 제가 분명히 그렇게 말했어요, 여보. 그리고 덕분에 겨울을 얼마나 따뜻하게 잘 났게요."

"그렇다면 말이야!"

사이러스는 승리에 찬 눈으로 방을 휙 둘러보았다. 그 눈이 앤의 눈과 마주쳤다. 그러더니 느닷없이 생각지도 않은 일이 벌어졌다. 사이러스가 쿡쿡 웃기 시작했던 것이다. 뺨에는 분명 보조개가 움푹 파였다. 작은 보조개가 사이러스의 굳은 표정에 기적을 일으켰다. 사이러스는 의자를 도로 당겨와서 앉았다.

"여보시오, 카터 박사, 내게는 기분이 불쾌할 때면 뚱하고 있는 나쁜 버릇이 있소. 사람은 누구나 나쁜 버릇이 있지 않소? 내 버릇은 그것이오. 유일한 단점이지요.

자, 여보, 그만 울어요. 내가 오늘 이런 일을 당해 마땅하게 굴었다는 점은 나도 인정하오. 그래도 그 코바늘뜨기인가 뭔가에 대한 당신 이야기만큼은 인정 못 해.

에즈미, 너 하나만이 내 편을 들어주었다는 것을 결코 잊지 않겠다. 매기한테 들어와서 저 조각들을 치우라고 말해라. 모두들 저 귀찮은 물건이 깨져 좋아하는 걸 나도 알고 있어. 그리고 푸딩을 가져오라고 해라."

앤은 그처럼 험악하게 시작된 저녁이 이처럼 유쾌하게 끝나리라고는 생각지도 못했다. 사이러스처럼 상냥하고 기분 좋은 말상대는 다시없었다.

트릭스의 말에 의하면 그날 퍼부은 총공격의 여파 또한 없었다. 그 저녁 식사를 한 지 2, 3일 지난 저녁에 트릭스가 앤에게 찾아와 자신이 마침내 용기를 있는 대로 짜내어 아버지에게 조니 일을 말했다고 전하러 왔던 것이다.

"아버지가 화를 많이 내시던가요, 트릭스?"

트릭스는 부끄러운 듯 말했다.

"아버지는······아버지는 전혀 화를 내지 않았어요. 그저 코웃음을 치시더니, 2년 동안이나 너를 따라다니면서 다른 남자는 얼씬도 못 하게 했으니 조니도 이제 그럴 때가 됐지, 라고만 하셨어요. 지난번 부루퉁 병이 도진 지 얼마 안 된 만큼 아버지도 그렇게 자주 부루퉁하는 발작을 일으킬 수는 없다고 생각했나 봐요. 게다가 앤, 부루퉁하지 않을 때 평상시 아버지는 정말로 좋은 분이에요."

앤은 리베카 듀와 똑같은 투로 말했다.

"트릭스에게는 너무 과분한 아버지라고 생각해요. 지난번 그 식사 때 트릭스는 정말 지독했잖아요."

"하지만 앤이 시작한 일이잖아요. 그리고 눈치 빠른 프링글이 좀 거들기는 했지만요. 어쨌든 끝이 좋으면 다 좋은 거 아니겠어요. 아, 게다가 다시는 그 꽃병의 먼지를 털지 않아도 되어 정말 좋아요!"

앤은 길버트를 사랑하고 있다

2주일 뒤, 앤이 길버트에게 보낸 편지에서 발췌.

에즈미 테일러와 레녹스 카터 박사의 약혼이 드디어 발표되었어. 이곳 소문들을 종합해 보자면, 그 운명의 금요일 밤 카터 박사는 에즈미를 그 아버지와 가족으로부터—그리고 아마 친구들로부터도—구해내서 지켜야겠다 마음먹은 것 같아! 에즈미가 처한 딱한 처지가 카터 박사의 기사도 정신에 호소했던 게 분명해. 이런 결과가 된 것은 다 내 덕분이라고 트릭스는 말하고 있어. 나도 정말 한몫한 셈인지도 모르지. 그러나 이번과 같은 실험은 두 번 다시 하고 싶지 않아. 마치 떨어지는 번갯불의 꼬리를 손으로 잡으려 하는 것 같았는걸.

솔직히 나도 무슨 생각으로 그랬는지 모르겠어, 길버트. 뭐에 씌었었나 싶기도 하고. 그랬다면, 틀림없이 '프링글'스러운 냄새가 나는 건 무엇이든 지독히 싫어했던 지난날의 끄트러기였는지도 몰라. 지금에 와서는 아주 옛날 일처럼 여겨지기는 해. 나는 이제 거의 잊기도 했어. 하지만 다른 사람들은 여전히 궁금하게 여기고 있어.

미스 밸런타인 코탤로는 내가 프링글 일족을 이겼다 해서 조금도 놀라지 않았대. 나에게는 뭔가 마음먹은 일은 어떻게든 '해내고 마는 재주'가 있다고 했어. 하지만 목사님 부인은 자기가 나를 위해 드린 기도가 받아들여진 것이라고 생각하고 있어. 글쎄, 무엇이 맞는지 그 누가 알겠어?

어제는 학교에서 돌아오는 길에 젠 프링글과 함께 걸어오면서 구두, 배, 봉랍(封蠟)에 대해 이야기했어…… 기하 빼고는 거의 모든 것에 관해 이야기 나누었지. 우리는 그 화제만은 피해. 젠은 내가 기하에 대해 깊이 알지 못한다는 것을 알고 있어. 하지만 내가 지닌 마이럼 선장에 대한 얕은 지식으로 어느 정도 균형이 맞추어져.

나는 젠에게 폭스의 《순교자 열전》을 빌려줬어. 사실 내가 아끼는 책을 남에게 빌려주는 것을 나는 정말 싫어해. 다시 내 손에 돌아왔을 때 어쩐지 전과 같은 책으로 보이지 않더라. 내가 폭스의 《순교자 열전》을 좋아하게 된 것은 순전히 앨런 목사님 부인이 내가 어릴 때 주일학교 상품으로 준 책이기 때문이야. 나는 순교자에 대해서 읽는 것을 좋아하지는 않거든. 읽으면 내가 보잘것없고 부끄럽게 느껴지니까…… 추운 날 아침 잠자리에서 빠져나오기 싫어하고, 치과에 가는 걸 뒤로 미루곤 하는 걸 생각하면 몹시 부끄러워져.

하여튼 에즈미도 트릭스도 행복해져서 참으로 잘됐다고 생각해. 나는 내 로맨스가 꽃피고 있어서 더더욱 남의 사랑에 관심을 기울이는 거야. '좋은' 종류의 관심이지. 괜한 호기심이나 악의가 담긴 마음이 아니라, 다만 행복이 곳곳에 퍼져나가는 것을 기뻐하는 그런 관심이야.

아직 2월의 추위가 가시지 않고, '수도원 지붕에 덮인 눈이 달빛에 반짝이고 있네.'[1] 다만 엄밀히 따지자면, 수도원이 아니라, 해밀턴 씨네 헛간 지붕이지만.

그래도 나는 이렇게 생각하기로 했어.

---

1) 앨프리드 테니슨의 시 〈성 애그니스 전야〉에서 따옴.

'이제 앞으로 2, 3주일 뒤면 봄이다. 그리고 다시 몇 주일 지나면 여름…… 그럼 여름방학이고…… 그러면 그린게이블즈에 가고…… 애번리의 목장에 쏟아지는 황금색 햇빛을 실컷 쪼이고…… 바다는 새벽녘에 은빛이 되고 낮에는 사파이어빛이 되고 해 질 녘에는 진홍빛으로 물들고…… 그리고 그곳엔 당신이 있고.'

조그만 엘리자베스와 함께 여러 가지 봄의 계획을 열심히 짜고 있어. 우리는 아주 좋은 짝꿍이야. 나는 저녁마다 우유를 가져다주고, 엘리자베스는 가끔씩 할머니 허락을 받고 나와 함께 산책을 하지. 우리는 생일이 같다는 것도 알게 되었어. 엘리자베스는 그 사실을 알자 너무 기뻐서 볼이 '성스러운 붉은 장밋빛'으로 물들었어. 발그레한 엘리자베스는 정말 귀여워. 보통 때는 너무도 파리해서 신선한 우유를 마셔도 홍조를 띠지 않아. 둘이서 저물녘 산책을 나가 저녁 바람을 쐬고 왔을 때만 조그만 뺨에 사랑스러운 장밋빛이 떠올라.

언젠가 엘리자베스가 정색하며 물었어.

"밤마다 얼굴에 탈지유를 바르면 나도 어른이 되었을 때 셜리 선생님처럼 예쁜 우윳빛 피부가 될까요?"

탈지유는 유령골목에서 애용되는 화장품 같아. 리베카 듀도 그것을 쓰거든. 리베카 듀는 미망인들이 그 사실을 알면 나이를 먹을 만큼 먹고도 나잇값 못한다고 생각할 거라며 그분들에게는 비밀로 해달라고 내게 다짐을 받았어. 윈디윌로즈에서는 지켜야 할 비밀이 너무 많아서 나 이러다 나이에 비해 폭삭 늙어버릴 것 같아. 나도 그 콧등의 주근깨 일곱 개를 없앨 수 있을지 어떨지 코에 탈지유를 한번 발라볼까?

그런데 말이죠, 귀하께서는 제가 '예쁜 우윳빛 피부'를 하고 있다는 걸 알아챈 적 있으신가요? 그런 적이 있다 해도 길버트는 한 번도 내게 그런 말을 한 적이 없더라. 그리고 내가 '비교적 미인'이라는 것은 혹시 알고 있었어? 나는 그것을 최근에야 깨달았거든.

요전에 내가 새로 맞춘 비스킷색의 보일[2] 재질 옷을 입고 있을 때, 리베카 듀가 진지한 얼굴로 물었어.

"아름답다는 것은 어떤 기분일까요, 셜리 선생님?"

"나도 이따금 어떨까 궁금해해요."

그러자 리베카 듀가 말했어.

"그래도 셜리 선생님은 아름답잖아요."

나는 불평을 했지.

"리베카가 비꼬는 말을 할 줄이야 생각지도 못했네요."

"비꼬는 게 아니에요, 셜리 선생님은 정말 미인이에요……비교적요."

"어머나, 비교적이라고요!"

"거울을 보세요. 나와 비교하면 셜리 선생님은 분명 미인이에요."

확실히 그 말이 맞았어!

그런데 아직 엘리자베스 이야기가 끝나지 않았어. 날씨가 험악했던 어느 저녁, 유령골목에 바람이 휘몰아쳐서 우리는 도저히 산책을 나갈 수 없었지. 그래서 내 방에 올라와 요정 나라 지도를 그렸어.

의자를 높이기 위해 얹은 푸른 도넛 같은 쿠션에 앉아 지도 위에 고개를 수그리고 있는 엘리자베스 모습은 진지한 작은 도깨비처럼 보였어.(말이 나온 김에 말해두지만, 나는 '작은 도깨비'라는 단어를 'gnome'이라는 철자 대신, 발음하는 대로 'nome'이라고 쓰자는 의견에는 결사반대야! 아무리 맨 앞의 g는 묵음이라 해

---

[2] 주로 무명실로 성기게 짜서 비쳐 보이는 얇고 가벼운 직물.

도, 그 글자가 들어가 있는 편이 훨씬 으스스하고 정말 도깨비 같은 느낌이 물씬 나니까.)

우리 지도는 아직 완성되지 않았어. 날마다 뭔가 써넣을 게 생겨. 어젯밤에는 '눈의 마녀' 집이 있는 곳을 정하고, 그 뒤쪽에 꽃이 활짝 핀 산벚나무로 전체가 뒤덮인 세 겹 언덕을 그렸어.(그러고 보니 우리 꿈의 집 가까이에도 산벚나무가 몇 그루 있었으면 좋겠어, 길버트.)

물론 우리는 '내일'도 지도에 그려 넣었어. 위치는 오늘의 동쪽이자 어제의 서쪽이야. 그리고 요정 나라에는 '시간'이 헤아릴 수 없을 만큼 많이 있어. 봄의 시간, 긴 시간, 짧은 시간, 초승달이 뜨는 시간, 잠들기 전에 잘 자라고 인사하는 시간, 다음에 또 만나자고 기약하는 시간 등 말이야. 하지만 '마지막 시간'만은 없어. 요정 나라에서는 그런 슬픈 시간은 필요 없으니까.

하지만 나이 든 시간과 젊은 시간은 있어. 그야 나이 든 시간이 있으면 젊은 시간도 있어야 마땅하니까. 산(mountain)의 시간도 있어. 왠지 발음할 때 그 소리가 좋아서. 밤의 시간, 낮의 시간은 있어도 자러 갈 시간이나 학교에 가는 시간은 없어. 크리스마스 시간은 있고, 딱 한 번뿐인 시간은 없어. 그것은 요정 나라에 있기에는 너무 슬픈 시간이니까. 그렇지만 잃어버린 시간은 있어. 그것을 찾아내면 보물을 발견한 듯 아주 기쁘니까.

머지않은 시간, 즐거운 시간, 빠른 시간, 늦은 시간, 뽀뽀 뒤 30분의 시간, 집으로 돌아갈 시간도 있어. 그리고 아득한 옛적의 시간—이것은 세상에서 가장 아름다운 말 가운데 하나야.

지도 위에는 저마다 '시간'을 가리키는 귀엽고 조그만 빨간 화살표가 곳곳에 그려져 있어. 리베카 듀가 이런 나를 어린아이 같다고 생각하고 있는 것은 알아. 하지만 길버트, 우리는 너무 어른이 되어버리거나 현명해져서—아니, 너무 나이를 먹거나 어리석어져서—요정 나라에 가지 못하게 되는 일은 없도록 하자.

리베카 듀는 내가 엘리자베스에게 좋은 영향을 준다고 해도 될지 확신하지 못하는 듯해. 엘리자베스의 '지나치게 공상하는' 버릇을 더욱 심하게 부추긴다고 생각하고 있어. 어느 날 저녁, 내가 집에 없었을 때 리베카 듀가 우유를 들고 가보니까 엘리자베스는 벌써 작은 문가에 와 있었는데, 너무 열심히 하늘을 쳐다보고 있어서 (요정 발자국 소리와는 딴판인) 리베카 듀의 큰 발소리를 듣지도 못하더래.

엘리자베스가 이유를 설명했어.

"나는 '귀 기울여' 듣고 있었어요, 리베카."

리베카 듀는 나무랐지.

"너무 귀 기울여 듣는 것도 문제야."

엘리자베스는 차갑고 떨떠름한 미소를 억지로 지었어. (리베카 듀가 이런 단어를 써서 말한 것은 아니지만, 나는 엘리자베스가 어떤 미소를 지었는지 분명히 알 수가 있어.)

"리베카, 가끔 내가 어떤 소리를 듣는지 안다면 깜짝 놀랄 거예요."

그 말투를 듣고 리베카 듀는 섬뜩해서 아주 몸서리가 났다고 주장하고 있어.

하지만 엘리자베스는 언제나 요정과 가까이하며 살고 있는데, 그건 어쩔 수 없는 일이잖아!

당신의 가장 앤다운 앤

추신. 그의 부인 입에서 그가 코바늘뜨기를 했다는 말이 나왔을 때 사이러스 테일러 씨 얼굴을 나는 결코, 결코 잊지 못해. 하지만 나는 언제까지나 사이러스 씨를 좋아할 거야. 왜냐하면 아기 고양이들이 혹시나 굶어 죽을까 봐 여기저기 찾아다녔으니까. 그리고 에즈미의 용기도 높이 사. 모든 희망이 산산이 부서졌다고 여긴 그 순간에도 아버지를 두둔했으니까.

   추신 2. 나 펜촉을 갈았어. 나는 자기를 사랑해. 자기는 카터 박사처럼 젠체하지 않으니까. 그리고 조니같이 당나귀처럼 튀어나온 귀를 가지고 있지 않으니까. 그리고—무엇보다도 가장 중요한 이유는—자기가 길버트니까 사랑해!

깁슨 댁 방문

5월 30일
유령골목
윈디윌로즈에서

가장 소중한데 더욱 소중한 사람에게,

봄이야!

킹스포트에서 시험의 소용돌이에 정신없이 휘말리고 있는 자기는 아마 모르겠지. 나는 머리끝부터 발끝까지 봄을 느끼고 있어. 서머사이드에도 봄기운이 여기저기 스며들고 있어. 아무 매력 없는 초라한 거리까지도 낡은 판자 울타리 너머로 팔을 뻗은 꽃나무 가지며 길섶의 풀 사이에 돋아난 민들레가 노란 띠를 이루어 아주 경치가 달라졌어. 내 선반 위 도자기로 만든 인형조차 틀림없이 봄바람을 느끼고 있어. 그러니 어느 밤엔가 내가 눈을 떴을 때 황금색 굽이 달린 핑크빛 구두를 신은 이 귀부인이 홀로 춤추는 모습을 볼 수 있을지도 몰라.

크고 작은 모든 것들이 봄이 왔다고 내게 알려주고 있어—웃음소리를 내는 시냇물, '폭풍왕'에 피어오르는 푸른 아지랑이, 자기 편지를 읽으러 가는 숲속 단풍나무, 유령골목에 줄지어 서 있는 하얀 벚나무, 고양이 더스티 밀러에게 도전하듯 뒤뜰에서 파닥파닥 뛰어다니는 날렵하고 도도한 지빠귀, 조그만 엘리자베스가 우유를 가지러 오는 쪽문의 짙은 녹색 담쟁이덩굴, 옛날 공동묘지 둘레에서 새로 난 파릇파릇한 술 장식으로 멋을 부리고 서 있는 전나무까지. 긴 세월을 지나온 묘지조차도 봄을 느끼고 있어. 무덤 위쪽에 심은 온갖 꽃들이 푸른 잎과 함께 피어나 마치 '여기에서조차 삶은 죽음을 이기고 있다'고 말하는 듯해.

며칠 전 저녁 무렵 정말 재미있게 묘지 산책을 즐기고 왔어. (리베카 듀는 내 산책 취미가 불건전하다고 여기는 게 틀림없어. '선생님은 그 으쌕한 곳을 왜 그렇게까지 좋아해서 가고 또 가는 건지 나는 통 모르겠어요.'라고 나한테 말을 했거든.) 꽃내음 가득하고 색이 짙어지는 저물녘 묘지를 천천히 거닐며, 스티븐 프링글은 이제 눈을 감았을까, 네이선 프링글 부인은 정말로 남편을 독살하려 했을까 등의 이런저런 생각을 했어. 네이선 부인 묘는 어린 풀과 흰 수선화에 둘러싸여 무덤이 너무도 순결하고 무고해 보여서 나는 그것이 괜한 비방에 지나지 않았다고 마침내 결론지었어.

이제 한 달 뒤면 여름방학이라 집에 돌아갈 수 있어! 나는 지금 그린게이블즈 모습이 생생하게 떠올라. 과수원의 눈처럼 흰 나무들이며 '반짝이는 윤슬의 호수'에 걸린 옛 다리며 내 귀에 속살거리는 바다의 속삭임이며 여름날 오후의 '연인의 오솔길'이며……그리고 무엇보다 자기에 대해 끝없이 생각하고 있어.

오늘 밤은 연애편지를 쓰기에 꼭 알맞은 펜을 쓰고 있어, 길버트. 그러니…….

(두 장 생략)

오늘 저녁에는 깁슨 댁을 갔다 왔어. 이 집안이 화이트샌즈에 살 때 서로 알고 지낸 이웃이니 한번 찾아가보라고 언젠가 마릴라가 부탁했었거든. 그래서 갔는데, 그 뒤 1주일에 한 번은 꼭 방문하고 있어. 내가 가면 폴린이 좋아하는 듯하고, 나도 폴린이 참 딱하게 여겨져서 발길을 끊을 수가 없어. 그녀는 글자 그대로 자기 어머니의 노예야. 그리고 그 어머니는 끔찍한 할머니지.

애도니럼 깁슨 부인은 80살로, 휠체어에 앉아 하루하루를 지내. 이 집안은 15년 전 서머사이드로 옮겨 왔어. 45살 된 폴린은 막내딸인데, 다른 형제자매들은 모두 결혼했다고 해. 그런데 오빠나 언니들은 누구도 어머니를 맡으려 하지 않아. 그래서 폴린은 살림을 도맡아 하면서 어머니의 손발이 되어 시중을 들어. 작은 몸집에 얼굴빛이 창백하고 사슴 같은 눈망울에다, 황갈색 머리에는 윤기가 흘러 지금도 아름다워.

살림은 넉넉한 편이라 어머니 일만 아니면 폴린은 아주 유쾌하고 편하게 살 수 있을 거야. 교회 일을 좋아해서 여성 후원회며 전도회에 참여하거나 교회 만찬회와 환영회 계획을 짜기도 하고, 마을에서 가장 훌륭한 얼룩자주달개비의 소유자인 것을 자랑삼으며 더할 나위 없이 행복하게 지낼 수 있을 텐데.

그러나 지금 폴린은 거의 집을 비울 수조차 없어. 일요일에 교회 가는 것도 마음대로 못 할 정도야. 어떻게 해야 그녀가 이 고생에서 벗어나게 될지 나는 도저히 방법을 모르겠어. 깁슨 부인은 백 살까지도 살 것 같거든. 게다가 다리는 쓸 수 없어도 혀는 또 멀쩡해. 그 집에 가서 깁슨 부인이 빈정거리는 말로 가엾은 폴린을 괜스레 골리는 걸 듣고 있으면 나는 속수무책인 채 화가 끓어올라. 그래도 폴린은 어머니가 나를 '높이 평가해서' 내가 옆에 있을 때는 자기에게도 훨씬 잘해준대. 만일 그 말이 사실이라면 내가 곁에 없을 때는 도대체 어느 정도일까 생각하니 몸이 떨릴 지경이야.

폴린은 어머니 허락 없이는 아무것도 못 해. 자기가 입는 옷조차 마음대로 살 수가 없어—양말 한 켤레까지도. 하나부터 열까지 깁슨 부인에게 물어봐야만 해. 모든 옷가지는 두 번은 뒤집어서 수선해 입어야만 버릴 수 있어. 폴린은 같은 모자를 4년이나 쓰고 있다니까.

  예민한 깁슨 부인은 집 안에서 나는 어떠한 소리도, 상쾌한 산들바람조차도 못 견뎌 해. 깁슨 부인은 지금까지 미소조차 한 번 지은 일이 없대. 어쨌든 나는 본 적이 없어. 부인을 볼 때 만일 이 사람이 웃으면 어떤 얼굴이 될까 궁금해지기도 해.

  폴린에게는 자기 방도 없어. 어머니와 한 방에서 자야 하고, 밤에는 거의 한 시간마다 일어나 등을 쓰다듬고 알약을 챙겨드리고 추울 때 침대 안을 데워 줄 탕파를 뜨겁게—미지근한 게 아니라 뜨거워야 한대!—데우고 베개를 갈고 뒤뜰에서 이상한 소리가 나면 무슨 소리인지 확인하러 가야 해. 깁슨 부인은 오후에 자고 밤에는 일어나 폴린에게 시킬 일을 이것저것 생각하며 보내.

  그런데도 폴린은 전혀 원망하지 않아. 늘 상냥하고 자기 일은 둘째로 미루는 참을성 많은 사람이야. 다행히 귀여워하는 개가 곁에 있어 난 그나마 잘됐다고 생각해. 지금까지 자기가 하고 싶은 대로 한 오직 한 가지 일이 이 개를 기른 것인데, 그것도 그 무렵 시내의 어느 집에 도둑이 들어 깁슨 부인이 개를 키우면 마음이 든든하겠다 여겼기 때문이었어. 폴린은 자기가 얼마나 그 개를 귀여워하는지 결코 어머니에게 드러내 보이지 않아. 깁슨 부인은 그 개를 아주 싫어하거든. 툭하면 집 안에 뼈다귀를 물어온다고 불평하지. 그렇지만 그 개를 집 안에 두어야만 자기가 안심이 된다는 순전히 이기적인 이유가 있어서, 개를 쫓아내라고 하지는 않아.

  하지만 마침 나는 폴린에게 선물할 기회가 생겨서, 그렇게 하려고 궁리 중이야. 폴린에게 오직 자신만을 위한 하루를 선물하려는 거야. 비록 그러려면 나는 다음 주말을 그린게이블즈에서 보내려던 계획을 단념해야 되긴 하지만.

오늘 밤 깁슨 댁에 갔을 때 폴린이 울고 있었어.

깁슨 부인은 내가 궁금해할 새도 없이 먼저 입을 열었어.

"폴린은 나를 두고 떠나고 싶어해요. 셜리 선생, 내가 참 대단한 효녀를 딸로 두었죠?"

"딱 하루예요, 어머니."

폴린은 눈물을 삼키고 필사적으로 웃는 얼굴을 지으려 했어.

"딱 하루라고! 아무렴, 딱 하루니 문제없고말고. 내 하루가 어떤 것인지 알고 있죠, 셜리 선생. 내 하루가 어떤 것인지 누구나 안다고들 생각해요. 하지만 당신은 '아직' 몰라요. 병든 몸이 되고 보면 하루가 얼마나 길고 고통스러운지 당신은 부디 모른 채 넘어가기를 빌어요."

지금 깁슨 부인이 조금도 고통스럽지 않은 것을 알기에 나는 부인의 말에 동조하는 기색을 보이지 않았어.

"물론 어머니가 혼자 계시지 않게 다른 사람에게 부탁하고 갈 거예요, 어머니."

그런 다음 폴린은 내게 말했어.

"저, 사촌 언니 루이자가 다음 주 토요일 화이트샌즈에서 은혼식을 하게 되어 있어요. 그래서 루이자가 나더러 와달래요. 루이자가 모리스 힐튼과 결혼할 때 내가 언니의 들러리였거든요. 어머니만 가라고 허락해주시면 나는 꼭 가고 싶어요."

깁슨 부인이 힘없이 말했어.

"만일 내가 혼자 죽어야만 한다면 별수 있겠니. 그건 네 양심에 맡기마."

깁슨 부인이 양심에 맡기겠다고 한 순간 이미 폴린이 진 싸움이라는 것을 알 수 있었어. 깁슨 부인은 사는 동안 각자의 양심에 맡긴다는 말로 사람들을 자기 뜻대로 쥐락펴락해왔으니까. 몇 년 전 누군가가 폴린과 결혼하고 싶어했을 때 깁슨 부인은 폴린의 양심에 맡긴다는 말로 그 결혼을 막았대.

폴린은 눈물을 닦고 애처로운 미소를 애써 지으며 고치고 있던 드레스를 집어 들었어. 그것은 흉한 녹색과 검은색 체크무늬였지.

"자, 뚱한 얼굴은 하지 마라, 폴린. 나는 부루퉁한 얼굴은 참을 수가 없으니 말이다. 그리고 알겠니, 그 옷에 깃을 달아라. 셜리 선생, 아니, 이 애는, 글쎄, 깃이 없는 옷을 만들 생각이었던 거예요. 내가 아무 말 안 하면 목 언저리가 깊게 파인 옷을 버젓이 입을 참이었겠죠."

나는 가냘프고 긴 목을 한 가엾은 폴린을 봤어. 아직도 주름이 별로 없고 아름다움을 지니고 있는 그 목은 높고 뻣뻣한 레이스 깃 속에 감추어져 있었어.

나는 말했어.

"깃 없는 옷이 유행하고 있기는 해요."

깁슨 부인은 힘주어 말했지.

"깃이 없는 옷은 천해 보여요."

(그때 나는 깃 없는 옷을 입고 있었어.)

그리고 깁슨 부인은 마치 그것이 서로 연결된 일이기라도 한 듯 말했어.

"게다가 나는 모리스 힐튼을 좋아하지 않아요. 그 어머니가 크로킷 집안 출신이거든요. 모리스는 예의범절이라고는 몰라요. 아내에게 키스할 때면 언제나 얼토당토않은 곳에 한다니까요!"

(길버트, 당신도 얼토당토않은 곳에 키스하는 것은 아니겠지? 깁슨 부인은 이를

테면 목덜미 같은 데를 아주 얼토당토않다고 여기는 게 아닌가 싶어.)

"하지만 어머니, 그날은 교회 잔디밭을 날뛰고 다닌 하비 위더의 말에 루이자가 하마터면 밟힐 뻔했던 날이잖아요. 모리스가 흥분했던 것도 무리가 아니에요."

"폴린, 내 말에 토 달지 말아라. 나는 '지금도' 그런 데에서 키스하는 것은 누구든 아주 얼토당토않았다고 생각하니까. 물론 '내' 의견 따위야 이미 누구에게든 내세우나 마나 한 것이 되었지만 말이다. 모두가 나 같은 건 죽었으면 할 테지. 그래, 무덤 속이라면 내가 있을 자리도 어딘가 있을 게야. 너에게 내가 얼마나 귀찮은 존재인지 잘 알고 있어. 차라리 나 같은 건 죽어버리는 게 낫지. 아무도 내게는 볼일이 없을 테니까."

폴린은 애원했어.

"그런 말 하지 말아주세요, 어머니!"

"아니야, 말해야 돼. 지금도 너는 내가 내키지 않아 하는 걸 뻔히 알면서 그 은혼식에 어떻게든 가려 하잖니."

"어머니, 안 갈게요. 어머니가 허락하지 않으면 결코 가지 않겠어요. 그렇게 흥분하면 몸에 해로워요."

"그래, 이 지긋지긋한 생활에 활기 좀 넣으려고 흥분하는 것조차 안 되니! 설마 벌써 돌아가려는 건 아니겠죠, 셜리 선생?"

나는 더 이상 머물러 있다가는 미쳐버리든가, 아니면 이가 빠져 움푹 들어간 깁슨 부인의 뺨을 당장이라도 철썩 때릴 것만 같았어. 그래서 시험 답안을 채점해야 한다고 둘러댔지.

깁슨 부인은 한숨을 쉬었어.

"네, 그렇겠지요. 우리 같은 늙은이 둘이 젊은 아가씨 상대가 되기에는 어울리지 않겠죠. 폴린은 그리 명랑하지 못하고. 그렇지 않니, 폴린? 애가 저리 침울하니 셜리 선생이 더 오래 있고 싶지 않은 것도 무리가 아니죠."

폴린은 날 배웅하러 현관까지 나왔어. 달빛이 그녀의 조그만 뜰을 비추고 항구에 은결을 돋우고 있었어. 부드럽고 훈훈한 바람이 하얀 꽃을 피운 사과나무에 살며시 말을 걸고 있었어. 봄이었어……봄……봄! 매서운 깁슨 부인조차 살구나무에 꽃이 피는 것을 막을 수는 없어. 그리고 폴린의 잿빛 도는 상냥한 푸른 눈에는 눈물이 가득 괴어 있었어.

"나는 루이자 언니의 은혼식에 정말 간절히 가고 싶어요."

폴린은 절망 섞인 체념의 깊은 한숨을 내쉬었어.

나는 말했어.

"가세요."

"아뇨, 못 가요. 어머니가 결코 허락할 리 없으니까요. 그 일은 이제 더 생각하지 않을래요. 오늘 밤 달이 정말 아름답지요?"

폴린은 일부러 쾌활한 척하며 목소리를 높여 마지막 문장을 덧붙였어.

갑자기 거실에서 깁슨 부인의 큰 소리가 들려왔어.

"멍하니 달 같은 걸 쳐다보고 있어 봐야 좋은 일 생겼다는 말을 들어본 적이 없다. 그런 데서 지껄여대는 건 그만두고 어서 들어와라, 폴린. 안으로 들어와서 털 달린 내 빨간색 침실용 슬리퍼를 갖다다오. 이 신은 발을 너무 꽉 죄서 끔찍이 아프구나. 하기야 내가 아무리 괴로워한들 누구 하나 신경이나 쓰랴만."

나는 사실 깁슨 부인이 아무리 괴로워하더라도 신경 쓰지 않았어. 애처로운 폴린! 그래도 어떻게든 폴린이 하루 휴가를 받아 은혼식에 참석하게 해줄 거야. 나 앤 셜리가 그렇게 되도록 해주려고 결심했으니까.

집에 돌아와 나는 리베카 듀와 미망인들에게 이 이야기를 모조리 하고, 내가 깁슨 부인에게 해줬으면 좋을 뻔했던 갖가지 교묘한 모욕의 말들을 함께 생각해내며 유쾌하게 보냈어. 케이트 아주머니는 내가 깁슨 부인의 승낙을 얻어내 폴린을 은혼식에 보내주는 데 성공하지 못하리라 생각해. 하지만 리베카 듀는 나를 믿고 있어.

리베카 듀가 말했어.

"어쨌든, 만일 셜리 선생님이 못 하는 일이라면 어떤 사람도 할 수가 없어요."

바로 며칠 전 톰 프링글 부인에게 저녁 식사 초대를 받아 다녀왔어. 내가 처음 서머사이드에 왔을 때 나를 하숙인으로 받아주지 않았던 바로 그 사람이야. (리베카의 말에 의하면 나같이 수월한 하숙인은 없대. 하숙비를 꼬박꼬박 내면서 걸핏하면 저녁 식사 초대를 받아 나가기 때문이라나.) 이제 와서 보니 부인이 그때 날 받아주지 않아서 참 잘됐다고 생각해. 톰 프링글 부인은 상냥하고 정도 많고 파이를 맛있게 만든다고 소문도 나 있지만, 그 집은 유령골목에 있지도 않고, 윈디윌로즈도 아닌걸. 더구나 톰 프링글 부인은 케이트 아주머니도 채티 아주머니도 리베카 듀도 아니야. 나는 이 세 사람이 정말로 좋아서 내년에도 내후년해에도 여기서 지낼 생각이야. 내 의자는 언제나 '셜리 선생님 의자'라 불리고, 내가 없을 때도 리베카 듀는 식탁에 내 자리를 마련해서 '쓸쓸해 보이지 않게 한다'고 채티 아주머니가 귀띔해주었어. 이따금 채티 아주머니의 기분 때문에 서로 조금 껄끄러울 때도 있었지만, 아주머니는 이제 내 기질을 파악해서 내가 일부러 당신 기분을 언짢게 할 리 없다는 것을 안다고 했어.

조그만 엘리자베스와 나는 이제 1주일에 두 번 산책을 가. 캠벨 부인이 동의해 주었거든. 하지만 그보다 더 자주 가서는 안 되고, 또 일요일에는 결코 허락해 주지 않아. 봄이 옴과 더불어 조그만 엘리자베스에게도 모든 일이 조금은 나아지고 있어. 그 음침한 옛날 집 안에조차 얼마쯤 햇빛이 스며들고 집 밖은 춤추는 나뭇잎들의 그림자로 한층 아름다워지니까. 그래도 엘리자베스는 여전히 기회 있을 때마다 집에서 벗어나고 싶어해. 이따금 번화한 거리에 나가기도 해. 가게 진열창의 불빛들을 엘리자베스에게 보여주기 위해서야. 그러나 대개는 '세계의 끝까지 이어지는 길'을 한껏 멀리까지 가지. 해가 저물어가는 저편에 낮은 언덕들이 서로 어깨를 기댄 풍경을 보며 길모퉁이를 돌 때마다 그곳에서 '내일'을 맞닥뜨리는 게 아닌가 하는 신나는 모험심과 부푼 기대감에 가슴이 두근거리곤 해.

'내일'이 왔을 때 엘리자베스가 하고 싶어하는 일 가운데 하나는 '필라델피아에 가서 교회에 있는 천사를 보는 것'이야. 사도 요한이 〈묵시록〉에 쓴 필라델피아가 펜실베이니아주에 있는 필라델피아가 아니라는 걸 나는 엘리자베스에게 말하지 않았고, 앞으로도 말하지 않을 생각이야. 어차피 우리들의 환상은 너무 금방 깨어져버리는데, 굳이 그런 이야기를 먼저 나서서 해주고 싶지는 않아. 게다가 '내일'에 정말 들어갈 수 있으면, 거기에 무엇이 있을지 누가 알겠어. 곳곳에 천사투성이일지도 몰라.

때때로 우리 둘은 투명한 봄의 대기 속에 순풍을 타고 반짝이는 물길을 따라 항구로 들어오는 배를 지켜보기도 해. 그럴 때면 엘리자베스는 그 가운데 어느 배엔가 아버지가 타고 있지 않을까 생각해. 엘리자베스는 언젠가 아버지가 올지 모른다는 소망에 매달려 있어. 어째서 오지 않는지 나는 짐작할 수 없어. 만일 여기서 아버지를 이토록 그리는, 이처럼 귀여운 아이가 있다는 것을 알면 곧장 달려올 텐데. 엘리자베스가 훌쩍 자라서 이제는 소녀가 된 것을 모르는 게 분명해. 지금도 자기 아내의 목숨을 앗아 간 갓난아기라고만 생각하고 있겠지.

이제 곧 서머사이드 고등학교에서의 1년이 끝나. 1학기는 악몽 같았지만 2학기는 아주 유쾌했어. 프링글 집안은 기분 좋은 사람들이야. 어째서 나는 그들을 파이 집안사람들과 비교했을까? 오늘 시드 프링글이 하얀 연령초 꽃다발을 갖다줬어. 젠은 학급에서 1등을 차지하려고 열심히 공부하고 있어. 그 아이를 정말로 이해한 선생은 나 하나라고 미스 엘런이 말했대!

　오직 하나 옥에 티는 캐서린 브룩인데, 여전히 나한테 무뚝뚝하고 쌀쌀맞게 굴어. 캐서린과 친해져보려는 노력은 이쯤에서 그만둬야 할까 봐. 결국 리베카 듀가 말하듯, 참는 데도 한계가 있는 법이니까.

　아, 하마터면 말하는 걸 깜박 잊을 뻔했네. 샐리 넬슨에게서 자기 결혼식의 들러리가 되어달라는 부탁을 받았어. 샐리는 6월 마지막 날에 보니뷰에서 결혼식을 올리게 되어 있어. 보니뷰는 좀 외딴곳에 떨어져 있는 넬슨 의사의 여름 별장이야. 그리고 샐리가 결혼할 사람은 고든 힐이야.

　샐리까지 결혼하면 넬슨 의사의 여섯 딸 가운데 결혼하지 않은 사람은 노라 넬슨 하나만 남는 셈이야. 리베카 듀의 말을 빌리자면 짐 윌콕스가 몇 년 동안이나 '끊어졌다 이어졌다' 하며 노라와 교제하고는 있지만, 도무지 진전이 없어서 지금은 아무도 그들의 관계가 어떤 결실을 맺으리라 생각지 않아. 나는 샐리하고는 아주 사이가 좋지만 노라와는 그리 친하지 않아. 물론 노라는 나보다 훨씬 손위인 데다, 말이 없고 곁을 잘 주지 않는 사람이기도 해. 그래도 나는 노라와 친해지고 싶어. 딱히 예쁘거나 머리가 좋거나 드러나는 매력이 있는 것은 아니지만 어딘가 개성이 있어. 노라는 친구가 될 만한 가치가 있는 사람이라는 생각이 들어.

　결혼식이라니까 생각나는데, 에즈미 테일러가 지난달 그녀의 박사 약혼자와 결혼식을 올렸어. 결혼식이 수요일 오후여서 나는 에즈미를 보러 교회에 갈 수 없었지만, 에즈미는 아주 아름답고 행복해 보였고 레녹스도 진심으로 자기가 옳은 일을 했다고 확신하며 양심을 만족시킨 듯한 얼굴을 하고 있었다고 모두들 말했어.

사이러스 테일러와 나는 사이좋은 친구가 됐어. 그는 곧잘 그 저녁 식사 때 이야기를 해. 이제는 그 일을 편한 농담거리로 생각할 수 있게 되었거든.

사이러스는 내게 말했어.

"그 일이 있고 난 다음부터 나는 부루퉁할 엄두가 나지 않소. 이번에는 내가 패치워크 바느질을 했다는 얼토당토않은 말을 아내가 또 할지도 모르니까요."

그리고 잊지 않고 '미망인들'에게 안부를 전해달라고 말했어.

길버트, 사람이란 참 재미있어. 그리고 인생도 그렇지. 그리고 나는,

영원히 자기의 것!

추신. 해밀턴 씨네에 있는 윈디윌로즈의 나이 먹은 붉은 암소가 점박이 송아지를 낳았어. 우리는 지난 석 달 동안 루 헌트에게서 우유를 사 먹고 있었어. 리베카 듀는 이제 다시 우리 소에서 짠 우유로 크림을 만들 수 있다고 했어. 그러면서, 헌트네 우유 샘은 마르는 일이 없다고 들었는데 지금은 자기도 그 말을 믿게 되었다고 했어. 리베카 듀는 송아지가 태어난 게 마음에 들지 않는 거야. 케이트 아주머니가 해밀턴 씨에게 부탁해서, 그 소는 늙어서 송아지를 낳는 게 이번이 마지막이라고 리베카한테 말해달라고 했고, 그 말을 듣고서 리베카도 마지못해 승낙한 거래.

앤의 계책

"아, 셜리 선생도 나만큼 나이가 들고 오랫동안 몸져누운 입장이 되면 내 처지를 조금은 더 동정할 텐데."

깁슨 부인의 이 넋두리를 듣고 앤은 말했다.

"제발 제가 동정심이 없다고 생각하지는 말아주세요, 깁슨 부인."

앤은 30분째 소 귀에 경을 읽고 있는 것만 같은 헛수고를 하고 있자니 깁슨 부인의 목을 비틀고 싶은 심정이었다. 다만 부인의 등 뒤에서 호소하는 듯한 눈을 하고 있는 폴린을 생각하여 정나미가 떨어져 자리를 박차고 일어나고 싶은 것을 간신히 참고 있었다.

"부인께서 외롭거나 방치되고 있다는 생각이 드는 일 없도록 할 거예요. 제가 하루 종일 여기에 있으면서 아무 불편 없도록 신경 쓸 테니까요."

"그래요, 그래. 내가 여러 사람에게 짐이 되고 있다는 것을 잘 알고 있어요."

깁슨 부인은 앤이 지금까지 한 말을 듣거나 한 것인가 싶게 뚱딴지같은 소리를 늘어놓기 시작했다.

"그 사실을 굳이 나한테 그렇게 자꾸 들먹여서 떠오르게 할 필요는 없어요, 셜리 선생. 나는 언제 어느 때 이 세상을 떠나도 좋다는 각오를 하고 있어요…… 언제 어느 때든요. 그렇게 되면 폴린은 자기 마음대로 돌아다닐 수 있겠죠. 버려졌다고 한탄할까 봐 신경 써야 하는 내가 없으니까요. 요즘 젊은 사람은 하나같이 분별없거든요. 마냥 들떠 있기나 하죠…… 앞뒤 없이."

앤으로서는 깁슨 부인이 겨냥한 분별없이 들떠 있는 젊은 사람이 폴린인지, 아니면 그녀 자신인지 알 수 없었지만, 자신의 탄약고에 남아 있던 마지막 한 방을 쏘았다.

"하지만 깁슨 부인! 폴린이 사촌 언니 은혼식에 가지 않으면 이웃 사람들이 '틀림없이' 뒤에서 온갖 말을 떠들어댈 거예요."

깁슨 부인은 날카롭게 물었다.

"온갖 말을 떠들어댄다고요? 어떤 말을 한다는 거지요?"

"깁슨 아주머니……."

('마음에도 없으면서 이런 친숙한 호칭을 쓴 것을 부디 용서하시길.'이라고 앤은 생각했다.)

"지금까지 오랜 세월 살아오시면서 사람들 입방아에 오르내리는 것이 얼마나 귀찮은 일인지 이미 겪어보셨으리라 생각해요."

깁슨 부인은 발끈해서 말했다.

"나한테 나이 이야기를 들이밀 필요는 없어요. 세상 사람들이 남의 일에 트집 잡거나 결점 찾기를 좋아한다는 것쯤은 말하지 않아도 잘 알고요. 아다마다요…… 그리고 또 이 동네에 쓸데없이 남에 대해 이러쿵저러쿵하는 못된 사람들이 우글거린다는 것을 내가 모를 리 있겠어요. 하지만 설마 그 사람들이 나를 두고, 딸을 쥐락펴락하는 제멋대로인 늙은이니 뭐니 그러면서 흉볼 리는 없잖아요. 내가 폴린에게 가지 말라고 한 것은 아니니까요. 그 애의 양심에 맡겼잖아요?"

앤은 은근슬쩍 안타까운 표정을 지어 보였다.

"곤란한 점은 그것을 믿어줄 사람이 얼마 안 될 것 같다는 거예요."

깁슨 부인은 1, 2분 정도 맹렬한 기세로 박하사탕을 빨아 먹고 나서 말했다.

"화이트샌즈에 지금 볼거리가 유행하고 있다더군요."

"어머니, 나는 이미 볼거리를 앓았잖아요."

"두 번 걸리는 사람도 있으니까. 너 같은 사람이 두 번 걸리지, 폴린. 너는 어떤 돌림병에든 안 걸리고 넘어가는 법이 없었거든. 네가 아침까지 살 수 없을 것 같아 내가 뜬눈으로 간호했던 밤이 얼마나 숱하게 많았는지 알기나 하니! 아, 어머니의 희생 같은 것을 오래 기억해줄 리가 없지. 그리고 화이트샌즈까지는 어떻게 갈 셈이니? 기차는 몇 년이나 탄 적도 없으면서. 게다가 토요일 밤에 돌아오는 기차도 없잖니."

앤이 말했다.

"가는 건 토요일 아침 기차로 가면 돼요. 그리고 돌아올 때는 제임스 그레거 씨가 틀림없이 데려다줄 거예요."

"나는 그 짐 그레거가 늘 마음에 안 들었어요. 어머니가 타부시 집안 출신이거든요."

"제임스 그레거 씨가 큰 마차로 가기로 되어 있어서 금요일에 가지만 않았다면 폴린도 함께 태워갔겠지요. 하지만 기차로 가도 염려 없어요, 깁슨 부인. 서머사이드에서 타고 화이트샌즈에서 내리기만 하면 되는걸요. 중간에 갈아타지도 않고요."

"무슨 딴 속셈이 있군요."

깁슨 부인은 수상쩍다는 투로 말했다.

"셜리 선생은 어째서 그토록 폴린을 보내지 못해 안달하는 거지요? 자, 그 까닭을 한번 들어볼까요."

앤은 의심스러운 눈을 번쩍이고 있는 부인의 얼굴에 미소를 보냈다.

"그 까닭은 말이에요, 깁슨 부인, 폴린은 착한 딸로서 어머니를 진심으로 모시고 있으니까, 어쩌다 하루쯤은 다른 사람들처럼 쉬는 날이 필요해서예요."

대부분의 사람들은 앤의 이 미소를 거스르지 못한다. 그 탓인지, 아니면 세상 소문을 겁낸 탓인지 그만 깁슨 부인은 뜻을 꺾고 말았다.

"할 수만 있다면 나도 하루쯤 이 휠체어에서 벗어나 휴가를 보내고 싶다는 생각을 누가 해 보기나 했을까요. 하지만 그렇게 하고 싶다고 할 수 있는 게 아니죠. 나는 그저 이 괴로움을 말없이 참아내는 수밖에 없어요. 그래요, 꼭 가야만 한다면 하는 수 없죠. 이 애는 예전부터 자기가 생각한 일이라면 기어이 해야 직성이 풀리니까요.

혹시나 볼거리에 걸리든가 이상한 독을 가진 모기에 물려도 내 탓을 하지는 말아라, 폴린. 내가 어떻게든 견디는 수밖에 없지. 뭐, 셜리 선생이 여기 와준다고 했지만 셜리 선생은 폴린만큼 내 생활 방식에 익숙지는 못하니까 과연 어떨는지. 그래요, 하루라면 어떻게 견딜 수 있겠죠. 뭐, 못 견딘들 어쩌겠어요. 이미 덤으로 살아온 세월이 여러 해가 됐으니 어차피 무슨 대수겠어요."

결코 기꺼이 허락했다고 할 수는 없었지만 그래도 허락은 허락이었다. 앤은 마침내 안심하고, 고마운 나머지 스스로도 생각지 못한 일을 했다. 몸을 굽혀 깁슨 부인의 꺼칠꺼칠한 뺨에 입을 맞추었던 것이다.

앤은 진심으로 인사했다.

"정말 고맙습니다."

"이제 와서 비위 맞추려고 그런 입에 발린 소리 하지 않아도 돼요. 박하사탕이나 들어요."

폴린은 큰길가까지 앤을 바래다주며 말했다.

"어떻게 고맙다는 말을 해야 좋을지 모르겠어요, 셜리 선생님."

"가벼운 마음으로 화이트샌즈에 가서 실컷 즐거운 시간 보내고 오면 그걸로 충분해요."

"네, 그러고말고요! 이게 나한테 얼마나 큰 의미인지 모를 거예요. 루이자만 보고 싶어서 가려던 게 아니에요. 루이자 이웃의 오래된 러클리네 집이 팔리게 됐대요. 그래서 모르는 사람 손에 넘어가기 전에 다시 한번 보고 싶었어요. 메리 러클리는—지금은 하워드 플레밍 부인이 되어 서부에 살고 있는데요—내 소녀 시절 가장 친했던 친구예요. 정말이지 자매나 다름없었죠. 메리네 집에 정말 자주 놀러 갔고, 갈 때마다 무척 즐거웠죠. 지금도 곧잘 그 집에 가는 꿈을 꿔요. 어머니는 이토록 나이 먹어서 꿈 같은 걸 꾸는 게 아니라고 하세요. 셜리 선생님, 나는 정말로 꿈을 꾸기엔 너무 나이가 든 걸까요?"

"나이를 얼마나 먹든 꿈은 꾸는 거예요. 게다가 꿈은 결코 나이를 먹지 않는 걸요."

"그렇게 말해줘서 기뻐요. 오, 셜리 선생님, 그 세인트로렌스만을 다시 볼 수 있다니! 15년이나 못 보았어요. 이곳 항구도 아름답지만 그곳만큼은 아니죠. 아아, 마치 구름 위를 걷는 듯한 기분이에요. 이게 다 셜리 선생님 덕분이에요. 어머니가 셜리 선생님을 무척 좋아해서 기꺼이 나를 보내주는 거예요. 셜리 선생님은 나를 행복하게 해주었어요. 셜리 선생님은 언제나 사람을 행복하게 해주는 분이에요. 셜리 선생님이 들어오면 늘 방에 있는 사람들이 한층 행복한 기분이 되거든요."

"그토록 엄청난 칭찬을 듣는 건 태어나서 처음이에요, 폴린."

"그런데 한 가지 문제가 있어요, 셜리 선생님. 나는 낡은 검은색 태피터로 된 드레스밖에는 입고 갈 것이 없어요. 그 옷은 은혼식에 입고 가기에는 너무 어둡지 않을까요? 또 요즘 들어 살이 빠져서 너무 커요. 그걸 만든 지 6년이나 되었으니까요."

앤은 희망에 차서 말했다.

"어머니께 말씀드려 새 옷을 지어 입도록 어떻게든 허락을 받아야죠."

그러나 그 일만큼은 앤의 힘으로도 어떻게 할 수 없었다. 깁슨 부인은 거대한 바위처럼 꿈쩍도 하지 않았다. 루이자 힐튼의 은혼식에는 가지고 있는 태피터 드레스면 충분하다는 것이었다.

"6년 전에 내가 한 마에 2달러씩 주고 옷감을 사서, 제인 샤프에게 3달러를 내고 맞춰준 거예요. 제인은 솜씨 있는 양재사였어요. 제인 어머니가 스마일리 집안 출신이거든요.

뭔가 '밝은색' 옷을 가지고 싶다니, 폴린 깁슨, 대체 생각이 있는 거니! 좋다고만 하면 이 애는 머리끝부터 발끝까지 주홍색으로 차려입을 거예요, 셜리 선생. 그렇게 하고 싶어 이 애는 내가 죽을 날만 기다리고 있죠.

그래, 내가 너를 성가시게 할 날도 얼마 안 남았잖니, 폴린. 내가 없어지고 나거든 너 좋을 대로 화사하고 경박한 차림이든 뭐든 다 하고 다니려무나. 하지만 내가 살아 있는 동안은 네가 반듯하지 않은 꼴은 못 본다. 그리고 네 모자는 대체 왜 그 모양이니? 그래, 어차피 이제 보닛을 쓸 때가 됐으니까, 뭐."

불쌍한 폴린은 보닛을 써야만 하는 것을 진저리 날 만큼 싫어했다. 그럴 바에는 차라리 평생 동안 지금 쓰고 있는 낡은 모자를 쓰는 편이 나았다.

폴린은 앤에게 말했다.

"오로지 가슴속에 즐거움만 품고, 입는 옷에 대해서는 생각하지 않기로 했어요."

두 사람은 뜰로 나와 미망인들에게 줄 흰 수선화와 금낭화를 꺾어 꽃다발을 만들고 있었다.

"나한테 좋은 생각이 있어요."

앤은 거실 창문으로 이쪽을 감시하는 깁슨 부인에게 들리지 않는지 확인하기 위해 조심스레 눈길을 흘끗 보낸 뒤 말을 이었다.

"내가 가지고 있는 은회색 포플린 옷 알죠? 그걸 은혼식 때 입고 가시도록 빌려드릴게요."

폴린은 흥분한 나머지 꽃바구니를 떨어뜨려서 앤의 발밑에 아름다운 핑크와 흰색이 어지러이 흩어진 꽃 무더기가 생겼다.

"아니에요, 그런 일은 할 수 없어요! 어머니가 허락할 리 없어요."

"어머니에게는 아무것도 알릴 필요가 없어요. 자, 들어봐요! 토요일 아침 그 옷을 검은 태피터 속에 입는 거예요. 꼭 맞을 거예요. 좀 길지만 내일 내가 치마에 주름을 몇 개 잡아둘게요. 지금 그게 유행이에요. 깃은 없고 소매는 팔꿈치까지라서 아무도 모를 거예요. 걸코브에 도착하거든 태피터는 바로 벗어버리세요. 끝나고 돌아올 때 포플린 옷은 걸코브에 남겨두고 오면 돼요. 다음 주말 집에 갈 때 내가 들러서 가져올 테니까요."

"하지만 나한테는 너무 어려 보이지 않을까요?"

"조금도 어려 보이지 않아요. 회색은 나이에 관계없이 입을 수 있으니까요."

폴린은 망설였다.

"저……이렇게 하는 게 정말 옳은 일일까요? 어머니를 속이는 일인데……."

앤은 태연히 딱 잘라 말했다.

"이 경우는 절대로 옳아요. 있잖아요, 폴린, 결혼을 기념하는 날에 검은 옷은 금물이에요. 신부에게 불행을 가져올지도 모르니까요."

"아, 그런 일을 할 수는 없어요! 그리고 어쨌든 어머니가 곤란해지는 일도 아니니까요. 어머니가 토요일 내내 잘 지내주시면 좋겠는데. 내가 없으면 식사를 전혀 하지 않을지도 몰라요. 내가 사촌 언니 마틸다 장례식에 갔을 때는 그랬어요. 아무것도 들지 않았다고 미스 프라우티가 말해줬어요. 그날 미스 프라우티가 어머니 곁에 있어줬었거든요. 사촌 언니 마틸다가 죽어서 마음이 몹시 동요해버렸어요……내 말은, 어머니가요."

"식사는 하실 거예요. 내가 꼭 그렇게 할게요."

폴린은 부탁했다.

"셜리 선생님은 어머니를 다루는 요령을 잘 터득하고 있지요. 그리고 시간 맞춰 약 드리는 걸 잊지 말아주세요. 아, 역시 안 가는 편이 낫겠어요."

그때 깁슨 부인이 성을 내며 소리 질렀다.

"꽃다발 마흔 개를 만들 셈으로 그리 오래 밖에 있는 거냐! 어째서 그 미망인들은 네 꽃을 가지고 싶다는 거지? 자기 집에도 꽃이 가득 있으면서. 리베카 듀가 나한테 꽃다발 만들어 보내길 기다리다가는 언제까지나 꽃 없이 지내기야 하겠지만. 나는 지금 목이 말라 죽을 지경이라 물 한 잔 마시고 싶다만, 하기야 나 같은 건 어떻게 돼도 좋다고 생각하고 있겠지."

금요일 밤 크게 당황한 폴린으로부터 앤에게 전화가 걸려 왔다. 목이 아픈데 어쩌면 볼거리가 아닌지 걱정된다며 셜리 선생님은 어떻게 생각하느냐는 것이었다. 앤은 이내 달려가서 염려할 일 아니라고 안심시켰다. 그 참에 은회색 포플린 드레스를 갈색 포장지에 싸서 들고 가 라일락 덤불 사이에 감춰두었다. 그날 밤 늦게 폴린은 식은땀을 흘리며 꾸러미를 2층 작은 방으로 몰래 가져갔다. 그 방에서 자는 것은 허락받지 못했지만 폴린이 옷을 넣어두고 갈아입는 방으로 쓰고 있었다. 폴린은 그 옷 때문에 마음이 편치 못했다. 아마 목이 아픈 것도 어머니를 속이기 때문에 받는 벌인지 모른다고 여겼다. 하지만 루이자의 은혼식에 그 형편없이 낡은 검은 태피터로 된 드레스를 입고 갈 수는 없었다. 아무래도 그렇게는 할 수 없었다.

깁슨 부인과의 하루

　토요일 아침 일찍, 앤은 깁슨 댁으로 갔다. 이런 반짝이는 여름날이면 앤은 늘 생기가 넘치고 가장 아름다워 보였다. 그녀는 화창한 여름날과 함께 빛나는 듯했으며, 황금빛 대기 속을 걸어가는 모습은 고대 그리스의 항아리에서 빠져나온 날렵한 여인 같았다. 앤이 들어서자 더없이 음침했던 방도 빛이 나며 '살아났다.'

　깁슨 부인이 비꼬았다.

　"마치 세상이 자기 것이라도 되는 듯 걷고 있군요."

　앤은 발랄하게 대답했다.

　"네, 그런 기분이에요."

　깁슨 부인은 사나운 말투로 대꾸했다.

　"아, 아무래도 셜리 선생은 나이가 젊으니까요."

　"'무엇이든지 내 마음이 즐거워하는 것을 내가 막지 아니하였으니.'[1] 권위 있는 성경에도 이렇게 적혀 있어요, 깁슨 부인!"

　깁슨 부인이 받아넘겼다.

---

1) 《구약성서》〈전도서〉 2장 10절.

"사람은 고생을 위하여 났으니 불꽃이 위로 날아가는 것 같으니라.'[2] 이것도 성경 말씀이죠."

학사인 셜리 선생에게 이처럼 훌륭히 맞섰다는 것으로 깁슨 부인은 꽤 기분이 좋아졌다.

"나는 마음에 없는 말을 못 하는 사람인데, 그 파란 꽃이 달린 밀짚모자는 셜리 선생에게 잘 어울리는 편이군요. 그것을 쓰고 있으니 머리도 그리 빨갛게 보이지 않는 것 같아요. 이런 건강한 젊은 아가씨가 부럽다고 생각하지 않니, 폴린? 너도 풋풋한 아가씨가 되고 싶지 않아, 폴린?"

그때 폴린은 행복감과 설렘으로 온통 들떠 있어서 자기 자신 말고는 아무도 되고 싶지 않았다. 앤은 2층 방으로 함께 올라가 폴린이 옷 입는 것을 도와주었다.

"오늘 일어날 여러 가지 기쁜 일에 대해 생각해보는 것은 정말 즐거워요, 셜리 선생님. 목은 깨끗이 나았고 어머니는 저렇게 기분이 좋고요. 선생님은 그렇게 여기지 않을지도 모르겠지만, 나는 알 수 있어요. 왜냐하면 비꼬기는 해도 말을 하시는걸요. 어머니는 화가 나 있거나 짜증이 났을 때는 부루퉁해져 아무 말도 안 해버려요.

감자는 껍질을 벗겨두었고, 고기는 냉장고에, 어머니의 블랑망제[3]는 지하실에 넣어뒀어요. 저녁 식사에 쓸 통조림 닭고기와 스펀지케이크는 식료품 저장실 안에 있어요.

어머니 마음이 바뀌지 않을까 조마조마해요. 변덕이라도 부리면 나는 못 견딜 거예요. 오, 셜리 선생님 이 은회색 옷을 입는 게 좋을까요, 정말로?"

---

2) 《구약성서》〈욥기〉 5장 7절.
3) 아몬드, 설탕, 생크림을 젤라틴 또는 콘스타치로 굳혀서 식혀 만든 과자.

앤은 한껏 선생다운 목소리로 명령했다.
"당장 입어요!"
폴린은 그 말에 따랐고 옷을 갈아입고 나니 폴린은 딴사람처럼 화사하게 새로 태어났다. 은회색 옷은 꼭 맞았다. 깃이 없고 팔꿈치까지 내려오는 소매에는 우아한 레이스 장식이 달려 있었다. 앤이 직접 머리 손질까지 해주고 나니 폴린은 이것이 자기인가 의심스러울 정도였다.
"흉한 검은 태피터 드레스로 이 옷을 감싸버려야 하다니 정말 아쉬워요, 셜리 선생님."
그러나 하는 수 없었다. 태피터 드레스로 은회색 포플린 드레스를 폭 덮어씌웠다. 헌 모자가 머리에 얹혔다. 그러나 그것도 루이자 집에 가서 벗어버리면 되었다. 폴린은 새 구두를 신었다. 실은 깁슨 부인이 구두를 새로 맞추는 것을 허락해주었던 것이다. 뒷굽이 '어처구니없이 높다'고는 말했지만.
"내가 혼자서 기차를 타고 간다고 사람들이 이러쿵저러쿵할 거예요. 누군가가 죽었나 보다고 생각하지는 않았으면 좋겠어요. 루이자의 은혼식을 조금이라도 죽음 같은 것과 연결해서 생각하는 일은 원치 않아요…….
어머나, 향수잖아요, 셜리 선생님! 사과꽃 향이군요! 향이 어쩌면 이토록 좋을까요! 아주 살짝만 뿌려주세요…… 정말로 숙녀답다고 늘 생각했어요. 어머니는 향수 사는 것은 결코 허락하지 않지만요.
아, 셜리 선생님, 우리 개한테 밥 주는 거 잊지 말아주세요. 개에게 줄 뼈다귀를 접시에 담아 뚜껑 덮어서 식료품 저장실에 놓아두었으니까요. 저……."
폴린은 부끄러운 듯 목소리를 낮추었다.
"내가 집을 비운 동안 우리 개가 말썽 부리지 않아야 할 텐데 걱정이네요."
떠나기 전에 폴린은 어머니의 꼼꼼한 검사를 통과해야만 했다. 멀리 외출한다는 흥분과 포플린 옷을 몰래 입고 있다는 가책이 뒤섞여 폴린은 여느 때와 달리 뺨이 붉게 물들어 있었다. 깁슨 부인은 불만스러운 눈길을 던졌다.

"아니, 저런! 대체 무슨 일이니, 글쎄! 여왕님을 보러 런던에라도 가는 게냐? 너무 혈색이 좋구나. 볼연지를 발랐다고 사람들이 생각하겠다. 정말로 연지를 바른 건 아니지?"

폴린은 놀란 목소리로 대답했다.

"어머나, 그럴 리가요, 어머니! 바르지 않았어요!"

"그럼 몸가짐에 신경 써야 한다. 앉을 때는 뒤꿈치를 꼭 포개고 앉도록 하고. 외풍 들어오는 데에 앉지 말고, 너무 지껄이지 않도록 조심해라."

폴린은 걱정스러운 듯 시계 쪽을 흘끗 본 뒤 정색하며 약속했다.

"네, 주의하겠어요, 어머니."

"건배주로 내 사르사파릴라주를 한 병 루이자에게 갖다줘라. 나는 루이자를 좋아하지 않지만 그 애 어머니가 태커베리 집안 출신이니까. 병은 잊어버리지 말고 도로 가져오너라. 그리고 루이자에게 아기 고양이를 얻어 오면 안 된다. 그 애는 언제나 남에게 아기 고양이를 주고 싶어하니까."

"네, 안 그럴게요, 어머니."

"비누를 물속에 그냥 넣어두지는 않았겠지?"

"걱정 마세요, 어머니."

폴린은 초조한 듯 또다시 시계를 보았다.

"구두끈은 맸니?"

"네, 어머니."

"너한테서 점잖지 못한 냄새가 나는데? 향수를 흠뻑 썼어."

"어머나, 그렇지 않아요, 어머니. 아주 조금이에요…… 겨우 한 방울……."

"내가 흠뻑 썼다면 쓴 거야. 겨드랑이 밑이 터지지는 않았니?"
"네, 어머니."
"어디 한번 보자."
깁슨 부인은 가차없었다.
폴린은 떨었다. 두 팔을 들어올렸을 때 은회색 치맛자락이 비죽 나오면 어쩌지!
"그래, 됐다. 그럼 가거라."
깁슨 부인은 긴 한숨을 내쉬었다.
"네가 돌아왔을 때 내가 여기에 없다면 내가 레이스 숄을 관 바닥에 깔고 검은 새틴 구두를 신고 묻히고 싶어했다는 걸 잊지 말아라. 그리고 내 머리는 곱슬곱슬 말아다오."
"몸이 많이 안 좋으세요, 어머니?"
포플린 옷 때문에 폴린의 양심은 아주 예민해져 있었다.
"만일 그렇다면…… 역시 제가 안 가는 편이……."
"그래, 그 구두에 헛돈을 들였다는 말이니? 아니, 가거라. 그리고 말이다, 계단 난간을 타고 미끄러져 내려가지 마라."
이 말에는 폴린도 참을 수 없어 발끈했다.
"어머니! 제가 그런 짓을 할 거라 생각하세요?"
"낸시 파커의 결혼식 때 그랬잖니."
"35년 전 일이잖아요? 그런 짓을 지금도 하리라 여기세요?"
"이제 갈 시간이다. 어째서 그리 말이 많지? 기차를 놓치고 싶니?"
폴린이 황급히 나가버렸으므로 앤은 후유 안도의 숨을 쉬었다. 깁슨 부인이 꼬리에 꼬리를 물어 잔소리를 늘어놓아 기차가 떠나버릴 때까지 폴린을 잡아

두려는 악마 같은 충동에 사로잡힌 게 아닐까 앤은 걱정하고 있었기 때문이다.

깁슨 부인이 말했다.

"자, 이제 한숨 돌리겠군요. 오늘 집 꼴이 아주 엉망이에요, 셜리 선생. 언제나 이렇지는 않아요. 요 2, 3일 폴린은 정신이 반쯤 나가 있었거든요. 미안하지만 그 꽃병을 1인치(약 2.5센티미터)만 왼쪽으로 놓아주지 않겠어요? 흠······아니, 다시 아까대로 해줘요. 저 램프 갓이 비뚤어져 있군요······ 그래요, 이제 좀 제대로 됐어요. 저 블라인드는 옆의 것보다 1인치 더 밑으로 처졌군요. 높이를 좀 맞춰주겠어요?"

딱하게도 앤은 블라인드를 너무 힘주어 잡아당겼다. 블라인드는 앤의 손을 떠나 휙 소리를 내며 꼭대기까지 올라가버렸다.

"아, 그것 봐요!"

앤은 무엇을 보라는 것인지 알 수 없었지만, 세심히 주의하여 블라인드를 다시 바로잡았다.

"이제 차를 한잔 맛있게 타드릴까요, 깁슨 부인?"

깁슨 부인은 비통한 목소리로 말했다.

"그래요, 뭘 좀 먹어야겠네요. 너무 신경을 쓰고 안달을 냈더니 기운이 쭉 빠져버렸어요. 위가 축 늘어져서 뚝 떨어질 것 같네요. 차는 제대로 끓일 줄 알아요? 사람에 따라서는 차라리 흙탕물을 먹는 게 나을 정도인 차를 끓이기도 하거든요."

"차 끓이는 법은 마릴라 커스버트에게서 배웠어요. 기대하고 계세요. 하지만 그 전에 포치로 휠체어를 밀어다드릴게요. 햇볕이 따뜻해서 상쾌해요."

그러나 깁슨 부인은 반대했다.

"나는 몇 년이나 포치에 나가지 않았어요."

"오늘은 정말이지 좋은 날씨예요, 몸에 해롭지 않아요. 부인께 꽃이 한창인 돌능금나무를 보여드리고 싶어요. 밖에 나가지 않으면 볼 수 없어요.

그리고 오늘은 바람이 남쪽에서 불어서 노먼 존슨네 목장에서 클로버 향이 실려올 거예요. 차를 포치로 내올 테니 함께 마셔요. 차를 다 마시면 자수를 가져와 둘이 여기 앉아 지나가는 사람들 하나하나 흉을 보기로 해요."

깁슨 부인은 점잖은 척하며 말했다.

"나는 남을 흉보는 짓은 찬성할 수 없어요. 그런 일은 그리스도교인답지 못해요. 셜리 선생, 그 머리는 모두 자기 머리카락인가요?"

앤은 샐쭉 웃었다.

"한 가닥도 남김없이 전부요."

"빨개서 안됐군요. 지금은 빨강머리가 유행하고 있는 듯하지만요. 나는 셜리 선생의 웃음이 마음에 들어요. 우리 폴린처럼 불안하게 킥킥거리는 웃음소리를 들으면 신경에 거슬려요.

그런데 밖에 꼭 나가야만 된다면 나가지요. 지독한 감기에 걸려 목숨을 잃을 지경이 될지도 모르지만 책임은 선생에게 있으니까요, 셜리 선생. 내 나이가 팔순이라는 걸 잊으면 안 돼요…… 80살에서 하루도 빠지지 않아요. 데이비 애크먼 노인은 내가 아직 79살이라고 서머사이드에 퍼뜨리고 다닌다는 이야기가 들리지만요. 그 사람 어머니가 와트 집안 출신인데, 와트 집안사람들이 원래부터 샘이 많아요."

앤은 휠체어를 능숙하게 밀고 밖으로 나가 쿠션도 잊지 않고 세심히 잘 댈 줄 안다는 것을 증명했다. 그리고 나서 곧 차를 끓여 내왔더니, 그것을 마시고 난 깁슨 부인은 큰 선심이라도 베푼다는 듯이 합격점을 주었다.

"그렇군요. 마실 만하네요, 셜리 선생. 아, 나는 정말이지 1년 동안이나 유동

식밖에 먹지 못한 적이 있었어요. 아무도 내가 이겨내리라고 생각지 못했어요. 오히려 이겨내지 못했어야 좋았던 게 아닌가 곧잘 생각하죠. 셜리 선생이 호들갑을 떤 그 돌능금나무란 저것인가요?"

"네, 맞아요. 참 곱죠? 저 새파란 하늘을 배경으로 소복히 쌓인 눈처럼 새하얗잖아요."

"나는 시 같은 건 몰라요."

깁슨 부인의 감상은 이것뿐이었다. 그러나 차를 두 잔 마신 뒤 깁슨 부인은 기분이 아주 좋아져 오전은 어느새 지나가고 점심때가 되었다.

"제가 부엌에 들어가서 식사 준비를 한 뒤에 조그만 테이블에 차려 이리로 가져올게요."

"아니, 그건 안 돼요. 그런 정신 나간 짓거리는 질색이에요! 사람들이 지나다니는 길가에서 뭘 먹는 걸 남들이 보면 나를 아주 이상하게 여길 것이 뻔하니까요. 여기 나와 있어 보니 기분이 꽤 좋다는 것을 부정하지는 않아요. 하지만 클로버 냄새를 맡으면 나는 언제나 속이 좀 울렁거려요.

어쨌거나 오늘 오전은 여느 날에 비해 시간이 훌쩍 지나가버리긴 했지만, 그래도 밖에서 식사한다는 것은 절대로 있을 수 없어요. 나는 집시가 아니니까요. 식사 준비를 시작하기 전에 손을 깨끗이 씻는 걸 잊지 말아요.

아니, 스토리 부인 집에는 또 손님이 오나 보군요. 손님용 침구를 모조리 빨랫줄에 널어 말리고 있어요. 저런 것은 진심에서 우러난 환대가 아니에요. 다만 수선 떨고 싶은 것뿐이지. 저 사람 어머니는 캐리 집안 출신이니까요."

앤이 만들어 온 점심 식사에는 까다로운 깁슨 부인도 만족했다.

"신문에다 글을 써서 싣는 사람치고 요리를 제대로 할 줄 아는 사람이 있으리라고는 생각지 못했네요. 하지만 셜리 선생은 마릴라 커스버트 손에서 자랐으니까요. 물론 그 사람 어머니는 존슨 집안 출신이었죠.

폴린은 아마도 은혼식에서 체할 때까지 꾸역꾸역 먹을 거예요. 어느 정도면 충분한지 스스로 모르거든요. 제 아버지하고 똑같아요. 그 애 아버지는 한 시간 뒤면 배가 접치일 지경이 되어 고생할 것을 뻔히 알면서 딸기를 배가 터지도록 먹곤 했죠.

그 애 아버지 사진을 보여줬던가요, 셜리 선생? 아, 안 보여줬군요. 그럼 손님용 침실에 가서 갖다줘요. 침대 밑에 있어요. 거기에 가 있는 동안 서랍 속을 뒤져서는 안 돼요. 대신 책상 밑을 들여다보아 먼지가 쌓여 있지 않은지 살펴줘요. 폴린은 믿을 수가 없어서요.

……아, 그래요, 이 사람이 그 애 아버지예요. 이 사람 어머니는 워커 집안 출신이었어요. 요즘은 이런 남자를 찾으려야 찾을 수가 없어요. 타락한 시대니까요, 셜리 선생."

앤은 미소 지었다.

"그와 똑같은 말을 호메로스가 기원전 8백 년에도 했어요."

깁슨 부인은 맞장구쳤다.

"《구약성서》를 쓴 사람 가운데에는 늘 쓸모없는 말만 하는 사람이 꼭 몇 명은 있었죠. 이런 말 하는 것을 듣고 놀랐겠지요, 셜리 선생. 하지만 내 남편은 자기 의견을 거리낌 없이 밝히는 사람이었어요.

셜리 선생은 약혼했다면서요…… 의학생이라고 했던가요. 의학생이란 대개 술을 마시나 보더군요. 마시지 않을 수 없겠죠, 해부를 해야 하니 말이에요. 술 마시는 사람에게 시집가지 말아요, 셜리 선생. 벌이가 시원찮은 사람도 안 돼요. 쭉정이와 술만 가지고 사람이 배를 채울 수는 없으니까요. 명심해요, 셜리 선생.

싱크대를 닦고 행주는 잘 헹궈서 말려줘요. 나는 기름기가 남아서 미끌거리는 행주는 견딜 수 없어요. 개에게도 먹을 것을 주도록 해요. 지금도 너무 살쪘는데 폴린은 자꾸 먹이죠. 그 개를 처분해야만 하지 않나 하고 생각할 때가 있어요."

"어머, 그건 안 돼요, 깁슨 부인. 언제 도둑이 들지 모르는걸요. 게다가 이 집은 외딴집이잖아요. 도둑으로부터 지켜줄 무언가가 꼭 필요해요."

"아, 좋아요. 마음대로 해요. 나는 남과 옥신각신하는 게 싫어요. 특히 목덜미가 이토록 이상스럽게 욱신거릴 때는요. 뇌졸중이 일어날 징조가 아닌가 싶어요."

"낮잠을 주무셔야겠네요. 주무시고 일어나면 기분이 좋아질 거예요. 제가 담요도 잘 덮어드리고 의자를 낮춰드릴게요. 포치에 나가서 낮잠을 주무시고 싶지 않으세요?"

"남들 앞에서 잔다고요? 길가에서 식사하는 것보다 더욱 질색할 노릇이네요. 셜리 선생은 참으로 희한한 생각을 하는 사람이군요. 이 거실에서 자게 준비해줘요. 블라인드를 내리고 파리가 들어오지 못하도록 문을 닫아요. 셜리 선생도 잠시 조용히 있고 싶겠죠. 혀가 아주 잠시도 쉬지 않았으니까요."

깁슨 부인은 오래도록 푹 잤는데, 눈을 떴을 때는 기분이 나빠져 있었다. 앤이 다시 포치로 휠체어를 밀고 나가는 것을 완고하게 거부했다.

"밤바람을 쐬어 내가 지독한 감기에 걸려 죽게 할 셈이죠."

아직 5시밖에 안 되었음에도 깁슨 부인은 그런 억지소리를 했다. 무엇을 해도 마음에 차지 않는 듯했다. 앤이 가져온 음료수가 너무 차가웠다. 그다음에 가져온 것은 충분히 식지 않았다. 어차피 이 늙은이 입맛 따위를 누가 신경이나 써주겠는가. 개는 어디 있지? 틀림없이 어디 가서 말썽을 부리고 있을 테지. 등이 아프다. 무릎이 아프다. 머리가 아프다. 가슴뼈가 아프다. 그런데도 누구 하나 동정하는 사람이 없다. 얼마나 괴로워하는지 아무도 알아주지 않는다. 의자가 너무 높다. 아니, 너무 낮다. 어깨에는 숄을 둘러달라. 무릎에 담요를 덮어주면 좋겠다. 발에는 쿠션을 대주면 좋겠다. 아, 이렇게 심한 외풍이 어디서 들어오는지 좀 알아봐주지 않겠는가? 차 한잔 마시면 좀 나아지겠는데, 남에게 폐를 끼치고 싶지 않다. 편하게 묘지에 누워 있을 날도 그리 멀지 않았겠지. 내가 가고 나면 내 생각들을 좀 하려는지, 원.

'길든 짧든 하루해는 마침내 저물어 저녁 노래가 들려온다.'라고 하지만, 앤은 이 하루가 영영 저물지 않는 게 아닌가 몇 번이나 생각했다. 그러나 끝내 하루해는 저물었다. 하늘이 저녁놀에 물들고 깁슨 부인은 폴린이 어째서 돌아오지 않을까 걱정하기 시작했다. 땅거미가 지고 어둠이 내려도 폴린은 돌아오지 않았다. 밤이 되어 달이 높이 솟아도 폴린의 그림자조차 보이지 않았다.

깁슨 부인은 수수께끼 같은 말을 했다.

"이럴 줄 알았어요."

앤은 애써 위로했다.

"저, 그레거 씨가 올 때까지는 폴린도 돌아올 수 없고 그레거 씨는 대체로 우물쭈물하며 마지막까지 남아 있으니까요. 잠자리에 드실까요, 깁슨 부인? 많이 지치셨을 거예요. 익숙한 사람이 아닌 남이 계속 옆에 있으면 아무래도 신경 쓰게 되죠."

깁슨 부인 입가에 있는 조그만 주름이 고집스럽게 깊어졌다.

"그 애가 돌아올 때까지 나는 자지 않겠어요. 셜리 선생은 그렇게 돌아가고 싶어 안달이 나면 가요. 나는 혼자 기다리든, 혼자 죽든 알아서 할 테니까."

9시 30분이 되자 깁슨 부인은 짐 그레거가 월요일까지 돌아오지 않을 것이라고 단언했다.

"짐 그레거처럼 믿을 수 없는 사람은 없어요. 마음이 이랬다저랬다 하지 않은 채로 24시간을 못 간다니까요. 게다가 일요일은 안식일이니 집에 돌아오기 위해서 여행하는 것이라 해도 여행해서는 안 된다고 생각하는 거겠지요. 그 사람은 당신네 학교의 이사잖아요. 제임스 그레거라는 사람과 그 사람이 가진 교육관에 대해 어떻게 생각해요?"

앤은 갑자기 심술궂은 마음이 들었다. 어지간히 제멋대로인 깁슨 부인의 생떼를 오늘 하루 참을 만큼 참아왔던 것이다.

앤은 심각한 표정으로 말했다.

"그분의 사고방식은 시대에 몹시 뒤처져 있다고 생각해요."

깁슨 부인은 눈 하나 깜빡이지 않고 말했다.

"나도 그렇게 생각해요."

그러나 그 뒤로는 잠든 척하고 있었다.

폴린의 영원히 마음에 간직할 하루

마침내 폴린이 돌아온 것은 10시가 다 되어서였다. 태피터로 된 드레스와 낡은 모자 차림으로 되돌아와 있었지만 뺨이 붉게 물들고 눈은 별처럼 빛났으며 10년은 더 젊어 보였다. 폴린은 안고 있던 아름다운 꽃다발을 험악한 얼굴로 휠체어에 앉아 있는 어머니에게 재빨리 내밀었다.

"신부가 이 신부 꽃다발을 어머니께 갖다드리라며 내게 들려 보냈어요, 어머니. 예쁘죠? 흰 장미 스물다섯 송이예요."

"기가 막히는군! 내게 축하 케이크 한 조각이나마 보내려는 사람은 없었던 게로구나. 요즘 사람들은 혈육의 정이라는 것이 조금도 없다니까. 아, 옛날에는……."

"아니에요, 챙겨줬는걸요. 큼지막한 조각 케이크를 이 가방 속에 넣어 가지고 왔죠. 그리고 모두들 어머니 안부를 여쭈면서 인사 전해드리랬어요, 어머니."

앤이 물었다.

"즐거운 시간 보냈나요?"

폴린은 딱딱한 의자에 앉았다. 푹신한 의자에 앉으면 어머니가 화내리라는 것을 알고 있었기 때문이다.

폴린은 조심스럽게 말했다.

"아주 즐거웠어요. 은혼식 정찬도 근사했어요. 걸코브의 프리먼 목사님이 입회해서 루이자와 모리스가 다시 한번 결혼식을 올리고……."

"그런 짓을 하다니, 하느님을 모독하는 일이야."

"그다음에 사진사가 사람들을 모두 모아 사진을 찍었어요. 꽃이 엄청 많아 응접실이 흡사 꽃에 파묻힌 정자 같았죠……."

"그야말로 장례식 같았겠구나."

"그리고 어머니, 메리 러클리가 서부에서 왔어요…… 지금은 플레밍 부인이죠. 생각나세요? 메리하고 저는 원래 사이가 아주 좋았었잖아요. 서로 폴리, 몰리라는 애칭으로 다정하게 부르고……."

"정말 한심하고 유치한 이름이었지."

"다시 메리를 만나 기뻤어요. 옛날이야기를 오래도록 했죠. 메리의 여동생 엠도 왔는데요, 통통하니 꽉 깨물어주고 싶은 아기를 데리고 왔어요."

깁슨 부인은 투덜거렸다.

"마치 음식 이야기라도 하는 것 같구나. 아기가 어차피 다 거기서 거기지."

깁슨 부인에게 보내진 장미를 꽂기 위해 대접에 물을 담아온 앤이 말했다.

"아뇨, 똑같은 아기는 없어요. 아기는 하나하나가 모두 기적이죠."

"글쎄요, 나는 열이나 낳았지만 그 가운데 하나도 기적으로 생각할 만한 점은 발견하지 못했어요. 폴린, 부탁이니 가만히 좀 앉아 있어 다오. 너 때문에 나까지 안절부절못하겠잖니. 너는 내가 오늘 하루 어땠었는지는 물으려고도 하지 않는구나. 그런 일을 기대하는 것이 무리겠지만."

"오늘 하루 어떠셨는지는 묻지 않아도 알겠는걸요, 어머니. 아주 혈색도 좋고 기분 좋아 보이세요."

아직 즐거움에 들떠 있는 폴린은 어머니에게조차 얼마쯤 장난스럽게 굴었다.

"어머니는 셜리 선생님하고 같이 즐겁게 지내셨죠?"

"그럭저럭 잘 지내기는 했지. 셜리 선생이 하고 싶은 대로 하게 내가 내버려 두었으니까. 또 몇 년 만에 모처럼 누군가를 통해 재미있는 이야기를 들을 수도 있었지. 나는 남들이 생각하는 만큼 저세상에 그렇게 가까이 있지는 않아. 고맙게도 나는 귀도 안 먹었고 망령도 들지 않았으니까. 너는 요다음에는 달나라라도 가려고 드는 거 아니냐? 그나저나 내 사르사파릴라주는 아무도 입에 맞지 않았는가 보구나?"

"천만에요, 모두들 기뻐했어요…… 아주 맛이 좋다고 칭찬했어요."

"그러면 그렇다고 빨리 이야기할 것이지. 병은 가져왔니? 아니면 그런 걸 기대한 내가 무리한 주문을 한 거니?"

폴린은 더듬거렸다.

"저…… 그 병은 깨져버렸어요. 누군가가 부엌에서 그 병을 넘어뜨렸어요. 하지만 루이자가 그것과 똑같은 걸 하나 줬어요, 어머니. 그러니 걱정하지 않으셔도 돼요."

"그 병은 내가 살림을 시작할 때부터 쓰던 물건이야. 루이자가 준 병이 그것과 같을 리 없어. 이제는 더 이상 그런 병을 만들지 않는단 말이지. 숄을 한 장 더 갖다줄 수 없겠니. 재채기가 나는구나. 지독한 감기에 걸린 게 틀림없어. 두 사람 다 내가 밤바람을 쐬면 안 된다는 걸 잊은 듯하구나. 덕분에 아마 신경통이 다시 도질지도 모르는데."

때마침 길 위쪽에 사는 오래된 이웃이 들러서, 폴린은 그 기회를 놓치지 않고 앤을 집에서 조금 떨어진 데까지 바래다주고 오기로 했다.

깁슨 부인은 아주 상냥하게 말했다.

"셜리 선생, 잘 가요. 정말 고마웠어요. 셜리 선생 같은 사람이 더 많으면 이 동네도 좀 더 좋아질 텐데요."

그러더니 이가 빠진 입을 벌려 샐쭉 웃으며 앤을 자기 쪽으로 잡아당겨서는 속삭였다.

"남들이 뭐라든 난 상관 안 해요, 나는 셜리 선생이 정말 미인이라고 생각해요."

폴린과 앤은 서늘한 푸르름 속의 밤거리를 걸어갔다. 폴린은 어머니 앞에서는 감히 드러내지 못했던 자기 기분을 숨김없이 드러내 보였다.

"아, 셜리 선생님, 마치 천국에 있는 것 같았어요! 이렇게 신세를 지고 어떻게 이 은혜를 갚아야 할까요. 이처럼 멋진 날은 태어나서 처음이었어요. 몇 년이고 행복했던 오늘 일을 되새기며 지내게 되겠지요.

다시 한번 신부 들러리가 되는 것은 유쾌한 일이었어요. 신랑 들러리는 아이작 켄트 선장이었어요. 저…… 그 사람은 옛날 나의 애인이었죠. 아……아니, 애인까지는 아니었는지도 모르겠네요. 그 사람은 그렇게 생각하지 않았는지도 몰라요. 하지만 둘이서 마차로 멀리까지 갔다 오기도 했었어요.

그 아이작이 내게 두 가지 칭찬을 했어요. '루이자 결혼식 때 포도줏빛 드레스를 입은 당신이 얼마나 아름다웠었는지 지금도 기억하고 있소.' 이렇게 말했죠. 아직도 그 옷에 대해 기억하고 있다니 멋진 일이지 않아요? 그리고 또 이런 말도 했어요. '당신의 머리는 전과 다름없이 당밀(糖蜜) 사탕을 생각나게 하는군요.'라고요. 그 말이 예의에 벗어난 말은 아니겠죠, 셜리 선생님?"

"그렇고말고요."

"모두 돌아가고 나서 루이자와 몰리와 나 셋이서 즐겁게 저녁 식사를 했어요. 몹시 배가 고팠거든요. 그처럼 배가 고팠던 일은 요 몇 년 새 처음이었어요. 먹고 싶은 걸 마음껏 먹을 수 있고, 더욱이 그런 음식은 위에 나쁘다고 잔소리하는 사람이 없으니 식사가 정말 즐겁던걸요.

저녁 식사를 마치고 메리와 단둘이 예전 메리네 집으로 가서 옛날이야기를 하며 뜰을 거닐었어요. 소녀 시절에 둘이 같이 심은 라일락도 보았고요. 어렸을 때 함께 즐거운 여름을 보냈었거든요.

그러고 나서 해 질 무렵 정들었던 바닷가로 같이 나가 바위 위에 말없이 앉아 있었어요. 항구에 종소리가 울려 퍼지고 바다에서 불어오는 바람을 맞으며 물 위에서 별빛이 떨고 있는 것을 보는 일은 정말 좋았어요.

나는 세인트로렌스만의 밤이 그토록 아름답다는 것을 잊고 있었어요. 해가 다 저물어 어두워진 뒤 루이자의 집으로 돌아와 보니, 그레거 씨가 떠날 준비가 되어 있어서 '할머니는 그날 밤 집으로 돌아왔답니다.'[1]"

폴린은 말을 맺으며 웃었다.

"폴린이 집에서⋯⋯지금처럼 괴로운 생활을 하지 않으면 얼마나 좋을까요."

폴린은 얼른 말했다.

"셜리 선생님, 그것도 지금은 아무렇지 않아요. 결국 가엾은 어머니에게는 내가 필요한 거예요. 누군가에게 필요한 사람이라는 것은 기쁜 일이죠, 셜리 선생님."

그렇다, 도움을 줄 수 있다는 것은 기쁜 일이다. 앤은 탑에 있는 자신의 방에 돌아와 그렇게 생각했다. 방에는 리베카 듀와 미망인들의 눈을 피해 용케 들어온 더스티 밀러가 침대 위에 새우처럼 등을 웅크리고 자고 있었다. 앤은, 비록 속박된 생활로 종종걸음을 치며 돌아갔지만, '행복한 하루의 추억을 고이 간직한 영혼'[2]을 품은 폴린의 뒷모습을 떠올렸다.

---

1) '할머니와 돼지'라는 영국의 옛날이야기이자 동요의 마지막 문장.
2) 영국 낭만주의 시인 윌리엄 워즈워스(1770~1850)의 시 〈작고 소박한 실개천이 있었네〉에서 따옴.

앤은 더스티 밀러를 향해 말했다.

"나는 언제나 누군가가 필요로 하는 사람이고 싶어. 어떤 이에게 행복을 줄 수 있다는 것은 아주 멋진 일이야. 오늘은 폴린에게 그런 날을 주었다고 생각하니 나까지 큰 부자가 된 기분이야. 하지만 더스티 밀러, 비록 내가 여든 살까지 산다 해도 애도니럼 깁슨 부인처럼은 되지 않겠지? 너도 그렇게 생각하지, 더스티 밀러?"

더스티 밀러는 그렇게 생각한다고 굵고 쉰 소리로 가르랑거리며 앤을 안심시켰다.

결혼식 전야

앤은 결혼식 전날인 금요일 밤에 보니뷰로 갔다. 넬슨가(家)에서는 항구까지 이르는 기선 연락열차로 도착하는 가족과 친지며 결혼식 하객들을 위해 만찬회를 열기로 되어 있었다. 넬슨 의사의 보니뷰 여름 별장은 사방으로 뻗은 큰 저택으로, 가늘고 길게 튀어나온 곶의 가문비나무 숲속에 세워져 있었다. 곶 양쪽으로는 만이 있고, 그 너머에는 만으로 오가는 바람에 대해서라면 모든 것을 알고 있을 터인 모래 언덕이 황금빛 배를 드러내고 누워 있었다.

앤은 처음 본 순간부터 이 집이 좋아졌다. 오래된 돌집은 언제나 평온한 위엄을 간직하고 있다. 비도 바람도 인간의 흥망성쇠도 두려워하지 않는다. 이 6월 어느 저녁 무렵에는 그 집이 젊은 생기와 흥분으로 떠들썩했다. 아가씨들의 웃음소리가 터져 나오고, 오래된 친지들 사이에 정다운 인사말이 오가고, 마차들이 들락날락하며, 밤톨만 한 아이들이 이리저리 뛰어다니고, 크고 작은 선물들이 들어오면서, 결혼식에서 흔히 일어나는 반가운 소동에 모두가 휘말려 있었다. 그 가운데서 바나바[1]와 사울[2]이라는 이름을 가진 넬슨 의사의 검은 고양이 두 마리는 베란다 난간에 앉아 의젓한 흑담비색 스핑크스처럼 모든

---

1) '위로의 아들'이라는 뜻으로, 키프로스에서 순교한 그리스도 사도의 한 사람인 요셉을 가리킴.
2) '간구한 바, 요청받은 자의 뜻으로, 사도 바울의 본명.

것들을 지켜보고 있었다.

샐리는 사람들 속에서 떨어져 나와 앤을 2층으로 데려갔다.

"앤에게는 북쪽 지붕 밑 다락방을 준비해두었어요. 물론 다른 세 분과 함께 써야 하지만요. 결혼식이라는 것이 아주 큰 소동이잖아요. 아버지는 남자분들을 위해 가문비나무숲에 텐트를 치고 있어요. 그리고 나서 정원 쪽 유리로 둘러친 베란다에는 접이침대를 준비해놓을 참이고, 아이들 대부분은 건초 다락에 재우면 돼요.

오! 앤, 나는 아주 설레요! 결혼한다는 것은 정말이지 한없이 즐거워요. 내 웨딩드레스가 오늘 막 몬트리올에서 도착했어요. 꿈결처럼 황홀해요. 우윳빛 옷감에 레이스 깃이 달리고 하얀 진주로 장식되어 있죠. 멋진 선물도 많이 받았고요.

이게 앤의 침대예요. 다른 침대는 메이미 그레이와 도트 프레이저와 파머 언니 거예요. 어머니는 에이미 스튜어트를 이 방에 있게 하고 싶어했지만 내가 극구 반대했어요. 에이미가 앤을 엄청 미워하거든요. 자기가 내 들러리를 하고 싶어했으니까요. 하지만 그렇게나 뚱뚱한 사람을 들러리로 할 순 없지 않겠어요? 게다가 에이미는 엷은 녹색 옷을 입으면 꼭 뱃멀미를 하는 사람처럼 보이는걸요.

어머나, 앤, '쥐잡이 대고모'예요! 바로 조금 전에 도착하셔서 우리는 다들 깜짝 놀랐어요. 물론 그 대고모를 초대하지 않을 수는 없어요. 하지만 내일까지 오시지 않을 줄 알았거든요."

"대체 쥐잡이 대고모가 누구길래요?"

"아버지의 고모인데, 제임스 케네디 부인이에요. 네, 물론 원래 이름은 그레이스 대고모인데 토미가 '쥐잡이 대고모'라는 별명을 붙였어요. 쥐를 잡으러 다니는 고양이처럼 늘 눈을 번뜩이며 어슬렁어슬렁 돌아다니면서, 우리가 대고모 눈에 띄지 않으려고 조심하는 것을 쏙쏙 찾아내 물고 늘어지죠. 대고모의 눈은 도저히 피할 수가 없어요. 무엇 하나도 놓치고 싶지 않아서 아침에는 일찍 일어나고 밤에는 누구보다도 늦게 잠자리에 들거든요.

하지만 그런 것은 진짜 심한 일 축에 끼지도 않아요. 뭐든 해서 안 될 말이 있으면 반드시 말해버리고, 때로는 묻지 말고 덮어두어야 할 것이 있다는 걸 전혀 몰라요. 아버지는 대고모의 말을 '쥐잡이 대고모의 격려사'라고 해요. 아마 대고모 덕분에 만찬 모임이 엉망이 될 거예요. 이제 왔어요."

문이 열리며 갈색의 퉁방울눈에 뚱뚱하고 몸집이 작은 부인이 들어왔다. 움직일 때마다 나프탈렌 냄새가 코를 찌르고 걱정스러운 표정을 노상 달고 다녔다. 그 표정만 빼면 그녀는 정말이지 쥐를 찾으러 다니는 고양이와 똑 닮아 있었다.

"아가씨가 소문으로 듣던 그 미스 셜리인가? 전에 내가 알고 있던 미스 셜리하고는 전혀 닮지 않았어. 그 사람은 아주 예쁜 눈을 하고 있었는데.

그래, 샐리, 드디어 너도 시집을 가는구나. 가엾은 노라 혼자만 남았네. 그래, 네 어머니도 딸 다섯을 치워버리게 되었으니 운이 좋구나. 8년 전 나는 너희 어머니에게 물었었지.

'제인, 대체 이 아이들을 모두 시집보낼 수 있다고 생각해?'

그래, 내가 보건대 남자란 괴로움의 씨앗에 지나지 않고, 뭐니 뭐니 해도 결혼만큼 어찌 될지 알 수 없는 일은 없으니까. 하지만 이 세상에서 여자가 달리 무엇을 할 수 있겠니? 그래서 나는 방금 가엾은 노라를 타일렀지.

'명심해라, 노라. 언제까지나 노처녀라는 건 그리 유쾌한 일이 아니야. 짐 윌콕스는 대체 무슨 생각으로 있는 거냐?'"

"어머나, 그레이스 대고모님, 그런 말씀은 안 하셨으면 좋았을 텐데…… 짐과 노라는 지난 1월에 무슨 일로 다퉜는지 그 뒤로 짐은 통 모습을 보이지 않았거든요."

"나는 말하고 싶은 것은 말하자는 주의야. 모든 일이란 입 밖에 내는 게 좋아. 그 싸움 이야기라면 나도 들었어. 그래서 더욱 그 애에게 물은 거지.

'짐이 엘리너 프링글을 데리고 다닌다는 이야기도 알아두는 편이 좋을 거야.' 내가 이렇게 말했더니 노라는 머리끝까지 화가 나 뛰어나가 버렸지. 베라 존슨은 지금 뭣 때문에 여기 있는 거지? 친척도 아닌데."

"그레이스 대고모님, 베라는 오래전부터 제 친한 친구예요. 예식에서 결혼행진곡을 쳐주기로 되어 있어요."

"뭐, 그 애가? 그러냐. 글쎄, 어쨌거나 그 애가 실수로 장송곡이나 치지 않았으면 해서 하는 말이다. 도라 베스트의 결혼식 때 톰 스콧 부인이 그러지 않았니. 정말 불길한 징조지. 아니, 이렇게나 많은 사람들을 대체 어디다 재울 참인지 나는 모르겠구나. 이러다 빨랫줄에 매달려 자야 하는 사람이 나오지는 않을지 걱정이다."

"어머나, 대고모님, 모두들 묵을 장소가 마련되어 있어요."

"그런데 샐리, 나는 네가 마지막에 가서 변덕 부리지 않았으면 좋겠다. 헬런 서머스처럼 말이야. 그렇게 된다면 일이 아주 엉망진창이 되어버리겠지. 네 아버지는 아주 신나 하고 있구나. 내가 뭐 불행을 바라는 건 아니지만, 그게 뇌졸중의 조짐이 되지나 않았으면 해서 하는 말이다. 저러다 불쑥 그런 일이 일어나는 걸 봤으니 걱정이 되는구나."

"어머나, 아버지는 건강해요, 그레이스 대고모님. 조금 흥분해 있을 뿐이에요."

"아, 너는 아직 젊어서 몰라서 그런 소리를 하는 게야, 샐리. 네 어머니에게서 들었는데, 결혼식은 내일 정오라지? 다른 것도 모두 그렇지만, 요즘은 결혼식 풍속도 변했구나. 좋은 쪽으로 변한 건 아니야. 내가 결혼할 때는 저녁에 결혼식을 올렸는데, 아버지는 결혼식에 쓸 술을 20갤런(약 75리터) 가까이 준비해두셨었지. 아, 옛날과는 참 많이 달라졌어.

머시 대니얼즈는 무슨 일이라도 있는 거니? 층계에서 마주쳤는데 안색이 아주 흙빛이 되더구나."

"'자비란 억지로 시켜서 되는 것이 아니로다.'[3]"

샐리는 야회복을 입은 몸을 비비 틀며 쿡쿡 웃었다.

쥐잡이 대고모가 나무랐다.

"함부로 성경을 입에 담는 게 아니야! 이 애를 너그러이 봐줘요, 미스 셜리. 결혼식을 올리는 데 서툴러서 그런 거니까. 아무튼 나는 그저 신랑이 뒤쫓기는 듯한 얼굴만 안 하면 좋겠다 바라고 있어. 흔히 있는 일이니까. 그런 기분이 들기도 하겠지만, 그렇다고 너무 얼굴에 그런 내색을 할 필요는 없지.

그리고 네 신랑이 결혼반지를 잊지 말아야 할 텐데. 업턴 하디가 그랬거든. 그 바람에 업턴과 플로러는 커튼에서 고리를 한 개 빼다가 그것을 끼워주고 결혼해야만 했었지. 자, 그럼 결혼 선물을 한번 더 보고 올까. 좋은 걸 많이 받았더구나, 샐리. 나는 선물받은 스푼 손잡이를 반짝반짝 잘 닦았으면 좋겠더라만, 그게 어려운가 보더구나."

그날 밤 유리로 둘러친 넓은 테라스에서 열린 만찬회는 정말 떠들썩하고 즐거웠다. 불을 밝힌 초롱이 죽 드리워져 아가씨들의 아름다운 드레스며 윤기

---

3) 셰익스피어의 《베니스의 상인》 4막 1장에서 포샤가 하는 말. '머시(Mercy)'라는 이름이 곧 자비를 뜻하는 단어이기도 하기 때문에 나온 말장난임.

흐르는 머리며 희고 주름 없는 이마에 부드러운 빛을 던지고 있었다. 바나바와 사울은 넬슨 의사 전용 의자의 넓적한 팔걸이에 흑단 장식물처럼 앉아 넬슨 의사에게서 차례로 음식을 한 입씩 받아먹고 있었다.

쥐잡이 대고모가 말했다.

"파커 프링글 못지않게 몹쓸 짓을 하는구나. 파커 프링글은 개에게도 냅킨과 의자를 주어 식탁에 앉히니 말이다. 말세야, 말세. 하느님의 심판의 날이 머지않았다, 정말."

파티에는 손님이 많았다. 시집간 넬슨네 딸들과 그 남편들 말고도 결혼식장에서 손님 안내를 맡은 신랑의 친구들이라든가 신부의 들러리들로 북적였다. 그리고 쥐잡이 대고모의 '격려사'에도 불구하고—아니, 오히려 그 덕분에—즐거운 모임이었다. 아무도 쥐잡이 대고모의 말을 진지하게 받아들이는 사람은 없었고, 젊은이들 사이에서는 대고모가 농담거리로 전락했다.

고든 힐을 소개받은 대고모가 말했다.

"아니, 어쩌면 댁은 내 예측에 조금도 들어맞지 않는군. 전부터 나는 샐리가 키 크고 잘생긴 남자를 데려올 줄 알았는데."

그러자 온 테라스 안에 웃음이 잔물결처럼 퍼졌다. 고든 힐은 키가 작은 축에 속하고 아주 친한 친구들에게서조차 겨우 '인상 좋은 얼굴'이라는 평밖에 듣지 못했으므로 지금 그 말로 친구들한테 죽을 때까지 놀림받게 생겼다고 생각했다.

도트 프레이저에게는 이렇게 말했다.

"아니, 너는 어째 만날 때마다 새 드레스구나! 너희 아버지 지갑이 앞으로 몇 년은 더 빵빵해야 할 텐데."

도트는 대고모를 펄펄 끓는 기름 가마에 던져버리고 싶다고 여겼지만 더러는 재미있다고 생각하는 아가씨들도 있었다.

피로연 준비 이야기가 나왔을 때 쥐잡이 대고모는 슬픈 듯 말했다.

"나는 그저 나중에 한 사람도 빠짐없이 자기 티스푼을 도로 다 찾아갈 수 있기만 바랄 뿐이야. 거티 폴 결혼식 때는 다섯 개가 없어져 끝내 나오지 않았으니까."

세 다스를 빌려온 넬슨 부인도, 그것을 빌려준 친척들도 모두 불안한 얼굴이 되었다. 그러자 넬슨 의사가 명랑하게 큰 소리로 웃으며 말했다.

"모두 돌아가기 전에 한 사람 한 사람씩 주머니를 뒤집어보겠습니다, 그레이스 고모님."

"아니, 새뮤얼, 너는 웃을지 모르지만 그런 일이 집에서 일어나보렴, 웃을 일이 아니란다. 누군가가 그 스푼을 가지고 있을 게 틀림없어. 나는 어디 가든지 스푼이 없어지지 않나 눈을 크게 뜨고 살피지. 어디에서든 보면 나는 아니까. 하기야 28년 전 일이지만.

그때 가엾은 노라는 아직 갓난아기였어. 이 애에게 하얀 자수 원피스를 입혀가지고 거기에 데려왔던 일을 기억하니? 어느새 28살이라니! 아, 노라, 너도 나이를 먹었구나. 이 불빛에서는 그 나이로 보이지 않는다만."

그 말에 뒤따른 웃음에 노라는 끼지 않았다. 금방이라도 번개를 내리칠 것 같았다. 수선화빛 옷을 입고 검은 머리에 진주 장식을 달고 있는데도 노라의 모습은 앤에게 까만 나방을 생각나게 했다. 하얗다 싶을 만큼 옅은 금발의 샐리와 정반대로 노라 넬슨은 근사한 검은 머리와 어스름 같은 눈동자 그리고 짙은 눈썹을 하고 벨벳 같은 뺨은 붉었다. 그 코는 얼마쯤 매부리코가 될 조짐을 보이고 있었고, 미인이라는 말을 들은 적은 한 번도 없는 얼굴이었다. 하지만 뚱하고 불만이 가득 찬 표정에도 불구하고 앤은 이상하게도 노라에게 끌렸다. 인기 있는 샐리보다 노라를 친구로서 더 좋아할지도 모른다고 생각했다.

식사 뒤에 춤이 시작되어 음악과 웃음소리가 오래된 돌집의 넓고 낮은 창문으로 흘러넘쳐 나왔다. 10시가 되자, 노라가 모습을 감추었다. 앤은 떠들썩한 소란에 좀 지쳤으므로, 몰래 홀을 빠져나가 바로 앞에 만이 펼쳐진 뒷문으로 나와 돌층계를 나부끼듯 내려와서, 우듬지가 뾰족한 작은 전나무숲 사이를 지나 바닷가 모래톱으로 왔다. 무더운 저녁을 보낸 뒤에 맞는 서늘한 바닷바람이 어찌나 상쾌하던지! 만에 흐르는 은빛 달그림자는 또 얼마나 아름다운가! 떠오르는 달 아래 돛을 달고 만 어귀의 얕은 여울로 다가오는 배는 그 얼마나 달콤한 꿈 같은가! 춤추는 인어들의 모습을 우연히 발견할 듯한 밤이었다.

노라가 물가의 어두침침한 바위 그늘에 새우처럼 등을 웅크리고 앉아 있었다. 아까보다도 더 폭풍을 몰고 올 것 같은 얼굴이었다.

앤이 말했다.

"잠깐 옆에 앉아도 될까요? 춤이 싫증도 났지만, 무엇보다도 이처럼 멋진 밤을 못 보는 건 아까운 일이라서요. 이런 항구 전체가 뒤뜰이라니 정말 부러워요."

별안간 노라는 무뚝뚝한 목소리로 물었다.

"이런 때 연인이 없는 게 어떤 기분인지 알아요?"

그리고 노라는 한층 무뚝뚝하게 덧붙였다.

"없을 뿐 아니라 생길 희망마저 아예 없다면요……?"

"연인이 없다면, 그건 스스로 만들 마음이 없기 때문이겠죠."

앤은 대답하면서 노라와 나란히 앉았다.

노라는 저도 모르게 자신의 고민을 앤에게 이야기하고 있었다. 앤에게는 어딘지 사람들이 자신의 고뇌를 털어놓게 만드는 그런 구석이 있었다.

"나한테 상처를 주지 않으려고 그렇게 말하는 것이겠지만 그럴 필요 없어요. 내가 남자에게 호감을 주지 못하는 여자란 걸 나와 마찬가지로 앤도 잘 알 테니까요. 나는 그저 '볼품없는 미스 넬슨'인걸요. 내게 연인이 없는 것은 그럴 마음이 없기 때문이 아니에요.

그곳에 도저히 더 이상 있을 수 없었어요. 그냥 여기에 나와서 마냥 비참한 기분에 젖어 있는 편이 나아요. 사람들한테 무슨 말을 들어도 다 괜찮다는 듯 연신 웃으면서, 결혼하지 못한 것을 비꼬아대도 아무렇지 않은 척하는 데 이제 질려버렸어요. 앞으로는 그러지 않을 거예요. 사실은 신경이 쓰이는걸요. 아주 신경이 많이 쓰여요. 넬슨 집안 딸 가운데 남은 건 나 하나예요. 다섯이 결혼을 하죠, 내일로.

식사 자리에서 쥐잡이 대고모가 내 나이를 들추는 말을 들었죠? 게다가 식사 전에 대고모가 우리 어머니에게 지난여름 이후로 내가 무척 늙었다는 말을 하는 걸 들었어요. 물론 늙었지요. 스물여덟 살인걸요. 앞으로 12년 뒤면 마흔 살이에요. 그때까지도 제대로 뿌리내리지 못하고 있으면 어쩌죠, 앤?"

"나라면 그런 푼수 같은 할머니 말에 신경 쓰지 않겠어요."

"어머나, 그래요? 앤은 나 같은 코를 가지고 있지 않기 때문이죠. 앞으로 10년 뒤면 나는 아버지 못지않은 매부리코가 될 게 뻔해요. 혹시 앤이라면 남자친구로부터 청혼을 몇 년씩이나 기다리는 것도…… 심지어 전혀 청혼해올 기색이 없어 보여도 상관없다는 거예요?"

"어머나, 그건 신경 쓰이겠죠."

"지금 내 처지가 딱 그래요. 앤도 짐 윌콕스와 내 얘기를 들었겠지요. 아주 해묵은 얘기죠. 짐은 몇 년이나 나하고 사귀었지만 결혼에 대해서는 아무 말도 한 적이 없어요."

"노라는 짐을 좋아해요?"

"물론 좋아해요. 지금껏 늘 그렇지 않은 척해왔지만요. 그런데 방금 말한 것처럼 이젠 속마음과 다른 척 행동하는 것은 그만둘래요.

짐은 지난 한 달 내내 한 번도 내게 오지 않았어요. 우리는 싸웠죠…… 하지만 지금까지도 수백 번도 더 싸웠는걸요. 그전까지는 짐이 화해하자고 반드시 돌아왔는데, 이번에는 돌아오지 않아요. 앞으로 두 번 다시 돌아오지 않겠죠. 짐한테 그럴 마음이 없는 거예요.

달빛 아래 빛나고 있는, 만 건너편의 짐네 집을 봐요. 그 사람은 저기에 있고 나는 여기 있고, 우리들 사이에는 만이 가로놓여 있어요. 앞으로 언제까지나 이대로일 테죠. 마음이 아파서 견딜 수 없어요! 무척이나요. 그렇지만 내가 할 수 있는 일은 아무것도 없어요."

"짐에게 오라고 연락을 하면 다시 와주지 않을까요?"

"연락을 한다고요? 내가 먼저요? 그럴 바에는 차라리 죽는 게 나아요. 그 사람이 올 마음만 있다면 못 올 이유는 아무것도 없어요. 올 마음이 없다면, 나도 그런 사람한테 억지로 오라고 하고 싶지 않아요…… 아니요, 그렇지 않아요, 그렇지 않고말고요! 와줬으면 좋겠어요! 나는 짐을 사랑하고 있어요. 결혼도 하고 싶어요. 자기 가정을 이루고 '누구누구 부인'이라고 불리며 쥐잡이 대고모가 군소리 못 하게 해주고 싶어요.

아아! 아주 잠깐 동안이라도 좋으니 바나바나 사울이 되어 대고모한테 실컷 욕을 퍼붓고 싶어요! 다시 한번 나를 두고 '가엾은 노라'라고 해 봐요, 석탄이 든 양동이를 집어 던져줄 테니까.

하지만 결국 대고모는 모두가 생각만 하고 있는 일을 입 밖에 내는 것에 지나지 않죠. 어머니는 벌써 옛날에 나를 결혼시키는 일을 단념해버리고 이제 나에게는 아무 말도 않아요. 하지만 나머지 사람들은 나를 놀림감으로 삼죠..

 나는 샐리가 미워요. 이런 말을 하다니 못났다는 거 알아요. 그래도 미워요. 샐리는 좋은 남편을 만나 즐거운 가정을 꾸리게 됐어요. 그 애는 모든 것을 가지고, 나는 아무것도 없다니 불공평해요. 샐리는 나보다 착하지도 똑똑하지도 예쁘지도 않아요. 다만 운이 좋았을 뿐이에요. 나를 아주 고약한 여자라고 생각하겠죠? 앤이 어떻게 생각해도 상관없지만요."

 "노라는 몇 주일 동안 이것저것 준비하며 잔뜩 긴장해 있느라 지쳐버렸어요. 그럴 때는 힘들다고 생각했던 일들이 더욱 견딜 수 없이 괴로워지게 마련이에요."

 "앤은 알아주는군요. 네, 그래요, 앤이라면 이해해주리라는 걸 전부터 알고 있었어요. 나는 전부터 앤하고 친구가 되고 싶었어요. 앤의 명랑한 웃음이 좋아요. 나도 그렇게 웃을 수 있으면 좋을 텐데, 라고 늘 생각했었죠.

 나는 보기보다 그리 뚱하지 않아요. 그래 보이는 건 이 눈썹 탓이에요. 이것 때문에 남자들이 겁먹고 가까이 다가오지 않는 게 아닌가 싶어요. 지금까지 마음을 털어놓을 수 있는 여자 친구를 가져본 적이 없어요. 하지만 내 곁에는 늘 짐이 있었어요. 우리는……어린 시절부터……줄곧 친구였거든요.

 짐이 꼭 와줬으면 하고 바랄 때면 나는 저 다락방 작은 창문에 등불을 놓아요. 그러면 짐은 배를 타고 바로 건너와줬죠. 우리는 어디를 가든지 함께였어요. 다른 남자아이들은 아예 끼어들 기회가 없었죠. 어차피 그런 기회를 바란 사람은 아무도 없었겠지만요.

 그런데 지금은 그것도 모두 끝났어요. 짐은 내게 질려버렸어요. 그래서 싸움을 구실로 달아나버린 거예요. 아, 이런 말을 하다니, 내일이 되면 앤이 밉다고 생각할지도 몰라!"

"어째서요?"

노라는 쓸쓸히 말했다.

"사람은 저도 모르게 비밀을 털어놓은 상대를 반드시 미워하게 되니까요. 그렇지만 결혼식이란 사람에게 어떤 이상한 기분이 들게 해요. 그러니 나는 마음 쓰지 않겠어요. 아무 상관 없어요. 오, 앤 셜리, 나는 비참해서 견딜 수 없어요! 어깨에 기대 마음껏 울게 해줘요. 내일은 하루 종일 기쁜 듯 생글거리며 행복한 얼굴을 하고 있어야 하는걸요.

샐리는 내가 들러리가 되어주지 않은 게 미신을 믿기 때문이라고 여기고 있어요. '세 번 들러리를 서면 시집을 못 간다'는 그 말 때문에 그런다고요. 하지만 그렇지 않아요! 샐리 곁에 서서 아내가 될 것이냐는 물음에 샐리가 '네.' 하고 대답하는 말을 들어야 한다 생각하니, 도저히 감당할 수 없을 것 같았어요. 내가 짐을 향해 그런 말을 할 기회가 오지 않을 것을 알고 있거든요. 고개를 뒤로 젖히고 하늘을 향해서 소리를 지를지도 몰라요.

나는 신부가 되고 싶어요…… 시집갈 준비를 하며…… 머리글자를 자수로 새겨넣은 침구 따위를 만들고…… 멋진 결혼 선물을 받고 싶어요. 쥐잡이 대고모의 은으로 된 버터 접시조차도 갖고 싶을 정도예요. 대고모는 신부에게 반드시 버터 접시를 줘요. 뚜껑이 성베드로 성당의 둥근 지붕과 똑같이 생긴 엄청 흉한 것이죠. 순전히 짐이 놀림감으로 삼도록 아침 식탁에 올려놓기 위해서라도 받고 싶어요. 앤, 내가 미쳐가나 봐요."

앤과 노라가 손을 잡고 집으로 돌아왔을 때는 춤이 끝나 있었다. 사람들은 각자 잠자리에 드는 참이었다. 토미 넬슨은 바나바와 사울을 헛간으로 데려갔다. 쥐잡이 대고모는 아직 소파에 앉아 내일 일어나지 말아야 할 무서운 일들을 끝도 없이 읊고 있었다.

"누군가가 일어나서 이 두 사람의 결혼에 반대하지 않아야 할 텐데. 틸리 햇필드의 결혼식 때는 그런 일이 일어났으니까."

신랑 들러리가 말했다.

"고든에게는 그런 행운이 일어날 것 같지 않습니다."

쥐잡이 대고모는 그에게 차가운 눈길을 보냈다.

"젊은이, 결혼은 농담으로 하는 게 아니라네."

젊은이는 지지 않고 대답했다.

"그렇고말고요. 이봐요, 노라! 당신의 결혼식에서 춤출 수 있는 것은 언제가 될까요?"

노라는 아무 대답도 하지 않았다. 그러고는 젊은이에게 바짝 다가가 침착하게 처음에는 한쪽 뺨을, 이어서 반대쪽 뺨을, 그냥 시늉만 하는 것이 아니라 힘주어 찰싹찰싹 때렸다. 그리고 나서 노라는 뒤돌아보지도 않고 2층으로 올라가버렸다.

쥐잡이 대고모가 말했다.

"저 애는 너무 지쳐 있어."

결혼식과 야밤의 헛소동

토요일 오전은 막바지 끝손질로 눈이 핑핑 돌 지경으로 바쁘게 지나갔다. 넬슨 부인에게 빌린 앞치마로 몸을 모조리 감싼 앤은 부엌에서 노라를 도와 샐러드를 만들고 있었다. 노라는 신경이 잔뜩 곤두서 있었다. 스스로 예언했듯이 어젯밤 비밀을 털어놓은 일을 몹시 후회하는 중이었다.

노라는 내뱉듯이 말했다.

"우리는 모두 한 달 동안은 피로에 지쳐 나가떨어질 거예요. 그리고 아버지에게는 사실 이렇게 돈을 펑펑 쓸 여유가 없어요. 그런데 샐리가 꼭 '화려한 결혼식'을 해야겠다며 떼를 썼죠. 아버지는 하는 수 없이 꺾였어요. 아버지는 언제나 샐리의 응석을 받아줬으니까요."

난데없이 부엌 구석의 식료품 저장실에서 쥐잡이 대고모가 머리를 내밀고 말했다.

"심술과 시샘이로군."

대고모는 식료품 저장실에서 일어나지 말았으면 좋겠다고 여기는 일들을 끝없이 늘어놓아 넬슨 부인을 미칠 지경으로 몰아가고 있었다.

노라는 분한 얼굴로 앤에게 말했다.

"대고모 말이 맞아요. 정말로 그 말이 맞아요. 나는 정말로 심술궂은 시샘쟁이예요. 행복한 사람들 얼굴을 보는 것조차 싫은걸요. 그렇다 해도 어젯밤 저드 테일러의 뺨을 때려준 것은 후회하지 않아요. 이왕이면 그의 코까지 잡아 비틀지 못한 일이 유감일 뿐이죠.

자, 샐러드는 다 됐어요. 예쁘네요. 나도 평소의 나다운 기분일 때는 떠들썩한 것을 아주 좋아해요. 아, 쓸데없는 소리를 많이 했지만 샐리를 위해 모든 일이 잘되었으면 해요. 나는 마음 깊숙한 곳에서는 샐리를 아주 좋아해요. 지금은 그저 모두가 미워서 견딜 수 없다고 생각하지만요. 그 가운데에서도 짐 윌콕스가 제일 미워요."

식료품 저장실에서 쥐잡이 대고모의 안타깝다는 듯한 목소리가 흘러나왔다.
"이제는 결혼식 직전에 신랑이 안 나타난다거나 하는 일이 없기를 바랄 뿐이다. 오스틴 크리드가 그랬으니까. 오스틴은 그날이 자기 결혼식인 걸 까맣게 잊었어. 크리드네 사람들은 원래 건망증이 심하기야 하지만, 아무리 그래도 그건 너무 지나치잖니."

두 아가씨는 얼굴을 마주 보고 웃음을 터뜨렸다. 웃으니 노라의 얼굴 전체가 달라졌다. 밝아지고 발그레해졌으며 웃음이 잔물결처럼 번지고 있었다. 그때 누군가가 와서 노라에게 바나바가 층계에 토했다고 알렸다. 닭의 간을 너무 많이 먹은 게 틀림없어, 하며 노라는 그것을 치우러 다급하게 뛰어갔고, 쥐잡이 대고모는 식료품 저장실에서 나오면서 10년 전 앨마 클라크 결혼식 때처럼 웨딩 케이크가 사라지는 일은 없었으면 좋겠다고 말했다.

정오까지 모든 준비가 빈틈없이 이루어졌다. 식탁이 차려지고 침대는 아름답게 정돈되었으며 곳곳이 꽃바구니로 꾸며졌다. 2층의 넓은 북쪽 방에서는 샐리와 세 들러리가 화사한 옷을 입고 설렘으로 잔뜩 들떠 있었다. 엷은 녹색 옷을 입고 모자를 쓴 앤은 거울에 비춘 자기 모습을 보며 길버트에게 보여주고 싶다는 생각을 했다.

노라가 좀 시샘하는 듯 칭찬했다.

"멋지네요!"

"노라야말로 멋져요. 그 은은한 푸른색의 시폰 드레스랑 타조 깃털을 꽂은 챙 넓은 모자가 노라의 윤기 도는 머리와 푸른 눈을 돋보이게 해요."

노라는 씁쓸하게 말했다.

"내가 예쁜지 어떤지 신경 쓸 사람이나 있나요. 자, 생긋 웃을 테니 봐줘요, 앤. 잔치에서 분위기 망치는 해골 같은 얼굴을 하고 있을 수는 없게 됐어요. 내가 결혼행진곡을 치게 되었거든요. 베라는 머리가 심하게 아프대요. 기분 같아서는 쥐잡이 대고모가 예언했듯 장송곡이라도 치고 싶지만요."

쥐잡이 대고모는 오전 내내 그리 깨끗하지 않은 낡은 가운과 찌그러진 실내용 모자 차림으로 여기저기 쑤석거리며 방해를 하고 다니더니, 어느새 적갈색 비단 드레스로 화려하게 차려입고 나타나서는 샐리에게 한쪽 소매가 반듯하지 못하다고 주의를 주며 애니 크루슨 결혼식 때처럼 드레스 밑에서 페티코트가 비쭉 보이는 일은 없었으면 좋겠다고 말했다.

방으로 들어온 넬슨 부인은 웨딩드레스를 입은 샐리가 너무 예쁘다면서 훌쩍이며 울었다.

쥐잡이 대고모가 위로했다.

"자, 울지 마라, 제인. 아직 딸이 하나 더 남아있잖니…… 어차피 그 애는 이대로 집에 눌러앉을 것 같으니까. 결혼식에 눈물은 불길해. 나는 그저 로버트 프링글 결혼식 때 크롬웰 아저씨처럼 결혼식 도중에 난데없이 죽어버리는 사람이 나오지 않았으면 할 뿐이야. 너무 충격을 받았던 신부는 2주일이나 자리에 드러눕고 말았지."

이 고무적인 격려사를 뒤로하고 신부와 들러리들은 노라가 연주하는 다소 거친 결혼행진곡에 맞춰 아래로 내려가, 아무도 난데없이 죽거나 반지를 잊어버리는 일 없이, 샐리와 고든의 결혼식을 무사히 올렸다. 분명 예쁜 결혼식이었으며, 쥐잡이 대고모조차 잠시 동안은 온 우주에 대한 걱정을 거뒀을 정도였다.

쥐잡이 대고모는 결혼식이 끝난 뒤 진심으로 그렇게 바란다는 어조로 샐리를 다독이며 말했다.

"결국 그리 행복한 결혼 생활이 아니더라도 결혼을 안 하면 더 불행할 테니 그만하면 다행이라고 생각해라."

노라만이 혼자 피아노 앞에 앉아서 노려보고 있다가 샐리에게로 가서 좀 심할 정도로 거칠게 끌어안았다.

식사가 끝나고 신랑 신부와 손님들이 대부분 떠나버리자 노라는 우울하게 말했다.

"겨우 다 끝났네."

노라는 방을 둘러보았다. 떠들썩함 뒤에는 으레 그렇듯 그 방도 휑하면서 어수선했다. 바닥에는 시든 꽃묶음 장식이 짓밟혀 떨어져 있고, 의자는 여기저기 나둥그러지고, 찢어진 레이스 조각과 손수건 두 장이 구겨진 채 놓여 있었으며, 아이들이 흘린 빵부스러기가 마구 흩어져 있고 쥐잡이 대고모가 2층 손님용 침실에서 엎은 항아리에 담겨 있던 물이 방바닥에 스며들어 천장에 검은 얼룩이 나 있었다.

노라는 잡아먹을 듯이 노려보며 말했다.

"이렇게 지저분해진 방 뒷정리는 전부 내 몫이에요. 젊은 애들은 기선 연락 열차를 기다리고 있고, 그중에는 오늘 밤 묵어가는 사람도 있지만 마지막으로 바닷가에서 모닥불을 피워놓고 달빛 아래에서 신나게들 춤이나 추겠죠. 내가 한가롭게 그 애들이랑 어울려 춤출 기분이 나겠어요! 침대 속에 기어 들어가 한바탕 울고 싶어요."

"결혼식이 끝나고 난 뒤의 집은 어쩐지 버려진 곳 같기는 해요. 나도 뒷정리를 도울게요. 그러고 나서 둘이 차나 한잔 마셔요."

"앤 셜리, 차 한잔이 무슨 만병통치약이라도 된다고 생각하는 거예요? 노처녀가 되어야 마땅한 사람은 내가 아니라 앤인데. 아, 미안해요. 심한 말을 할 생각은 아니었어요. 하지만 천성이 이렇게 생겨먹었나 봐요. 결혼식보다도 바닷가의 춤이 생각만 해도 더 싫어요. 짐은 바닷가에서 춤추는 자리에 빠지지 않고 오곤 했거든요.

앤, 나는 간호사 교육을 받으러 가기로 했어요. 간호사 일을 질색할 건 뻔해요. 내 손에 맡겨질 미래의 환자들도 불쌍하죠. 하지만 서머사이드에 남아서 팔리지 않아 선반에 남겨진 물건이라고 놀림당하는 건 더더욱 싫어요. 자, 이 기름기 번질거리는 접시 무더기와 씨름하면서 즐거운 척이라도 해 보자고요."

"나는 그런 일을 정말로 좋아해요. 설거지를 전부터 좋아했어요. 더러운 것들이 다시 반짝반짝 깨끗해지는 걸 보면 기분이 좋거든요."

노라는 비꼬듯 말했다.

"세상에, 당신이라는 사람은 박물관으로 보내야겠네요!"

달이 뜰 무렵 바닷가의 춤 준비가 모두 끝났다. 젊은 남자들이 곶 끝에서 유목(流木)을 태워 활활 타오르는 모닥불을 만들었고 항구에는 달빛을 받아 반짝이는 물이 밀려와 부딪히고 부서졌다.

앤도 마음껏 즐길 참이었으나 샌드위치 바구니를 들고 층계를 내려가는 노라의 얼굴을 흘끗 보았을 때 그만 멈칫했다.

'노라가 몹시 우울해 보이는데 뭐든 내가 할 수 있는 일이 없을까?'

문득 어떤 생각이 앤의 머리에 떠올랐다. 그녀는 옛날부터 충동에 약해서 앞뒤 재지 않고 무엇이든 일단 저지르고 보는 게 특기였다.

부엌으로 달려 들어가 그곳에 켜져 있는 조그만 등불을 낚아채서 뒤쪽 층계 두 층을 재빨리 올라 다락방으로 갔다. 앤은 항구가 내려다보이는 다락방의 지붕창에 등불을 놓았다. 그 불빛은 나무에 가려져 춤추는 사람들에게는 보이지 않았다.

"이걸 보고 짐이 올지도 몰라. 노라는 내게 불같이 화를 내겠지만, 짐이 와주기만 하면 그런 건 상관없어. 자, 그럼 리베카 듀에게 갖다줄 웨딩 케이크를 한 조각 싸야겠다."

짐 윌콕스는 오지 않았다. 얼마 동안은 그를 기다리던 앤도 단념하고 떠들썩한 밤을 보내는 사이 짐의 일은 잊어버렸다. 노라는 모습을 감추었고, 쥐잡이 대고모도 웬일로 먼저 잠자리에 들었다. 흥청망청 놀이가 끝나고 달빛을 즐기던 젊은이들이 하품을 삼키며 2층으로 올라갔을 때는 11시가 다 되어 있었다. 졸음이 쏟아지던 앤은 다락방 등불 같은 것은 생각도 못 했다.

2시쯤 쥐잡이 대고모가 발소리를 죽이며 방으로 들어와 아가씨들의 얼굴에 촛불을 들이댔다.

도트 프레이저가 깜짝 놀라 일어나 앉았다.

"아니, 대체 무슨 일이죠!"

"쉿!"

쥐잡이 대고모는 입을 열지 못하게 했다. 그녀의 눈은 튀어나올 것만 같았다.

"누가 집에 들어왔나 봐. 틀림없어. 나는 알 수 있어. 저게 대체 무슨 소리냐?"

"고양이 울음소리나 개 짖는 소리겠죠."

도트는 쿡쿡 웃었다.

쥐잡이 대고모는 엄한 목소리로 말했다.

"그런 소리가 아니야. 헛간에서 개가 짖긴 했지만 그것 때문에 내가 눈을 뜬 건 아니야. 퉁 하고 뭔가 부딪치는 소리였어. 아주 크고 분명하게 퉁 하는 소리가 났어."

앤이 중얼거렸다.

"'유령이며 시체 먹는 마귀, 다리 긴 짐승과 한밤중에 퉁 하는 소리를 내며 날뛰는 그 밖의 모든 것으로부터 주여, 우리를 구하소서.'"

"미스 셜리, 웃을 일이 아니야. 이 집에 도둑이 든 거야. 새뮤얼을 부르러 가야겠어."

쥐잡이 대고모는 나가고 아가씨들은 서로 얼굴을 마주 보았다.

앤이 말했다.

"정말……일까요? 결혼 선물을 모두 아래층 서재에 놓아두었는데……."

메이미가 말했다.

"어쨌든 일어나야겠어요. 앤, 쥐잡이 대고모가 촛불을 나지막이 들어서 그림자는 위로 길게 뻗고 머리카락은 모조리 드리워진 얼굴을 봤어요? 엔돌의 무당[1]이 따로 없었어요!"

가운 차림으로 아가씨 넷은 조용히 복도로 나왔다. 쥐잡이 대고모가 실내복에 슬리퍼를 신은 넬슨 의사를 거느리고 나왔다. 넬슨 부인은 실내복을 찾지 못해 방문으로 겁먹은 얼굴만 내밀고 있었다.

---

1) 《구약성서》 〈사무엘기〉 28장.

"오, 새뮤얼, 제발 위험한 일은 하지 말아요! 도둑이라면 권총을 쏠지도 모르니까!"

넬슨 의사는 말했다.

"바보 같은 소리! 아무 일도 아닐 거야."

쥐잡이 대고모는 떨리는 목소리로 말했다.

"틀림없이 퉁 하는 소리가 났다니까."

젊은이 둘까지 가세하여 모두들 조심스레 발소리를 죽여 층계를 살금살금 내려갔다. 넬슨 의사가 앞장서고, 한 손에 촛불을, 다른 한 손에는 부젓가락을 든 쥐잡이 대고모가 맨 끝을 맡았다. 분명 서재에서 소리가 났다. 넬슨 의사는 문을 열고 안으로 들어갔다.

사울을 헛간으로 데려갔을 때 사람 눈을 피하여 서재에 숨어든 바나바가 체스터필드 소파의 등받이에 올라앉아 재미있다는 듯 눈을 깜박이고 있었다. 흔들거리는 또 다른 촛불로 희미하게 밝혀진 방 한가운데에 노라와 젊은 남자가 서 있었다. 남자는 노라를 안고, 커다란 하얀 손수건을 노라의 얼굴에 대고 있었다.

"노라를 클로로포름으로 기절시키고 있어!"

새된 목소리를 지른 쥐잡이 대고모가 요란한 소리를 내며 부젓가락을 떨어뜨렸다.

뒤돌아본 젊은 남자가 손수건을 떨어뜨리며 겸연쩍은 얼굴을 했다. 그는 꽤 잘생긴 젊은이였다. 옅은 갈색 눈 주변에 잔주름이 잡히고 곱슬곱슬한 적갈색 머리와 당당함이 느껴지는 잘생긴 턱을 하고 있었다.

노라는 재빨리 손수건을 집어 들어 코에 댔다.

넬슨 의사는 아주 엄한 목소리로 다그쳤다.

"짐 윌콕스, 이게 대체 어찌 된 건가?"

짐 윌콕스는 좀 무뚝뚝하게 대답했다.

"어찌 된 일인지는 저도 모릅니다. 제가 말씀드릴 수 있는 건 노라가 나한테 신호를 보냈다는 것뿐입니다. 서머사이드에서 열린 프리메이슨 연회에서 새벽 1시에 돌아와보니 불빛이 보여서 곧바로 배를 저어왔습니다."

"나는 신호 따윈 안 했어요."

노라는 불같이 화냈다.

"아버지, 부탁이니 그런 얼굴 하지 마세요! 나는 잠들지 않고 깨어 있었어요. 옷도 갈아입지 않은 채로 내 방 창가에 앉아 있었는데 바닷가에서 어떤 남자가 올라오는 게 보였어요. 집 가까이까지 왔을 때 짐인 줄 알고 아래로 달려 내려갔어요. 그러다 서재문에 부딪혀 코피가 났어요. 짐은 그것을 멎게 해주려던 것뿐이에요."

"제가 창문으로 뛰어 들어오다가 저 벤치를 넘어뜨려버렸습니다."

쥐잡이 대고모가 말했다.

"퉁 하는 소리가 났다고 내가 말했잖아."

"그랬는데 이제 와서 노라는 신호를 하지 않았다고 하는군요. 그러니 여러분에게 사과드리고 이 불청객은 이만 물러가도록 하겠습니다."

노라는 짐의 손수건에서 피가 묻지 않은 곳을 찾으며 한껏 쌀쌀맞게 말했다.

"자러 가야 할 시간에 일부러 만을 건너왔는데 야밤의 헛소동으로 끝나 미안하게 됐어요."

넬슨 의사가 말했다.

"야밤의 헛소동이 딱 맞는 말이다."

쥐잡이 대고모가 주의를 주었다.

"돌아갈 때는 문으로 나가게."

앤은 민망함과 미안함이 뒤섞인 얼굴로 털어놓았다.

"창문에 등불을 놓아둔 것은 나였어요. 그러고는 잊어버려서……."

노라가 놀라 소리쳤다.

"아니, 어떻게 감히 그런 짓을! 절대 용서 못 해요……."

넬슨 의사는 짜증스럽게 말했다.

"모두 정신이 어떻게 되기라도 했나? 대체 이 소동이 뭐지? 부디 창문을 닫아주게, 짐! 바람이 들어와서 뼛속까지 시리잖나. 노라, 얼굴을 젖혀. 그러면 코피가 멎을 테니까."

노라의 얼굴은 분함과 부끄러움을 못 이겨 흘러내리는 눈물로 온통 범벅이 되었다. 피와 합쳐져 지독한 모습이었다. 짐은 그 순간 바닥에 구멍이 뻥 뚫려 지하실로 푹 꺼져버리면 좋겠다는 얼굴이었다.

쥐잡이 대고모가 싸울 듯한 목소리로 말했다.

"그런데 짐 윌콕스, 자네가 할 수 있는 일은 이 애와 결혼하는 것밖에 없어. 이 애가 새벽 2시에 여기서 자네를 만나고 있는 게 발각됐다는 소문이 퍼지면 이 애와 결혼하려는 남자는 아무도 없을 테니까."

짐은 성난 듯 말했다.

"결혼하라고요! 제가 여태 노라와의 결혼 말고 살면서 달리 바란 것이 있다고 생각하십니까? 그것만을 바라왔는걸요!"

노라가 몸을 휙 돌려 짐을 마주 보더니 캐물었다.

"그렇다면 어째서 진작 그 말을 안 했죠?"

"말을 안 했다고요? 노라는 몇 년 동안이나 나를 깔보고 차갑게 대하며 비웃기만 했잖아요. 나를 얼마나 경멸하는지를 일부러 드러내 보인 적도 몇 번이나 있었소. 그러니 청혼해봐야 아무 소용 없다고 생각한 거요. 그리고 지난 1월에도 나한테 말했잖……"

"내가 그렇게 말하도록 짐이 날 몰아세웠잖아요!"

"내가 몰아세웠다고! 잘도 그런 말이 입에서 나오는! 노라야말로 나를 떼어내려고 싸움을 걸어왔으면서……."

"그런 적 없어요. 나는……."

"그런데도 나는 노라가 내게 볼일이 있어 우리만의 신호를 보낸 것이라 여기고, 한밤중인데도 바보같이 급히 이리로 왔어요! 청혼을 하라고? 좋아요, 지금 이 자리에서 청혼을 하고 아주 매듭을 지어버려야지. 이 사람들 앞에서 나를 퇴짜 놓아 구경거리로 삼으면 당신 속이 시원하겠군요. 노라 이디스 넬슨, 나와 결혼해주겠소?"

"네, 하고말고요…… 하자면 못 할까 봐요!"

부끄러움도 스스럼도 잊은 채 노라가 소리쳤으므로 고양이 바나바조차 얼굴을 붉혔을 정도였다.

짐은 믿을 수 없는 눈으로 노라를 보고 있더니 마침내 그녀에게 왈칵 다가섰다. 아마도 노라의 코피가 멎어 있었으리라. 아니, 멎지 않았을지도 모른다. 하지만 그런 것은 상관없었다.

"오늘이 안식일 아침이라는 것을 다들 잊은 모양이군."

이렇게 말한 쥐잡이 대고모도 그제야 막 그 생각이 난 것이었다.

"누가 갖다준다면 차를 한잔 마시고 싶구나. 나는 이런 연극에는 익숙지 못해서. 다만 가엾은 노라가 이번에는 정말로 짐을 낚았기를 바란다. 적어도 목격자가 여럿 있으니 발뺌은 못 하겠지."

모두들 부엌으로 가고, 넬슨 부인이 이층에서 내려와 차를 준비했다. 짐과 노라만은 따로, 바나바의 감시하에 단둘이 서재에 틀어박혀 있었다. 앤은 아침이 되어서야 노라를 보았다. 노라는 딴사람이 되어 있었다. 행복에 겨워 발그레해진 얼굴이 10년은 젊어 보였다.

"모든 게 앤 덕분이에요. 만일 그 불을 켜주지 않았더라면…… 하기야 어젯밤 2분 30초 동안쯤은 딱 앤의 귀를 물어뜯고 싶을 만큼 화가 났었지만요!"

토미 넬슨이 비통한 신음 소리를 냈다.

"아이고, 나는 밤새 자다가 이 결정적 순간을 다 놓쳤다니!"

그러나 맺음말은 쥐잡이 대고모의 몫이었다.

"아무튼 성급하게 결혼하고 두고두고 후회하는 그런 일은 없기를 바랄 따름이다."

첫해의 마지막

길버트에게 보내는 편지에서 발췌.

학교는 오늘로 끝났어. 드디어 그린게이블즈에서 두 달을 보낼 수 있는 하루가 시작되는 거야. 시냇가를 따라 걸으면 발목만치 자라 이슬에 젖은 향긋한 풀고사리가 뒤꿈치를 간질이고, 나뭇잎 무성해진 '연인의 오솔길'에는 나른한 그림자가 어른어른할 테지. 벨 씨네 목장에는 탐스러운 산딸기가 가득하고 '도깨비숲'의 울창하고 아름다운 전나무가 나를 기다리고 있겠지! 내 마음에 날개가 돋아 훨훨 날아가고 있어.

젠 프링글이 나한테 은방울꽃 한 다발을 갖다주며 방학을 잘 보내라는 인사를 했어. 젠은 여름방학 동안 나를 보러 애번리에 와서 주말을 보내고 가기로 했어. 이런 것이 바로 기적이 아닐까!

하지만 조그만 엘리자베스는 슬픔에 젖어 있어. 엘리자베스도 놀러 오게 허락을 받고 싶었지만, 캠벨 부인이 '현명한 일이 아닌 성싶다'고 했어. 다행히 엘리자베스에게 미리 그 이야기를 꺼내지는 않아서 실망감까지 안겨주지는 않았지.

엘리자베스는 나에게 말했어.

"선생님이 안 계시는 동안 나는 내내 리지인 채로 지낼 게 틀림없어요, 셜리 선생님. 아무튼 리지 같은 기분이 들 거예요."

"하지만 내가 돌아왔을 때 우리 둘이 얼마나 반가울지 생각해보렴. 그리고 너는 리지가 되지 않을 거야. 네 안에 우울한 리지는 없는걸. 더구나 내가 매주 네게 편지를 쓸 텐데, 엘리자베스."

"어머나, 선생님, 정말이에요? 아직 한 번도 편지를 받아본 적이 없어요. 정말 멋져요! 할머니랑 시녀가 나한테 우표만 준다면 나도 선생님에게 편지를 쓸게요. 만일 답장이 없어도 선생님만 생각하고 있다는 걸 알아주세요.

나는 말이에요, 뒤뜰에 있는 줄무늬 다람쥐에게 선생님 이름을 붙였어요…… 셜리라고. 괜찮지요? 처음에는 앤 셜리로 하려 했지만, 그래서는 실례가 될 것 같아서요. 그리고 '앤'이라고 하면 어쩐지 줄무늬 다람쥐 같지 않기도 했고요. 또 남자 다람쥐인지도 모르잖아요. 줄무늬 다람쥐는 무척이나 귀여워요. 하지만 시녀는 줄무늬 다람쥐가 장미 뿌리를 먹어치운다고 말했어요."

"어쩌면 그런 말을!"

내가 캐서린 브룩에게 어디서 여름을 보낼 생각이냐고 물으니까 그녀는 쌀쌀맞게 대답했지.

"여기죠. 어디서 보내리라고 생각했죠?"

나는 캐서린도 그린게이블즈에 초대해야겠다고 생각했지만, 끝내 말할 수 없었어. 어차피 올 것 같지도 않지만. 게다가 캐서린은 유쾌한 기분마저 잡치는 데 선수니까 다 망쳐버릴 거야. 그래도 여름 내내 그 싸구려 하숙집에서 혼자 지낼 캐서린을 생각하면 어쩐지 기분이 썩 좋지는 않아.

얼마 전에 더스티 밀러가 살아 있는 뱀을 물고 와서는 부엌 바닥에 떨어뜨렸어. 만일 리베카 듀도 얼굴이 새파랗게 질릴 줄 아는 사람이라면 파랗게 질렸을 거야.

아무튼 이 말로 대신했지.

"사람이 참는 데도 한계가 있어요!"

리베카 듀는 요즘 툭하면 짜증을 내. 틈날 때마다 장미나무에 붙은 회록색 딱정벌레를 잡아서 등유 깡통에 넣어야만 하거든. 세상에는 벌레가 너무도 많다고 리베카 듀는 투덜댔어.

그리고 침울하게 예언했지.

"이러다 온 세상이 벌레들에게 잡아먹힐 날이 오고 말 거예요."

노라 넬슨은 짐 윌콕스와 9월에 결혼식을 올리기로 했어. 아주 조용히 치르기로 했대. 떠들썩한 결혼식도 피하고 손님도 초대하지 않고 심지어 들러리들도 두지 않는대. 그렇게 하지 않으면 쥐잡이 대고모를 초대하지 않을 도리가 없기 때문인데, 자기 결혼식만은 어떻게든 대고모에게 보이지 않겠다고 노라는 내게 단호하게 말했어.

나는 굳이 말하자면 비공식적으로 참석하기로 되어 있어. 내가 그 창문에 불을 켜주지 않았더라면 짐은 결코 돌아오지 않았을 게 틀림없다고 노라가 말을 했거든. 짐은 자기 가게를 팔고 서부로 떠날 작정이었었대. 세상에, 내가 맺어주었다고 할 수 있는 결혼을 모두 헤아려보면……!

샐리는 그 두 사람이 늘 싸울 테지만, 서로가 아닌 다른 사람한테 맞장구치며 그저 좋게 좋게만 지내는 쪽보다는 둘이 서로 싸우면서 더 행복해할 거라고 말하더라. 하지만 나는 그 두 사람이 그다지 많이 싸우리라고 여겨지지는 않아. 세상의 많은 문제는 결국 오해에서 비롯되는 것 같아. 우리도 역시 오랫동안…….

너무도 그리운 내 사랑, 잘 자. 당신의 잠은 달콤하고 평안할 거야, 내 바람이 거기까지 닿기만 한다면.

            당신만을 사랑하는 이로부터

추신. 이 마지막 문장은 채티 아주머니의 할머니 편지에서 글자 하나 바꾸지 않고 그대로 따온 거야.

둘째 해

다시 서머사이드로

9월 14일
유령골목
윈디윌로즈에서

우리의 즐거웠던 두 달이 벌써 끝났다는 사실이 아직 믿어지지 않아. 정말 달콤한 두 달이었지, 길버트. 앞으로 2년만 더 지나면······.

(몇 단락 생략)

하지만 윈디윌로즈로 돌아오는 것 또한 더없이 즐거운 일이었어. 나만의 탑에 자리한 방, 나를 위한 특별 의자, 높다란 침대, 그리고 부엌 창틀에 앉아 볕을 쬐는 고양이 더스티 밀러까지 무엇 하나 반갑지 않은 것이 없었어. 미망인들도 나를 반겨주었고, 리베카 듀도 솔직히 말했지.

"선생님이 돌아와서 기뻐요."

조그만 엘리자베스도 같은 기분이었어. 우리는 녹색 쪽문에서 재회하며 기뻐 어쩔 줄 몰랐어.

조그만 엘리자베스가 입가에 웃음을 띠며 말했어.

"나는 선생님이 나를 두고 혼자 먼저 '내일'로 가버리지 않았을까 조금 걱정했어요."

"오늘 저녁놀이 참 아름답지 않니?"

내가 말하자 조그만 엘리자베스는 대답했지.

"선생님이 오시면 노을은 언제나 아름다워요, 셜리 선생님."

이 아이는 어쩌면 이렇듯 예쁘게 말을 할까!

"여름을 어떻게 보냈니, 엘리자베스?"

내가 물으니까 나직이 말했어.

"'내일'에 가면 일어날 여러 가지 멋진 일을 생각하며 지냈어요."

그리고 우리 둘은 탑의 방으로 올라가 코끼리에 관한 책을 읽었지. 요즘 조그만 엘리자베스는 코끼리에 아주 흥미를 가지고 있어. 엘리자베스는 그 애만의 독특한 몸짓으로 턱을 괴고 진지한 얼굴로 말했어.

"코끼리라는 이름만 들어도 황홀해지는 것 같아요. '내일'에 가면 코끼리를 무척 많이 만날 거예요."

우리는 요정 나라 지도에 코끼리 공원을 그려 넣었어. 나의 길버트, 이것을 읽으면 어리석다며 철 좀 들라는 얼굴을 하겠지만, 그럴 필요 없어. 그런 얼굴을 해 봐야 내 믿음은 조금도 변함없으니까. 이 세상에는 요정이 없어서는 안 돼. 요정 없이는 세상이 굴러가지 못한다고. 그러니 요정을 계속 상상해주는 사람이 누군가는 있어야 해.

막상 학교에 돌아오니 그것도 꽤 좋았어. 캐서린 브룩은 여전히 서먹서먹하게 굴지만 학생들은 나와 다시 만나게 되어서 기뻐해주는 것 같았고 젠 프링글은 주일학교 음악회에서 천사의 머리에 씌울 후광을 양철로 만드는 일을 내게 도와달라고 부탁했어.

올해 교과과정은 지난해보다 훨씬 재미있을 것 같아. 캐나다 역사가 교과목에 들어가게 되었어. 내일 나는 1812년 전쟁에 대해 간단한 '소강연'을 해야 돼. 이처럼 오래된 전쟁에 관한 이야기를 읽노라면 이상한 기분이 들어…… 두 번 다시 일어나서는 안 될 일인데. '먼 옛날의 전쟁' 같은 일은 학문적 흥미가 있는 사람이 아니면 생각조차 하지 않을 것 같아. 캐나다에 다시금 전쟁이 일어나는 일은 상상조차 되지 않아. 그런 고통스러운 역사의 시기가 지나 평화로운 세상에서 살게 되어 무척 감사하다고 생각해.

우리는 곧 연극부를 재편성한 뒤 학교와 어떤 식으로든 연이 있는 집이란 집은 모조리 다니면서 기부를 받기로 했어. 루이스 앨런과 내가 맡은 구역은 돌리시 거리인데 이번 토요일 오후에 같이 돌아다니기로 했어. 루이스에게는 일석이조의 기회이기도 해. 《시골집》이라는 잡지에서 진행하는 아름다운 농가 사진 공모전에 응모할 참이거든. 우승 상금은 25달러인데, 혹시라도 잘되면 루이스는 당장 필요한 양복과 외투를 마련할 수 있어. 루이스는 여름 내내 농장에서 일했고, 올해도 하숙집에서 잔심부름을 하거나 식사 시중을 들고 뒷정리를 하는 자질구레한 일을 할 거래. 아마 힘들 텐데도 그런 말은 단 한마디도 하지 않아.

나는 루이스를 아주 좋아해. 용기와 포부가 있고 이를 내보이며 씩하고 붙임성 있는 미소를 짓지. 하지만 몸이 그리 튼튼하지는 못해. 작년 끝 무렵쯤 쓰러지지 않을까 걱정했었지만, 올여름은 농장에서 보내서 맑은 공기도 쐬고 좀 건강해진 것 같아. 올해 고등학교를 마친 뒤 퀸즈아카데미에 진학해서 1년 동안 공부할 수 있기를 바라고 있어. 미망인들과 이야기를 해서 올겨울, 되도록 자주 루이스를 일요일 저녁 식사에 초대하기로 했어. 그 방법에 대해 케이트 아주머니와 의논한 결과, 내가 어느 정도 비용을 내기로 아주머니를 가까스로 설득했어.

물론 우리는 리베카 듀를 설득하려고는 하지 않았어. 다만 리베카 듀에게 들리는 데서 내가 케이트 아주머니에게 루이스 앨런을 적어도 한 달에 두 번 일요일 밤에 초대해줄 수 없겠느냐고 정중히 부탁했지. 케이트 아주머니는 의지할 곳 없는 아가씨를 이미 하나 맡고 있어서, 그 이상은 무리라고 차갑게 거절했지.

그러자 리베카 듀는 몹시 괴로운 듯 목소리를 높였어.

"이거야말로 해도 너무하는군요! 우리가 아무리 형편이 안 좋기로서니 가난한 데도 자기 손으로 학비를 버는 부지런하고 성실한 학생 하나를 이따금 식사에 초대할 수도 없을까요! '그 고양이' 녀석한테 주는 간에는 돈을 아끼지 않잖아요, 그 녀석은 이미 터질 듯이 살이 쪘는데 말이에요. 좋아요, 내 급료에서 1달러 빼서 그 애를 초대하세요."

리베카의 복음은 곧바로 받아들여졌어. 루이스는 초대하기로 했고, 더스티 밀러의 간도 리베카 듀의 급료도 줄이지 않기로 했어. 인정 많은 리베카 듀!

어젯밤 채티 아주머니가 몰래 내 방에 와서, 구슬 장식이 달린 망토를 가지고 싶은데 나이를 먹고도 철없이 그런 것을 원한다고 케이트 아주머니에게 한소리 들어서 기분이 좋지 않다고 하소연했어.

"내가 정말로 그렇게 나이를 많이 먹은 걸까요, 앤. 나도 품위 없이 나잇값 못 하는 짓은 하고 싶지 않지만 전부터 구슬장식이 달린 망토를 입어보고 싶었어요. 그것이야말로 멋진 물건이라고 늘 생각하고 있었거든요. 그런데 때마침 지금 다시 유행하고 있으니까요."

나는 웃으며 자신 있게 말했어.

"나이를 너무 많이 먹었다니요! 절대로 그렇지 않아요, 아주머니. 자기가 입고 싶은 것을 입기에 나이가 너무 들었다는 법은 없어요. 늙어버렸다면 그것을 입고 싶은 생각이 들지 않을 테니까요."

"그렇다면 케이트가 한 말은 무시하고 사기로 하지요."

그러나 그렇게 말하는 채티 아주머니는 케이트 아주머니를 무시하는 것과는 거리가 먼 말투였어. 어쨌든 채티 아주머니는 망토를 살 것이고, 나는 케이트 아주머니를 달래는 방법을 알 듯해.

나는 탑의 방에 홀로 있어. 밖에는 고요하디고요한 밤이 내렸고, 그 정적은 마치 벨벳 같아. 버드나무조차 살랑이지 않고 있어. 지금 나는 창으로 몸을 내밀어 킹스포트에 머물고 있는 누군가를 향해 손끝에 키스를 얹어 훅 불어서 보냈어.

루이스, '꼬맹이'의 사진을 찍다

돌리시 거리는 구불구불한 길이었고, 그날 오후는 천천히 걸어다니기에 아주 좋았다. 어쨌든 그 거리를 거니는 앤과 루이스에게는 그렇게 여겨졌다. 두 사람은 간간이 멈춰 서서 나무 사이로 언뜻언뜻 내다보이는 사파이어빛 해협을 보기도 하고, 특별히 아름다운 경치나 나뭇잎 우거진 나지막한 곳에 자리한 그림같이 작은 집을 사진 찍기도 했다. 물론 집집마다 들러서 연극부를 위한 기부를 부탁하는 일 자체는 그다지 유쾌하다고 할 수 없었지만, 여자는 루이스가 맡고 남자는 앤이 맡는 식으로 두 사람은 번갈아가며 방문의 취지를 설명했다.

리베카 듀가 충고해주었다.

"그 옷에 그 모자 차림으로 간다면 선생님이 남자를 맡아요. 나도 젊었을 때 기부를 받으러 다닌 일이 꽤 있었지만, 옷을 잘 차려입었고 외모가 예쁜 경우에는 남자들을 겨냥해야 돈이 많이 모이거든요. 적어도 그럴 가능성이 더 높죠. 하지만 상대가 여자일 때는 자기가 가진 옷 가운데 가장 낡고 볼품없는 것을 입는 게 좋아요."

앤은 꿈꾸듯 말했다.

"길이란 참 재미있지 않니, 루이스? 똑바로 뻗은 길 말고, 막다른 골목이나 복잡하게 꾸불꾸불한 길들은 언제 어디서 아름다운 것과 놀라운 것이 뜻하지 않게 불쑥 나타날지도 모른단 말이야. 나는 전부터 길모퉁이가 너무너무 좋았어."

"이 돌리시 거리는 어디로 가는 걸까요?"

루이스는 현실적인 질문을 했으나, 마음속으로 셜리 선생님 목소리는 늘 봄을 떠올리게 한다는 생각을 하고 있었다.

"나는 딱딱하고 학교 선생답게 이 길은 어디로도 가는 것이 아니라 여기 그대로 있는 거라고 대답할 수도 있을 테지만, 그렇게 말하지 않을게. 이 길이 어디로 가든 어디로 이어지든 무슨 상관이 있겠니? 아마 세계 끝까지 갔다가 돌아올지도 모르지.

에머슨이 시에서 '오, 나에게 시간이 무슨 대수랴?'[1]라고 했던 것 기억하지? 그것이 오늘 우리 좌우명이야. 우리가 잠시 내버려두어도 세상은 어떻게든 굴러간다고 생각해.

저 뭉게구름이 드리운 그림자를 좀 봐. 그리고 저 고즈넉한 푸른 골짜기며 양옆에 사과나무가 한 그루씩 서 있는 저 평화로운 집을 봐. 봄이 되면 어떨까 떠올려보려무나. 오늘 같은 날은 사람들이 살아 있다는 느낌을 한껏 맛보고, 세상의 모든 바람이 다정한 형제자매처럼 느껴지는 바로 그런 날이야.

이 길에 알싸한 향을 풍기고, 고운 거미줄이 쳐진 풀고사리가 많아서 기뻐. 거미줄이 요정의 식탁보인 척하며 놀았던 때…… 아니, 정말로 그렇게 믿었던 시절이 생각나. 나는 진심으로 그렇게 믿고 있었지."

황금빛 골짜기에 있는 길가의 샘을 하나 발견한 두 사람은 자잘한 양치류처

---

[1] 미국의 시인·사상가인 랠프 월도 에머슨(1803~1882)의 시 〈숲속의 고독〉에서 따옴.

럼 보이는 이끼 위에 앉아 잠시 쉬면서 루이스가 자작나무 껍질을 말아서 만든 잔으로 샘물을 떠서 마셨다.

그리고 루이스가 말했다.

"목이 타들어갈 듯이 마르다가 물을 발견했을 때 비로소 물의 고마움을 깊이 알게 되죠. 서부에 철도를 부설하는 일을 했던 여름에, 굉장히 더운 어느 날 대평원에서 길을 잃고 몇 시간이나 헤맨 적이 있었어요. 그때는 정말이지 그대로 갈증으로 죽겠구나 생각했어요. 그러다가 어떤 개척자가 지어놓은 오두막에 이르렀는데 그곳에 한 무더기의 버드나무에 둘러싸인 이것과 비슷한 샘물이 있었어요. 그때 얼마나 앞뒤 가리지 않고 그 물을 벌컥벌컥 마셨던지. 그 뒤로 성경에 적힌 맛있는 물에 대한 구절을 볼 때마다 그 뜻을 속속들이 이해하게 됐어요."

앤은 걱정스러운 듯 말했다.

"그런데 우리 또 다른 데서도 물을 얻게 생겼네. 곧 소나기가 한바탕 쏟아질 모양인데…… 루이스, 나는 평소라면 소나기를 아주 좋아해. 하지만 오늘은 가장 좋은 모자를 쓴 데다 두 번째로 좋은 옷을 입고 와서 낭패인걸. 게다가 반마일(약 800미터) 거리 안에는 집이 한 채도 보이지가 않아."

"저기에 버려진 낡은 대장간이 있어요. 하지만 뛰어가야겠어요."

두 사람은 뛰어가 대장간에서 비가 멎기를 기다렸다. 그리고 느긋하게 방황하는 즐거움을 오후 내내 만끽했듯이 그 소나기도 즐겼다. 고요함이 베일처럼 주위를 덮었다. 돌리시 거리에서 그토록 간질이듯 속삭이기도 하고 이것저것 들추며 바스락대기도 하던 어린 산들바람은 날개를 거둔 채 움직이지도 않고 소리도 내지 않았다. 나뭇잎 하나 흔들리지 않고 그림자 하나 어른대지 않았다. 길모퉁이에 있는 단풍나무의 잎사귀가 뒷면으로 뒤집힌 모양새가 마치 나무가 두려움으로 파리해진 듯 보였다. 거대하고도 서늘한 그림자가 푸른 파도처럼 단풍나무 잎새들을 삼켰다. 구름이 거기까지 내려온 것이었다. 그러더니 쏴 하는 한바탕 거센 바람과 함께 비가 쏟아지기 시작했다. 빗줄기는 나뭇잎을 거칠게 때리고 붉은 흙이 깔린 길 위에서 물보라를 자욱히 일으켜 춤을 추며 낡은 대장간 지붕을 신이 난 듯 요란스레 두들겼다.

루이스가 걱정했다.

"이대로 멎지 않는다면……."

다행히 비는 멎었다. 내리기 시작했을 때와 마찬가지로 갑자기 멎고 촉촉이 젖은 나무 위에서 태양이 빛났다. 흰 구름 사이로 눈부신 푸른 하늘이 비쳤다. 저 멀리 산은 아직도 퍼붓는 빗줄기로 뿌얬으나 두 사람의 눈 아래 골짜기는 복숭앗빛 안개가 넘쳐흐르는 잔처럼 보였다. 주위 숲은 봄날처럼 빛나며 반짝이기 시작하고 대장간으로 가지를 드리우고 있는 큰 단풍나무에서는 작은 새 한 마리가 진짜 봄으로 착각한 듯 노래하기 시작했다. 온 세상이 갑자기 놀랍도록 상쾌하고 아름다워졌다.

두 사람이 다시 걷기 시작했을 때 낡은 목책 사이로 미역취가 뒤덮고 있는 좁은 사잇길을 보고 앤이 말했다.

"이 길을 따라가 보자."

루이스는 애매한 표정으로 말했다.

"저 길에는 아무도 살지 않는 것 같아요. 그냥 항구로 빠지는 길이 아닐까요."

"그래도 괜찮아. 이 길로 가보자. 나는 전부터 샛길을 아주 좋아했어. 잦은 발길에 다져진 길에서 떨어져 있는, 사람에게 잊히고 풀로 뒤덮인 고요한 샛길이 좋더라. 루이스, 젖은 풀냄새를 맡아보렴. 그리고 이 길 끝에는 꼭 집이 있다는 예감이 들어…… 뭔가 독특한 개성이 있고…… 사진으로 담아두고 싶을 만한 그런 집 말이야."

앤의 예감은 적중했다. 얼마 안 가서 집 한 채가 나타났다. 게다가 사진 찍기에 더없이 알맞은 집이었다. 고풍스러운 집으로, 처마가 낮고 네모진 조그만 창들이 있었다. 큰 버드나무가 오래된 가지를 늘어뜨려 집을 감싸고, 주위에는 언뜻 보아 손질되지 않은 듯한 여러해살이풀이며 떨기나무가 엉클어져 있었다. 집은 비바람에 바래 칙칙하고 허름했으나, 그 맞은편에 있는 아담하면서 번듯한 헛간들은 하나에서 열까지 시대에 걸맞게 손질이 되어 있었다.

바큇자국이 깊이 나 있는 풀이 무성한 오솔길을 느릿느릿 걸어가며 루이스가 말했다.

"그런데 선생님, 어디서 들은 말이긴 하지만 집보다 헛간이 더 번듯한 것은 그 사람의 수입이 지출을 웃돈다는 증거라던데요."

앤은 웃었다.

"오히려 집주인이 가족보다도 말을 소중히 하는 증거라고 여겨지는데. 이 집에서 연극부에 대한 기부를 받아낼 수 있을 듯싶지는 않지만, 지금까지 다녔던 가운데 사진에 담아 입상을 노려보기에는 가장 괜찮을 것 같아. 빛깔이 칙칙한 것은 사진에서는 상관없으니까."

루이스는 어깨를 움츠리며 말했다.

"이 오솔길은 사람이 그리 많이 다닌 흔적이 없어요. 이 집에 사는 사람은 교제에는 그다지 취미가 없을 거예요. 연극부가 무언지조차 모르지 않을까요. 어쨌든 사자 굴의 사자가 깨기 전에 얼른 사진부터 찍어야겠어요."

집에는 인기척이 없었으나, 사진을 찍고 나서 두 사람은 조그만 하얀색 대문을 열고 뜰을 가로질러, 부엌 쪽의 빛바랜 푸른 뒷문을 똑똑 두드렸다. 현관문은 윈디윌로즈와 마찬가지로 체면치레로 있는 게 분명했기 때문이다. 문이 말 그대로 담쟁이덩굴에 뒤덮인 것도 체면치레라고 말할 수 있다면 말이다.

기분 좋게 기부까지 해주든 안 해주든, 두 사람은 적어도 이제까지 방문했던 집들에서처럼 서로 예의를 갖추어 인사말이라도 주고받을 사람이 등장하리라 예상했다. 그런데 문이 홱 열리고 나타난 것은 얼굴에 미소를 띤 상냥한 농부의 아내나 딸이 아니라, 희뜩희뜩한 머리에 밤송이 같은 눈썹을 한, 키가 크고 어깨가 떡 벌어진 50살쯤 된 사나이였다. 그가 무슨 일이냐고 다짜고짜 따져 묻는 데에 깜짝 놀라 두 사람 다 무르춤했다.

"무슨 볼 일이오?"

"우리 고등학교 연극부에 관심을 가져주십사하고 찾아왔습니다."

앤이 머뭇거리며 말하기 시작했다. 그러나 애써 그 뒤를 이어 말할 필요도 없었다.

"그런 것은 들어본 적도 없고, 듣고 싶지도 않고, 알 필요도 없소."

말을 마치자마자 두 사람의 눈앞에서 문이 쾅 닫혔다.

되돌아 나오면서 앤이 말했다.

"우리 아주 제대로 퇴짜 맞았네."

루이스는 벙글벙글 웃었다.

"아주 정이 넘치는 신사분이네요. 아내분이 안됐네요. 있는지 없는지 모르겠지만요."

"아마 없을 거야. 있다면 사람을 대하는 법을 조금은 훈련을 받았을 테니까."

앤은 놀란 가슴을 진정시키려고 애썼다.

"리베카 듀 손에 좀 맡기고 싶어지네. 하지만 적어도 저 사람의 집 사진이라도 찍었으니 됐어. 왠지 이 사진이 입상하리라는 예감이 드는구나…… 아, 이런! 구두 안에 돌이 들어가버렸어. 허락을 하든 안 하든 저 신사분의 돌담에 잠깐 앉아 돌을 좀 빼야겠어."

"다행히 집에서는 우리가 보이지 않아요."

앤이 구두끈을 다시 매었을 때 오른쪽 무성한 떨기나무 덤불을 조용히 헤치는 소리가 났다. 이윽고 여덟 살쯤 된 조그만 남자아이가 나타났다. 통통한 두 손으로 제법 큼지막한 세모꼴의 애플파이 한 조각을 꼭 쥐고 부끄러운 듯 두 사람을 올려다보고 있는 귀여운 아이였다. 갈색 곱슬머리가 반짝거리고 사람을 믿어 의심치 않는 커다란 갈색 눈과 섬세한 이목구비를 하고 있었다. 모자도 쓰지 않고 구두도 신지 않았으며 몸뚱이에 걸치고 있는 것이라고는 빛바랜 푸른 무명 셔츠와 닳아빠진 벨벳 반바지뿐이었으나, 어딘지 모르게 기품 있는 귀공자처럼 보였다.

아이의 바로 뒤에는 검은 털의 커다란 뉴펀들랜드종 개 한 마리가 서 있었다. 머리가 아이의 어깨까지 올 정도였다.

앤은 으레 아이들을 사로잡는 미소를 띠고 남자아이를 바라보았다.

루이스가 먼저 말을 걸었다.

"아가야, 안녕! 너 어느 집에 살지?"

남자아이도 생긋 웃으며 앞으로 한 걸음 나와 세모꼴의 애플파이를 쑥 내밀었다. 그리고 수줍어하며 말했다.

"이거 줄게, 먹어봐. 아빠가 나 먹으라고 만들어준 건데, 형이랑 누나한테 줄게. 나는 이거 말고도 먹을 게 잔뜩 있어."

눈치 없이 루이스가 조그만 아이에게서 간식을 뺏어 먹을 수는 없다며 손사래를 치고 사양하려는 찰나, 앤이 재빨리 루이스를 팔꿈치로 찔렀다. 그 뜻을 얼른 알아채고 루이스는 정색하며 파이를 받아 앤에게 내밀었다. 앤도 그 못지않게 정중히 그것을 둘로 갈라서 반을 루이스에게 나눠 주었다. 두 사람은 그 귀여운 남자아이 '아빠'의 요리 솜씨가 미덥지 않았으나, 한 입 먹어보고는 마음이 놓였다. '아빠'가 예의범절은 형편없을지 몰라도 애플파이 만드는 솜씨만큼은 확실히 뛰어났다.

앤이 칭찬했다.

"어머나, 맛있구나. 이름이 뭐지, 아가?"

간식을 기부해준 어린 후원자가 대답했다.

"테디 암스트롱이에요. 아빠는 나를 '꼬맹이'라고 불러요. 우리 집은 아빠랑 나밖에 없거든요. 아빠는 나를 엄청엄청 좋아하고 나도 아빠가 제일 좋아요. 아빠가 문을 쾅 닫아버려서 누나는 우리 아빠가 너무 못됐다고 생각했을 테죠. 하지만 아빠는 절대 나쁜 사람이 아니에요. 누나하고 형이 뭔가 먹을 것을 달라고 하는 말을 들었어요."

그런 말은 한 적이 없지만, 그런 것은 아무래도 좋다고 앤은 생각했다.

"나는 뜰 안에 있는 접시꽃 뒤에 서 있었는데, 그래서 내 애플파이를 갖다 주어야겠다고 생각했어요. 왜냐하면 나는 먹을 것이 없는 가난한 사람들을 보면 가엾어 견딜 수 없거든요. 나는 먹을 게 언제나 잔뜩 있어요. 우리 아빠는 정말이지 요리를 잘해요. 아빠가 만든 라이스 푸딩도 먹어보면 좋을 텐데."

루이스는 눈웃음을 지으며 물었다.

"아빠가 그 속에 건포도를 넣니?"

"아주 많이 넣어요. 우리 아빠는 구두쇠가 아니거든요."

앤이 물었다.

"엄마는 안 계시니?"

"응, 없어요. 돌아가셨어요. 언젠가 메릴 아주머니가 엄마는 천국에 갔다고 가르쳐줬지만, 아빠는 그런 건 없대요. 아빠 말이 맞을 거예요. 아빠는 무척 똑똑하거든요. 책을 천 권이나 읽었으니까요. 나도 크면 아빠처럼 될 거예요. 남이 먹을 것을 달라면 언제든지 주는 것만 빼고요. 우리 아빠는 사람을 별로 안 좋아해요. 하지만 나한테는 아주 잘해줘요."

루이스가 물었다.

"너 학교에 다니니?"

"아니, 안 다녀요. 아빠가 집에서 가르쳐주는걸요. 내년에는 보내야만 한다고 학교에서 일하는 훌륭한 아저씨들이 아빠에게 말했어요. 나는 학교에 가서 다른 남자애들하고 뛰어놀고 싶어요. 물론 나한테는 카를로가 있고, 아빠도 시간이 날 때는 재밌게 놀아주지만요.

하지만 아빠는 아주 바빠요. 밭도 갈고 집 안 청소도 해야만 하니까요. 그래서 남이 찾아와서 방해하는 걸 싫어해요. 내가 더 크면 아빠를 거들 수 있으니까, 그렇게 되면 아빠는 더 쉴 틈이 나서 다른 사람한테도 잘해줄 거예요."

"이 애플파이는 정말 맛있구나, 꼬맹아."

그러고는 루이스는 마지막 한 입을 꿀꺽 삼켰다.

'꼬맹이'는 눈을 반짝였다.

"맛있다니 나도 기뻐요."

이 욕심 없는 순수한 아이에게 돈으로 보답을 해서는 안 된다고 여겨 앤은 말했다.

"사진 찍어줄까? 찍고 싶다면 루이스가 찍어줄 거야."

아이는 신이 나서 응했다.

"아, 정말요? 찍어주세요! 카를로랑 같이 찍어도 돼요?"

"그럼."

앤은 우거진 떨기나무를 배경으로 둘에게 귀여운 포즈를 잡게 했다. 조그만 남자아이는 커다란 털북숭이 친구의 목에 팔을 두르고 섰고, 개도 소년도 아주 기쁜 듯했다. 그것을 루이스는 딱 한 장 남아 있던 마지막 필름에 담았다.

루이스는 약속했다.

"잘 나오면 우편으로 보내줄게. 주소는 어떻게 쓰면 되지?"

"글렌코브 거리, 제임스 암스트롱 씨 댁, 테디 암스트롱이라고요. 아, 우체국에서 내게 뭔가가 온다니 신나요! 너무너무 멋져요. 내가 아주 굉장해진 것 같아요. 아빠한테는 아무 말 안 할래요. 깜짝 놀라게 해주고 싶어요."

"2, 3주 뒤에 우편물이 올 거야! 기다리고 있어."

루이스가 이 말을 하고 두 사람은 테디에게 작별 인사를 했다. 그 전에 앤은 몸을 굽혀 볕에 그을린 조그만 얼굴에 뽀뽀를 했다. 이 아이에게는 어딘가 앤의 마음을 아리게 하는 구석이 있었다. 상냥하고, 신사답고…… 그런데 어머니 없는 외톨이였다.

두 사람이 오솔길 모퉁이에서 돌아보니 아이는 개와 함께 돌담 위에 서서 두 사람을 향해 손을 흔들고 있었다.

물론 리베카 듀는 암스트롱 집안의 일을 낱낱이 알고 있었다.

"제임스 암스트롱은 5년 전 죽은 아내를 아직 못 잊고 있어요. 그 사람도 전에는 그 정도로 심하진 않았어요. 웬만큼 인사성도 있는 예절 바른 사람이었죠. 그때도 세상을 멀리하기는 했지만요. 원래 그런 성격인 것 같아요. 아내를 정말 애지중지 아꼈어요…… 아내는 제임스보다 20살이나 젊었는데 먼저 죽어서 제임스의 충격이 심했다는 소문을 들었어요.

그러다 성격까지 아주 달라져버렸나 봐요. 무뚝뚝하고 작은 일에도 화를 잘 내는 사람이 되어버렸죠. 가정부조차 두려고 하지 않으니까요. 집이며 아이 보살피는 일을 직접 하고 있어요. 결혼하기 전까지 꽤 오랫동안 혼자 살았으니까

영 서툴지는 않아서겠죠."

채티 아주머니가 말했다.

"하지만 그것은 아이에게 좋은 생활이라고 할 수 없어요. 아버지가 교회든 어디든 사람을 만나는 곳에는 아이를 결코 데려가지 않으니까요."

케이트 아주머니가 말했다.

"자기 아이를 아주 떠받든다잖아요."

불쑥 리베카 듀가 성경 구절을 인용했다.

"너는 나 이외에 다른 신들을 네게 두지 말라.'[2]"

---

2) 《구약성서》〈출애굽기〉 20장 3절의 "십계명" 제1계명.

뜻밖의 인연

 3주일 가까이 지나서야 루이스는 겨우 사진을 인화할 시간이 생겼다. 그는 윈디윌로즈에서 마련한 저녁 식사에 초대받은 첫 일요일 밤에 사진을 가져왔다. 집도 꼬맹이도 멋지게 찍혀 있었다. 사진 속에서 생긋 올려다보고 있는 아이가 '사진에서 걸어나올 것만 같다'고 리베카 듀가 말할 정도였다.
 사진을 본 앤은 놀라 소리쳤다.
 "어머나! 이 애는 너랑 많이 닮았구나, 루이스."
 리베카 듀도 포즈를 취하고 있는 아이의 사진을 미간을 좁히고 유심히 들여다보며 말했다.
 "똑같군요. 이것을 본 순간 이 아이 얼굴이 누군가와 꼭 닮았다고 생각하면서도 누구인지 딱히 떠오르지 않았었어요."
 앤이 말했다.
 "이것 봐요, 눈도……이마도……표정 전체가 너와 판박이야, 루이스!"
 "내가 이처럼 예쁜 아이였던 적이 있었을까 싶은데요."
 루이스는 미심쩍다는 뜻으로 어깨를 으쓱했다.
 "내가 7살쯤 됐을 때 찍은 사진이 어딘가에 있어요. 그걸 찾아내 비교해봐야겠어요.

그걸 보면 웃으실 거예요, 선생님. 긴 곱슬머리를 늘어뜨리고 레이스 깃을 달고서 막대기처럼 꼿꼿이 서서는 세상 진지한 눈을 하고 있거든요. 머리에는 한때 유행한 묘한 세모꼴 모자를 쓰고 있던 것 같아요.

만일 이 사진이 정말로 나와 닮았다면 그것은 순전히 우연일 거예요. 저와 테디가 혈연일 리 없어요. 저한테는 프린스에드워드섬에 친척이 한 사람도 없거든요. 어쨌든 지금은요."

케이트 아주머니가 물었다.

"어디서 태어났니?"

"뉴브런즈웍에서요. 아버지도 어머니도 내가 10살 때 돌아가셔서 어머니의 사촌 언니네에서 지내게 되어 이리로 왔어요. 아이더 아주머니라는 분이었는데, 그분도 3년 전에 돌아가셨어요."

리베카 듀가 말했다.

"짐 암스트롱도 뉴브런즈웍에서 왔어요. 그 사람은 이 섬 본토박이가 아니에요. 섬 태생이라면 그렇게 남한테 툴툴대지 않겠죠. 우리에게도 우리만의 이상한 점이야 있지만, 그래도 남에게 예의는 갖추니까요."

"저는 그 '정이 넘치는' 암스트롱 씨랑 친척 사이인지 별로 알고 싶지 않은데요."

루이스는 채티 아주머니표 시나몬 토스트를 먹으면서 싱긋 웃고 덧붙였다.

"하지만 이 사진을 두꺼운 종이에 붙여 마무리한 다음에 내가 글렌코브 거리로 직접 가져다주면서 조사를 좀 해 볼까 봐요. 어쩌면 그 사람이 먼 친척쯤 될지도 모르겠어요. 어머니 쪽 친척에 대해서는 아무것도 아는 게 없거든요. 살아 있는 사람이 있는지 어떤지도 전혀 몰라요. 막연하게 없을 거라는 생각을 전부터 했었으니까요. 아버지 쪽으로는 없다는 것을 확실히 알고 있고요."

앤이 말했다.

"네가 사진을 직접 가져다주면 '꼬맹이'가 우체국에서 우편물 배달받는 즐거움이 사라져버릴 텐데, 좀 실망하지 않을까?"

"그 즐거움은 빼앗으면 안 되죠. 뭔가 다른 걸 우편으로 보낼게요."

다음 토요일 오후에 루이스는 낡은 마차를 늙은 암말에 매어 유령골목으로 타고 왔다.

"지금 테디 암스트롱에게 사진 갖다주러 글렌코브로 갈 생각이에요. 선생님이 이 위풍당당한 마차를 보고 충격으로 심장마비를 일으키지 않는다면 함께 가주셨으면 해요. 마차 바퀴가 빠지는 일은 없을 거예요...... 아마도."

리베카 듀가 물었다.

"이런 골동품을 대체 어디서 찾아냈지, 루이스?"

"내 용감한 준마를 가지고 놀리지 마세요, 미스 듀. 어르신을 공경할 줄 알아야죠. 돌리시 거리에 들러서 심부름을 해드린다는 조건으로 벤더 씨에게서 말과 마차를 빌렸어요. 오늘 글렌코브까지 걸어갔다 올 시간이 없거든요."

리베카 듀가 말했다.

"시간 때문이라고? 내가 걸어갔다가 오는 게 그 말보다 더 빠르겠는데."

"그리고 돌아올 때 벤더 씨에게 갖다줄 감자 한 자루도 지고 오고요? 역시 대단한 분이군요!"

리베카 듀의 빨간 얼굴이 더 빨개졌다.

리베카 듀는 야단쳤다.

"어른을 놀려서야 쓰나."

그래도 마음이 넓은 리베카 듀는 원수를 은혜로 갚았다.

"떠나기 전에 도넛을 먹고 가지 않겠니?"

뜻밖에도 하얀 암말은 시내를 벗어나자 놀라운 힘을 발휘했다. 큰길을 달려가는 동안 앤은 혼자 입을 가린 채 웃었다. 지금의 내 모습을 본다면 가드너 부인이나 제임시나 아주머니가 뭐라고 하실까? 뭐 아무려면 어때. 오늘은 가을이면 어김없이 돌아오는 풍경을 간직한 이 땅을 마차를 타고 달리기에 더없이 좋은 날이고, 루이스는 좋은 길동무다. 루이스는 어떻게 해서라도 자신의 포부를 이뤄낼 젊은이임에 틀림없다. 앤이 아는 사람 중에 루이스 말고는 누구도 벤더 씨의 이 초라한 마차에 이 늙은 암말을 매어 타고 가면서 앤에게 함께 가자고 권하는 일은 꿈에도 생각지 못할 테니까.

그러나 루이스는 그것이 조금도 우스꽝스러운 일이라 생각지 않았다. 목적지에 갈 수만 있다면 어떤 식으로 가든 무슨 상관인가. 어떤 것을 타고 있든 고요한 산등성이 위의 하늘은 푸르고 흙길은 붉고 단풍은 여전히 고울 테니 말이다. 루이스는 삶에 달관한 사람이었다. 그가 하숙집의 자질구레한 일을 거들어 하숙비를 면제받는다고 하여 학생 가운데 그를 '지지리 궁상'이라 부르며 놀리는 아이도 있었지만 루이스는 그런 짓궂은 아이들 말에 마음 쓰지 않았고, 그러니 세상 사람들이 뭐라 하든 신경 쓰지 않았다. 멋대로 부르라지! 어차피 나중에 웃을 사람은 내가 될 테니까. 내 주머니는 비었는지 몰라도 내 머릿속은 비지 않았다. 여하튼 나는 이 오후에 목가적 경치를 바라보며 셜리 선생님과 함께 '꼬맹이'를 다시 만나러 가고 있다.

벤더 씨 처남 집에 먼저 들러서 마차 뒤에 감자 포대를 실을 때, 루이스는 그와 앤이 지금부터 하러 가는 일에 관해 이야기했다.

메릴 씨는 소리쳤다.

"네가 테디 암스트롱의 사진을 찍었단 말이냐?"

루이스는 포장 종이를 풀어 자랑스럽게 사진을 내밀었다.

"네, 그것도 아주 잘 찍었어요. 전문 사진사도 이만큼 찍지는 못할 거예요."

메릴 씨는 가슴을 탁 때렸다.

"정말 잘했구나! 그게 말이다, 꼬마 테디는 죽었어……."

소스라치게 놀란 앤이 소리쳤다.

"죽었다니요? 오, 메릴 씨, 그게 무슨 말씀이에요! 그럴 리가 없어요! 설마 그 귀여운 아이가……."

"안됐지만 선생님, 정말이오. 테디의 아버지는 정신이 나가서 날뛰고 있고, 더욱이 불행하게도 테디의 사진 한 장도 가지고 있지 않소. 그런데 이처럼 좋은 선물을 가져왔으니 그나마 잘됐소."

"어떻게, 어떻게 그런 일이…… 아무래도 사실이라고 믿어지지 않아요."

앤의 눈에서 눈물이 흐르고 또 흘렀다. 헤어질 때 돌담 위에 올라서서 가냘픈 손을 흔들던 조그만 아이의 모습이 생생하게 보이는 것 같았다.

"안됐지만 정말이오. 죽은 지 거의 3주일쯤 되었지요. 폐렴이었소. 몹시 고통스러웠던 모양인데, 의젓하게 잘 참았다고 합디다. 이제부터 짐 암스트롱이 어떻게 될지 나는 모르겠소. 아주 혼이 나가버려서 온종일 울면서 혼잣말을 한다더군요. '아이의 사진만이라도 있다면!' 이렇게 줄곧 중얼중얼한다고 해요."

불쑥 메릴 부인이 입을 열었다.

"그 사람 참 안됐어요."

부인은 남편 곁에 서 있었다. 여윈 얼굴과 빈약한 몸매에 머리가 희끗희끗한 여자로, 누렇게 바랜 캘리코[1] 옷에 체크무늬 앞치마를 둘렀는데, 지금까지 한마디도 하지 않았었다.

---

1) 가로로 짠 올이 촘촘하고 색깔이 흰 무명베.

"그 사람은 잘살고 우리는 가난해서 늘 그 사람이 우리를 업신여긴다는 기분이 들었죠. 하지만 우리에게는 아들이 있어요. 자신이 소중하게 여기는 것만 있으면 가난이 무슨 대수겠어요."

앤은 새삼스레 존경을 담은 눈으로 메릴 부인을 바라보았다. 부인은 미인은 아니었지만, 움푹 꺼진 잿빛 눈이 앤의 눈과 마주쳤을 때 두 사람 사이에 뭔가 통하는 것이 있음을 서로 느낄 수 있었다. 그때까지 앤은 메릴 부인을 만난 적이 없었고 이후에도 두 번 다시 만난 일이 없었지만, 부인은 인생의 궁극적 진리, 곧 무언가 사랑하는 것이 있는 한 그 사람은 결코 가난하지 않다는 진리를 터득한 사람으로 늘 앤의 마음에 남게 되었다.

모처럼 신나는 그날은 엉망이 되어버렸다. 잠깐 만났을 뿐이지만 앤은 '꼬맹이'에게 마음을 빼앗겼었기 때문이다. 앤도 루이스도 말없이 마차를 몰아 글렌코브 거리에서 모퉁이를 돌아 풀이 무성한 오솔길로 접어들었다. 카를로는 파란 뒷문 앞 돌 위에 앉아 있었다. 두 사람이 마차에서 내리자 카를로가 일어나 다가와서 앤의 손을 핥고 자신의 조그만 친구에 대한 소식을 묻기라도 하듯 슬픈 눈으로 앤을 올려다보았다.

문이 열려 있고 그 맞은편 컴컴한 방 탁자에 머리를 떨군 한 사나이의 모습이 보였다. 앤이 문을 두드리자 남자는 놀라서 일어나 문 쪽으로 나왔다. 앤은 너무도 달라진 그의 모습에 놀랐다. 뺨은 푹 꺼지고 수염도 깎지 않은 얼굴은 여위었으며 움푹 들어간 눈은 갑자기 번뜩였다.

처음에 앤은 쫓겨나리라고 각오하고 있었는데, 그는 앤을 알아보고 맥없이 말했다.

"또 온 게요? 아가씨가 우리 집 '꼬맹이'에게 이야기를 걸고, 뽀뽀도 해주었다는 것을 들었소. 그 애는 아가씨를 좋아했죠. 그날은 무례하게 굴어서 미안하오. 무슨 볼일이요?"

앤은 상냥하게 대답했다.

"보여드리고 싶은 게 있어서요."

그는 쓸쓸히 말했다.

"안으로 들어와 좀 앉으시오."

루이스는 아무 말 없이 포장지를 벗겨 '꼬맹이'의 사진을 내밀었다. 제임스 암스트롱은 그것을 낚아채듯 받아들어 멍하니 뚫어지게 보더니, 이윽고 의자에 쓰러지듯 주저앉아 껙껙거리며 울기 시작했다. 앤은 이처럼 남자가 비참히 우는 모습을 본 일이 없었다. 앤과 루이스가 동정심을 느끼며 말없이 옆에 서 있는 동안 암스트롱은 자제심을 겨우 되찾았다.

그는 더듬거리며 말하기 시작했다.

"아, 이 사진이 나한테 어떤 의미인지 아마 모를 거요. 나에게는 그 애 사진이 한 장도 없소. 나는 다른 사람들하고 달라서 사람 얼굴을 잘 기억하질 못해요. 사람들은 마음속에 그리운 얼굴을 떠올릴 수가 있다는데 나는 그렇지 못해요.

사랑하는 우리 집 '꼬맹이'가 죽은 뒤 정말 끔찍한 마음으로 지냈소. 그 애가 어떤 모습을 하고 있었는지 생각해낼 수조차 없었으니까. 그런데 이렇게 이 사진을 가져와줬군요…… 그날 내가 그렇게 무례하게 굴었는데도. 앉아요! 어서 앉아요! 어떻게든 내 마음을 보여줄 수 있으면 좋을 텐데.

당신들은 절망에 빠져 미칠 뻔한 나를 구해주었소…… 목숨까지 구해준 셈이오. 아, 아가씨, 이 사진은 정말이지 그 애와 똑같잖소? 금방이라도 말을 할 것 같소. 내 아가! 그 애 없이 어떻게 살아갈까? 이제 내게는 살아갈 보람이 아무것도 없소. 처음에는 아내가, 이번에는 자식이 죽었으니까요."

앤은 포근히 감싸주듯 말했다.

"무척 귀여운 아드님이었지요?"

"그랬소. 테디는……그 이름은 애 엄마가 지은 거요, 시어도어라고. 그 애는 애 엄마가 말했듯 '하느님이 주신 선물'이었소. 그런데 그토록 참혹하게 죽다니. 구김살 없이 밝고 생명력이 충만했는데……그런데 그걸 앗아 가다니! 그런데도 그 애는 아주 참을성 있게, 아프다고 불평 한 번 하지 않았소.

딱 한 번 내 얼굴을 올려다보고 웃으며 말했죠.

'내 생각에 아빠가 잘못 알고 있는 게 하나 있는 것 같은데…… 딱 하나요. 그러니까…… 천국은 진짜로 있는 게 아닐까요? 진짜 있죠, 아빠?'

나는 있다고 말했소. 그런 것은 없다고 그 애에게 가르치려 한 이 어리석은 자를 하느님, 부디 용서하소서. 그 말을 듣더니 그 애는 겨우 안심한 듯 다시 생긋 웃으며 말했죠.

'그럼 아빠, 나는 거기에 가요. 엄마도 하느님도 거기에 있으니까 나는 잘 지낼 수 있어요. 하지만 아빠가 걱정이에요. 내가 없으면 아빠는 무척 쓸쓸할 텐데. 그래도 힘을 내서 다른 사람들한테도 상냥하게 대해주면서 살다가 나중에 우리 있는 데로 와요.'

그렇게 아이하고 약속을 했는데, 그 애가 없으니 이 세상이 텅 빈 것 같아 못 견디겠소. 당신들이 이 사진을 가져와주지 않았다면 나는 미쳐버렸을 거요. 하지만 이제는 그토록 괴롭지 않을 거요……."

제임스 암스트롱은 잠시 '꼬맹이'에 대한 이야기를 함으로써 구원과 기쁨을 되찾은 듯했다. 그를 덮고 있던 무정함이며 무뚝뚝함은 마치 걸치고 있던 옷가지를 벗어 던기라도 한 듯 어느샌가 사라져 있었다. 마지막으로 루이스는 자신이 찍힌 조그만 빛바랜 사진을 꺼내 암스트롱에게 보였다.

앤이 물었다.

"이 아이를 본 적 있어요, 암스트롱 씨?"

암스트롱은 얼떨떨한 듯 가만히 사진을 보고 있더니 이윽고 말했다.

"우리 아이와 아주 닮았군. 이게 누구지?"

루이스가 대답했다.

"저예요. 제가 7살 되었을 때죠. 이상스럽게도 테디와 닮아, 이것을 아저씨에게 보여드리라고 셜리 선생님이 말씀하셔서 이렇게 찾아온 것이었어요. 어쩌면 제가 아저씨나 테디와 먼 친척일지도 모른다고 생각했어요. 제 이름은 루이스 앨런이고 아버지는 조지 앨런이었어요. 뉴브런즈윅에서 태어났고요."

"어머니 이름이 뭐지?"

"메리 가드너예요."

암스트롱은 한순간 말없이 루이스를 뚫어져라 보더니 마침내 입을 열었다.

"나랑은 아버지가 다른 여동생이지. 거의 모르는 거나 다름없어……한 번밖에 만난 적이 없거든. 나는 아버지가 돌아가신 뒤 삼촌 밑에서 자랐고 어머니는 재혼하여 다른 데로 가버렸지.

어머니가 나를 만나러 왔을 때 아직 어린 딸을 데려온 적이 한 번 있었어. 그 뒤 어머니는 곧 돌아가셔서 나는 그 여동생을 다시 만나지 못했지. 이 섬에 와서 살게 되면서 그 여동생하고는 아예 소식이 끊겨버렸거든. 너는 그 여동생의 아들이니까 내 조카가 되고 '꼬맹이'에게는 사촌 형이 되는구나."

이것은 세상에 자기 혼자뿐이라고 생각했던 젊은이에게 놀랍고도 새로운 소식이었다. 루이스와 앤은 저녁때까지 암스트롱 씨와 함께 시간을 보내며 그가 박학하고 총명한 사람이라는 것을 알게 되었다. 두 사람 모두 어느새 암스트롱 씨가 좋아졌다. 무뚝뚝하게 그들을 대했던 그의 옛 모습은 온데간데없고, 두 사람은 지금까지 호감을 주지 못했던 껍데기 속에 감춰진 그의 훌륭한 인

격과 타고난 기품의 참다운 가치를 찾아낼 수 있었다.

저녁놀 속에서 윈디윌로즈로 마차를 몰고 돌아오며 앤은 루이스에게 말했다.

"그래, 암스트롱 씨가 그런 사람이 아니었다면 '꼬맹이'가 아버지를 그렇게나 좋아했을 리가 없지."

그다음 주말에 루이스가 외삼촌인 암스트롱 씨를 찾아갔을 때 그가 말했다.

"얘야, 나와 함께 살지 않겠니. 너는 내 조카이고 나는 충분히 네 뒷바라지를 해줄 형편이 되니까…… 우리 집 '꼬맹이'가 살아 있었으면 해주었을 그런 것들을 말이다. 너는 이 세상에서 달리 기댈 곳도 없는 혈혈단신이고 나도 마찬가지지. 내게는 네가 필요해. 여기서 혼자 살다 보면 나는 또다시 뒤틀리고 꿍한 사람이 되어버릴 게다. 아이와의 약속을 지키는 일을 네가 도와주었으면 해. 그 애 자리는 비어 있어. 부디 그 빈자리를 와서 채워다오."

"고마워요, 외삼촌. 제가 노력해볼게요."

루이스는 손을 내밀었다.

"그리고 가끔 너의 그 선생님을 이리로 모셔 와다오. 나는 그 아가씨가 마음에 들었어. '꼬맹이'도 아가씨를 좋아했으니까. '아빠, 나는 아빠 말고 다른 사람이 뽀뽀해주면 싫을 줄 알았는데, 그 누나가 해줬을 때는 좋았어요. 그게 뭔지는 잘 모르겠는데, 누나 눈에는 뭔가가 있었어요, 아빠.'라고 내게 말했었지."

캐서린의 승낙

싸늘한 어느 12월 밤, 앤은 말했다.

"포치의 낡은 온도계는 0도고 옆문의 새 온도계는 10도[1]예요. 그래서 머프[2]를 끼고 가는 게 좋을지 어떨지 모르겠어요."

리베카 듀가 신중하게 대답했다.

"낡은 온도계를 따르는 게 좋아요. 아마 낡은 쪽이 이 지방 기후에 더 익숙할 테니까요. 그런데 이 추운 밤에 어딜 나가시려고요?"

"템플 거리에 들러 캐서린 브룩에게 나와 함께 그린게이블즈에서 크리스마스 휴가를 보내자고 권하려고 해요."

그러자 리베카 듀는 심각한 얼굴로 반대하고 나섰다.

"그런 짓을 했다가는 휴가를 망치고 말 거예요. 그 성미는 천사에게도 타박을 줄걸요…… 그야 그 귀하신 몸께서 자존심도 버리고 누추한 천국에나마 들어갔을 경우에 말이지만요. 게다가 그 사람은 자신의 무례함을 자랑스럽게 여긴다고요. 보나 마나 무례함을 자기 정신의 꼿꼿함이라 착각하고 있으니까요."

"나도 머리로는 리베카 듀 말 한 마디 한 마디에 모조리 찬성하지만 내 마음

---

1) 화씨 기준의 온도로, 섭씨로는 각각 약 영하 18도와 영하 12도.
2) 토시처럼 생긴 방한구의 일종.

은 그렇지 못해요. 아무리 봐도, 캐서린 브룩한테서 그 비호감의 껍데기를 벗기고 보면 그저 숫기 없고 불행한 여자에 지나지 않는다는 마음이 들어요. 서머사이드에서는 그 사람과의 관계에서 조금도 진전이 없었지만, 만일 캐서린을 그린게이블즈로 데려갈 수만 있다면 틀림없이 그 꽁꽁 언 마음도 봄눈 녹듯 풀리리라 생각해요.”

리베카 듀는 예언했다.

“절대로 못 데려갈걸요. 안 따라가려고 할 게 뻔해요. 그런 것을 권하면 자기를 모욕하려 든다고 기분 나빠 할 거예요. 불쌍하게 생각해서 동정한다고 오해할 테니까요.

여기서도 그 사람에게 크리스마스 식사에 오라고 한번 초대한 적이 있어요. 셜리 선생님이 오기 1년 전의 일이었죠. 기억나지요, 매코머 부인? 칠면조를 두 마리나 얻어서 어떻게 하면 다 먹을 수 있을까 걱정했던 해였잖아요. 아무튼, 그랬더니 그 사람이 '아뇨, 사양할게요. 나는 '크리스마스'라는 말처럼 싫은 것이 없거든요.'라는 거예요.”

“그건 너무하잖아요…… 크리스마스가 싫다니! 무슨 수를 쓰지 않으면 안 되겠어요, 리베카 듀. 그린게이블즈에 같이 가자고 물어볼래요. 그리고 왠지 그녀가 가겠다고 하리라는 이상한 예감이 들어요.”

리베카 듀는 마지못해 말했다.

“어쨌든 셜리 선생님이 그렇게 된다고 하면 믿지 않을 수가 없어요. 선생님한테 예지력이 있는 건 아니죠? 매코머 선장님의 어머니한테는 있었어요. 그분은 정말 소름이 돋게 했다니까요.”

“나는 리베카 듀를 소름 돋게 할 만한 능력은 가지고 있지 못한 것 같아요. 그냥 나는 캐서린 브룩이 곁을 안 주려는 겉모습과 달리, 사실 마음속에는 미칠 듯한 외로움을 감추고 있다는 기분이 요즘 들어 부쩍 들었어요. 그래서 지금 초대하는 게 절호의 기회라는 생각을 했을 뿐이에요, 리베카 듀."

리베카 듀는 아주 겸손하게 말했다.

"나는 대학 나온 학사가 아니에요. 그러니 셜리 선생님이 가끔은 내가 이해할 수 없는 말을 쓸 권리를 부정하지는 않겠어요. 그리고 또 선생님한테 남을 용케 설득하는 재간이 있다는 것도 인정해요. 프링글 집안사람들을 구슬린 것만 봐도 알 수 있으니까요. 하지만 싸늘한 얼음장하고 뭐든 와작 깨버릴 호두까기를 합쳐 놓은 듯한 그 사람을 그린게이블즈까지 데려가서 크리스마스 휴가를 보내려는 선생님이 안됐네요."

리베카 듀 앞에서는 짐짓 자신 있는 듯이 말했지만 템플 거리로 걸어가는 앤은 그때만큼 자신감이 넘치진 않았다. 요즘 캐서린 브룩의 행태는 점점 더 참기 힘든 지경이 되어가고 있었다. 묵살과 모욕을 당할 때마다 앤이 포[3]의 시에 나오는 큰까마귀처럼 분노와 좌절감으로 '이젠 틀렸어!'를 몇 번이나 홀로 외쳤는지 모른다.

바로 어제도 캐서린은 직원 회의 때 앤에게 더없이 모욕적인 태도를 취했다. 그러나 방심한 찰나의 순간, 캐서린 눈에서 우리 속에 갇힌 짐승처럼 불만에 차서 미쳐 날뛰는 반미치광이의 억눌리지 않은 간절함 같은 무언가를 앤은 엿보았다. 앤은 전날 밤 캐서린을 그린게이블즈로 초대할 것인지 말 것인지를 두고 한밤중까지 고민한 끝에 마침내 결심을 굳히고 잠이 들었다.

캐서린의 하숙집 여주인은 앤을 응접실로 맞아들여, 앤이 브룩 선생을 만나고 싶다고 하자 뚱뚱한 어깨를 으쓱했다.

---

3) 에드거 앨런 포(1809~1849). 미국 시인·소설가.

"교장 선생님이 오셨다고 말은 전하겠지만, 그 선생이 내려올지는 모르겠어요. 단단히 삐졌거든요. 오늘 저녁 먹을 때 내가, 그 선생의 평소 차림이 서머사이드 고등학교 선생 옷차림으로는 전혀 걸맞지 않는다고 롤린스 부인이 말하더라고 전했거든요. 그랬더니 뭐 언제나처럼 아주 도도하게 굴면서 기분 나빠하는 거예요."

앤이 나무라듯 말했다.

"그런 말씀을 왜 굳이 전했어요?"

"그 선생이 알아두는 게 좋겠다 생각했으니까요."

데니스 부인은 좀 딱딱거리듯 말했다.

"그렇다면 장학사가 브룩 선생님을 동부 해안에 있는 3개 주(노바스코샤, 뉴브런즈윅, 프린스에드워드섬)를 합친 지역에서 가장 우수한 교사 가운데 한 사람이라고 말한 것도 전할 생각을 하셨나요? 혹시 그건 모르고 있었나요?"

"아, 그 이야기는 들었어요. 하지만 지금도 콧대가 저리 높은데 더 이상 부채질할 필요가 있나요. 잘난 척 정도가 아니에요…… 하기야 그토록 잘난 척하는 이유가 무엇인지 나는 모르겠지만요.

어쨌든 오늘 밤은 기분이 몹시 안 좋아요. 내가 우리 집에서 개는 절대로 못 기른다고 했거든요. 아니, 무슨 바람이 불었는지 난데없이 개를 기르겠다는 거예요. 개의 먹이값도 하숙비에 더해서 따로 내고 귀찮게 굴지 않도록 조심시키겠다면서요. 하지만 그 선생이 학교에 가 있을 때는 어쩌라고요? 그래서 내가 딱 잘라 말했죠. '이 집은 개 하숙이 아니에요.'라고요."

"어머나, 데니스 부인, 개를 기르게 해주지 않겠어요? 개는 그다지 성가시지 않을 거예요. 브룩 선생님이 학교에 가 있는 동안은 개를 지하실에 잠시 두면 되죠. 그리고 집에 개가 한 마리 있으면 밤마다 얼마나 마음이 든든하겠어요.

개를 키우게 해주지 않겠어요? 부탁드려요!"

부탁한다고 말할 때의 앤의 눈에는 상대방으로 하여금 결코 거절할 수 없게 하는 무언가가 있었다. 데니스 부인은 투실투실한 어깨와 뒷말하기 좋아하는 수다스러운 혀를 가지고 있긴 했으나 마음이 모진 사람은 아니었다. 그저 캐서린 브룩이 무례하게 대하는 태도가 거슬려서 삐딱하게 굴었던 것뿐이었다.

"그 선생이 개를 기르는 일에 교장 선생님이 어째서 그토록 마음 쓰시는지 모르겠군요. 두 사람이 그 정도로 사이가 좋은 줄은 미처 몰랐네요. 그 선생에게는 친구가 전혀 없으니까요. 브룩 선생만큼 사교적이지 않은 하숙인은 본 적이 없어요."

"그러니까 개를 기르고 싶어하는 거예요. 우리는 누구라도 친구 없이는 살아갈 수 없으니까요."

"아, 그 선생에게도 인간다운 데가 있다고 생각한 건 이번이 처음이네요. 나도 개가 그리 싫은 건 아니지만, 그 선생 말투가 기분 나빠서 짜증이 났죠.

'개를 길러도 되냐고 물어봐야 좋다고 대답해줄 듯싶지 않군요, 데니스 부인.' 하고 업신여기듯 건방지게 말하지 뭐예요. '그렇고말고요.' 나도 지지 않고 거만스럽게 말해줬죠.

누구나 그렇겠지만 한번 한 말을 무르기는 싫어요. 하지만, 개가 응접실에서 실수하지 않는다고 보장만 한다면 개를 길러도 된다고 그 선생에게 말해도 좋아요."

앤은 비록 개가 실수했다 해도 이 응접실이 더 이상 형편없어지는 일은 없으리라 생각했다. 더러워진 레이스 커튼이며 깔개의 흉한 보랏빛 장미 무늬를 보고 앤은 몸을 부들부들 떨며 생각했다.

'이런 하숙집에서 크리스마스를 보내야 하는 사람은 그 누구든 안됐어. 캐서린이 크리스마스라는 말을 싫어하는 것도 무리가 아니야. 나라면 이 방을 환기라도 시킬 텐데. 몇 천 번 먹은 음식 냄새가 고스란히 배어 있어. 월급이 적은 것도 아닌데 캐서린은 어째서 이런 형편없는 곳에 하숙하고 있을까.'

돌아온 데니스 부인은, 브룩 선생이 언제나처럼 가시 돋친 반응이었음에도 의외의 대답을 하여 영 미심쩍다는 얼굴로 대답을 전했다.

"올라오시라는군요."

좁고 가파른 층계마저도 사람들의 접근을 싫어하는 듯했다. 볼일이 없는 사람은 굳이 올라오려 하지 않을 터였다. 층계를 다 올라간 복도에 깔린 리놀륨은 갈기갈기 찢어져 있었다.

이윽고 앤이 들어간 뒤쪽의 조그만 침실은 응접실보다 한층 더 음침한 방이었다. 등불이라곤 갓도 씌우지 않아 눈이 부신 가스등 하나뿐이었다. 쇠침대는 가운데가 움푹 꺼지고, 빈약한 커튼 같은 것이 드리워진 좁은 창문은 빈 깡통이 산처럼 쌓여 있는 뒤뜰 쪽으로 나 있었다.

그러나 그 너머에는 멋진 하늘이 펼쳐져 있고, 멀리 길게 이어지는 보랏빛 언덕을 배경으로 양버들이 늘어서 있었다.

앤은 캐서린이 쌀쌀맞게 가리킨 쿠션도 없는 끽끽대는 흔들의자에 앉아 황홀한 듯 하늘을 바라보며 말했다.

"어머나, 브룩 선생님, 저 저녁노을을 좀 봐요!"

캐서린은 꼼짝도 하지 않고 차갑게 말했다.

"저녁노을이라면 수도 없이 봐왔어요."

캐서린은 심술궂게 생각했다.

'기껏 저녁노을 따위를 갖고 나를 깔보고 있어!'

"그렇지만 지금 눈앞에 있는 이 저녁노을은 아직 못 봤잖아요. 똑같은 저녁노을은 하나도 없어요. 자, 여기 앉아 저 저녁노을을 우리 마음속에 담도록 해요."

입으로 이렇게 말하면서 앤은 속으로 생각했다.

'당신은 뭐가 기분 좋은 말을 한 적이 한 번이라도 있나요?'

캐서린이 말했다.

"그런 황당한 소리 좀 하지 말아요. 제발 부탁이니까."

어쩌면 이토록 실례되는 말을 서슴없이 뱉는 것일까! 캐서린 특유의 경멸에 찬 말투와 합쳐져 그 말은 더욱 가시 돋치게 들렸다. 저녁노을에서 캐서린 쪽으로 고개를 돌린 앤은 그만 일어나서 나가려는 마음이 굴뚝같았다. 그러나 캐서린의 눈이 어딘지 좀 이상했다. 울고 있었을까? 그럴 리 없다. 캐서린 브룩이 울다니 생각도 할 수 없는 일이 아닌가.

앤은 힘겹게 말했다.

"갑자기 찾아와 폐가 됐나 보네요."

"나는 마음에 없는 말은 할 줄 몰라요. 당신은 마치 여왕처럼 행동하며 어떤 사람한테든 알맞은 말을 하지만, 나한테는 그런 재능이 없어요. 그래요, 폐가 되고말고요. 이런 방에 누가 찾아온들 반갑겠어요?"

캐서린은 비웃는 듯이 빛바랜 벽, 낡아빠진 볼품없는 의자, 축 처진 모슬린 페티코트가 걸쳐진 덜컹거리는 화장대 등을 눈짓으로 가리켰다.

"물론 좋은 방은 아니에요. 하지만 마음에 들지 않는다면 왜 이런 데 있어요?"

"어머나, 또 왜……왜로군요. 말해봐야 당신은 알 리 없죠. 아무래도 상관없어요. 남들이 뭐라 생각하든 나는 신경 쓰지 않으니까요. 오늘 밤은 또 무슨 일로 왔죠? 설마 저녁노을에나 젖어들겠다고 온 것은 아닐 테고요."

"크리스마스 휴가 때 나와 함께 그린게이블즈로 가지 않겠느냐고 물어보러 왔어요."

앤은 마침내 이 말을 꺼낸 뒤 생각했다.

'그래, 또 야유의 총알을 퍼붓겠지. 제발 앉기라도 할 수는 없나. 마치 내가 한시바삐 돌아가기를 기다리는 듯이 서 있잖아.'

그러나 잠시 동안 침묵이 이어졌다.

이윽고 캐서린은 천천히 말했다.

"어째서 함께 가자는 거죠? 나를 좋아해서는 아니잖아요. 아무리 당신이라도 그렇게까지 위장하지는 못할 텐데……."

앤은 숨김없이 말했다.

"사람이 이런 데서 크리스마스를 지내야 한다는 생각만으로도 견딜 수 없기 때문이에요."

때맞춰 야유가 날아왔다.

"아, 그래요. 연말을 맞아 자선을 베풀 마음이 솟았나 보군요. 나는 아직 그걸 받을 때가 되지 않았어요, 셜리 선생님."

앤은 일어났다. 이 별나고도 쌀쌀맞은 사람을 더 이상 참아줄 수 없었다. 앤은 방을 가로질러 가 캐서린의 눈을 똑바로 쳐다보았다.

"캐서린 브룩, 스스로도 아는지 어떤지 모르겠지만 댁한테 지금 필요한 것은 제대로 한번 엉덩이를 얻어맞는 거예요, 알아요?"

두 사람은 한순간 말없이 서로 노려보았다.

캐서린이 말했다.

"그렇게 말하고 나니 이제 속이 시원하겠군요."

그러나 뜻밖에 그 목소리에 모욕은 서려 있지 않았다. 웃음이라도 지을 듯 캐서린의 입꼬리가 씰룩거리고 있었다.

"맞아요, 얼마 전부터 그 말을 하고 싶어 견딜 수 없었어요. 내가 그린게이블즈에 가자는 것은 자선을 베풀고 싶어서가 아니에요. 그것은 캐서린도 잘 알고 있을 텐데요. 진짜 이유는 이미 말했어요. 누구든 이런 데서 크리스마스를 보내서는 안 돼요. 그런 일은 생각만으로도 온당치 않아요."

"내가 안됐다고 생각해서 그린게이블즈에 가자는 거군요."

"정말로 안쓰럽게 생각해요. 당신은 인생을 향해 문을 굳게 닫아버린 채 살고 있어요…… 그리고 이제는 인생이 당신에게 문을 닫으려 하고 있어요. 캐서린, 이제 좀 그만해요. 인생을 향해 마음의 문을 열어요. 그러면 인생이 성큼 들어올 거예요."

"'거울에 웃는 얼굴을 비추면 웃음을 마주하게 되리라.' 이 진부한 문구를 앤 셜리 식대로 바꾸셨군요."

캐서린은 그렇게 말하고 어깨를 으쓱했다.

"진부한 문구란 대개 이치에 맞죠. 그리고 그 말도 마찬가지예요. 자, 그래서 그린게이블즈에 갈 거예요, 안 갈 거예요?"

"만일 내가 간다고 하면 뭐라고 말할 생각이죠? 나에게가 아니라, 앤 자신에게 말이에요."

앤이 되받아쳤다.

"그럼 캐서린에게 미약하나마 처음으로 상식이 엿보였다고 말하겠어요."

놀랍게도 캐서린은 그 말에 웃었다. 창가로 걸어가 불같이 새빨간 한 줄의 무늬로 남은 저녁노을의 마지막 흔적을 찌푸린 채 노려보더니 빙글 돌아섰다.

"좋아요. 가겠어요. 자, 이제 '어머나, 기뻐라, 함께 즐거운 시간을 보내요.'라고,

으레 하는 말치레를 해 보시죠."

"나는 진심으로 기뻐요. 하지만 당신이 즐거운 시간을 보낼지 어떨지는 모를 일이죠. 그거야 브룩 선생님 하기에 달렸어요."

"어머나, 나는 점잖게 행동할 거예요. 아마 깜짝 놀랄걸요. 명랑한 손님까지는 못 되겠지만 식사 때 나이프로 음식을 집어 먹는다거나, 다른 사람이 날씨가 좋다고 말했을 때 비웃는 일은 하지 않겠다고 약속하죠. 터놓고 말하겠는데, 내가 가겠다고 한 단 한 가지 이유는 나도 여기서 혼자 크리스마스 휴가를 보내는 것만큼은 엄두가 안 나서예요. 데니스 부인은 샬럿타운에 사는 딸네 집에 가서 크리스마스 주일을 보내기로 되어 있어요. 내 손으로 내 식사를 준비해야 한다니 생각만 해도 끔찍해요. 나는 요리를 전혀 못하거든요. 그러니 물질이 정신에 승리를 거둔 셈이죠.

하지만 나한테 절대로 '메리 크리스마스'라고 하지는 않겠다고 당신의 명예를 걸고 맹세해주겠어요? 크리스마스라고 축복받는 기분 같은 건 안 나니까."

"네, 알았어요. 하지만 쌍둥이에 대해서까지는 약속 못 해요."

"이리 와서 앉으라고는 말하지 않겠어요. 꽁꽁 얼어버릴 테니까요. 하지만 아까 선생님이 찬탄한 저녁노을 대신에 예쁜 달이 떴네요. 혹시 괜찮다면 집까지 바래다주면서 당신이 달에 대해 찬미하는 걸 거들기로 하죠."

앤은 웃으며 말했다.

"그렇게 해주면 좋겠어요. 하지만 애번리에서는 달도 훨씬 더 아름답다는 것을 알려주고 싶네요."

리베카 듀는 앤의 탕파[4]를 준비하며 말했다.

---

4) 더운 물을 넣어 몸을 따뜻하게 하는 쇠나 자기로 만든 용기. 이불 속에 넣어서 씀.

"그럼 그 사람이 간다는 말이에요? 그렇다면 셜리 선생님, 내게 이슬람교도로 개종하라고는 결코 권하지 말아달라고 미리 부탁할게요…… 셜리 선생님이 말하면 그렇게 하고 말 것 같으니까. 그나저나 '그 고양이' 녀석은 어디 갔을까? 서머사이드를 이리저리 휘젓고 다니는 모양이지. 기온이 0도라는데."

"새 온도계 쪽은 그렇지 않은데요. 그리고 더스티 밀러는 내 방 난로 옆 흔들의자에서 몸을 말고 기분 좋게 코를 골고 있어요."

리베카 듀는 부엌문을 닫으며 몸을 오르르 떨었다.

"그러면 다행이고요. 아, 이런 밤에는 온 세상 사람들이 우리와 마찬가지로 집 안에서 훈훈하게 지낼 수 있었으면 좋으련만."

캐서린의 고백

윈디윌로즈에서 떠나는 앤을 늘푸른나무 저택의 지붕 밑 방 창문으로 조그만 엘리자베스가 슬픈 눈으로 내다보고 있다는 사실을 앤은 알지 못했다. 엘리자베스는 눈에 눈물이 가득 고인 채, 한동안 자기 삶에서 살아갈 보람이 완전히 빠져나가, 오늘 자신은 리지 가운데서도 가장 리지 같은 기분이 들었다.

그러나 말이 끄는 썰매가 유령골목 모퉁이를 돌아서 보이지 않게 되자 엘리자베스는 침대 곁에 무릎을 꿇고 기도했다.

"하느님, 내가 즐거운 크리스마스를 보내게 해달라고 부탁드려도 소용없다는 것을 알고 있어요. 할머니도 시녀도 즐거워할 줄 모르는 사람들이니까요. 하지만 나의 소중한 셜리 선생님만큼은 꼭 즐겁고 또 즐거운 크리스마스를 보내도록 해주세요. 그리고 크리스마스가 끝나면 무사히 나한테 돌아오게 해주세요."

기도를 마친 엘리자베스는 자리에서 일어섰다.

"자, 내가 할 수 있는 일은 다 한 거야."

앤은 이미 크리스마스의 행복을 맛보고 있었다. 기차가 역을 떠날 때 앤은 기쁨으로 빛이 나는 것 같았다. 지저분한 거리는 자꾸 뒤로 달아났다. 드디어 집으로……그린게이블즈로 돌아가는 것이다. 탁 트인 교외로 나오자 신비에 감싸인 듯 울창한 가문비나무며 잎을 떨군 희디흰 자작나무가 여기저기 점점이

서 있는 가운데 온 세상이 황금빛 도는 흰색과 엷은 보랏빛으로 물들어 있었다. 나목의 숲 뒤로 나직이 떠 있는 해는 기차가 빠르게 달려나가자 마치 눈부시게 빛나는 신처럼 나무 사이를 날듯이 빠져나갔다. 캐서린은 말이 없었지만 무례하지는 않았다.

캐서린은 기차에 타기 전에 앤에게 무뚝뚝하게 일러두었다.

"내가 이야기 상대가 되리라고는 기대하지 말아요."

"네, 좋아요. 상대가 꼭 자기 말에 응하며 무슨 말을 해주기를 바라는 사람이 있지만 내가 그런 억지스러운 사람들 가운데 하나라고는 생각지 말아요. 하고 싶은 말이 있을 때만 이야기하기로 해요. 나는 아마 자꾸만 수다를 떨고 싶어할지도 모르지만, 내가 무슨 이야기를 하든 신경 쓸 필요는 없어요."

데이비가 브라이트리버역으로 털가죽 무릎덮개를 잔뜩 준비한 커다란 2인용 썰매를 몰고 두 사람을 마중 나와 앤을 왈칵 껴안았다. 앤과 캐서린은 뒷좌석에 나란히 앉았다. 역에서 그린게이블즈까지의 드라이브는 앤이 주말에 집으로 돌아올 때 언제나 아주 큰 즐거움으로 여기는 일이었다. 그 길을 갈 때면 브라이트리버에서 매슈와 함께 처음 마차를 타고 그린게이블즈로 왔을 때 일을 늘 떠올리곤 했다. 그때는 늦은 봄이었고 지금은 12월이다. 그러나 길을 따라 나타나는 모든 것들이 앤에게 "기억나?"라고 묻고 있었다. 썰매 밑에서 눈이 뽀드득뽀드득 소리를 내고, 뾰족뾰족한 머리 위로 눈이 덮인 키 큰 전나무 숲 사이로 찰랑찰랑 방울 소리가 울려 퍼졌다. '환희의 하얀 길'에는 조그만 별장식들이 나무들에 얼기설기 얽혀 있었다. 마지막 언덕 하나를 남겨둔 곳에 이르렀을 때 멋진 세인트로렌스만이 달빛 아래 하얗고도 신비스러운 모습을 드러내고 있는 것이 보였다. 아직 얼음은 얼지 않았다.

앤이 말했다.

"이 길을 가다가 언제나 '집에 다 왔다!'라고 느끼는 장소가 하나 있어요. 그건 바로 다음 언덕마루예요. 거기에 가면 그린게이블즈의 불빛이 보여요. 나는 마릴라가 우리를 위해 어떤 저녁 식사를 준비해두고 있을까 상상해보는 참이에요. 벌써부터 맛있는 냄새가 나는 것 같아요. 아, 집으로 돌아온다는 것은 정말, 정말, 정말 즐거워요!"

그린게이블즈에서는 뜰의 모든 나무들이 앤을 반갑게 맞이하고 창문의 따뜻한 불빛 하나하나가 앤에게 손짓하고 있었다. 그리고 문을 열었을 때 마릴라의 부엌은 그 얼마나 좋은 냄새로 가득 차 있었던지! 포옹과 환호성과 웃음이 정신없이 오갔다. 그 틈바구니에서 캐서린조차 남이 아니라 어쩐지 가족의 한 사람이 된 듯했다. 린드 아주머니는 잘 간직해둔 응접실용 램프를 식탁에 가져와 불을 켰다. 솔직히 말하면 그것은 흉한 빨간 전구가 끼워진 흉한 물건이었으나, 그날만큼은 자리에 더없이 어울리는 따뜻한 장밋빛 불빛을 여기저기 비춰주고 있었다. 불빛에 춤추는 그림자들은 얼마나 따뜻하고 정겨워 보이는지! 어느새 도라는 아름다운 소녀가 되어 있었고, 데이비도 훌쩍 자라 청년이 다 되었다.

여러 가지 소식이 쌓여 있었다. 다이애나에게 첫 딸이 태어난 것, 조지 파이에게 정말로 젊은 연인이 생긴 일, 찰리 슬론이 약혼했다는 소문 등이었다. 그것은 대제국의 뉴스 못지않은 중대사였다. 천조각을 5천 장이나 써서 막 마무리했다는 린드 아주머니의 새 퀼트 이불이 모두 앞에 펼쳐져 마땅히 받아야 할 찬사를 받았다.

데이비가 말했다.

"있잖아, 누나가 돌아오면 온 집 안에 생기가 도는 것 같아."

아, 이것이 바로 사는 것이지, 라는 듯 도라의 고양이가 간드러진 목소리로 가르랑거렸다.

저녁 식사가 끝나자 앤이 말했다.

"나는 예전부터 달밤의 유혹을 이겨내지 못했어요. 브룩 선생님, 눈신을 신고 산책할래요? 눈신을 신고 잘 걷는다고 들은 것 같은데요."

캐서린이 어깨를 으쓱했다.

"그래요. 내가 할 줄 아는 일이라고는 그것밖에 없어요. 하지만 벌써 6년이나 신어본 일이 없어서 어떨지 모르겠네요."

앤은 다락방을 뒤져 자기 눈신을 꺼내오고, 데이비는 '언덕의 과수원'으로 재빨리 달려가 캐서린을 위해 전에 다이애나가 신었던 눈신을 한 켤레 빌려왔다. 두 사람은 나무들이 아름다운 그림자를 가득 드리운 '연인의 오솔길'을 지나 조그만 전나무가 울타리를 이루고 있는 목장을 가로질러 숲을 빠져나갔다. 신비한 숲은 비밀에 차 있어 금방이라도 그것을 속삭일 듯 보였지만 결코 그러는 법이 없었다. 그리고 두 사람은 쏟아지는 달빛이 고여 은빛 웅덩이를 이룬 듯한 숲속 작은 빈터들을 지나갔다.

두 사람은 아무 말도 하지 않았고 또 하고 싶다고도 생각지 않았다. 말을 하면 아름다운 무엇인가를 망가뜨리는 게 아닐까 두려워하는 듯했다. 그러나 앤은 지금까지 이처럼 캐서린 브룩이 가깝게 느껴진 적이 없었다. 겨울밤이 그 독특한 마법으로 두 사람의 마음을 하나로—완전히는 아니더라도 상당히 하나에 가깝게—이어주었다.

큰길로 나왔을 때 썰매 한 대가 웃음소리를 퍼뜨리고 딸랑딸랑 방울 소리를 내며 두 사람 곁을 힘차게 달려 지나가자, 두 사람은 저도 모르게 한숨을 내쉬었다. 두 사람 모두 자기들이 뒤로한 세계와 이제부터 돌아가려는 세계 사이에 아무런 공통점이 없는 듯이 느꼈다. 방금 뒤로하고 온 세계에서는 시간이 존재하지 않고 영원한 젊음이 있을 뿐이며 말이라는 엉성한 도구에 기대지 않고 마음과 마음이 서로 통할 수 있었다.

캐서린이 말했다.

"멋져."

혼잣말인 게 분명했으므로 앤은 맞장구치지 않았다.

두 사람은 큰길을 따라오다 긴 그린게이블즈 오솔길로 꺾었는데, 뒤뜰로 들어서기 바로 직전에 대문 앞에서 약속이라도 한 듯 걸음을 멈춰 섰다. 그러고는 오래된 이끼 낀 울타리에 기대서서 나무들의 베일 너머로 희미하게 보이는 생각에 잠긴 어머니 같은 집을 바라보았다. 겨울밤 그린게이블즈는 얼마나 아름다운가!

그 아래에는 얼음 속에 갇힌 '반짝이는 윤슬의 호수' 가장자리를 따라 나무 그림자가 무늬를 그리고 있었다. 둘레에는 고요가 깔리고, 들리는 것이라고는 다리를 건너는 썰매에서 스타카토 음처럼 또각또각 끊어지며 들려오는 말발굽 소리뿐이었다. 앤은 자기의 지붕 밑 동쪽 방에 누워서 그 소리를 들으며, 그것이 밤을 가로질러 달려가는 요정이 올라탄 말의 발굽 소리라고 수없이 상상했던 일을 떠올리고 미소 지었다.

그러다 또 다른 소리가 갑작스레 고요를 깨뜨리고 들려왔다.

"캐서린! 어머나, 설마……설마 울고 있는 건 아니죠?"

어떤 이유에서인지 캐서린이 우는 일은 있을 수 없다고 여겨왔다. 그러나 울고 있었다. 그 눈물 하나로 별안간 캐서린이 정답게 느껴졌다. 앤은 이미 캐서린을 더 이상 두렵거나 어렵게 느끼지 않았다.

"캐서린, 어머, 캐서린, 왜 그래요? 내가 무슨 도움이 될 수 없을까요?"

"오, 앤은 몰라요! 당신에게는 모든 것이 순조롭기만 했을 테죠. 앤은……앤은 아름다움과 낭만에 싸인 조그만 마법 세계에 살고 있는 사람이에요. '오늘은 어떤 신나는 일을 발견하게 될까?'……그렇게 인생을 대하며 살아온 것이 보여요, 앤.

하지만 나는 사는 방법을 잊어버렸어요. 아니, 처음부터 몰랐어요. 나는……나는 덫에 걸린 짐승 같아요. 아무리 애써봐도 거기서 벗어날 수가 없어요. 그런데 언제나 낯선 누군가가 창살 사이로 막대기를 넣어 쿡쿡 찌르는 것 같아요.

앤은……앤은 차고 넘쳐서 감당치 못할 정도의 행복에 싸여 있어요. 어디에 가도 친구가 있고, 또 연인이 있죠! 그렇다고 내가 연인을 원한다는 건 아니에요. 남자는 질색이니까요.

하지만 만일 내가 오늘 밤 죽는다 해도 누구 하나 슬퍼해줄 사람이 없어요. 온 세상에 단 한 명의 친구도 없다는 게 어떤 기분인지 알아요?"

다시 울음이 왈칵 터지며 캐서린은 목이 메었다.

"캐서린, 당신은 솔직한 게 좋다고 했죠. 그러니 솔직하게 단도직입적으로 말할게요. 캐서린이 말하듯 친구가 없다면 그것은 캐서린 자신이 잘못한 탓이에요. 나는 줄곧 캐서린과 친구가 되고 싶었어요. 하지만 캐서린이 가시 돋친 말과 행동으로 다가가지 못하게 했어요."

"네, 알아요, 나도 알고 있어요! 처음에 앤이 왔을 때 얼마나 미웠는지 몰라요. 끼고 있는 그 진주 반지를 자랑삼아 내보이는 모습에……."

"캐서린, 나는 자랑삼아 내보인 적 없어요."

"네, 그랬을 거예요. 그것이 내가 타고난 나쁜 점이에요. 나의 꽁한 성격 때문에 마치 그 진주 반지가 나한테 '봐요, 봐요, 부럽죠?'라고 하는 것처럼 보였어요. 그렇다고 앤한테 연인이 있다고 시샘한 것은 아니에요. 나는 결혼하고 싶다는 생각은 한 번도 해 본 적이 없거든요. 결혼 생활이라면 아버지와 어머니를 보고 있는 것만으로 질려버렸어요.

그렇지만 앤이 나보다 손아래면서 내 윗자리에 있는 게 미웠어요. 그래서 프링글 집안사람들이 앤을 골탕 먹일 때 기뻤지요. 내가 가지지 못한 것을 앤은 모두 가진 것만 같았어요…… 매력, 우정, 청춘. 아, 청춘! 내게는 애정에 굶주린 비참한 청춘밖에 없었어요. 앤은 그런 마음을 절대 알 리 없어요. 절대 모를 테죠. 자신을 사랑해주는 사람이 아무도 없다는 것, 세상에 나를 원하는 사람이 단 한 명도 없다는 것이 어떤 일인지 앤은 짐작도 못 할 거예요."

"어머나, 내가 짐작하지 못한다고요?"

앤은 그린게이블즈로 오기 전 어린 시절 일을 가슴 저미는 몇 마디 말로 설명했다.

놀란 캐서린이 미안해하며 말했다.

"그 일을 알았더라면 좋았을 텐데. 그랬으면 우리 사이는 달라졌을 거예요. 내게는 앤이 마냥 행운아처럼만 보였어요. 그런 앤이 부러워 몸부림쳤죠. 게다가 내가 바라던 자리에 앤이 취임했으니까요. 물론 앤이 나보다 자격이 있다는 건 알아요. 그래도 샘이 났어요. 더군다나 앤은 예뻐요. 적어도 남들에게 매력 있다는 생각이 들게 하죠. 내가 들었던 기억이 나는 첫마디는 누군가가 '얘는 어쩌면 이토록 못생겼을까!'라는 것이었어요.

앤은 방으로 들어설 때면 늘 즐거워 보였죠…… 아, 나는 처음으로 학교에 온 날 아침의 앤의 모습을 기억하고 있어요. 하지만 내가 그토록 앤을 미워한 진짜 이유는 앤이 언제나 혼자만 뭔가 비밀스러운 기쁨을 안고 있는 것처럼 보였기 때문이 아닌가 해요…… 마치 매일매일이 모험이기라도 한 것처럼요. 그래서 밉다고 생각하면서도 때로는 앤이 어쩌면 먼 별나라로부터 왔는지도 모르겠다고 스스로 인정하는 일이 있었죠."

"캐서린, 나한테 그런 칭찬을 쏟아내다니 정말이지 너무 놀라워요. 이제는 나를 미워하지 않죠? 우리는 이제 친구가 될 수 있어요."

"모르겠어요…… 지금까지 내 나이 또래의 친구는커녕 어떤 친구도 사귀어본 적이 없는걸요. 나는 그 누구하고도 어울리지 못했고 지금도 마찬가지예요. 나는 친구가 되는 법을 몰라요. 그래요, 이제 더는 앤을 미워하지 않아요. 사실, 앤에게 어떤 마음을 품어야 할지 모르겠어요.

아, 소문난 앤의 매력이 내게도 스며들기 시작한 것인지 모르죠. 나는 앤에게 지금까지 내 삶이 어떤 것이었는지 털어놓고 싶어졌어요. 앤이 그린게이블즈로 오기 전 일을 말해주지 않았더라면 도저히 말할 생각이 들지 않았을 테지만요. 내가 어쩌다 지금 같은 내가 됐는지 앤이 알아줬으면 해요. 어째서 앤에게 이야기하고 싶은지는 스스로도 모르겠지만요."

"어서 이야기해봐요, 캐서린. 나는 캐서린을 이해하고 싶어요."

"사랑해주는 사람이 없다는 게 어떤 일인지 당신도 알고 있지요. 하지만 자기 아버지, 어머니에게 사랑받지 못하는 게 어떤 일인지는 모를 거예요. 나의 아버지와 어머니가 그랬어요. 둘 다 내가 태어난 순간부터—아니, 태어나기 전부터—나를 미워했어요. 그리고 서로를 미워하고 있었어요. 정말이에요. 별것도 아닌 일에도 상스럽고 속 좁게 서로를 긁어대며 노상 싸웠죠. 내 어린 시절은 악몽 같았어요.

그러다 내가 7살 되었을 때 아버지도 어머니도 돌아가셔서 헨리 삼촌 집에서 지내게 되었어요. 삼촌 집에서도 나는 환영받지 못했어요. '자기들이 자선을 베푼 덕분에' 내가 살아갈 수 있다면서 모두들 나를 업신여겼죠. 그곳에 살면서 야단맞은 일을 모두 기억하고 있어요…… 하나도 남김없이. 따뜻한 말은 한 번도 들어본 적이 없어요. 옷은 사촌들이 입다가 못 입게 된 헌 옷을 얻어 입어야만 했어요. 그 가운데서도 유난히 기억나는 모자가 하나 있어요. 그것을 쓰면 나는 꼭 버섯같이 보였는데, 쓸 때마다 놀림을 당했죠. 어느 날, 너무 싫은 나머지 나는 그 모자를 찢어서 불 속에 던져버렸어요. 그 벌로 겨우내 교회에 갈 때마다 낡고 흉한 탬 오섄터 모자[1]를 쓰고 다녀야 했지요. 개를 기르고 싶었지만 허락하지 않았어요.

그래도 난 머리는 비교적 좋았어요. 4년제 대학에 가고 싶었지만, 물론 그런 일은 달나라에 가려 하는 거나 마찬가지였어요. 그나마도 헨리 삼촌은 내가 학교에 취직하면 비용을 갚는다는 조건으로 퀸즈아카데미에 다니는 데에는 동의해주었어요. 삼촌은 형편없는 싸구려 하숙집에밖에는 살 수 없는 정도의 하숙비를 내주었죠. 그때 부엌 바로 위에 있는 방에 살았는데, 겨울에는 냉골이고 여름에는 쪄 죽을 것 같은 데다 일 년 내내 음식 냄새가 코를 찔렀어요. 게다가 퀸즈아카데미에 다닐 때 입었던 내 형편없는 옷차림은 말도 못 해요!

하지만 나는 교사자격증을 받아 서머사이드 고등학교에 교감으로 올 수 있었어요. 태어나서 처음 내게도 행운이 찾아왔다고 느꼈죠. 그 뒤로 헨리 삼촌에게 빌린 돈을 갚기 위해 할 수 있는 한 아끼고 나를 쥐어짰어요. 퀸즈아카데미에 보내준 비용뿐 아니라 내가 삼촌네에 있었을 때 나한테 들어갔던 돈까지 모조리 갚기 위해서요. 삼촌에게는 한 푼의 빚도 남기지 않으리라 마음먹었으니까요. 그래서 데니스 부인 집에 하숙하고 초라한 옷만 입었던 거예요. 삼촌에게 진 빚은 이제 겨우 다 갚았어요. 태어나서 처음으로 자유로워진 기분이

---

[1] 스코틀랜드인이 즐겨 쓴, 위에 둥근 술이 달리고 챙이 없으며, 베레모 비슷한 큼지막한 울 모자. 스코틀랜드 시인 로버트 번스(1759~1796)가 쓴 같은 이름의 시 《탬 오섄터(섄터의 탬)》의 주인공인 농부 탬이 쓰고 있었던 것에서 유래.

에요.

 하지만 그렇게 지내는 동안 나는 비뚤어지고 말았어요. 내가 사교적이지 않다는 건 스스로도 알고 있어요. 막상 누군가와 이야기하려고 하면 무슨 말을 해야 할지 도저히 모르겠는 거예요. 사교적인 모임에서 무시를 당한다거나 없는 사람 취급을 당하는 것이 내 탓이란 거 알아요. 주변 사람들이 불쾌해지도록 행동하는 게 어느새 내 특기가 되어버렸고 비꼬는 버릇이 있다는 것도 알고 있어요. 학생들이 나를 폭군같이 여기고 있고, 나를 싫어하는 것도 모르지 않아요. 그런 것을 알면서도 내가 아무렇지 않으리라 생각해요?

 학생들은 언제나 나한테 겁을 먹고 있는 듯이 보여요…… 나는 겁먹은 눈으로 힐끔거리며 나를 보는 사람이 정말 싫어요. 아, 그렇지만 앤, 미움이 나에게는 아예 병이 되어버렸어요. 나도 다른 사람들같이 되고 싶어요. 하지만 이제는 도저히 그렇게 될 수 없어요. 그래서 점점 독살스럽게만 구는 거예요."

 "아니요, 될 수 있어요!"

 앤은 캐서린에게 바짝 다가가 어깨에 팔을 둘렀다.

 "이제부터 미움을 마음에서 몰아내면 돼요. 스스로 고치는 거예요. 캐서린의 인생은 지금 막 시작되었는걸요. 마침내 캐서린은 자유를 되찾았고 하고 싶은 일을 할 수 있게 되었으니까요. 다음 길모퉁이에 무엇이 기다리고 있을지 알 수 없어요."

 "앤이 전에 그렇게 말하는 것을 듣고서 비웃은 적이 있어요. 하지만 문제는 내 길에는 모퉁이가 없다는 거예요. 내 앞길은 지평선까지 곧장 뻗어 있어요. 끝없이 단조롭게. 오, 앤, 앤은 인생이 두렵게 느껴지는 일이 있어요? 인생이 너무 공허할 뿐이고, 아무 흥미로운 면도 없으면서 그저 차갑기만 한 사람들로만 바글거리고 있어서요.

물론 없겠죠. 앤은 평생 교사 노릇을 하지 않아도 되니까요. 게다가 앤은 어떤 사람에게나 흥미를 가지고 있는 듯하니까요. 심지어 앤이 리베카 듀라고 부르는 그 둥글고 빨간 얼굴을 한 작달막한 사람에게까지요.

내 진심을 말하자면 나는 가르치는 게 몹시 싫어요. 하지만 달리 할 수 있는 일이 하나도 없어요. 학교 선생이란 정말 시간의 노예예요. 그래요, 앤이 가르치는 일을 좋아하는 건 알아요. 어떻게 그럴 수 있는지 나는 도무지 모르겠지만요.

앤, 나는 여행을 하고 싶어요. 그것만이 전부터 바라던 단 하나의 소망이에요. 지금도 기억하는데, 헨리 삼촌 집의 내 다락방에는 다른 가족들이 모두 퇴짜를 놓은 바람에 내팽개쳐진 빛바랜 판화가 하나 벽에 걸려 있었어요. 사막의 오아시스 둘레에 종려나무가 서 있고 한 무리의 낙타가 멀리 열을 지어 걸어가는 그림이에요. 그 그림을 보는 순간 첫눈에 매료됐어요. 늘 그곳을 찾아가보고 싶다고 생각하곤 했죠.

나는 밤하늘에 뜬 남십자성도, 타지마할[2]이며 카르나크의 신전[3] 같은 것도 보고 싶어요. 나는 지구가 둥글다는 것을 체험으로 알고 싶어요. 그냥 글로 배워서 머리로만 그런가 보다 하는 게 아니라. 하지만 그런 일은 선생 봉급으로는 도저히 할 수 없어요. 나는 죽을 때까지 헨리 8세의 여성 편력과 캐나다 자치령의 무한한 자원 같은 것에 대해 지껄여대야겠죠."

앤은 웃었다. 캐서린의 목소리에서 가시 돋친 느낌이 사라져 이제는 웃어도 염려 없었다. 다만 조금은 안타깝고 안달 난 듯 들릴 뿐이었다.

---

2) 인도의 대표적 이슬람 건축. 17세기에 무굴제국 황제가 갑자기 숨진 왕비를 위해 그 영원한 사랑의 기념으로 지었음.
3) 이집트 나일강 상류에 있는 고대 테베 유적.

"아무튼 우리 이제부터는 친구로 지내요. 그리고 친구가 되는 첫걸음으로 여기서 열흘 동안 유쾌하게 지내요. 나는 오래전부터 캐서린과 친구가 되고 싶었어요, 머리글자가 K인 캐서린! 온통 곤두세운 그 가시 밑에는 틀림없이 친구가 되면 좋아하게 될 그 무엇이 있으리라 생각했으니까요."

"나를 정말 그렇게 생각했나요? 나를 어떻게 보려나 늘 걱정했어요. 글쎄요, 표범도 기회만 주어진다면 그 무늬를 바꿀 수 있을지 모르죠. 잘하면 될지도 몰라요.

그런데 이 그린게이블즈에서라면 그 어떤 일이라도 믿을 수 있겠다 싶어요. 나는 난생처음 비로소 집처럼 느껴지는 곳에 온 듯한 기분이 들어요. 나도 다른 사람들처럼 되고 싶어요…… 너무 늦지 않았다면요.

내일 밤 앤의 길버트에게도 한번 명랑하게 웃어 보일 생각이에요. 행여 전에는 알고 있었다 하더라도, 이제는 젊은 남자들에게 이야기하는 법을 다 잊어버렸지만요. 길버트는 나를 앤과 자기 사이에 눈치 없이 계속 끼는 노처녀 방해꾼으로나 생각할지도 몰라요.

그나저나 이렇게 내 가면을 벗어 던지고 그 아래 감춰진 외로움에 떠는 내 영혼의 민낯을 앤에게 보여서 오늘 밤 잠자리에 들 때면 나 자신에게 몹시 화를 내는 거 아닌지 모르겠어요."

"아니, 그럴 리 없어요. 캐서린이 외로움이라는 감정을 지닌 똑같은 사람임을 내가 알게 돼서 잘됐다고 여길걸요. 이제 우리 그만 집에 돌아가서 따뜻하고 푹신한 이불 속으로 쏙 들어가요. 아마 탕파는 두 개가 들어 있을 거예요. 마릴라와 린드 아주머니가 틀림없이 서로 다른 한 사람이 잊었을까 봐 각자 한 개씩 넣었을 테니까요. 게다가 추운 달밤에 산책을 한 뒤니 기분 좋게 졸음이 쏟아질 거예요. 아마 그러다가 눈을 떠보면 어느새 아침이 되어 있을걸요. 그리고 자기야말로 그 누구보다도 먼저 하늘이 파랗다는 사실을 발견한 사람이 된 기분이 들 테죠.

그것만이 아니에요. 곧 건포도 넣은 푸딩을 만드는 비법도 알게 될 거예요. 화요일에 내가 만들 텐데 캐서린이 옆에서 거들어주어야 하거든요. 건포도를 잔뜩 넣은 커다란 푸딩을요."

두 사람이 집으로 들어갔을 때, 앤은 캐서린이 매우 예쁜 데 놀랐다. 살을 에는 듯한 추위 속을 오래 걷고 난 다음이라 혈색이 돌아 얼굴이 발그레한 빛을 띠면서 그녀를 아주 딴사람으로 보이게 했다.

'어머나, 제대로 된 옷과 모자만 갖춘다면 캐서린은 훨씬 더 아름다워지겠어.'

앤은 서머사이드 가게에서 눈에 띈, 호화로운 짙은 붉은색 벨벳 모자를 캐서린의 검은 머리에 얹어 그것을 호박색 눈 위까지 깊숙이 눌러 씌운 장면을 상상했다.

'내가 어떻게든 해 봐야겠어.'

캐서린의 새로운 인생관

그린게이블즈의 토요일과 월요일은 떠들썩한 일로 가득했다. 건포도 넣은 푸딩을 만들고, 크리스마스트리를 집으로 날라 왔다. 크리스마스트리는 캐서린, 앤, 데이비, 도라 넷이 숲속에서 아름답고 조그만 전나무를 찾아서 잘라 왔다. 그것은 해리슨 씨네 땅의 작은 빈터에 있던 것인데, 어차피 봄이 되면 밭을 갈기 위해 잘라낼 것이었으므로 앤도 겨우 자르는 데 동의했다.

그들이 장식용 크리스마스 화환을 만들기 위해 독일가문비나무며 눈잣나무를 꺾고, 겨우내 숲 깊숙한 곳의 어느 낮은 땅에 새파랗게 돋아나 있는 풀고사리까지 꺾으며 헤매는 동안, 해는 하얀 산마루에서 돌아보며 밤을 향해 미소 지었다. 시간이 그렇게 되고서야 모두들 의기양양하게 그린게이블즈로 돌아와보니 담갈색 눈의 키 큰 젊은이가 와 있었다. 그는 돋아나기 시작한 콧수염 때문에 나이보다 더 어른스러워 보였다. 앤은 한순간 이 사람이 길버트인지 아니면 모르는 사람인지 헷갈릴 정도였다.

캐서린은 평소의 비꼬는 기색이 조금도 들어가지 않은 미소를 띠며 응접실에 두 사람을 남겨두고 저녁 내내 부엌에서 쌍둥이를 상대로 이런저런 놀이를 함께하며 놀았다. 놀랍게도 캐서린은 자기도 모르는 사이에 즐기고 있었다. 데이비와 함께 지하실의 광으로 내려가 꿀맛 같은 사과가 정말로 세상에 아직 남아 있다는 사실을 알게 되는 즐거움도 누렸다. 그때까지 시골집 지하실의 광에 들어가본 적이 없었던 캐서린은 촛불에 어른어른 비추는 그림자로 그곳이 금세 도깨비라도 나올 듯한 으스스한 재미가 생기는 장소임을 난생처음 알았다. 인생에는 이미 따뜻함이 더해지고 있었다. 태어나서 처음으로 캐서린은 자기 같은 사람에게도 인생은 아름다운 것일지 모른다고 느꼈다.

크리스마스 날 아침, 데이비는 젖소 목에 다는 방울을 흔들며 층계를 오르락내리락하여 칠면자(七眠子)[1]의 깊은 잠조차 깨울 만큼 큰 소리를 냈다. 마릴라는 손님이 와 있는데 그런 짓을 한다고 야단쳤지만 캐서린은 웃으며 아래층으로 내려왔다. 무슨 까닭인지 그녀와 데이비 사이에는 둘도 없는 단짝처럼 묘한 우정 같은 것이 싹트고 있었다. 캐서린은 앤에게 우등생인 도라에게는 별 흥미를 못 느꼈지만 자신처럼 결점을 지닌 데이비에게는 어쩐지 마음이 갔다고 솔직히 말했다.

응접실 문을 열고 모두들 아침 식사 전에 선물을 주고받았다. 쌍둥이가—도라조차도—선물을 받기 전에는 음식이 목에 넘어가지 않을 기세였기 때문이다. 캐서린은, 앤이야 도리상 자신에게 무엇인가 주겠거니 생각했지만 그 밖에는 아무것도 기대하지 않았는데, 온 집안사람들로부터 선물을 받았다. 린드 부인은 코바늘로 뜬 예쁜 숄, 도라는 향기 나는 흰 붓꽃의 뿌리가 들어 있는 향주머니, 데이비는 종이칼, 마릴라는 조그만 병에 담긴 잼과 젤리 한 광주리를 주었고, 심지어 길버트조차도 조그만 청동 고양이 문진을 선물해주었다.

그러고도 한 가지 선물이 더 있었다. 비단같이 부드럽고 쫑긋 선 귀와 사람 기분을 맞춰주는 듯한 꼬리를 가진 귀여운 갈색 눈의 강아지였다. 크리스마스

---

[1] 그리스도교도 신앙에 대한 박해를 피해 로마가 그리스도화되기까지 에페소의 산속 동굴에 갇혀 200년간 자다가 깨었다는 설화 속 7인의 귀족.

트리 아래에 깔린 따뜻한 담요 위에 웅크리고 누워 있는 그 강아지의 목에는 다음과 같이 쓰인 카드가 달려 있었다.

감히 맹세를 깨고 말하고 싶었어요.
메리 크리스마스.

앤으로부터

캐서린은 버둥거리는 조그만 강아지를 가슴에 껴안으며 떨리는 목소리로 말했다.

"앤, 어쩜 이렇게 귀여울까요! 하지만 데니스 부인이 못 기르게 할 거예요. 개를 길러도 좋으냐고 물었는데 거절당했어요."

"데니스 부인과는 이미 이야기가 다 되어 있어요. 돌아가서 보세요. 부인은 반대하지 않을 거예요. 그리고 캐서린, 어차피 그곳에 언제까지나 있을 건 아니잖아요. 이제는 삼촌에게 빚졌다고 생각한 돈도 다 갚았으니 제대로 된 하숙을 찾아야죠. 이 예쁜 편지지 세트 좀 볼래요. 다이애나가 나한테 선물로 보낸 거예요. 아무것도 씌어 있지 않은 편지지를 보면서 어떤 일이 거기에 적힐까 떠올리는 것은 참 멋지지 않아요?"

린드 아주머니는 화이트 크리스마스여서 잘됐다고 기뻐했다. 크리스마스에 눈이 내리면, 그해에 많은 사람들이 죽을 흉조를 피해 간다는 미신을 믿었기 때문이다. 그러나 캐서린에게는 이번 크리스마스가 그저 하얗기만 한 것이 아니라 보랏빛과 진홍색과 황금빛으로 황홀하게 여겨졌다.

크리스마스 뒤 이어진 1주일도 마찬가지로 신나는 날들이었다. 캐서린은 지금까지 행복이란 어떤 것일까에 대해 씁쓸한 마음으로 자주 고민해왔는데, 지금에서야 그것을 깨달았다. 그녀의 외모는 놀랍도록 꽃피었다. 정신을 차리고 보니, 앤은 캐서린과 함께 지내는 것을 즐기고 있는 자신을 발견했다. 그리고 모든 것이 기우였음을 깨닫고 혼자 어이없어했다.

'캐서린 때문에 크리스마스 휴가가 엉망이 되지 않을까 걱정했었다니!'

캐서린은 캐서린대로 혼잣말을 했다.

'앤이 초대했을 때 하마터면 거절할 뻔했다니, 정말!'

고요 그 자체가 친밀하게 느껴지는 '연인의 오솔길'이며 '도깨비숲'으로 두 사람은 곧잘 긴 산책을 나갔다. 꼬마 도깨비가 춤을 추듯 가볍게 눈발이 휘날리는 언덕, 보랏빛 그림자가 짙게 떠도는 오래된 과수원, 화려한 저녁놀에 휩싸이는 숲으로 쏘다녔다. 아름답게 지저귀며 노래하는 작은 새의 그림자도 보이지 않고 졸졸거리는 시냇물 소리도 들리지 않으며 도토리를 찾아다니는 다람쥐 모습도 없었다. 그러나 이따금 바람이 연주하는 곡조가 허전함을 메우고 있었다.

앤이 말했다.

"눈을 똑바로 뜨고 귀를 잘 기울이면 언제나 멋진 것들이 보이고 들리는 법이에요."

두 사람은 '양배추에서 임금님'[2]에 이르는 온갖 이야기를 나누며 별나라까지 마차를 몰아갈 듯한 기세로 돌아다니다가 그린게이블즈의 식료품 저장실조차도 거덜 낼 만큼 한껏 고파진 배를 끌어안고 돌아왔다. 눈보라로 밖에 나가지 못하는 날도 있었다. 동풍이 처마 밑으로 휘몰아치고 잿빛 세인트로렌스만은 울부짖었다. 그러나 눈보라 가운데서조차 그린게이블즈에는 즐거움이 넘

---

2) 루이스 캐럴(1832~1898)이라는 필명을 쓴 영국 작가 찰스 럿위지 도지슨의 소설 《이상한 나라의 앨리스》의 속편인 《거울나라의 앨리스》에 썼던 이야기시 〈바다코끼리와 목수〉에서 따옴.

쳐흘렀다. 난로 옆에 앉아 싱싱한 사과나 달콤한 캔디를 먹으며, 천장에 일렁이며 비치는 난롯불을 쳐다보는 것은 아늑한 기분을 느끼게 했다. 밖에는 사납게 눈보라가 휘몰아치지만 집 안에서 도란도란 추억을 나누며 먹는 저녁 식사는 그 얼마나 즐겁고 따사롭던지!

하룻밤은 다이애나와 갓 태어난 딸을 만나도록 길버트가 두 사람을 데려갔다.

캐서린은 돌아오는 마차 안에서 말했다.

"나는 지금까지 한 번도 아기를 안아본 일이 없어요. 첫째는 안고 싶지 않았고, 또 다른 이유는 내가 안았다가 여리디여린 아기가 부서지지나 않을까 무서웠죠.

내가 오늘 어떤 기분이 들었는지 앤은 상상도 못 할 거예요. 그 조그맣고 예쁜 아기를 안고 있자니 내가 어찌나 덩치만 커다랗고 우둔한 사람이라는 느낌이 들었는지 몰라요.

라이트 부인은 내가 금방이라도 아기를 떨어뜨리지 않을까 조마조마했을 거예요. 걱정스러워하는 마음을 내가 눈치채지 못하게 하려고 애써 참고 있는 것이 눈에 보였어요. 그런데 오늘 내 마음에 어떤 변화가 일어났어요……아기로 인해. 그게 뭔지는 아직 잘 모르겠지만요."

앤은 꿈꾸듯 말했다.

"아기란 정말 매혹적인 존재죠. 레드먼드에서 누군가가 아기란 '무서운 잠재 능력의 덩어리'라고 말했어요. 생각해봐요, 캐서린, 호메로스 또한 처음에는 아기였음에 틀림없는걸요. 보조개가 있고 커다란 눈에 빛을 담은 조그마한 아기였음에 틀림없어요. 그때부터 앞을 못 봤을 리는 없어요."

캐서린은 안타까운 듯 말했다.

"호메로스 어머니가 자기 아기가 그 고대 그리스 시인 호메로스가 되리라는 것을 몰랐다고 생각하면 좀 안타까워요!"

앤은 부드러운 목소리로 말했다.

"하지만 유다의 어머니가 자기 아기가 자라서 예수를 파는 일을 하리라고는 몰랐다면 차라리 다행이라고 생각해요. 부디 죽을 때까지 몰랐기를 바라요."

또 다른 날 밤에는 공회당에서 음악회가 열린 뒤 애브너 슬론네에서 파티가 이어졌다. 두 군데에 다 참석하자고 앤은 캐서린을 설득했다.

"캐서린의 낭송을 프로그램에 넣도록 해줘요. 캐서린이 낭송을 멋들어지게 한다고 들은 적이 있거든요."

"전에는 낭독을 곧잘 했어요. 좀 좋아했거든요. 하지만 재작년 여름에 피서 온 사람들이 연 바닷가의 음악회에서 낭송을 했었는데 끝나고 나서 다들 나를 비웃는 것을 들었어요."

"어떻게 캐서린을 보고 비웃었다는 걸 알았죠?"

"그야 뻔하잖아요. 달리 웃음거리가 없었는걸요."

앤은 웃음이 나려는 것을 참고 다시금 낭송을 해달라고 졸랐다.

"앙코르로는 〈제네브라〉3)를 해줘요. 캐서린이 낭송한 〈제네브라〉가 정말 근사하다고 들었어요. 스티븐 프링글 부인이 말했는데, 그걸 들은 날 밤 한숨도 못 잤다고 나한테 말한 적이 있어요."

"그건 싫어요, 나는 〈제네브라〉를 좋아한 적이 단 한번도 없는걸요. 교과서에 실려 있어서 학생들에게 읽는 법을 가르치느라 이따금 낭송했을 뿐이에요. 실제로는 제네브라라는 사람이 이해가 안 돼요. 자기가 감금된 것을 알았을

---

3) 영국의 시인 프랜시스 도일 경(1810~1888)의 시를 가리키는 것으로 보임.

때 어째서 크게 소리를 지르지 않은 걸까요? 그랬으면 사람들이 제네브라를 찾아 여기저기 돌아다녔을 때 틀림없이 누군가는 그 목소리를 들었을 텐데 말이에요."

마침내 캐서린은 낭송은 승낙했지만 파티가 열리는 그날이 될 때까지도 영 마뜩지 않아했다.

"좋아요, 가기는 하겠어요. 하지만 나하고 춤추려는 사람이 아무도 없을 테니 심사가 꼬이고, 편견투성이다, 창피해하는 나 자신이 슬슬 다시 비집고 나올 거예요. 파티에서는 늘 비참한 생각이 들어요. 몇 번 간 적도 없지만요.

내가 춤을 출 줄 안다고 여기는 사람은 그리 없는 것 같아요. 사실은 이래 봬도 나 꽤 잘 춰요, 앤. 헨리 삼촌네 있을 때 배웠어요. 삼촌 집에 있던 가난한 하녀 아이가 배우고 싶어해서 나도 어깨너머로 같이 배웠죠. 그래서 응접실에서 들려오는 음악에 맞춰 부엌에서 그 애와 자주 췄었죠. 제대로 된 파트너하고라면 나도 춤추는 것을 즐기지 않을까 생각해요."

"이 파티에서는 비참한 생각 같은 데 빠질 일 없어요, 캐서린. 방관자나 이방인처럼 밖에서 안을 들여다보는 게 아니니까요. 안에서 밖을 내다보는 것과 밖에서 안을 들여다보는 것은 아주 다르거든요. 캐서린, 머릿결이 아주 부드럽고 좋아요. 내가 새로운 스타일로 머리를 좀 손질해줘도 되겠어요?"

캐서린은 어깨를 으쓱했다.

"네, 해 봐요. 내 머리를 꼴불견으로 여기고 있었지만 늘 매만질 틈이 없었어요. 나는 파티에 입고 갈 드레스도 없어요. 내가 가진 녹색 태피터 드레스로도 괜찮을까요?"

"적당한 옷이 그것밖에 없으니 별수 없죠. 사실 다른 어떤 색보다도 녹색은 캐서린이 입어서는 안 되는 색깔이지만요. 그래도 내가 캐서린을 위해 만든 핀

턱 주름을 잡은 빨간 시폰 칼라만큼은 꼭 달고 가야 해요. 그래야만 한다니까요!……안 돼요, 시키는 대로 해요. 당신은 빨간 드레스를 꼭 한 벌 장만해야만 해요, 캐서린."

"하지만 난 빨간색은 질색이에요. 헨리 삼촌 집에 있을 때 거트루드 숙모가 늘 불타는 듯한 빨간색 앞치마를 내게 입혔죠. 내가 그 앞치마를 하고 교실에 들어가면 아이들이 '불이야!' 하고 크게 소리쳤어요. 어쨌든 나는 옷차림 같은 것으로 골치를 썩고 싶지는 않아요."

앤은 캐서린의 머리를 땋아서 말아 올리며 딱 잘라 말했다.

"신이여, 제게 인내심을 주시옵소서! 캐서린, 옷은 아주 중요해요."

이윽고 자기가 솜씨를 발휘한 결과물을 보고 앤은 상당히 만족스러웠다. 앤은 캐서린의 어깨를 잡고 캐서린을 거울 쪽으로 돌려세웠다.

"어때요? 우리 둘 다 상당히 미인이라고 생각하지 않아요?"

앤은 상냥하게 웃었다.

"사람들이 우리를 보고 기분 좋게 느낄 거라 생각하면 기쁘잖아요? 수수한 사람들 중에도 조금만 몸차림에 신경을 쓴다면 꽤 보기 좋아질 사람이 많아요.

3주일 전 일요일, 교회에서 그 나이 든 밀베인 목사님이 코감기가 심하게 든 상태로 설교하던 날, 무슨 말을 하는지 다들 도통 알아들을 수 없던 일을 기억해요? 그때 나는 심심풀이로 주위 사람들의 아름다운 모습을 상상하고 있었어요. 브렌트 부인의 코를 오뚝하게 바꾸고, 메리 애디슨 머리에 웨이브를 넣고, 제인 마든은 레몬 린스로 머리를 감겨보았죠. 에마 딜에게는 갈색 대신 파란 옷을 입히고, 샬럿 블레어에게는 체크무늬 대신 줄무늬를 입혔어요. 눈에 띄는 진한 점도 몇 개 없애버렸지요. 토머스 앤더슨의 길다 못해 펄럭거리는 모랫빛 구레나룻은 깔끔하게 깎아버렸어요.

다 끝났을 때 모두들 몰라보게 달라졌어요. 아마 브렌트 부인 코는 어쩔 수 없겠지만, 내가 상상한 모든 것은 그 사람들이 조금만 신경 쓰면 스스로 할 수 있는 작은 일들이었어요.

어머나, 캐서린, 눈동자가 찻물 색⋯⋯호박빛 나는 찻물 색이군요. 자, 오늘 밤은 이름에 걸맞게 한번 살아보기로 해요. 개울[4]은 반짝이고 맑고 쾌활하니까요."

"그 어느 것도 나에게는 어울리지 않는 것뿐이네요."

"모두 당신이 이번 1주일 내내 보여준 모습이에요. 그러니까 잘할 수 있어요."

"그건 그린게이블즈의 마법 덕분이죠. 서머사이드로 돌아가면 시계가 12시를 땡 치고 난 다음의 신데렐라로 돌아가 있을 거예요."

"마법도 그대로 함께 가져가면 되죠. 이 모습을 잘 봐둬요. 이것이야말로 평소에도 충분히 할 수 있고, 했어야 하는 캐서린다운 모습이니까요."

캐서린은 이것이 자기가 맞나 의심스러운 듯 거울에 비친 모습을 조용히 바라보았다.

그리고 서슴없이 인정했다.

"분명히 훨씬 어려 보여요. 앤 말이 맞아요. 옷이 정말로 중요하군요. 나도 내 나이보다 더 들어보인다는 것은 알고 있었어요. 하지만 그런 것에 조금도 신경 쓰지 않았죠. 당연하잖아요? 어차피 나 따위 아무도 거들떠보지 않는걸요.

그리고 나는 앤과는 다르니까요. 앤은 어떻게 살아가야 하는지를 알고 태어난 것 같아요. 그런데 나는 아무것도 모르죠. 글자를 읽고 쓰는 법조차 못 뗀

---

4) 캐서린의 성인 브룩(Brooke)은 개울을 뜻하는 단어인 'brook'과 발음이 같음.

거나 마찬가지예요. 이제 와서 배우기엔 너무 늦지 않았을까요? 너무 오랫동안 나는 꼬인 채 살아와서 그런 모습이 아닌 나를 아예 모르겠어요.

나는 어쩌면 빈정거리는 것이 남에게 어떤 인상이라도 남기는 유일한 방법이라 생각했었나 봐요. 그리고 나는 다른 누군가와 함께 있는 자리가 늘 겁이 났어요. 무슨 바보 같은 말을 해서 실수나 하지 않을까, 웃음거리가 될 말을 하지 않을까 전전긍긍했으니까요."

"캐서린, 저 거울에 비친 자신의 모습을 봐요. 저 모습을 잘 기억해둬요. 멋진 머리카락을 뒤로 꽉 잡아매는 대신 적당히 풀어서 얼굴의 윤곽은 돋보이고, 눈은 별처럼 반짝이며, 뺨은 발그스름하게 상기되어 있죠? 자신이 그런 모습이라는 것을 안다면 하나도 겁낼 것 없어요.

자, 어서 가죠! 이러다 늦겠어요. 하지만 '지정'이라고 하려다 귀여운 말실수를 한 도라의 말을 빌리자면 출연자에게는 자리가 모두 '저장'되어 있으니 다행이죠."

길버트가 마차를 몰아 두 사람을 공회당까지 데려다주었다. 어쩌면 이리 옛날과 똑같을까! 달라진 점이라면 다이애나 대신 캐서린이 함께 있을 뿐이었다. 앤은 한숨을 쉬었다. 다이애나에게는 지금 이런 데에 신경 쓸 겨를이 없다. 이미 음악회나 파티를 쫓아다니는 시절은 끝난 것이다.

그러나 얼마나 아름다운 밤인가! 눈이 멎은 뒤 연한 녹색으로 변한 서쪽 하늘을 배경으로 큰길에는 은빛 비단이 깔려 있는 것 같았다. 오리온자리는 용감하게 하늘을 행진하고 있고, 언덕이며 들판이며 숲은 진줏빛의 고요를 머금고 앤 일행을 에워싸고 있었다.

캐서린의 낭송은 첫 줄이 입에서 흘러나오자마자 청중을 매료시켰으며, 파티에서는 캐서린과 춤 파트너가 되려는 신청자가 감당할 수 없을 만큼 줄을

섰다. 문득 캐서린은 비웃지 않고 웃고 있는 자신을 깨달았다. 이윽고 그린게이블즈로 돌아온 두 사람은 벽난로 선반 위에서 다정한 빛을 던지고 있는 두 자루 촛불이 지키는 거실 난롯가에서 발끝을 녹였다. 시각이 늦었지만 린드 아주머니는 두 사람의 방에 까치발로 들어와 담요가 한 장 더 필요하지 않겠느냐고 물었다. 그리고 강아지는 부엌 난로 뒤에 놓인 바구니 속에 쏙 들어가 있다고 캐서린을 안심시켰다.

까무룩 잠 속으로 빠져들며 캐서린은 생각했다.
'내 인생관이 바뀌었어. 세상에 이토록 친절한 사람들이 있는 줄 몰랐어.'
돌아갈 때가 되자 마릴라는 아쉬운 듯 캐서린에게 말했다.
"또 놀러 와요."
마릴라는 마음에 없는 말을 할 줄 모르는 사람이었다.
앤이 활짝 웃으며 말했다.
"물론 또 놀러 와야죠. 주말에도 오고, 여름에는 몇 주일동안 와서 지내요. 모닥불을 피우고, 뜰에 자란 풀을 뽑고, 사과를 따고, 소를 몰아 집으로 데려오고, 연못에서 뱃놀이를 하고, 숲에서 길도 잃고 헤매보고요. 헤스터 그레이의 작은 정원을 보여주고 싶어요, 캐서린. 그리고 '메아리집'과 제비꽃이 한창 핀 '제비꽃 골짜기'도요."

크리스마스 휴가의 끝

1월 5일
유령이 언제쯤 출몰하는지 궁금한 골목
윈디윌로즈에서

나의 존경해 마지않는 벗에게

이 호칭은 채티 아주머니의 할머니가 썼던 것이 아니야. 할머니가 만일 생각해냈다면 썼을지도 모른다고 여겨지는 것일 뿐이지.

나는 새해 결심으로 분별 있는 연애편지를 쓰기로 했어. 그런 일이 가능하다고 생각해?

사랑하는 그린게이블즈를 떠나온 나는 윈디윌로즈로 돌아왔어. 리베카 듀는 탑 안의 내 방에다 미리 불을 피워두고 침대에 뜨거운 탕파를 넣어주었어.

나는 윈디윌로즈가 마음에 들어 정말 다행이라고 생각해. 내 마음에 들지 않고, 내게 다정하지도 않고, '잘 돌아왔다'고도 해주지 않는 곳에서 살아야 한다면 참으로 비극이었을 테니까. 윈디윌로즈는 그렇지 않아. 좀 구식이고 살짝 새초롬하지만 윈디윌로즈는 나를 좋아해.

케이트 아주머니와 채티 아주머니와 리베카 듀를 다시 만나게 되어 기뻤어.

이 사람들의 우스꽝스러운 면을 종종 보지 않을 수 없지만, 그 모든 것에도 불구하고 나는 여전히 이 세 사람을 좋아하고 있어.

리베카 듀가 어제 아주 뭉클한 말을 해주었어.

"셜리 선생님이 여기로 온 뒤부터 유령골목이 아주 달라져버렸어요."

자기가 캐서린을 좋아해줘서 기뻤어, 길버트. 캐서린도 놀라울 만큼 자기에게 너그러운 태도를 보여줬지. 그럴 마음만 먹으면 그토록 상냥해질 수 있구나, 해서 나도 깜짝 놀랐어. 캐서린 자신도 누구 못지않게 놀라고 있는 게 아닐까 싶어. 아마 그처럼 쉬운 일이라고는 상상도 못 했던 듯해.

진심으로 협력해주는 교감이 생겼으니 학교도 많이 달라지리라 여겨. 캐서린은 하숙을 옮기기로 했고, 내가 겨우겨우 설득해서 그 벨벳 모자도 벌써 샀어. 성가대에서 노래를 부르게 만드는 일도 아직 희망을 버리지 않고 있어.

어제는 해밀턴 씨네 개가 와서 더스티 밀러를 쫓아다녔어.

"이제 더는 못 참아."

리베카 듀는 붉은 얼굴을 한층 붉히고 분해서 뚱뚱한 등허리를 부들부들 떨며 급한 나머지 모자 앞뒤를 거꾸로 쓴 것도 모르고 뒤뚱뒤뚱 걸어가서 해밀턴 씨에게 다짜고짜 퍼부었던 모양이야. 리베카 듀가 퍼붓는 말을 듣고 있었을, 사람 좋은 얼굴을 한 해밀턴 씨의 어리둥절한 표정이 눈에 보이는 것 같더라.

리베카 듀는 내게 말했어.

"나도 '그 고양이' 녀석이 싫어요. 하지만 녀석은 우리 식구예요. 해밀턴 씨네 개가 와서 제 집 뒤뜰에 있는 '그 고양이'에게 건방진 짓을 하는 걸 가만히 두고 볼 수는 없죠.

'그놈은 그저 재미 삼아 그 댁 고양이를 뒤쫓았을 뿐이오.'라고 자버즈 해밀턴이 말합디다. 그래서 내가 '해밀턴식 재미는 매코머식 재미나 매클린식 재미하고는 다르군요. 그리고 듀식 재미하고도 다르고요.' 하고 당당히 일러줬어요. '대단한 기세로군요. 쯧, 댁은 점심으로 양배추라도 먹은 모양이오, 미스 듀.' 그 사람이 그렇게 말했어요.

'아뇨, 안 먹었어요. 하지만 내키면 얼마든지 먹을 수 있고말고요. 지난해 가을 양배추값이 좋다고 해서 자기네 집에 있는 양배추를 몽땅 팔아버리고 식구들에게는 하나도 주지 않는 누구하고 매코머 선장 부인은 아주 다르니까요. 주머니에서 쩔렁쩔렁거리는 돈 소리 말고는 귓구멍에 아무 소리도 안 들리는 사람도 있긴 하지만요.'

곰곰이 좀 생각해보라고 그 말까지 해주고 돌아왔어요. 하지만 해밀턴네 사람한테서 뭘 기대할 수 있겠어요? 순 인간쓰레기!"

새하얀 '폭풍왕' 위에 진홍색 별이 하나 반짝이고 있어. 자기가 여기 있어서 함께 볼 수 있으면 좋을 텐데. 그러면 한때의 존경과 우정으로 쉽게 끝나지 않을 시간이 되리라 진심으로 생각해.

1월 12일

이틀 전 저녁, 조그만 엘리자베스가 '교황의 황소'[1]란 무슨 특별히 무서운 동물이냐고 물으러 왔어. 그리고 담임 선생님이 엘리자베스에게 초등학교에서 여는 음악회에서 노래 부르라고 했는데, 캠벨 부인이 끝끝내 안 된다고 해서 못 하게 되었다고 눈물을 흘리며 말했지. 엘리자베스가 캠벨 부인에게 애원하니까 '제발 할미한테 말대꾸하지 마라, 엘리자베스.'라고 꾸짖었대.

---

[1] Papal Bull. 로마교황의 교서를 일컫는 단어인데, 'bull'에 황소라는 뜻도 있어 어린 엘리자베스가 뜻을 헷갈림.

그날 밤 조그만 엘리자베스는 탑의 방에서 눈물을 줄줄 흘리며 그 일 때문에 영원히 리지가 되어버리고 말 것 같다고 말했어. 자기가 가지고 있는 다른 어느 이름으로도 두 번 다시 돌아갈 수 없겠다면서 말이야.

엘리자베스는 꽤나 반항하듯이 말했어.

"지난주에 나는 하느님이 아주 좋았어요. 하지만 이번 주에는 좋지 않아요."

엘리자베스네 반의 모든 아이들이 프로그램에 참가하게 되어 있으니까 자기는 '표범(leopard)'이 된 기분이라고 말했어. 아마도 '나병 환자(leper)'가 된 기분이라고 말하려던 거였을 테지. 어쨌든 귀여운 엘리자베스가 그런 기분이 들게 내버려둘 수는 없었지.

나는 다음 날 저녁 늘푸른나무 저택으로 갈 용건을 만들어 달려갔어. 시녀—이 여자는 노아의 대홍수 이전부터 살고 있었던 게 확실해. 그만큼 오래돼 보여—는 무표정한 커다란 잿빛 눈으로 나를 차갑게 바라보다 무뚝뚝하게 응접실로 안내한 다음 캠벨 부인에게 내가 만나러 왔다고 알리러 갔어.

그 집은 지어진 뒤로 햇빛이 들어온 적이 없는가 싶게 정말 어두컴컴했어. 피아노도 있었지만 한 번도 친 일은 없으리라 느껴졌어. 명주 덮개를 씌운 딱딱한 의자들이 벽에 기대 있었지. 한가운데에 놓인 대리석 테이블 말고는 가구가 모두 벽에 바짝 기대 있는데도 무엇 하나 마음 편히 쉰다는 인상을 풍기지 않더라.

그때 캠벨 부인이 들어왔어. 나는 지금까지 이 사람을 한 번도 본 적이 없었어. 조각같이 훌륭한 나이 든 얼굴은 어딘지 남자 같다는 인상이 있었고, 하얀 머리카락 밑에 숱 많은 검은 눈썹과 검은 눈을 하고 있었지. 의외로 몸치장을 위한 장식품을 허영이라 하여 완전히 삼가는 것 같지는 않았어. 어깨까지 치렁치렁 내려오는 오닉스 귀걸이를 하고 있었거든.

내게 거북할 만큼 정중한 태도를 취하길래 나도 그렇게 행동했어. 타키투스[2]가 몇 천 년 전에 표현했던 것처럼, '그 경우에 어울리는 얼굴로 낯빛을 고친' 우리 두 사람은 마주 앉아서 잠시 날씨에 대한 가벼운 인사를 주고받았어.

나는 제임스 월리스 캠벨 목사의 《회고록》을 얼마 동안 빌려볼 수 있겠느냐고 묻고—이것은 거짓말은 아니었어—그 책에는 내가 학교 수업에서 활용할 수 없을까 생각하고 있던 프린스군의 초기 역사가 자세히 적혀 있을 것 같다고 설명했지. 이 말에 캠벨 부인의 태도가 갑자기 눈에 띄게 달라지더니 엘리자베스를 불러 자기 방에 올라가서 《회고록》을 가져오도록 시켰어. 얼핏 엘리자베스의 얼굴에 눈물 자국이 보였는데, 캠벨 부인이 도도한 태도로 굳이 내게 해명을 하더라. 엘리자베스의 담임 선생님으로부터 엘리자베스가 음악회에서 노래 부르는 것을 허락해달라는 편지가 또 왔길래 상대가 확실히 알아듣게 따끔한 말로 답장을 써서 다음 날 아침 엘리자베스더러 선생님에게 가져가도록 할 참이라고.

캠벨 부인은 단호하게 말했지.

"나는 엘리자베스 또래의 어린아이가 남들 앞에서 노래하는 데는 결코 찬성할 수 없어요. 그런 짓을 하면 뻔뻔스럽고 나서기 좋아하는 사람이 되기 쉬우니까요."

행여나 엘리자베스가 부끄러움도 모른 채 덮어놓고 나서는 사람이 될 것이라 생각하다니!

나는 교묘하게 상대를 구슬리는 투로 말했지.

"아마도 현명한 판단이라고 여겨지네요. 어쨌든 메이블 필립스 양이 노래하

---

[2] 고대 로마의 역사학자.

기로 되어 있으니까요. 제가 듣기로 메이블 양 목소리가 워낙 훌륭해서 다른 아이들의 노래는 메이블 양의 노래를 돋보이게 할 뿐이라고 해요. 엘리자베스 양이 출연을 해서 괜히 메이블 양과 경쟁하는 입장에 놓이지 않는 편이 '훨씬' 나을 거예요."

그때 캠벨 부인 표정은 볼만했지. 하지만 겉은 캠벨 집안사람이었지만 속은 뼛속들이 프링글 집안사람이었던 부인은 아무 말 하지 않았어. 나도 언제 이야기를 그만해야 좋은지를 알고 있었지. 그래서 《회고록》에 대한 감사 인사만 하고 바로 나왔어.

다음 날 저녁 엘리자베스가 뜰의 쪽문으로 우유를 가지러 나타났을 때 창백한 그 아이의 꽃 같은 얼굴이 그야말로 별처럼 빛나고 있었어. 엘리자베스는 나중에 건방지게 굴지 않도록 주의한다면 음악회에서 노래해도 좋다고 할머니가 허락을 해주었다고 말하더라.

사실 난 리베카 듀에게서 필립스 집안과 캠벨 집안이 옛날부터 서로 자기네 집안사람 목소리가 더 좋다며 경쟁하던 사이라는 사실을 들어서 알고 있었거든!

나는 크리스마스 선물로 엘리자베스에게 침대 머리맡에 걸어둘 그림을 주었어. 나무 사이로 빛이 어룽대는 밝은 숲속 오솔길이 언덕을 지나 아담한 집으로 이어지는 그림이야. 조그만 엘리자베스는 어둠 속에서 자는 게 이제는 무섭지 않대. 자리에 눕자마자 자기가 그 오솔길을 따라 그 집으로 들어가는 상상을 하기 때문이래. 집 안에 들어가면 불이 환히 켜져 있고 아버지가 있다는 상상을 하면 무서운 생각이 들지 않는다고 했어.

가엾은 아가! 그 아버지라는 사람을 미워하지 않을 수가 없다니까!

1월 19일

어제저녁 캐리 프링글네에서 무도회가 있었어. 캐서린도 참석했는데, 허리에 주름 장식이 있는 짙은 빨간색 실크 드레스를 새로 마련해 입고 미장원에서 머리 손질을 하고 왔어. 그거 알아? 캐서린이 서머사이드에 온 뒤로 줄곧 캐서린을 알았던 사람들이 그녀가 방으로 들어오자 저 사람이 누구냐며 서로 묻더라니까! 그렇지만 나는 그 변화가 옷이나 머리 때문이라기보다 말로 정의하기 힘든 캐서린의 미묘한 내면적 변화에 의한 것이라고 생각해.

지금까지 캐서린은 사람들 앞에 나서면 언제나 '이 사람들에게는 정나미 떨어진다. 이 사람들도 내게 정나미 떨어져 있을 테고, 오히려 그편이 좋다.' 하는 부루퉁한 아이 같았지. 하지만 어젯밤 캐서린은 마치 인생이라는 집의 모든 창문마다 촛불을 밝혀둔 듯 환히 빛나고 있었어.

캐서린의 우정을 얻는 데까지 꽤나 애를 먹었지. 그러나 소중한 것은 무엇이든 쉽사리 손에 넣을 수 없는 법이고, 그녀의 우정은 수고를 해서라도 얻을 가치가 있다고 나는 처음부터 느끼고 있었어.

채티 아주머니는 감기로 열이 올라 이틀이나 자리에 누워 있는데, 자칫하다가 폐렴이 되면 곤란하니 내일은 의사 선생님이 오시기로 했어. 그래서 리베카 듀는 의사 선생님이 오기 전에 집 안을 말끔히 해두기 위해 머리에 수건을 질끈 동여매고 하루 종일 미친 듯이 청소를 했어. 지금은 부엌에서 코바늘로 뜬 요크[3]가 붙은 채티 아주머니의 하얀 무명 잠옷을 다림질하고 있어. 아주머니가 지금 입고 있는 플란넬 잠옷 위에 걸치게 하기 위해서야. 원래도 얼룩 하나 없이 깨끗했지만, 리베카 듀는 서랍장에 넣어둔 동안 빛깔이 바래졌다고 하네.

---

[3] 여성복이나 아동복을 마름질할 때에 장식을 목적으로 어깨나 치마의 윗부분을 다른 감으로 바꿔 대는 것.

1월 28일

1월은 아직까지 춥고 흐린 날이 계속되고, 때로는 항구에서 휘몰아쳐 유령 골목까지 날아온 눈이 여기저기 쌓여 있었어. 하지만 어젯밤에는 추운 날씨에 곳곳에 맺힌 물방울이 얼어서 무빙(霧氷)이 생기더니, 오늘은 눈부신 해가 얼굴을 빼꼼히 내밀었어. 내가 좋아하는 단풍나무숲은 상상도 못 할 만큼 찬란하게 빛나고 있어. 아무것도 아닌 것조차 아름답게 탈바꿈했지. 철사 울타리마저 하나하나가 수정 구슬을 꿰어서 짠 레이스 같았어.

오늘 밤 리베카 듀는 내가 구독하는 한 잡지에서 사진이 함께 실린 '미인 유형 일람'이라는 기사를 열심히 읽더니 슬픈 듯 말했어.

"있잖아요, 셜리 선생님, 만일 누군가가 요술 지팡이를 한번 휘둘러 누구나 미인으로 만들어준다면 얼마나 좋을까요? 어느 날 갑자기 미인이 된 내 모습을 보게 된다면 얼마나 기쁠까요! 하지만……."

여기서 리베카 듀는 한숨을 깊이 쉬었어.

"모두가 미인이 되어 버리면 집안일은 누가 하겠어요?"

팔촌 어니스틴

"아, 피곤해."

한숨과 더불어 어니스틴 뷰글은 윈디윌로즈의 저녁 식탁 앞에 놓인 의자에 털썩하고 주저앉았다.

"나는요, 가끔 한번 앉으면 다시는 못 일어나게 될까 봐 앉는 게 겁날 때가 있어요."

죽은 매코머 선장의 팔촌 여동생이지만, 그 촌수조차도 너무 가깝다고 케이트 아주머니가 늘 생각하는 어니스틴이 그날 오후 로베일에서 윈디윌로즈를 찾아왔다. 혈연이라는 끊을 수 없는 관계로 얽혀 있는 존재임에도 두 미망인은 어느 쪽도 진심으로 어니스틴을 환영하지 않았다. 어니스틴은 명랑한 사람이 아닐뿐더러, 자기 일뿐 아니라 남의 일까지 사서 걱정하느라 함께 있는 사람까지 마음이 편치 않게 만드는 불행의 전도사 가운데 하나였다. 이 사람을 언뜻 보기만 해도 이 세상은 눈물의 골짜기라고 믿게 된다고 리베카 듀는 우울하게 말했다.

확실히 그녀는 미인도 아니고 일찍이 아름다웠던 시절이 있었는지조차도 의심스러웠다. 여윈 얼굴에는 표정이 없고, 빛바랜 푸른색 눈, 묘한 곳에 있는 몇 개의 사마귀, 징징대는 듯한 목소리를 가진 주인공이었다. 칙칙한 검은 옷을 입고, 궁상맞은 모조 바다표범 모피 목도리는 외풍이 걱정된다며 식탁에서도 고집스레 풀지 않았다.

리베카 듀는 자기가 원하기만 한다면 함께 식탁에 앉아도 상관없었다. 미망인들은 어니스틴을 딱히 '손님'으로 보지 않았기 때문이다. 그러나 리베카 듀는 그 입맛도 잃게 하는 불행의 전도사와 한 식탁에 앉았다가는 '먹고 있는 음식의 맛도 모르게 된다' 하여 늘 거절했다. 차라리 부엌에서 '대충 한술 뜨는 편이 낫다'고 했다. 그렇다고 식탁에서 시중들면서 자기가 하고 싶은 말을 참는 것은 아니었다.

리베카 듀는 메마르게 말했다.

"봄이라 나른해서 그런가 보네요."

"아, 그만한 일이라면 좋겠어요, 미스 듀. 하지만 나는 그 가엾은 올리버 게이지 부인처럼 되는 게 아닌가 걱정이에요. 그 사람이 지난해 여름에 버섯을 먹었는데, 그중에 독버섯이 있었던가 봐요. 그 뒤로 몸이 영 예전 같지 않대요."

채티 아주머니가 말했다.

"이런 이른 계절에 버섯 같은 게 있을 리 없잖아."

"그야 그렇겠죠. 하지만 뭐 다른 걸 먹은 게 아닌가 걱정스러워요. 굳이 나를 기운 나게 해주려 애쓰지 않아도 돼요, 샬럿 언니. 좋은 뜻으로 하는 말이겠지만 소용없어요. 나는 산전수전 다 겪었는걸요. 그 크림 항아리에 거미가 들어 있는 건 아니겠죠, 케이트 언니? 아까 언니가 내 잔에 따라 줄 때 한 마리 본 것 같아서요."

"우리 집 크림 항아리에 거미 같은 것은 한 마리도 들어 있지 않아요."

리베카 듀는 험악한 목소리로 말하고 부엌문을 쾅 닫았다.

어니스틴은 기가 죽어서 말했다.

"아마 그림자를 봤나 봐요. 눈이 전 같지 않아서요. 이러다 곧 머는 게 아닐까 걱정이에요. 그러니까 생각났는데…… 오늘 오후 마사 매케이에게 들렀더니 열이 나서 온몸에 발진 같은 게 돋아 있더군요. 나는 솔직히 말해줬죠.

'내가 보기엔 홍역 같은데요. 낫더라도 눈이 보이지 않게 될지도 몰라요. 마사네 집안사람들은 모두 눈이 좋지 않으니까요.'

미리 각오를 해두는 게 좋을 것 같았거든요. 마사 어머니도 몸이 그리 좋지 않더라고요. 의사 선생님은 소화불량이라고 했다지만, 나는 종양이 아닌가 근심하고 있어요. 그 어머니에게는 이렇게 말했죠.

'수술받게 되어 마취를 하면 부인이 깨어나지 못하고 마는 게 아닐까 심히 걱정이 되네요. 부인이 힐리스 집안사람임을 잊지 말아요. 힐리스 집안사람들은 모두 심장이 약하니까요. 부인 아버지도 심장마비로 죽었잖아요.'"

"87살에요!"

그렇게 말하고서 리베카 듀는 빼앗듯이 접시를 가지고 나갔다.

채티 아주머니가 밝게 말했다.

"성경에도 인간의 수명은 보통 70살이라고 하잖아."

어니스틴은 세 스푼째 설탕을 떠서 차에 넣고는 천천히 휘저었다.

"그래요, 다윗왕이 그렇게 말했죠, 샬럿. 하지만 다윗왕은 언제 어느 때나 믿을 수 있는 사람이라고는 할 수 없잖아요."

채티 아주머니와 눈이 마주친 앤은 그만 웃음이 터져버렸다.

어니스틴은 마음에 안 드는 듯 앤을 노려보았다.

"잘 웃는 아가씨라는 말은 익히 들었어요. 글쎄, 언제까지나 그렇게 웃을 수 있으면 좋겠지만, 그렇지는 못할 거라 안됐네요. 인생이란 고달프고 어려운 것임을 그쪽도 곧 알게 되겠죠. 하기야 나도 한때는 젊었었지요."

머핀을 가져온 리베카 듀가 힘껏 비꼬아 말했다.

"정말요? 언제나 걱정이 많아 젊은 시절 같은 건 없었는 줄 알았어요. 젊다는 것도 용기가 필요한 일이에요, 미스 뷰글."

어니스틴은 몹시 찡그려 불쾌한 표정을 지으며 불평했다.

"리베카 듀는 말을 참 희한하게 하는군요. 물론 무슨 말을 하든 상관한다는 건 아니지만요. 그리고 또 웃을 수 있을 때 웃어두는 것은 좋은 일이에요, 미스 셜리. 하지만 그렇게 덮어놓고 행복을 과시하다가는 신의 노여움을 산다고들 하죠.

우리가 사는 곳에 있던 전 목사님 부인의 고모하고 아주 닮았어요. 그 아주머니는 늘 웃기만 하는 사람이었는데, 중풍으로 죽었죠. 세 번 발작하면 끝이거든요.

이번에 로베일에 새로 온 목사님은 성격이 좀 경박하지 않은가 싶어 걱정이에요. 그 사람을 보자마자 내가 루이지에게 말했거든요.

'저렇게 생긴 다리를 가진 남자는 춤에 정신이 팔리는 버릇이 있지 않을까 싶어 걱정이에요.'라고요.

목사가 되었으니 춤이야 안 추겠지만, 그런 별난 구석이 가족 가운데 누군가한테서 결국 나오지 않을까 걱정이에요. 그 목사 부인이 젊은데, 주책없을 만큼 목사에게 푹 빠져 있다는 소문이에요. 반해서 목사와 결혼했다는데 나라면 도저히 생각할 수 없는 일이에요. 하느님께 불경한 일이라고 여겨지니까요.

설교는 꽤 잘하지만, 지난 일요일 티드빗[1]의 엘리야에 대해 이야기한 내용을 보면 그 사람이 하는 성경 해석이 너무 자유분방한 게 아닌가 걱정돼요."

---

1) 티스베가 정확하며, 티드빗은 잘못 말한 것임.

채티 아주머니가 말했다.

"신문에서 보았는데, 피터 엘리스와 패니 뷰글이 지난주에 결혼식을 올렸더구나."

"네, 그래요. 성급하게 결혼하고 두고두고 후회하는 그런 예가 될까 봐 무척 걱정하고 있어요. 두 사람은 겨우 3년밖에 사귀지 않았으니까요. 날개가 예쁘다고 반드시 훌륭한 새는 아니라는 걸 피터가 깨닫게 될 날이 올 테니 걱정이에요. 패니는 손이 야물지 못해요. 테이블 냅킨을 겉쪽만 다림질하고 그만이더라니까요.

돌아가신 그 애의 어머니와는 전혀 달라요. 아, 패니 어머니야말로 보기 드물게 철저한 사람이었지요. 성자가 따로 없었어요. 상을 당했을 때 잠옷까지 늘 검은 것으로 입었죠. 낮과 마찬가지로 밤에도 그렇게 하지 않으면 미안스럽다고요.

나는 앤디 뷰글의 집으로 음식 장만하는 것을 도우러 갔는데, 결혼식 날 아침에 아래층으로 내려가서 보니 패니가 아침 식사로 달걀을 먹고 있지 않겠어요……바로 자기 결혼식 날 말이에요! 설마 하고 믿지 않겠죠. 나도 내 눈으로 보지 못했으면 안 믿었을 거예요.

죽은 우리 언니는 결혼식 전 사흘 동안 아무것도 먹지 못했어요. 그래서 남편이 죽은 뒤로는 두 번 다시 안 먹는 게 아닌가 우리 모두 걱정했었죠. 이따금 정말이지 뷰글 집안사람들을 더는 모르겠다 싶을 때가 있어요. 옛날에는 친척 간이면 대개 어떤 줄 알 수 있었는데 지금은 그렇지 못하게 되어버렸어요."

케이트 아주머니가 물었다.

"그나저나 진 영이 또 결혼한다는 게 정말이야?"

"걱정스럽지만 사실이에요. 물론 프레드 영은 죽은 것으로 되어 있지만 불쑥 나타나지 않을까 아주 걱정이에요. 그 남자는 정말이지 믿을 수 없는 남자였으니까요.

진은 아이라 로버츠와 결혼해요. 아이라는 순전히 진을 행복하게 해주고 싶은 나머지 결혼하려는 게 아닌가 걱정이에요.

아이라의 삼촌인 필립이 언젠가 나한테 결혼해달라고 한 일이 있지만, 나는 말해줬죠.

'나는 뷰글 집안사람으로 태어났으니 뷰글 집안사람으로 죽겠어요. 결혼은 앞일을 모르고 뛰어들어야 하는 모험이에요. 그러니 그런 것에 끌려들어가고 싶지 않아요.'

올겨울에는 로베일에서 꽤 많은 결혼이 있었어요. 이러다 여름에는 줄줄이 장례가 있는 게 아닐까 걱정이 되네요.

애니 에드워즈와 크리스 헌터가 지난달 식을 올렸는데 2, 3년만 지나면 지금처럼 서로를 사랑하지 않게 될 테니 근심이에요. 애니는 크리스의 저돌적인 태도에 넘어갔을 테니까요. 크리스의 삼촌 하이럼은 참 이상한 사람이었지요. 몇 년 동안 자기가 개라고 믿었거든요."

배 설탕절임과 층층 케이크를 가져온 리베카 듀가 말했다.

"저 좋아서 짖는다면야 다른 사람들이 그 재미를 뺏으려고 왈가왈부할 일이 뭐 있어요."

어니스틴이 말했다.

"그 사람이 짖었다는 말은 들은 적이 없어요. 다만 뼈다귀를 갉아 먹다가 아무도 보지 않을 때 그것을 땅에다 묻었을 뿐이에요. 그 사람 아내가 눈치챘지요."

채티 아주머니가 물었다.

"올겨울 릴리 헌터 부인은 어디서 지내고 있지?"

"샌프란시스코에 있는 아들네에서 지내고 있어요. 부인이 샌프란시스코를 빠져나오기 전에 또 지진이 일어나는 게 아닐까 아주 걱정이라니까요. 혹시나 무사히 빠져나온다면 틀림없이 무엇인가 몰래 들여오려다가 국경에서 옥신각신할 거예요. 원래 집 떠나서 여행이라는 걸 다니다 보면 한 가지 일을 용케 피해도 결국 다른 사달이 나니까요. 그런데도 사람들은 여행을 못 가 안달이에요.

사촌 동생인 짐 뷰글은 플로리다에서 겨울을 보냈어요. 짐이 돈을 많이 벌더니 세속적인 사람이 되지 않았을까 걱정이 이만저만이 아니에요. 짐이 떠나기 전에 내가 말해줬죠. 그게 콜먼 씨네 개가 죽기 전날 밤이었던 것 같은데……아닌가?……아니, 그날이 맞아요. 아무튼 '교만은 패망의 선봉장이요, 거만한 마음은 넘어짐의 앞잡이다.'[2]라고 똑똑히 말해줬어요.

짐의 딸이 뷰글 가도의 학교에서 선생을 하고 있는데, 자기를 따라다니는 남자들 중에서 누구와 결혼하면 좋을지 선뜻 결심하지 못하고 있어서 내가 일러줬지요.

'메리 애니타, 한 가지 분명하게 말할 수 있는 것은 네가 가장 사랑하는 사람은 결코 손에 넣을 수 없다는 거야. 그러니까 너를 좋아해주는 사람을 골라잡아야 해……그 남자가 널 정말로 좋아한다고 확신할 수 있다면 말이지.'

그 애가 제시 채프먼 같은 짓은 하지 않기를 바랄 뿐이죠. 제시 채프먼이 오스카 그린과 결혼하기로 한 것은 오스카가 늘 곁에 있었기 때문이 아닌가 해서 걱정이거든요. 그래서 '네가 골라잡은 게 설마 저 사람이니?' 하고 나는 그

---

2) 《신약성서》 〈잠언〉 16장 18절.

애에게 물었지요. 오스카의 형은 급성 페결핵으로 죽었잖아요. '그리고 말이다, 결코 5월에는 식을 올리지 마라. 5월에 결혼식을 하면 아주 재수가 없으니까.' 하고 가르쳐줬어요."

마카롱을 접시에 담아서 가져온 리베카 듀가 말했다.

"아이고, 정말이지 늘 사람들 기운을 북돋아주는 말씀을 잘하신다니까요."

어니스틴은 리베카 듀를 무시하고 배를 하나 더 집으면서 질문을 했다.

"'칼세올라리아'가 꽃 이름인지, 병명인지 혹시 알아요?"

채티 아주머니가 대답했다.

"꽃이야."

어니스틴은 좀 실망한 듯했다.

"그래요? 뭐가 됐든 샌디 뷰글의 미망인이 그게 생겼다고 하더라고요. 지난 일요일에 교회에서 '마침내 칼세올라리아가 생겼다'고 자기 여동생한테 이야기하는 것을 들었거든요.

샬럿 언니, 이 제라늄은 엄청 볼품이 없군요. 비료를 제대로 주지 않은 것 같아 걱정이네요.

샌디의 아내는 상복을 벗었어요. 샌디가 죽은 지 이제 겨우 4년밖에 안 됐는데. 아, 정말이지 요즘은 죽은 사람을 빨리도 잊는다니까요. 우리 언니는 형부가 돌아가시고 나서 검은 옷을 25년 동안이나 입고 있었는데 말이죠."

리베카 듀가 케이트 아주머니 앞에 코코넛 파이 접시를 내려놓으면서 어니스틴에게 물었다.

"미스 뷰글은 치마 옆구리가 벌어진 것을 알고나 있나요?"

그러자 어니스틴은 가시 돋친 대답을 했다.

"내가 늘 거울하고 눈씨름이나 하고 있을 틈이 있는 줄 알아요? 옆구리가 좀 벌어졌다 한들 어쨌다는 거예요? 페티코트를 세 개나 겹쳐 입고 있는데. 요즘 아가씨들은 하나밖에 안 입는다지만요. 세상이 하루가 다르게 경박해져가고 있어서 걱정이에요. 그런 사람들은 최후의 심판의 날에 대해 생각해보기나 할까요?"

"설마 하느님이 심판의 날에 페티코트를 몇 장 입었느냐고 물으실 거라 생각해요?"

말을 마치자마자 리베카 듀는 재빨리 부엌으로 달아났다. 리베카 듀가 얼마나 무서운 말을 했는지 모두들 알아차렸을 때는 이미 그녀는 그 자리에 없었다. 채티 아주머니조차도 이번에는 리베카 듀가 좀 지나쳤다고 생각했다.

"지난주 앨릭 크라우디 노인이 돌아가신 걸 신문에서 봤겠죠."

어니스틴은 말하며 한숨을 쉬었다.

"그 노인의 아내는 2년 전에 죽었는데, 그야말로 한순간의 일이었어요. 정말 안됐죠. 아내가 죽고 나서 그 노인이 많이 외로워했다는데, 그것이 정말인지는 영 믿어지지 않아요. 아무튼 그 노인은 땅속에 묻혔지만 그 집안의 귀찮은 일이 모두 처리된 건 아닌 모양이에요. 죽기 전까지 유서를 쓰지 않아서 재산 문제로 한바탕 소동이 일어나게 생겨서 걱정이거든요.

애너벨 크라우디는 떠돌이 잡화상에게로 시집간대요. 애너벨 어머니의 첫 남편이 그랬으니까 아마도 유전이지 싶네요. 애너벨은 지금껏 고생을 많이 했지만, 행여 결혼하려는 그 남자한테 이미 아내가 있다더라, 하는 그런 정도의 일은 아니더라도, 갈수록 태산이겠다 싶어 나는 걱정스러워요."

케이트 아주머니가 물었다.

"제인 골드윈은 올겨울을 어떻게 지내고 있어? 요새 통 샬럿타운에 나오지 않던데."

"아, 제인도 가엾어요! 왜인지 자꾸만 여위어가고 있어요. 무슨 일인지는 아무도 모르지만. 어쩌면 상사병이 아닐까 해서 걱정이에요…… 아니, 리베카 듀는 어째서 부엌에서 저렇게 킬킬거리며 웃는 걸까요? 나중에 저 사람 때문에 언니들이 크게 애먹게 될까 봐 걱정이네요. 듀 집안에는 머리가 이상한 사람이 많았잖아요."

채티 아주머니가 말했다.

"사이라 쿠퍼에게 아기가 태어났다며."

"네, 그래요. 고맙게도 딱 하나였어요. 쌍둥이가 아닐까 나는 걱정했었죠. 쿠퍼 집안에는 쌍둥이 혈통이 있거든요."

케이트 아주머니는 마치 파괴된 우주의 잔해물 속에서 뭔가 하나라도 건져내려고 굳게 마음먹은 듯이 말했다.

"사이라와 네드는 아주 멋진 젊은 부부더구나."

그러나 어니스틴은 길르앗[3]에 유향(乳香)[4]이 있었다는 것도 인정하지 않을 사람이었으므로 로베일 땅에 위안 삼을 만한 것이 있다고는 더더구나 생각지도 않았다.

"그래요! 사이라는 마침내 네드를 손에 넣어 아주 좋아하고 있어요. 한때는 네드가 서부에 갔다가 돌아오지 않는 게 아닐까 걱정한 일도 있었으니까요. 나는 사이라에게 주의를 주었죠.

'네드는 너를 틀림없이 실망시킬 테니 각오해둬라. 그는 언제나 기대에 어긋나는 사람이었으니까. 다들 네드가 첫돌도 되기 전에 틀림없이 죽으리라고 생각했었는데 아직 살아 있는 걸 좀 봐라.'

---

3) 《구약성서》 속에 나오는 요르단 동쪽에 있는 지방.
4) 열대 식물인 유향수(乳香樹)의 분비액을 말려 만든 노랗고 투명한 덩어리로, 약재 등으로 쓰임.

네드가 홀리 씨 집을 샀을 때도 나는 사이라에게 다시 한번 일러줬어요. '거기 우물에는 장티푸스균이 우글거리지 않을까 걱정이다. 5년 전 홀리 씨네서 고용한 일꾼이 장티푸스로 죽었으니까.' 내가 이렇게까지 말을 했으니 무슨 일이 일어나더라도 나를 나무랄 수는 없어요.

조지프 홀리는 등이 몹시 아프대요. 자기 말로는 평범한 요통이라지만, 나는 뇌수막염 초기가 아닌가 염려하고 있어요."

찻주전자에 뜨거운 물을 새로 채워서 가져온 리베카 듀가 말했다.

"조지프 홀리 아저씨처럼 좋은 분은 세상에 또 없죠."

어니스틴은 아주 딱하다는 듯 말했다.

"아, 좋은 사람이죠. 지나치게 착해요. 그러다 보니 그 사람 아들들은 모두 못돼지지 않을까 걱정이에요. 흔한 일이잖아요. 넘친 만큼 덜어내서 평균을 맞추기라도 하는 것처럼 말이에요…… 아뇨, 케이트 언니, 차는 이제 그만 줘도 돼요…… 그렇지만 마카롱은 하나 더 먹을까요. 이거라면 위에 부담이 없을 테니까요. 하지만 과식한 게 아닌가 걱정이네요.

제대로 인사할 틈도 없이 이만 가봐야겠어요. 집에 도착하기 전에 어두워지지 않을까 걱정이니까요. 발을 적시고 싶지 않아요. 그랬다가 행여 암모니아[5]에 걸릴까 아주 걱정이거든요. 나는 겨우내 팔에서부터 다리까지 여기저기 쑤셔서 줄곧 뜬눈으로 밤을 새웠다니까요. 아, 그것 때문에 밤마다 얼마나 괴로워했는지는 아무도 몰라요. 내가 워낙에 우는소리를 잘 안 하는 사람이니까요. 언니들을 한번 더 만나기 위해 작정하고 자리를 털고 일어나서 왔지요. 내년 봄에는 여기에 못 올지도 모르니까요. 그렇지만 언니들도 몹시 약해졌군요. 이

---

[5] 폐렴을 뜻하는 뉴모니아(pneumonia)를 잘못 말함.

러다 언니들이 나보다 먼저 가버릴 수도 있겠어요. 아, 그것도 괜찮죠. 누군가 친척 가운데 묻어줄 사람이 있는 동안에 죽는 게 가장 좋으니까요.

아니, 바람이 어쩜 이렇게 심하게 불까! 바람이 거센 날이면 우리 집 헛간 지붕이 날아가지 않을까 걱정이에요. 올봄에는 바람이 심하게 부는 날이 많아서 기후가 변하고 있는 게 아닐까 나는 근심하고 있어요. 고마워요, 미스 셜리."

앤이 외투 입는 것을 시중들어 주었기 때문이다.

"아가씨도 몸조심해요. 얼굴빛이 좋지 않아요. 빨강머리를 가진 사람은 아무래도 건강한 체질을 타고나지 못한 것 같아 걱정이에요."

"제 체질은 아무 문제 없어요."

앤은 미소 지으며 어니스틴에게 모자를 건네주었다. 그것은 축 처진 타조 깃털이 흐늘흐늘하게 뒤로 늘어진, 차마 무어라 설명하기 어려운 물건이었다.

"오늘 밤은 목이 살짝 아플 뿐 다른 데는 괜찮아요, 미스 뷰글."

다시금 어니스틴의 불길한 예언이 이번에는 앤에게 향했다.

"아! 목이 아픈 것은 조심해야만 해요. 사흘째까지는 디프테리아와 편도염의 증상이 똑같으니까요. 그래도 한 가지 위안은 있어요. 젊어서 죽으면 이 세상의 온갖 고생을 다 겪지 않아도 되니까요."

길버트는 목사가 아니지만

4월 20일
윈디윌로즈
탑의 방에서

가엾고 그리운 길버트에게

'내가 웃음에 관하여 말하여 이르기를 그것은 미친 것이라 하였고 희락에 대하여 이르기를 이것이 무슨 소용이 있는가 하였노라.'[1]

나 이러다 젊은 나이에 백발이 되지 않을까 걱정이야. 구빈원에서 내 최후를 맞이하지 않을까 걱정이 돼. 그리고 내 학생들이 학년말 시험에 모두 낙제하는 게 아닌가 걱정스러워.

토요일 밤 해밀턴 씨네 개가 날 보며 짖어댔는데 내가 혹시 광견병에 걸리지 않을까 걱정이야. 오늘 밤 캐서린과 만날 때 우산이 뒤집히지 않을까 걱정이 돼. 캐서린이 이제는 나를 좋아해줘서 좋지만 언제까지나 이럴 수는 없지 않을까 싶어 걱정스러워.

---

1) 《구약성서》〈전도서〉 2장 2절.

아무래도 내 머리카락은 적갈색이 아닌 것 같아 걱정이야. 내가 50살이 되었을 때 콧등에 큰 점이 생기는 게 아닐까 걱정이 돼. 우리 학교에 화재 위험이 많은 게 아닌가 걱정스러워.

오늘 밤 내 침대 속에 쥐가 들어오는 게 아닐까 걱정이야. 자기가 나와 약혼한 것은 결국 내가 늘 곁에 있었기 때문이 아닌가 걱정이 돼. 혼수로 장만할 침대보에 내가 금세 싫증 내는 건 아닐지 걱정스러워.

걱정하지 마, 너무나 사랑하는 길버트, 나는 미친 게 아니야…… 어쨌든 아직은. 다만 어니스틴한테 옮은 것뿐이야.

왜 리베카 듀가 어니스틴을 늘 '미스 걱정쟁이'라고 불렀는지 이제 그 까닭을 알겠어. 가엾게도 그토록 쓸데없는 걱정을 하는 것을 보면 운명의 여신에게 빚을 꽤나 많이 진 모양이야.

세상에는 어니스틴 뷰글만큼 '걱정 병'이 심하지는 않더라도, 내일 어떻게 될지 모른다 해서 오늘을 즐기는 것을 겁내는 불행의 전도사 같은 뷰글들이 참 많아.

사랑하는 길버트, 세상만사를 걱정하는 일은 결단코 하지 말자. 그렇게 스스로 노예가 되어가는 것은 질색이야. 우리 대담하게 모험을 하고 기대에 차서 살아가기로 해. 이를테면 인생이 산더미만 한 괴로움이며 장티푸스며 쌍둥이를 안겨줄지라도 인생이 우리에게 주는 모든 것을 춤추며 즐거이 맞이하자.

오늘은 4월 속으로 6월이 뚝 떨어진 듯한 하루였어. 눈이 말끔히 녹고 엷은 황갈색 목장이며 황금빛 언덕은 맘껏 봄노래를 부르고 있어. 내가 좋아하는 단풍나무 숲속 녹색 골짜기에서 목신(牧神)이 피리 부는 소리가 들리고, '폭풍왕'은 더할 나위 없이 가벼운 보랏빛 실안개를 띠처럼 두르고 있어.

요즘은 비가 계속 내려서 촉촉한 봄날 저녁을 탑의 방 창가에 앉아서 즐기는 나날이 많았어. 하지만 오늘은 바람이 거세고 분주한 밤이야. 하늘을 달리는 구름도, 구름 사이로 언뜻 내비치는 달빛조차도 들떠 있는 듯해.

길버트, 오늘 밤 애번리에 있는 어느 긴 길을 우리 두 사람이 손을 꼭 잡고 걷고 있다면 어떨까?

길버트, 나는 부끄러움이나 체면도 잊고 자기에게 푹 빠져 있는 것 같아 걱정이야. 이런 내가 하느님께 불경을 저지르고 있다고 여기지는 않겠지? 하기야 자기는 목사님이 아니지만.

헤이즐의 토로

헤이즐은 한숨을 쉬었다.
"나는 다른 사람들과 너무 달라요."
다른 사람들과 그처럼 다르다는 것은 난처한 일이기도 하지만, 그러면서도 다른 별에서 우연히 길을 잃고 찾아든 사람처럼 느껴지는 멋진 일이기도 했다. 헤이즐은 다름 때문에 아무리 큰 어려움을 겪더라도 흔해빠진 시시한 사람들 속에 들어갈 마음은 없었다.
앤은 재미있는 듯 웃으며 말했다.
"세상에 똑같은 사람은 하나도 없죠."
"웃고 있군요!"
헤이즐은 손등의 손가락 사이사이가 보조개처럼 쏙 들어간 두 손을 맞잡으며 흠모의 눈길을 담아 앤을 보았다. 헤이즐은 무슨 말을 할 때든 한 문장에 적어도 한 마디에는 강하게 힘을 주어 말하는 버릇이 있었다.
"미스 셜리는 아주 매혹적인 미소를 가지고 있어요. 살며시 나타났다 사라지면서 사람을 '매혹하는' 그런 미소지요. 처음 봤을 때부터 미스 셜리는 '뭐든지' 알아줄 분이라고 느꼈어요. 우리는 '똑같은' 세계에 속한 사람이에요. 때로는 나에게 사람의 '마음을 읽는' 능력이 있는 게 틀림없다고 여겨질 때가 있어요.

누군가를 만난 순간 내가 그 사람을 좋아할 수 있을지 어떨지 늘 '직감적으로' 느끼거든요.

나는 미스 셜리가 공감할 줄 아는 사람이라는 것을, 나를 '이해해줄' 사람이라는 것을 바로 느꼈어요. 누군가 나를 이해해준다는 건 참 기쁜 일이에요. 여지껏 아무도 나를 헤아려주지 않았어요…… '단 한 사람도'요. 하지만 미스 셜리를 보았을 때 마음속의 목소리가 내게 속삭였어요.

"'이분'이라면 이해해줄 것이다. 이분 앞에서라면 '있는 그대로의' 참다운 내 모습일 수 있다.'라고요. 아, 미스 셜리, 우리 참다운 모습으로 지내기로 해요! '언제나' 있는 그대로의 모습을 보여주기로 해요. 아, 미스 셜리, 나를 아주 조금이라, 손톱만큼이라도 좋아하나요?"

"귀여운 아가씨라고 생각하고 있어요."

앤은 가볍게 웃으며 갸름한 손가락으로 헤이즐의 금발을 살짝 흐트러뜨렸다. 헤이즐을 좋아하지 않을 수 없었다.

탑의 방을 찾은 헤이즐은 앤에게 마음속 일을 털어놓고 있었다. 방에서는 항구 위에 걸린 초승달과, 5월 말의 저물녘 어스름이 창문 아래 진홍빛 튤립에 감도는 것을 볼 수 있었다.

"우리 아직 불은 켜지 말아요."

헤이즐의 말에 앤도 따라주었다.

"네, 그렇게 해요. 어둠을 친구 삼아 있으면 이곳이 더욱 사랑스럽죠? 불을 켜면 어둠이 적이 되어 밖에서 원망스레 안쪽을 노려보지만요."

"나도 그런 것을 '생각은' 하지만 그토록 아름답게 표현하지는 못해요."

헤이즐은 괴로워하면서도 황홀한 표정으로 신음하듯 말했다.

"미스 셜리는 제비꽃의 언어로 이야기할 줄 안다니까요."

자기가 말하고도 무슨 뜻인지 헤이즐은 설명하지 못하겠지만, 그러나 그런 것은 아무래도 좋았다. 그 말만큼은 '아주' 시적이었다.

그날 온 집 안에서 오로지 탑의 방만이 평온한 장소였다.

그날 아침, 리베카 듀는 절박한 얼굴로 말했었다.

"여성 자선회 모임이 여기서 열리기 전에 응접실과 손님용 침실의 벽지를 다시 발라야만 해요."

그러고는 도배하는 데 방해되지 않도록 그 두 방에서 가구를 모조리 빼놓았는데, 도배할 사람이 다음 날에나 올 수 있다는 전갈이 왔다. 그리하여 윈디 윌로즈는 혼돈의 도가니였으며 오아시스는 오직 탑의 방뿐이었다.

헤이즐 마는 어떤 대상에 금세 열 올리는 것으로 유명했는데, 지금 그 대상은 앤이었다. 마 집안은 서머사이드에 새로 온 사람들로, 올겨울에 샬럿타운에서 이사 왔다. 헤이즐은 본인이 좋아하는 표현에 따르면 '10월의 금발'의 소유자로, 황동색 머리와 갈색 눈을 하고 있었다. 자기가 예쁘다는 것을 알고 난 뒤부터 세상에 별 도움이 못 되었을 것이라고 리베카 듀는 단언했다. 그러나 헤이즐은 여러 사람에게 사랑받았고, 특히 젊은 남성들에게 인기가 있었다. 그들은 헤이즐의 눈과 곱슬머리가 참 매력적인 조합이라고 생각했다.

앤은 헤이즐이 좋았다. 오후 무렵 교실에서 느낀 피로로 초저녁에는 좀 비관적인 기분이었지만, 지금은 편안해졌다. 그것이 달콤한 사과꽃 내음을 싣고 창문을 통해 불어오는 5월의 산들바람 때문인지 아니면 헤이즐의 수다 때문인지는 알 수 없었다. 아마 그 양쪽 모두이리라. 어쨌든 앤에게 헤이즐은 자신이 더 어렸을 때 품었던 환희, 이상, 낭만적 삶의 전망들을 모두 떠올리게 했다.

헤이즐은 앤의 손을 잡고 경건하게 입술을 댔다.

"미스 셜리가 나를 만나기 전에 사랑했던 사람들도, 지금 사랑하고 있는 사람들도 모두 '미워요'. 나는 미스 셜리를 '독차지'하고 싶어요."

"좀 부당한 것 아닌가요? 헤이즐도 나 아닌 다른 사람들을 좋아하잖아요. 이를테면 테리라든가?"

"아, 그 일을 이야기하고 싶었어요. 이제는 더 이상 잠자코 있을 수 없는걸요. 참을 수가 없어요! 누군가에게—날 '이해해주는' 사람에게—말하지 않고는 못 견디겠어요. 그저께 밤 연못 주위를 밤새……아, 그러니까, 아무튼 거의 12시까지 빙빙 돌았어요. 나는 모든 고통을 다 겪었어요. '모든 고통'을요."

헤이즐은 동그랗고 하얀 얼굴과 긴 속눈썹이 난 눈, 그리고 물결치듯 빛나는 곱슬머리가 허락하는 한, 필사적으로 비극적인 표정을 지어 보였다.

"어머나, 헤이즐과 테리는 아주 행복한 줄 알고 있었는데요. 모든 일이 결정된 것 아니었나요?"

앤이 그렇게 생각하는 것도 무리가 아니었다. 지난 3주일 동안 헤이즐은 테리 갈런드에 대해 아주 열중해서 이야기했기 때문이다. 헤이즐의 태도는 누군가에게 말하지 못할 상대라면 연인이 있은들 무슨 소용이겠냐는 듯했었다.

헤이즐은 몹시 원망스러운 투로 대답했다.

"'다들' 그렇게 생각하고 있어요. 아, 미스 셜리, 인생은 갈피를 잡을 수 없는 문제로 가득 차 있는 것 같아요. 이따금 나는 어딘가에—'어디라도 좋으니'—누워서 손을 맞잡고 두 번 다시 '생각 따위'는 하고 싶지 않다고 여기는 일이 있어요."

"어머나, 헤이즐, 무슨 일이 있었어요?"

"아무 일도 아니에요…… 아니, 실은 어마어마하게 큰일이기도 해요. 아, 미스 셜리, '낱낱이' 이야기해도 될까요? 가슴속에 담아둔 것을 '모조리' 쏟아내도 괜찮을까요?"

"물론이죠."

헤이즐은 비통한 목소리로 호소했다.

"내게는 마음을 터놓을 데가 정말 하나도 없어요. 물론 일기는 다르지만요. 언젠가 내 일기를 보여주어도 될까요, 미스 셜리? 나를 몽땅 드러내고 있어요. 그런데도 내 영혼에서 불타고 있는 것만큼은 쓸 수가 없어요. 그것이……그것이 나를 '질식시킬' 것만 같아요."

헤이즐은 극적인 몸짓으로 목을 양손으로 움켜쥐었다.

"헤이즐이 그런 마음이라면 언제든 보고 싶어요. 하지만 두 사람 사이의 문제가 뭐죠?"

"오, 테리! 내게 테리가 아주 '낯선 사람처럼' 보인다면 믿어주겠어요, 미스 셜리?"

헤이즐은 오해가 없도록 덧붙였다.

"완전히 낯선 타인! 지금까지 전혀 알지도 못한 사람 같아요."

"하지만, 헤이즐…… 나는 헤이즐이 테리를 사랑하는 줄 알았어요…… 헤이즐이 그렇게 말하지 않았나요?"

"네, 그랬죠. 나 역시 그 사람을 사랑하고 있다고 '생각했죠'. 하지만 그것이 모두 엄청난 착각이었음을 지금 알았어요. 아, 미스 셜리, 내가 얼마나 '곤란한' 지경에 빠져 있는지…… 어떤 '옴짝달싹 못 할' 상황에 휘말렸는지 상상도 못 할걸요?"

"그런 거라면 나도 얼마쯤 알아요."

로이 가드너의 일을 떠올리며 앤은 공감을 표했다.

"아, 나는 결혼할 만큼 그 사람을 사랑하고 있지 않는 게 틀림없어요. 그것을 지금에야 알게 됐어요…… 이미 때가 늦어버린 지금에야 알았어요. 나는 달빛에 속아 그 사람을 사랑하는 것으로 착각해버렸던 거예요. 만일 달만 없었다면 잠시 생각해보겠다고 테리에게 말했을 거예요. 그런데 나는 분위기에 취해버렸어요…… 그걸 지금에야 알았어요. 오, 나는 달아나버리고 싶어요…… 이러다 뭔가 분별없는 짓을 해버릴 것 같아요!"

"하지만 헤이즐, 실수였다고 생각한다면 어째서 테리에게 말하지 않……."

"아아, 미스 셜리, 그런 말은 할 수 없어요! 그런 짓을 하면 그 사람은 죽어버리고 말 거예요. 나를 열렬히 사랑하고 있는걸요. 도저히 빠져나갈 방법이 없어요. 게다가 테리는 벌써 결혼 이야기까지 하고 있어요. 생각해봐요…… 나 같은 어린아이를 상대로 말이에요…… 나는 이제 겨우 18살인데!

내가 약혼했단 사실을 살짝 말해줬더니, 그 소식을 들은 친구들은 다들 내게 축하한다고 했는데, 마치 익살극 같았어요. 모두들 내가 멋진 결혼 상대를 만났다고 생각해요. 테리는 25살이 되면 만 달러를 상속받기로 되어 있거든요. 할머니가 테리에게 남긴 유산이에요. 마치 내가 '돈처럼' 더러운 것에 눈이 멀기라도 한 듯싶잖아요! 아, '어째서' 세상은 이렇게 꼭 돈만 밝히는 걸까요? '어째서'?"

"돈에 대해 말들이 많을지는 모르지만, 모두 그런 것은 아니에요, 헤이즐. 그러니까 테리에 대해 헤이즐이 만일 그렇게 느끼고 있다 하더라도……인간은 누구나 잘못을 저지르는걸요. 자기의 진정한 마음을 안다는 건 아주 힘들어요……."

"그런 거죠? 미스 셜리라면 이해해줄 줄 '알았어요'. 나는 정말로 테리를 사랑한다고 여겼거든요. 처음으로 테리를 보았던 날 밤 나는 내내 가만히 앉아 그를 지켜보았어요. 그와 눈이 마주칠 때마다 온몸이 '파도에' 삼켜진 것 같았어요. 테리는 '무척' 잘생겼거든요. 하기야 그때도 그의 머리가 '지나치게' 곱슬거리고 눈썹 색이 너무 연하다고는 생각했었죠.

'그때' 알아챘어야 했는데. 하지만 나는 언제나 어떤 일에든 내 영혼을 다 던지는 성격이잖아요? 너무 열렬히 빠져버리는 성격이에요. 테리가 옆에 올 때마다 희열로 몸이 떨렸을 정도였어요. 그런데 지금은 아무렇지 않아요. '아무렇지도'!

아, 나는 요 몇 주일 동안에 나이를 먹어버렸어요, 미스 셜리. '늙어버렸다고요'! 약혼한 뒤로 거의 아무것도 먹지 못했죠. 어머니에게 물어보면 알 거예요.

내가 결혼할 만큼 테리를 사랑하고 있지는 않다는 것은 '확실해요.' 다른 것은 분명치 않다 하더라도 '그것만은' 알겠어요."

"그렇다면 어째서……."

"테리가 청혼한 그 달 밝은 날 밤에도 사실 나는 조앤 프링글의 가장무도회에 어떤 차림을 하고 갈까 생각하고 있었어요. 5월의 여왕이 되면 근사할 것 같았죠. 엷은 녹색 옷에 짙은 녹색 허리끈을 매고 연분홍색 장미 한 묶음을 머리에 꽂고, 손에는 핑크와 녹색 리본을 드리우고 작은 장미로 꾸민 메이폴[1]을 들면 멋지겠다 생각했었죠.

하지만 조앤의 삼촌이 갑자기 돌아가시는 바람에 파티를 열 수 없게 되어, 모든 게 헛일이 되고 말았어요. 그래서 내가 말하고 싶은 것은…… 내 마음이 그렇게 딴 데 가 있었을 때 내가 진심으로 테리를 사랑할 수 있었겠느냐는 거예요. 그렇게 할 수 있었을까요?"

"글쎄요…… 우리 마음은 이따금 생각지도 않은 교묘한 재주를 부리기도 하니까요."

---

[1] 5월제를 축하하기 위해 꽃이나 리본으로 장식해 그 주위에서 춤을 추며 즐기는 기둥.

"잘 생각해보니 나는 결혼하고 싶다고 생각한 적이 정말 한 번도 없어요. 혹시 손톱 손질할 때 쓰는 작은 오렌지나무 막대기가 있나요? 고마워요. 좀 빌려 쓸게요. 내 손톱의 반달 주변이 꺼끌꺼끌해요. 이야기하면서 손질이라도 해두는 게 좋겠어요. 마음속에 있는 말을 털어놓으니 정말 후련해요! 이런 기회는 좀처럼 없어요. 이런저런 세상일이 자꾸 끼어들어 방해를 하니까요.

내가 무슨 말을 하고 있었죠? ……아, 맞다…… 테리 얘기였죠. 나는 어떻게 하면 좋을까요, 미스 셜리? 의견을 듣고 싶어요. 아, 나는 마치 덫에 걸린 짐승이 된 기분이에요!"

"하지만 헤이즐, 아주 간단한 일이에요……."

"아니, 조금도 간단하지 않아요. 매우 복잡해요. 어머니는 무척 좋아하고 있지만 진 아주머니는 그렇지 않아요. 아주머니는 테리를 마음에 들어 하지 않아요. 그리고 사람들이 아주머니는 명석한 판단력을 가졌다고들 해요.

정말 나는 그 누구하고도 결혼하고 싶지 않아요. 나는 커다란 포부를 가지고 있어요. 일생 동안 이어갈 가치가 있는 직업을 찾고 싶어요. 이따금 수녀가 되고 싶을 때도 있어요. 하느님의 신부가 되는 일은 멋지잖아요? 가톨릭 성당은 '정말' 그림처럼 아름다워요. 물론 나는 가톨릭교도가 아니고…… 게다가 수녀란 어차피 직업이라고 말할 수는 없기도 하지만요.

때로는 간호사가 되고 싶어요. 아주 낭만적인 직업이잖아요? 그렇지 않나요? 열이 있는 환자의 이마를 짚어주기도 하고, 그러다 간호사인 나에게 반한 어떤 잘생긴 백만장자 환자가 느닷없이 구애해 나를 불쑥 신혼여행에 데려가도 좋을 것 같아요. 그 별장이 아침 해와 푸른 지중해가 내다보이는 리비에라에 있는 별장이면 더욱 좋겠죠. 그런 내 모습을 '그려' 봤어요. 어리석은 꿈일지는 모르지만, 아, 너무도 즐거운걸요! 그런데 테리 갤런드와 결혼해서 '서머사이드에' 정착한다는 맥 빠지도록 따분한 현실 때문에 그런 꿈을 버려야 하다니요!"

헤이즐은 생각만 해도 머리가 곤두선다는 듯 몸을 부르르 떨며 손톱 손질이 잘되었는지 이리저리 살펴보았다.

앤이 끼어들려고 했다.

"그렇지만……."

"우리에게는 공통점이 '단 한 가지도' 없어요. 테리는 시나 로맨스에 관심이 없지만 내게는 그것들이 '인생의' 전부인걸요. 이따금 나는 클레오파트라의 환생이 틀림없다고 여기는 적도 있어요. 아니면 트로이의 헬레네일지도요? 아무튼 그처럼 비극에 얽힌 매혹적인 사람 가운데 하나인 것만 같아요. 다시 태어난 게 아니라면 대체 '어디서' 그런 생각이나 느낌을 몸에 익혔는지 설명이 안 돼요.

그런데 테리는 지독히 현실적이에요. 그는 누군가가 환생한 사람이라고 믿어지지도 않아요. 내가 베라 프라이의 깃털 펜 이야기를 했을 때 그가 했던 말이 충분한 증거가 될 거예요."

앤은 참을성 있게 차분히 말했다.

"나는 베라 프라이의 깃털 펜 이야기를 들은 적이 없는데요."

"어머나, 그래요? 벌써 말한 줄 알았어요. 우린 너무도 많은 대화를 했으니까요. 베라의 약혼자가 까마귀 깃털을 주워서 깃털 펜을 만들어 베라에게 주었어요. 그러면서 베라에게 이렇게 말했대요.

'이 펜을 쓸 때마다 일찍이 이 깃털을 몸에 지니고 있던 새처럼 당신의 마음이 하늘 높이 날아오르기를.'

얼마나 '멋져요'? 그런데 테리라는 사람은 그런 펜은 금방 못쓰게 된대요. 더욱이 베라가 말을 하는 만큼 글도 쓴다면 더더욱 그럴 것이며, 또 어쨌든 까마귀가 하늘 높이 날아오르는 일은 없다는 거예요. 테리는 그 행동과 말 전체에 담긴 뜻을……그 진정한 본질을 알지 못하는 거예요."

"그 뜻이 뭐였는데요?"

"어머나, 그야……그야…… '날아오르는' 거요. 뭐랄까…… 육신이라는 세속의 속박에서 떠나는 거죠. 베라의 반지를 봤나요? 사파이어예요. 약혼반지로 사파이어는 너무 어둡지 않을까 싶어요. 그보다는 미스 셜리의 낭만적이면서도 귀여운 진주 반지 쪽이 더 좋아요. 테리는 내게 금방 반지를 끼워주고 싶어했지만 나는 아직 좀 기다려달라고 했어요. 반지를 끼고 나면 마치 족쇄처럼 느껴질 것 같았거든요…… 이제는 정말 '돌이킬 수 없다'는 그런 기분이 들 것 같은. 정말로 그 사람을 사랑하고 있다면 그런 마음이 들지 않을 테죠?"

"분명히 그렇겠죠……."

"자기의 진실한 속마음을 누군가에게 이야기할 수 있다는 것은 아주 '멋진' 일이에요. 아, 미스 셜리, 만일 내가 다시 자유로운 몸이 되어 인생의 보다 깊은 뜻을 탐구할 수 있다면! '이렇게' 말해도 테리는 무슨 뜻인지 모를 거예요. 게다가 그는 분명 다혈질일 거예요. 갈런드 집안사람은 모두 그래요.

아, 미스 셜리가 테리에게 말해준다면, 내 마음을 테리에게 전해줄 수 있다면…… 테리는 미스 셜리를 '훌륭한' 사람으로 여기니까 미스 셜리 말이라면 조용히 따를 거예요."

"헤이즐, 어떻게 내가 그런 일을 할 수 있다고 생각해요?"

"못 할 것도 없다고 생각해요."

헤이즐은 마지막 손톱 손질을 끝내고 사뭇 슬픔을 이기지 못하는 양 오렌지나무 막대기를 탁 내려놓았다.

"만일 미스 셜리가 할 수 없다면 구원의 길은 '어디에도' 없어요. 하지만 나는 아무래도, 아무래도, **아무래도** 테리 갈런드와는 도저히 결혼할 수 없어요."

"만일 헤이즐이 테리를 사랑하지 않는다면…… 그 말을 듣고 테리가 아무리 비참한 마음을 갖게 되더라도 테리에게 가서 그렇게 말해야만 해요. 언젠가는 헤이즐이 정말로 사랑하는 사람을 만날 거예요. 그때는 조금도 미심쩍은 마음이 들지 않아요. 그때는 분명히 '알 수 있어요.'"

"나는 두 번 다시 '그 누구도' 사랑하지 않을 거예요."

헤이즐은 바위 같은 냉정함을 보이며 말을 이어갔다.

"사랑은 슬픔만 가져다줄 뿐인걸요. 아직 어리지만, 나도 '그 한 가지'만은 절실히 배웠어요. 이 일은 미스 셜리의 소설을 위한 좋은 소재가 되지 않을까요? 아, 이만 가봐야겠어요. 이렇게 늦은 줄 몰랐어요. 미스 셜리에게 털어놓고 나니 훨씬 개운해졌어요. '그림자 나라에서 그대의 영혼에 닿으리.' 셰익스피어도 말했듯이 말예요."

앤은 상냥하게 바로잡았다.

"그건 폴린 존슨[2] 같은데요."

"그래요? 예전에 '살았던' 누군가의 말이라는 건 알고 있었어요. 오늘 밤은 쉬이 잠들 수 있을 것 같아요, 미스 셜리. 테리와 약혼을 한 뒤로 거의 잠을 못 잤어요. 어쩌다 그런 약혼을 하게 되었는지 '도무지' 알 수 없는 채로 말이죠."

헤이즐은 머리를 다시 매만진 뒤 모자를 썼다. 모자챙에는 장밋빛 띠가 둘러져 있고 둘레에 장미꽃 장식이 붙어 있었다. 그것을 쓴 헤이즐이 가슴이 두근거릴 만큼 예뻤으므로 앤은 저도 모르게 그녀의 뺨에 살짝 입을 맞추었다.

---

[2] E. 폴린 존슨(1861~1913), 캐나다의 시인·작가·예술가. 헤이즐이 인용한 시는 존슨의 〈달넘이〉의 한 구절.

앤은 감탄했다.

"헤이즐, 정말 예뻐요."

헤이즐은 꼼짝도 하지 않고 가만히 서 있었다. 이윽고 눈을 들어 탑의 방 천장 너머 그 위의 다락방 너머까지 눈길을 던지며 별을 찾았다.

그러더니 작은 소리로 멍하니 중얼거렸다.

"이 '멋진' 순간을 나는 절대, 절대 잊지 않겠어요, 미스 셜리. 나의 아름다움이─만일 나에게 정말로 그런 게 있다면요─신에게 '봉헌된' 기분이에요. 아, 내가 아름답다는 소문을 들은 사람들이 나를 나중에 만났을 때 소문만은 못하더라는 말을 할까 봐 늘 걱정하는 마음이 얼마나 괴로운지 짐작 못 할 거예요. 마치 '고문' 같아요.

굴욕감으로 그 자리에서 '죽어버리고' 싶은 적도 있어요. 상대가 실망한 기색이 보인다고 느낄 때는요. 그것은 내 상상에 지나지 않을지도 모르지만요. 나는 상상력이 '풍부'하니까요…… 어쩌면 너무 풍부해서 오히려 스스로에게 해가 되는 게 아닌가 걱정스러울 정도죠. 아무튼 테리도 사랑한다고 '상상했을' 뿐이니까요. 아, 미스 셜리, 사과꽃 내음이 느껴지나요?"

앤에게도 코가 있었으므로 물론 느껴졌다.

"가히 '성스럽지' 않나요? 천국이 '온통' 꽃에 파묻혀 있으면 좋겠어요. 한 떨기 백합 속에 살면 착한 사람이 될 수 있을 거예요."

앤은 짓궂게 말을 했다.

"좀 갑갑하지 않을까요."

"아, 미스 셜리, 바라건대 부디 당신만을 따르는 이 어린 숭배자를 비웃지 '말아주세요'. 비웃음은 나를 마른 잎사귀처럼 '시들게' 해 버려요."

유령골목 끄트머리까지 헤이즐을 바래다주고 돌아오는 앤을 붙잡고 리베카 듀가 말했다.

"그만한 수다를 듣고도 용케 죽지 않고 견뎌냈네요. 어쩌면 그렇게 잘도 참아내는지 나는 영 모르겠어요."

"나는 헤이즐이 좋은걸요, 리베카. 정말 좋아해요. 나도 어린 시절에 너무너무 말이 많았어요. 이따금 헤이즐을 보고 있으면, 어릴 때 내 이야기를 들어준 사람들 눈에도 내가 그만큼 실없어 보였을까, 라는 궁금증이 생겨요."

"어린 시절의 셜리 선생님을 알지는 못하지만 그런 일은 없었다고 봐요. 뭐라고 했든 셜리 선생님이 한 말은 정말로 그렇게 생각해서 한 말이었을 테지만 헤이즐 마는 그렇지 않아요. 그 아가씨는 크림인 척하는 탈지유에 지나지 않아요."

앤은 테리의 일을 생각하며 말했다.

"네, 물론 헤이즐도 여느 여자아이들과 마찬가지로 연극을 하듯 좀 과장하는 구석은 있죠. 하지만 헤이즐이 진실을 이야기할 때도 있어요."

헤이즐이 테리에 대해 말한 것을 모두 진심이라고 믿은 것은 앤이 테리를 대단치 않게 생각했기 때문이기도 할 터이다. 테리가 유산 1만 달러를 '물려받는다' 하더라도 헤이즐이 테리와 결혼하는 것은 자기 인생을 내버리는 게 아닐까 여기지 않을 수 없었다. 앤은 테리를 잘생겼지만 마음 약한 젊은이로, 그에게 눈길을 던지는 첫 번째 예쁜 아가씨와 사랑에 빠졌다가, 그 '1번' 아가씨에게 차이거나 또는 너무 오랫동안 냉대받으면 실로 아무렇지 않게 그다음 아가씨에게로 옮아갈 사람이라고 생각했다.

그해 봄에 앤은 테리와 자주 만났다. 헤이즐이 앤에게 테리와 만나는 자리에 같이 가달라고 자주 졸랐기 때문이었다. 게다가 그와 빈번히 만나야 할 운명에 놓인 또 다른 까닭은 헤이즐이 킹스포트의 친척 집을 방문하러 가서 없는 동안, 테리가 앤에게 거의 달라붙어 있다시피 했기 때문이었다. 함께 마차로 드라이브하자고 청하기도 하고 이런저런 곳에 갔다가 돌아올 때 그녀의 집까지 바래다주기도 했다.

두 사람은 서로를 '앤', '테리' 하면서 편하게 불렀다. 앤이 그에게 모성애에 가까운 심정을 느꼈을지언정 둘은 거의 같은 나이 또래였기 때문이다.

테리는 '똑똑한 미스 셜리'가 자기와의 교제를 즐기는 듯한 데 대하여 아주 우쭐해져 있었다. 그러다 메이 코넬리네 집에서 파티가 있던 날 밤 아카시아잎이 미친 듯 흔들리는 달빛 어린 뜰에서 테리가 너무도 감상적으로 굴었으므로 앤은 그 자리에 없는 헤이즐의 이름을 장난삼아 끄집어냈다.

"아, 헤이즐! 그 어린애!"

앤은 엄하게 나무랐다.

"당신은 '그 어린애'와 약혼했잖아요?"

"약혼한 건 아닙니다. 그저 애들 장난에 지나지 않아요. 그러니까, 아마도 그날 내가…… 달빛에 취했을 뿐이라고 생각합니다."

앤은 재빨리 머리를 굴렸다. 만일 테리가 정말로 그 정도밖에 헤이즐을 생각지 않는 것이라면 그녀를 그로부터 떨어뜨려놓는 것이 훨씬 좋은 일이다. 아마 이것이야말로 어리석게 서로 얽혀 빠져나오지 못하는 두 사람을 구해내기 위해 하늘이 준 기회임이 틀림없었다. 다만 아직 어려서 모든 일을 너무 심각하게 생각하는 탓에 두 사람은 이 뒤엉킴에서 빠져나올 방법을 모르는 것이었다.

앤의 침묵을 잘못 이해한 테리는 말을 이었다.

"물론 나도 분명 얼마쯤 난처한 입장에 있기는 합니다. 인정해요. 헤이즐이 그날의 내 마음이나 행동을 좀 너무 진지하게 받아들인 듯해서 걱정스럽고요. 헤이즐이 자신의 오해에 눈뜨게 해주려면 어떻게 하는 게 가장 좋을지 모르겠습니다."

충동으로 치달리기 쉬운 앤은 애써 어머니 같은 태도로 달래듯 말했다.

"테리, 당신들 두 사람은 어른 흉내를 내는 어린애들 같아요. 테리가 헤이즐을 사랑하고 있지 않은 것과 마찬가지로 헤이즐도 사실은 테리를 조금도 사랑하지 않아요. 아마 두 사람 모두 달빛에 취해 어떻게 됐던 모양이에요. 헤이즐은 약혼을 취소하고 싶어하지만 그렇게 말하면 당신 기분을 언짢게 하지 않을까 걱정돼서 말을 꺼내지 못하고 있어요.

헤이즐은 갈피를 못 잡는 낭만적인 소녀고, 당신은 사랑 자체와 사랑에 빠진 소년이에요. 언젠가 두 사람 다 지금의 일을 돌이켜보며 크게 웃게 될 때가 올 거예요."

앤은 자신이 아주 잘 이야기했다고 생각하며 자못 만족했다.

테리는 안도의 한숨을 내쉬었다.

"덕분에 한시름 덜었습니다, 앤. 물론 헤이즐은 귀여운 아이죠. 나도 헤이즐에게 상처를 주는 일은 생각만 해도 싫었지만, 벌써 몇 주일 전부터 나는 나의⋯⋯우리의⋯⋯실수를 깨달았습니다. 사람이 한 '여성'을 만났을 때⋯⋯ 그러니까, 나의 배필이 될 '바로 그 여성'을 만났을 때⋯⋯ 아니, 벌써 돌아가려는 건 아니죠, 앤? 이 아름다운 달빛을 내팽개쳐두려는 겁니까? 달빛을 받은 당신은 한 떨기 흰 장미 같습니다⋯⋯ 앤⋯⋯."

그러나 앤은 이미 달아나버린 뒤였다.

헤이즐의 항의

6월 중순의 어느 날 저녁 무렵, 탑의 방에서 시험 답안지를 채점하고 있던 앤은 잠시 답안지에서 손을 떼고 흥 하며 코를 풀었다. 너무 자주 풀어서 코는 벌써 빨개지고 아렸다. 사실 앤은 낭만이라곤 전혀 없는 심한 코감기에 걸려 있었다. 그 덕분에 늘푸른나무 저택의 소나무 뒤로 보이는 에메랄드빛 하늘도, '폭풍왕' 위에 걸린 은백색 달도, 방의 창문 아래에서 스며드는 라일락 향기도, 테이블 위의 꽃병에 꽂힌, 하얀 바탕에 파란 색연필로 테두리를 그린 듯한 붓꽃도 마음껏 즐길 수 없었다. 코감기는 앤의 지난날을 우울하게 만들고 미래에마저도 어두운 그림자를 던지고 있었다.

앤은 창틀에서 명상을 즐기는 더스티 밀러에게 다가가 말했다.

"6월의 코감기는 정말 옳지 않아. 하지만 오늘부터 2주일 뒤면 푹푹 찌는 이 방에서 실수투성이인 답안과 씨름하면서 너무 풀어대서 이미 아린 코를 풀고 있는 대신 즐거운 그린게이블즈로 돌아갈 수 있어. 생각해보렴, 더스티 밀러! 참으로 멋지지."

분명 더스티 밀러는 생각해본 것 같았다. 또한 종종걸음으로 유령골목에 접어들어 여러해살이풀이 나 있는 오솔길을 씩씩거리며 걸어오는 젊은 여자를 보며 6월에 어울리지 않는 성나고 매서운 눈보라 같은 모습이라고 여겼을 게 틀림없다. 그 사람은 전날 킹스포트에서 막 돌아온 헤이즐 마였다. 그런데 평상시의 헤이즐답지 않게 매우 거친 모습이었다. 그녀는 요란하게 문을 두드린 뒤 앤이 미처 대답도 하기 전에 문을 벌컥 열고 탑의 방으로 쿵쿵쿵 달려 들어왔다.

"어머나, 헤이즐. 에취! 벌써 킹스포트에서 돌아왔어요? 다음 주에나 오는 줄 알았는데."

헤이즐은 비웃듯 말했다.

"네, 그랬겠죠. 하지만 돌아왔어요, 미스 셜리. 기껏 그랬더니 무슨 일이 있었다고 생각해요? 미스 셜리가 어떻게든 나에게서 테리를 뺏으려고 유혹하고 있는 게 아니겠어요…… 그것도 거의 성공 직전이었잖아요!"

"헤이즐! 에취!"

"네, 나는 모조리 알고 있어요! 미스 셜리는 내가 테리를 사랑하고 있지 않으며 우리의 약혼을 취소하고 싶어한다고 테리에게 말했더군요…… 우리의 '신성한' 약혼을!"

"이봐요, 헤이즐! 에취!"

"네, 좋아요, 실컷 웃으세요…… 마음껏 비웃어요. 하지만 그런 적 없다느니 하는 말만은 하지 말아요. 분명 그렇게 했잖아요, 게다가 '일부러'요."

"물론 그랬죠. 헤이즐이 부탁했잖아요."

"내가……미스 셜리에게……부탁을……했다고요?"

"여기 이 방에서요. 헤이즐은 테리를 사랑하지 않으며, 도저히 결혼할 수 없다고 나한테 분명 말했었잖아요."

"어머, 그거라면 일시적인 기분으로 그랬겠죠. 설마 미스 셜리가 그 말을 진심이라고 받아들일 줄은 꿈에도 생각지 못했어요. 나는 '미스 셜리라면' 예술가적 기질을 이해하리라 여겼어요. 분명히 미스 셜리는 나보다 훨씬 나이가 들었지만 아직 잊지는 않았겠지요. 소녀들이 얼마나 바보스러운 수다를 떠는지…… 얼마나 어리석은 감정에 빠지는지. 내 친구인 척 다정한 얼굴을 했던 '당신이' 그것도 이해 못 하다니요!"

콧물을 닦으며 가엾은 앤은 생각했다.

'이건 악몽이 틀림없어.'

그리고 힘없이 말했다.

"일단 앉아요, 헤이즐."

헤이즐은 거칠게 방을 왔다 갔다 했다.

"앉으라고요? 내 온 인생이 나를 에워싼 채로 폐허가 되어가는데 내가 어떻게 앉아 있을 수 있겠어요? 이런 때 가만히 앉아 있을 사람이 있다고 생각해요? 아, 나이 탓으로 그런 짓을 한 것이라면—젊은 사람들의 행복을 시샘해서 그것을 망치려고 마음먹은 것이라면—나는 정말이지 영영 나이 먹지 않게 해 달라고 신에게 간절히 빌겠어요."

앤의 손이 갑자기 헤이즐의 따귀를 갈기고 싶다는 두렵고도 기묘한 본능적인 욕구에 사로잡혀 근질근질한 느낌이 들었다. 다행히 곧 이성적으로 그 기분을 한켠으로 밀쳐냈기에 나중에 가서 실제로 그런 마음이 들었던 게 믿어지지 않았다. 그러나 헤이즐에게 가벼운 질책은 필요하다고 생각했다.

"앉아서 차분히 이야기할 수 없다면 이만 돌아가줬으면 좋겠어요, 헤이즐. 에, 에에취! 난 해야 할 일이 쌓여 있으니까요."

말을 마치고 앤은 코를 몇 차례 훌쩍였다.

"내가 미스 셜리를 어떻게 생각하는지 이야기하기 전에는 돌아갈 수 없어요. 네, 내 탓이었다는 건 알아요…… 진작에 알아챘어야 했어요…… 아니, 실은 '알고 있었어요'. 미스 셜리를 처음 만났을 때부터 '위험한' 사람이라고 직감했어요.

빨강머리에 초록색 눈이잖아요!

 아무리 그래도 설마 미스 셜리가 나와 테리 사이를 마구 휘저어버리는 일까지 하리라고는 '꿈에도' 생각지 못했어요. 적어도 '기독교인'이라고 여겼으니까요. 이런 일을 하는 사람이 이 세상에 있다는 얘기는 '들어본' 적도 없어요. 그래요, 미스 셜리 덕에 난 사랑을 잃게 되었어요, 내 마음은 갈기갈기 찢겨버렸어요. 이제 만족해요?"

 "무슨 그런 심한 말을……."

 "당신 같은 사람하고는 두 번 다시 말도 하고 싶지 않아요! 아, 미스 셜리가 모든 것을 엉망으로 만들어버리기 전까지 테리와 나는 아주 행복했었는데! '나는' 정말 행복했어요…… 친구들 사이에서 맨 먼저 약혼을 했는걸요. 결혼식 계획까지 다 짜놓고 있었다고요…… 네 명의 들러리가 아랫단에 검은 벨벳 리본이 달린 아름다운 연파랑 비단 드레스를 입을 거였죠. 그야말로 시크하게! 아, 미스 셜리를 미워해야 할지, 불쌍하게 여겨야 할지 모르겠네요! 아, 나를 이런 식으로 대하다니…… 그토록 미스 셜리를 사랑했는데! 그토록 신뢰했는데! 그토록 좋게 생각했는데!"

 헤이즐은 목이 메었고 눈물이 그렁그렁 고였다. 그녀는 흔들의자에 푹 주저앉았다.

 앤은 마음속으로 생각했다.

 '저래서는 느낌표가 남아나지 않겠는데. 하지만 강조하는 따옴표는 얼마든지 더 갖다 붙일 수 있겠지.'

 헤이즐은 흐느꼈다.

 "이 일은 가엾은 어머니를 낙담시키고 말 거예요. 아주 기뻐하고 계셨으니까요…… '모두가' 기뻐했어요…… 만나는 사람마다 더없이 '이상적인' 한 쌍이라고 말해주었는데. 아, 전처럼 될 수 있을까요?"

앤은 부드럽게 말했다.

"다음 보름달이 뜨는 밤까지 기다려서 시도해봐요."

"네, 좋아요, 맘껏 비웃어요, 미스 셜리…… 내가 괴로워하는 것을 보며 웃으세요. 잘 알고 있어요. 이번 일이 미스 셜리한테는 분명 우습기 짝이 없을 테니까요. 정말 재미있겠죠! 가슴 아프다는 게 어떤 것인지도 모를 테니까요! 괴로워요…… '정말' 괴로워요!"

앤은 시계를 올려다보고 재채기를 했다.

그리고 동정심 없이 차갑게 말했다.

"그렇다면 괴로워하는 것을 그만두면 되잖아요."

"괴로워하지 않고는 못 견디겠어요. 나는 무엇이나 마음 '깊이' 느끼는 성격이니까요. 물론 '얄팍한' 사람이라면 아무렇지 않겠죠. 어쨌든 내가 얄팍한 사람이 '아닌 것에' 그나마 감사해요. 미스 셜리는 사람을 사랑하는 게 어떤 건지 '짐작'이나 해요? 열렬하고 깊게, '놀라울 만큼' 사랑을 해 보셨냐고요? 믿고 있다가 배반당한 기분을 알아요?

킹스포트에 가기 전, 나는 그야말로 행복했고…… 온 세상을 사랑했어요! 테리에게는 내가 없는 동안 미스 셜리가 쓸쓸해하지 않도록 잘해주라고 일러두었죠.

어젯밤 집으로 돌아왔을 때까지만 해도 나는 행복했어요. 그런데 테리가 말했죠…… 이제는 나를 사랑하고 있지 않으며…… 모든 게 실수였다고…… 실수였다니요! 그러더니…… 앤한테서 들었는데 내가 이제는 테리를 사랑하고 있지 않으며 자유로운 몸이 되고 싶어한다고, 그렇게 말했어요!"

앤은 웃으며 말했다.

"결코 불순한 의도로 한 일은 아니었어요."

앤의 익살스러운 장난기가 되살아났다. 헤이즐뿐만 아니라 자기 자신도 우스웠다.

그러자 헤이즐은 격렬하게 말했다.

"아, 내가 어젯밤을 잘도 견뎌내고 살아 있네요. 방 안을 줄곧 서성거렸지요. 그리고 오늘을 어떤 마음으로 보냈는지 미스 셜리는 몰라요…… '상상'조차 못 해요. '미스 셜리'에게 정신을 빼앗긴 테리에 대해 이 사람 저 사람이 떠드는 걸 나는 잠자코 앉아서 듣고 있어야만 했죠…… 실제로 '듣고 있어야만' 했어요.

아, 그래요. 모두들 미스 셜리를 지켜보고 있었어요! 뭘 하고 있었는지 '남들이' 다 알아요. 대체 왜 그랬어요? '왜요'? 난 도무지 '이해가' 안 돼. 미스 셜리에게는 약혼자가 있잖아요…… 어째서 내 연인을 가만두지 않았죠? 내게 무슨 유감 있어요? 도대체 내가 미스 셜리에게 뭘 '어쨌길래요'?"

드디어 앤도 폭발해버렸다.

"헤이즐도 테리도 둘 다 제대로 엉덩이를 맞고 정신을 좀 차려야겠어요. 화가 나서 상대방 말에는 조금도 귀 기울이지 못할 정도라면……"

"어머나, 나는 '화' 따위가 난 게 아니에요, 미스 셜리. 그저 '상처를' 입었을 뿐이에요…… 아주 심하게."

헤이즐은 목이 쉬어 있었다.

"'모든 것으로부터' 배반당한 기분이에요…… 사랑에도……우정에도. 뭐, 다행이에요, 가슴이 한번 찢어져버리고 나면 더 이상 아플 일은 없다고 하니까요. 그게 정말이라면 좋겠지만 그렇지 않을 것 같아요."

"그 큰 포부는 어떻게 됐죠, 헤이즐? 백만장자 환자며 푸른 지중해의 신혼여행 별장은 어떻게 됐나요?"

"무슨 말을 하는 건지 전혀 모르겠군요, 미스 셜리. 나는 큰 포부 같은 건 전혀 가지고 있지 않아요…… 도도한 요즘 신여성 가운데 하나가 아닌걸요. 내 가장 큰 꿈은 좋은 아내가 되어 남편과 함께 행복한 가정을 만드는 일이었어요. 그게 내 꿈이었어요! 그랬다고요! 이 일에 대해 과거형을 써야만 하다니! 그래요, '아무나' 믿는 게 아니었어요. '그것만은' 확실히 배웠어요. 쓰디쓴 교훈을!"

헤이즐은 눈물을 훔치고, 앤은 코를 풀고, 더스티 밀러는 인간을 혐오하는 염세가의 눈길로 어둠별을 노려보고 있었다.

"돌아가는 게 좋겠어요, 헤이즐. 정말로 나는 엄청 바쁘고, 이대로 여기서 말을 계속해도 그다지 얻어질 것은 없는 듯하니까요."

단두대로 걸어가는 스코틀랜드의 메리 여왕처럼 헤이즐은 문까지 걸어간 뒤 극적인 몸짓으로 돌아보았다.

"잘 있어요, 미스 셜리! 뒷일은 양심에 맡기겠어요."

자기의 양심과 함께 남겨진 앤은 펜을 내려놓고 세 번 재채기를 하고 나서 자신에게 분명히 말해주었다.

'앤 셜리, 너는 대학은 나왔을지 몰라도 아직도 배워야만 할 것들이 많아…… 리베카 듀조차도 너에게 알려줄 수 있고, 실제로 벌써 일러주기도 한 그런 것들…… 무엇보다 자기 자신에게 솔직해지자, 앤. 그리고 용감한 여성답게 쓴 약을 삼키는 거야.

달콤한 칭찬에 취해서 들떴던 것을 인정해. 네가 정말 좋아했던 건 헤이즐이 너에게 했던 그 숭배한다는 말이라는 사실을 인정해. 숭배를 받아보니 기분이 좋았던 일을 인정해. 숭배받으며 구세주라도 된 것 같은 우쭐한 기분이 들었던 걸 인정하라고. 당사자는 조금도 구원받고 싶다고 생각하지 않는데, 사람들을 스스로 자초한 어리석은 행위로부터 구원해주는 신이 된 듯한 그 기분을 누리고 싶었던 것 아니니?

 이 모든 것들을 인정하고 나서, 보다 현명해졌으되 조금은 슬퍼지고 몇 천 년은 더 나이를 먹은 기분으로, 펜을 집어들어 다시 답안지와 씨름하자. 그리고 마이라 프링글이 천사라는 뜻의 'seraph'를 틀림없이 발음이 비슷한 'giraffe(기린)'와 혼동해서 아프리카에 많이 있는 동물이라고 생각하는 점은 잠시 멈춰서 주목하기로 하자.'

1주일 뒤 은테가 둘러진 하늘색 편지지에 적힌 편지가 앤에게 배달되었다.

 미스 셜리에게

 이 편지를 보내는 것은 테리와 나 사이에 있었던 '모든 오해'가 말끔히 풀려 우리는 다시 깊고도 격렬하고 '놀라운' 행복에 젖어 있는 까닭에 미스 셜리를 용서해주기로 결정하여 그 사실을 알리기 위해서예요.

 테리는 어쩌다 달빛에 취해 미스 셜리에게 고백을 하기는 했지만 가슴속에서는 나에 대한 마음이 '조금도' 흔들리지 않았다고 말했어요. 테리는 자기가 정말로 좋아하는 사람은 '귀엽고 순수한' 아가씨이고, 그것은 '모든 남자들'이 마찬가지이며, '책략이나 쓰는 뱃속 시커멓고 교활한' 아가씨에게는 볼 일이 없다고 했어요. 미스 셜리가 어째서 그런 행동을 했는지 우리는 도무지 이해가 되지 않아요. 앞으로도 결코 납득하지 못할 거예요. 아마도 소설의 소재가 필요해 한 소녀의 가슴 설레는 달콤한 첫사랑을 휘저어놓으면 무엇인가 얻을 수 있다고 여겼는지도 모르죠.

 그러나 '우리에게 우리 본연의 모습을 새삼스레 일깨워준 일'은 고마워요. 테리는 지금까지 인생의 보다 깊은 의미를 몰랐다고 말했어요. 그러니까 이

번 일은 도리어 전화위복이 된 셈이에요. 우리는 마음이 '무척' 잘 맞고 서로의 생각을 '느껴요.' 나 아닌 어느 누구도 테리를 이해하지 못해요. 그리고 나는 테리에게 영원한 '영감의 원천'이 되기를 바라고 있어요. 나는 '미스 셜리같이' 영리한 사람은 아니지만, '이 바람'만큼은 이룰 수 있다고 생각해요. 우리는 '영혼의 단짝'이기 때문이죠. 아무리 많은 '시샘하는 사람들'이며 '거짓 친구'가 우리 사이를 갈라놓으려 해도 서로를 향한 '영원히 변치 않는 진심'을 지켜가기로 맹세했어요.

우리는 내 신부 의상이 준비되는 대로 결혼식을 올리기로 했답니다. 그걸 준비하러 나는 보스턴으로 가요. 서머사이드에는 통 '쓸 만한' 게 없거든요. 내 웨딩드레스는 '물결무늬의 흰 비단', 신혼여행 때 입을 예복은 보랏빛이 도는 회색, 거기에 모자와 장갑과 블라우스는 '참제비고깔색의 파랑'으로 맞출 계획이죠. 물론 나는 '아주' 나이가 어리지만 인생의 '꽃다운 시절'이 저물어버리기 전에 결혼하고 싶어요.

테리는 내가 그리는 모든 꿈으로도 다 미치지 못할 사람이고, 내 마음속 생각은 '모조리' 테리에 대한 것뿐이에요. 우리가 '꿈결같이' 행복해지리라는 것을 알고 있어요. '한때는' 내가 행복해지면 모든 친구가 나와 함께 '기뻐해 주리라' 믿은 적도 있었지만, '쓰디쓴 교훈'을 통해 '세속의 지혜'를 얻었죠.

당신의 '진실한' 벗,

헤이즐 마

추신. 미스 셜리는 테리가 '다혈질'이라고 했죠. 테리의 누이동생 말에 따르면, 테리는 새끼 양처럼 순하다고 하더군요.

H.M.

추신 2. '레몬즙'이 주근깨를 옅어지게 해준다고 어디선가 들었어요. 미스 셜리도 코에 한번 시험해보면 어때요.

H.M.

앤은 더스티 밀러에게 말했다.

"리베카 듀의 말을 빌리자면 두 번째 추신만큼은, '그야말로' 나도 이제 더는 못 참을 소리인걸."

그린게이블즈에 간 엘리자베스

앤은 서머사이드로 부임한 이후 두 번째 여름방학을 보내러 복잡한 마음을 안고 귀향했다. 올여름 길버트는 애번리에 없었다. 새로 부설되는 철도 공사에 참여하기 위해 서부로 갔기 때문이다. 그러나 길버트가 없어도 그린게이블즈는 역시 그린게이블즈, 애번리는 여전히 애번리였다. '반짝이는 윤슬의 호수'는 옛날과 다름없이 반짝반짝 빛났다. 풀고사리는 여전히 '드리아스의 샘' 주위에 무성하고, 통나무다리는 해마다 조금씩 낡아가고 이끼가 끼기는 했지만 그림자와 고요한 바람의 노래가 깃든 '도깨비숲'으로 이어져 있었다.

앤은 캠벨 부인을 간신히 설득한 끝에 2주일 동안—그 이상은 결코 안 되었다—함께 지내기 위해 조그만 엘리자베스를 그린게이블즈에 데려왔다. 셜리 선생님과 온전히 지낼 2주일을 기다려 마지않는 엘리자베스는 인생에 더 바랄 것이 없었다.

"오늘 나는 '미스' 엘리자베스 같은 기분이에요."

윈디윌로즈에서 마차를 타고 떠나며 엘리자베스는 기쁨과 설렘이 뒤섞인 한숨을 몰아쉬었다.

"나를 그린게이블즈에서 사람들에게 소개할 때 '미스 엘리자베스'라고 해주시겠어요? 그러면 다 큰 어른이 된 기분이 들 것 같거든요."

"그래, 그렇게 할게."

진지한 얼굴로 약속한 앤은 그 옛날에 코딜리어라고 불러주십사 애원했던 어느 작은 빨강머리 소녀를 떠올렸다.

마차를 몰아 브라이트리버에서 그린게이블즈로 가는 길은 6월의 프린스에드워드섬만이 보여줄 수 있는 풍경으로 가득해, 몇 년 전 어느 잊지 못할 봄날 저녁 앤이 그러했듯 엘리자베스에게는 넋을 잃을 만큼 멋졌다. 끝없이 펼쳐진 목장에는 바람의 손길이 닿을 때마다 풀들의 잔파도가 일고, 모퉁이를 하나 돌 때마다 깜짝 놀랄 것이 숨어 있어, 세상은 온통 아름다웠다.

게다가 엘리자베스는 무척이나 좋아하는 셜리 선생님과 함께 있었으며, 꼬박 2주일 동안이나 시녀의 얼굴을 보지 않아도 되었다. 또 엘리자베스는 새로 맞춘 핑크빛 깅엄 원피스를 입고 새 밤색 부츠를 신고 있었다. 마치 '내일'이 벌써 여기에 와 있는 것만 같았다—그 뒤에 열네 개의 또 다른 '내일'을 거느리고서. 마차가 핑크빛 들장미가 핀 그린게이블즈 오솔길로 들어섰을 때 엘리자베스의 눈은 꿈을 꾸듯 반짝이고 있었다.

엘리자베스는 그린게이블즈에 닿은 순간부터 모든 것이 마법에 의해 바뀐 듯한 기분을 맛보았다. 2주일 동안 엘리자베스는 낭만이 넘실거리는 세계 속에서 살았다. 한 걸음만 밖으로 내디뎌도 뭔지 모를 사랑스러운 것들과 마주쳤다. 애번리에서는 여러 일들이 꼭 오늘이 아니더라도 내일에는 반드시 일어났다. 엘리자베스는 자기가 '내일' 속으로 들어온 것은 아닐지라도 그 언저리까지 바짝 다가섰음을 알았다.

그린게이블즈 안팎의 모든 것들이 엘리자베스에게는 눈에 익은 듯 보였다. 마릴라가 소중히 여기는 핑크빛 장미꽃봉오리 무늬 찻잔조차 오래된 친구처럼 여겨졌다. 방들은 마치 엘리자베스가 원래부터 알고 사랑했던 곳처럼 그녀를 반겨주었다. 파릇파릇 돋은 풀까지도 다른 어떤 곳보다 푸르러 보였다.

그린게이블즈에 사는 사람들은 '내일'에 살고 있는 사람들과 같은 부류의 사람들이었다. 엘리자베스는 이들을 사랑하고 그들로부터 한 가족처럼 사랑받았다. 데이비와 도라는 엘리자베스를 너무나 귀여워한 나머지 엘리자베스가 하고 싶은 대로 맘껏 하게 두었고 마릴라와 린드 부인도 엘리자베스에게 합격점을 매겼다. 엘리자베스가 깔끔하고 조용하며 손윗사람들에게도 예의 바르게 행동했기 때문이다. 두 사람은 앤이 캠벨 부인의 양육 방식을 좋아하지 않는 걸 알고 있었지만, 부인이 증손녀를 올바르게 키운 것만큼은 분명했다.

기쁨이 넘치는 저녁을 보낸 뒤 조그만 지붕 밑 동쪽 방에 들어와 침대에 눕자 엘리자베스가 속삭였다.

"아, 나는 자고 싶지 않아요, 셜리 선생님. 앞으로 있을 멋진 2주일을 1분도 자는 데에 시간을 쓰고 싶지 않아요. 여기에 있는 동안 한숨도 자지 않고 지낼 수 있으면 얼마나 좋을까요."

엘리자베스는 한동안 잠들지 않은 채 누워 있었다. 셜리 선생님이 바닷소리라고 가르쳐준 나지막이 우르릉대는 기분 좋은 소리에 귀 기울이며 누워 있으니 더없이 행복했다. 엘리자베스는 파도 소리도, 처마 둘레에서 들려오는 바람의 한숨 소리도 좋아졌다. 엘리자베스는 늘 밤이 무서웠다. 어떤 이상한 것이 느닷없이 달려들지도 모른다는 생각 때문이었다. 그러나 지금은 조금도 무섭지 않았다. 태어나서 처음으로 밤이 친구처럼 다정하게 느껴졌다.

내일은 바닷가로 간다. 셜리 선생님이 약속했다. 마차를 타고 마지막 언덕을 넘었을 때 애번리의 녹색 언덕 저편에 파도가 밀려와 부서지는 푸른 바다가 보였다. 그 은빛 물결 속에서 해수욕을 하는 것이다. 엘리자베스는 끝없이 밀려오는 파도를 느꼈다…… 그러다 크고 거무스름한 잠의 파도 하나가 밀려오더니…… 그대로 엘리자베스를 삼켰다…… 엘리자베스는 그 물결 속에 기분 좋게 몸을 맡기고 스르르 잠에 빠져 들어갔다.
'여기서는……하느님을……사랑하는……일이……아주……쉬워.'
이것이 엘리자베스에게 남아 있던 마지막 생각이었다.
그린게이블즈에 있는 동안 밤마다 엘리자베스는 셜리 선생님이 깊이 잠들어 버린 훨씬 뒤까지도 눈을 뜬 채 이런저런 생각을 하며 깨어 있었다. 어째서 늘푸른나무 저택에서의 생활은 그린게이블즈에서의 생활 같지 않은 것일까?
엘리자베스는 소리 내고 싶으면 마음껏 소리 내도 좋은 곳에 살아본 적이 없었다. 늘푸른나무 저택에서는 누구나 조용히 움직이고, 조용히 말해야만 했고, 어떤 때는 생각조차 조용하게 해야 할 것 같은 기분이 들었다. 이따금 엇나가고 싶은 마음이 들 때면 엘리자베스는 명령을 어기고 목청껏 소리 지르고 싶다는 생각을 한 적이 있었다.
앤이 말해주었다.
"여기서는 어떤 소리든 내고 싶은 만큼 얼마든지 내도 괜찮아."
그러나 이상했다. 아무것도 거리낄 게 없는 지금은 마구 소리치고 싶다는 마음이 들지 않았다. 엘리자베스는 조용히 밖으로 나가 모든 아름다움 속으로 사뿐사뿐 걸어 들어가는 게 좋았다. 그리고 그린게이블즈에서 지내는 동안 엘리자베스는 진심으로 웃는 법을 배웠다.
서머사이드로 돌아갈 때에는 즐거운 추억을 한 아름 가져가고, 그 못지않은 소중한 추억을 뒤에 남겼다. 그린게이블즈 식구들에게는 몇 달 동안이나 그린게이블즈 곳곳이 조그만 엘리자베스에 대한 추억으로 차 있는 듯했다. 부탁받은 대로 앤이 자못 심각한 얼굴로 '미스 엘리자베스예요.'라고 소개했었지만, 그들에게도 그녀는 '조그만 엘리자베스'였기 때문이다. 빛나는 금발의 자그마한 요정 같은 그 소녀를 '조그만 엘리자베스'가 아닌 다른 이름으로는 도무지 생각할 수 없었다.

저녁노을 내려앉은 뜰 안의 흰 수선화 속에서 춤추고 있는 조그만 엘리자베스. '후작부인'이라고 불리는 큰 사과나무 가지에 편히 앉아 누구의 방해도 받지 않고 동화책을 읽고 있는 조그만 엘리자베스. 미나리아재비 들판에 몸이 폭 싸여 금발이 마치 한 송이 커다란 미나리아재비꽃처럼 보이던 조그만 엘리자베스. 은녹색 나방을 뒤쫓고 '연인의 오솔길'에서 반딧불을 헤아리던 조그만 엘리자베스. 풍륜초 속에서 이리저리 날아다니는 호박벌의 윙윙거림에 귀 기울이는 조그만 엘리자베스. 부엌에서 도라가 주는 크림을 곁들인 딸기를 받아먹거나 뜰에서 도라와 함께 빨간 까치밥나무 열매를 따서 먹고 있는 엘리자베스……

"빨간 까치밥나무 열매는 너무 예쁘죠, 도라 언니? 꼭 루비를 먹고 있는 것 같잖아요?"

귓바퀴를 움찔움찔 움직이는 방법을 가르쳐달라고 데이비를 조르는 조그만 엘리자베스. 어두컴컴한 전나무 사이에서 무서움을 떨치려는 듯 노래를 부르는 조그만 엘리자베스. 응접실 창문 아래 흰색과 빨간색의 데이지 화단을 거니는 조그만 엘리자베스. 커다란 프로방스 장미를 꺾어 손가락에 꽃향기를 풍기던 조그만 엘리자베스. 시냇물 흐르는 계곡 위에 걸려 있는 커다란 달을 가만히 올려다보는 조그만 엘리자베스…….

"달님이 걱정스러운 눈을 하고 있는 것 같아요. 린드 아줌마, 그렇지 않아요?"

데이비의 잡지에 실린 어느 연재소설에서 주인공이 곤경에 처한 채 끝나는 데까지 읽고 몹시 울던 조그만 엘리자베스…….

"아, 셜리 선생님, 이 주인공은 도저히 살아남을 것 같지 않아요!"

부엌의 소파 위에 새우처럼 등을 웅크리고 들장미처럼 빨갛게 물든 뺨을 하고 도라의 아기 고양이들과 딱 붙어 귀엽게 낮잠을 즐기는 조그만 엘리자베스. 등쪽으로 불어오는 바람이 위엄 있는 늙은 암탉의 꽁지를 불어 올리는 모습을 보고 해맑게 깔깔거리며 웃는 조그만 엘리자베스…… 이 웃음소리가 정말로 조그만 엘리자베스의 소리가 맞다고?

앤을 도와 컵케이크에 아이싱을 입혀 장식하고, 린드 아주머니를 도와 새로 만들 '더블 아이리시 체인' 무늬의 퀼트 이불에 쓸 천조각을 가위로 싹둑싹둑 자르고, 도라를 도와 오래된 놋쇠 촛대를 두 사람의 얼굴이 비칠 만큼 반짝반짝 닦아놓은 조그만 엘리자베스. 〈클레멘타인〉 노래를 배우고 난 뒤부터 어디서나 '내 사랑아 내 사랑아 나의 사랑 클레멘타인'을 불러대는 조그만 엘리자베스. 마릴라의 감독 아래 골무로 조그만 비스킷 모양을 따내는 조그만 엘리자베스.

그린게이블즈 사람들은 어떤 장소나 물건을 보기만 하면 조그만 엘리자베스를 떠올리지 않을 수 없었다.

마차를 타고 그린게이블즈를 떠나며 엘리자베스는 생각했다.

'이처럼 즐거운 2주일이 또다시 돌아오지 않으면 어떡하지?'

역으로 가는 길은 2주일 전과 다름없이 아름다웠다. 그러나 조그만 엘리자베스는 눈물 때문에 흐려져 풍경은 거의 볼 수가 없었다.

린드 아주머니가 말했다.

"아이 하나가 없다고 이토록 쓸쓸할 줄은 생각도 못 했어."

조그만 엘리자베스가 떠나자 캐서린 브룩이 귀여운 개를 데리고 와서 여름방학이 끝날 때까지 있었다. 캐서린은 이번 학년도가 끝난 뒤 학교에 사직서를 냈고 가을이 되면 레드먼드 대학 비서과에 들어갈 참이었다. 그것을 권한 것은 앤이었다.

두 사람이 어느 저녁 무렵 클로버 들판의 풀고사리가 무성한 구석에 앉아 저녁놀 진 아름다운 하늘을 바라보고 있을 때, 앤이 말했다.

"캐서린한테 그 과정이 잘 맞을 것 같아요. 가르치는 일을 그다지 좋아하지 않기도 했고요."

캐서린이 말했다.

"인생은 지금까지 내게 준 것보다 빚지고 있는 게 더 많아요. 그러니까 나는 그 빚을 모두 받아낼 작정이에요."

그리고 웃으며 덧붙였다.

"나는 지난해 이맘때에 비해 훨씬 젊어진 기분이에요."

앤 또한 기뻐하면서도 서운한 듯 말을 이어받았다.

"아마 캐서린을 위해서는 그러는 게 가장 좋은 일일 테죠. 하지만 나는 캐서린이 없는 서머사이드도 학교는 생각하고 싶지가 않네요. 밤이면 우리 둘이서 이런저런 이야기를 나누고 토론하고, 무엇이든 누구든 농담거리로 삼아 실없는 소리를 하며 웃곤 했는데, 그것이 빠져버린 내년 탑의 방 생활은 어떻게 될까요?"

셋째 해

서머사이드의 마지막 해

9월 8일
유령골목
윈디윌로즈에서

가장 사랑하는 그대에게

　여름이 끝났어. 올여름에는 5월의 그 주말 말고는 자기를 만나지 못했네. 나는 서머사이드 고등학교에서 세 번째—그리고 마지막—해를 보내기 위해 윈디윌로즈로 돌아왔어. 그린게이블즈에서는 캐서린과 유쾌하게 지냈는데, 올해는 캐서린이 없어서 쓸쓸해질 것 같아.

　하급생을 가르칠 새로 온 선생님은 통통하고 장밋빛을 한, 강아지처럼 친화적인 명랑한 성격인데, 어쩐지 그게 다인 듯한 느낌이야. 그녀의 반짝반짝하는 옅은 파란색 눈동자 뒤에는 아무런 사상도 보이지가 않아. 나는 이 선생님이 좋아. 그리고 앞으로도 좋아할 거야—더도 덜도 아니고 딱 그 정도까지겠지만. 이 사람에게서는 아무것도 '발견할' 만한 게 없어. 캐서린에게서는 일단 그 삼엄했던 경계가 풀리고 나니 발견할 것들이 무궁무진했는데.

　윈디윌로즈에는 아무 변화도 없어. 아니다, 있었구나. 나이 든 붉은 소가 영원히 잠들었어. 월요일에 저녁을 먹으러 내려갔을 때 리베카 듀가 슬퍼하며 소식을 전했어. 미망인들은 번거롭게 다시 소를 기르는 대신 체리 씨에게서 우유와 크림을 사 먹기로 결정했어. 그렇게 되면 조그만 엘리자베스는 더 이상 갓 짜온 우유를 받으러 뜰의 쪽문으로 올 일이 없게 되겠지. 하지만 캠벨 부인이 요즘은 엘리자베스가 오고 싶어할 때면 언제든 나한테 놀러 오는 일에 익숙해진 모양이라 이렇다 할 큰 변화는 없는 셈이야.

그런데 또 하나의 변화가 일어나려 하고 있어. 케이트 아주머니한테 이야기를 듣고 몹시 가슴이 아팠는데, 적당한 주인을 찾게 되면 더스티 밀러를 다른 집에 보내기로 했대. 내가 안 된다고 했더니 아주머니는 집안의 평화를 위해 하는 수 없이 내린 결정이라고 했어. 리베카 듀가 더스티 밀러 때문에 여름 내내 불평을 계속했는데, 이제 더 이상은 리베카 듀의 마음을 돌릴 다른 방법이 없다는 것이었어. 가엾은 더스티 밀러, 이리저리 어슬렁대며 다니기도 하고 가르랑거리는 귀염둥이 고양이인데!

토요일인 내일은 레이먼드 부인이 친척 장례식 참석차 샬럿타운에 가 있는 동안 부인의 쌍둥이를 돌봐주러 가기로 했어. 레이먼드 부인은 지난겨울에 서머사이드로 이사 온 미망인이야. 리베카 듀와 윈디윌로즈의 미망인들은—정말이지 서머사이드는 미망인이 살기 좋은 곳이야—레이먼드 부인이 수수한 서머사이드에 살기에는 '좀 지나치게 겉모습에 신경을 쓴다'고 하지만, 우리 연극 동아리에 놀랄 만큼 많이 후원해주어서 캐서린과 내가 큰 도움을 받았지. 그렇게 도움을 받았으니 나도 돌려줄 차례가 되었다고 생각해.

제럴드와 제럴딘은 8살 된 천사 같은 얼굴을 한 아이들이야. 내가 그 애들을 돌봐주어야 한다고 말하니까, 리베카 듀는 그녀의 말버릇대로 '입을 삐죽거렸어'.

"하지만 나는 아이들을 좋아하는걸요, 리베카."

"착한 아이들이라면 괜찮겠죠. 하지만 그 애들은 아이의 탈을 쓴 '골칫덩어리'들이에요, 셜리 선생님. 레이먼드 부인은 아이들이 무슨 짓을 하든 벌주지 않는 주의니까요. 아이들이 '자연 그대로의' 모습대로 살게 하겠다고 말한대요.

사람들은 그 애들의 성스러운 얼굴에 깜빡 속을지 모르지만, 이웃 사람들이 뭐라고 하는지 내가 다 듣고 있어요. 한번은 점심때가 지나 목사님 부인이 그 집에 들른 일이 있었대요. 레이먼드 부인에게 친절하게 대접을 받고서, 목사님 부인이 집을 나오려는데 갑자기 층계에서 양파가 소나기처럼 떨어지더니 그중 하나가 목사님 부인의 모자에 맞아서 모자가 벗겨져버렸대요.

그런데 레이먼드 부인은 '아이들이란 특별히 얌전히 굴어줬으면 하는 날이면 유독 짓궂은 짓을 한다니까요.'라는 말만 하고 말았다는 거예요. 그런데 꼭 애들이 그렇게 손도 댈 수 없을 만큼 말썽쟁이인 것을 자랑으로 여기는 듯하더래요. '이 아이들은 알다시피 미국에서 왔거든요.' 하고는, 그것으로 답이 다 됐다는 것처럼요!"

리베카 듀도 린드 아주머니 못지않게 '양키'를 구제불능으로 생각해.

쌍둥이와의 하루

토요일 오전 앤은 전원으로 뻗어 나가는 길가에 있는 작지만 고풍스러운 아름다움을 지닌 집으로 갔다. 그곳에는 레이먼드 부인과 그 유명한 쌍둥이가 살고 있었다. 부인은 외출 준비를 다 마친 채 기다리고 있었다. 장례식에 가기에는 좀 화려한 차림으로, 물결처럼 흘러내리는 윤기 흐르는 갈색 머릿결 위에 쓴, 꽃장식 달린 모자가 특히 그러했다. 그러나 아름다운 모습임에 틀림없었다. 어머니의 아름다움을 물려받은 8살 난 쌍둥이는 기품 있는 얼굴에 천사 같은 표정을 띠고 층계에 가만히 앉아 있었다. 둘 다 살결이 희고 뺨은 핑크빛이며 커다란 눈은 파란색이 감돌고 복슬복슬한 밝은 금발이 마치 후광처럼 빛나고 있었다.

어머니가 앤을 소개하자 아이들은 상냥하게 생긋 웃었다. 부인은 아이들에게 다정하게 타이르듯 말했다.

"엄마가 엘라 아주머니 장례식에 가고 집에 없는 동안 셜리 선생님이 친절하게도 너희들과 함께 있어주려고 오셨어. 그러니까 선생님 말씀 잘 듣고 얌전히 지내야 한다. 선생님 귀찮게 하지 않고 잘 지낼 수 있겠지? 우리 아들딸은 착하니까."

착한 아들딸은 엄숙한 얼굴로 고개를 끄덕였다. 그랬더니 그 천사 같은 얼굴이 더 천사같이 보였다.

레이먼드 부인은 뜰의 오솔길을 따라 대문까지 앤을 데리고 나왔다.

부인은 애처로운 듯 말했다.

"나한테는 이제⋯⋯저 아이들밖에 없어요. 아마 내가 저 애들을 좀 응석받이로 키웠는지도 몰라요⋯⋯ 다른 사람들이 그렇게 말한다는 거 알아요. 그런데 사람들은 참 남의 아이 키우는 방법을 아이 부모보다도 더 잘 알고 있는 것 같죠. 그런 생각 해 보신 적 없으세요, 선생님?

하지만 '저는' 사랑으로 대하는 것이 매로 때리는 것보다 언제나 더 잘 통하는 법이라 여기고 있어요. 그렇지 않을까요, 선생님? '선생님이라면' 우리 애들 때문에 애먹는 일은 결코 없을 거예요. 아이들이란 장난을 쳐도 될 사람인지 아닌지를, 보면 바로 '아니까요'. 그렇게 생각지 않나요?

언제였던가 이 골목에 사는, 나이가 좀 있는 미스 프라우티에게 애들을 하루만 봐달라고 부탁한 일이 있었어요. 그런데 가엾게도 아이들은 미스 프라우티를 참을 수 없었던 거예요. 그래서 장난을 좀 심하게 쳤죠⋯⋯ 애들이 어떤지 '선생님은' 잘 아시죠? 그랬더니 미스 프라우티가 그 보복으로 우리 아이들에 대해 있는 말, 없는 말 다 지어내서 온 동네에 터무니없는 소문을 퍼뜨리고 다녀요.

하지만 저 아이들은 선생님을 아주 좋아할 거예요. 정말 천사나 다름없이 굴 거라 믿어요. 물론 어린애들이니까 기운은 넘쳐요. 하지만 아이들이란 그래야 한다고 생각지 않으세요? 풀 죽은 아이는 보기에도 딱하잖아요, 안 그래요? 나는 아이들이 자연 그대의 모습인 것이 좋아요. '너무' 얌전한 아이는 오히려 자연스럽지 못하잖아요?

그래도 아이들이 욕조 속에 배를 띄우거나 연못에 들어가지는 못하게 해주세요. 애들이 감기에 걸리지 않을까 '아주' 걱정이거든요…… 아이들 아버지가 폐렴으로 돌아가셔서요."

레이먼드 부인의 커다란 푸른 눈에 금방이라도 눈물이 고일 것 같았으나 부인은 용감히 눈을 깜박여 그것을 억눌렀다.

"좀 티격태격하더라도 마음 쓰지 마세요. 아이들이란 밤낮 싸우는 게 일 아니겠어요? 하지만 다른 사람이 둘 중 하나를 공격이라도 했다가는…… 세상에! 저 두 아이는 진심으로 서로를 아낀답니다. 둘 중 하나를 제가 장례식에 데려가면 좋은데, 둘이 떨어지려고 하지 않아요. 지금까지 단 하루도 떨어져 있었던 적이 없었거든요. 그렇다고 장례식에 가서 제가 쌍둥이 둘을 계속 신경 쓸 수도 없잖아요?"

앤은 상냥하게 말했다.

"걱정 마세요, 레이먼드 부인. 제럴드와 제럴딘, 우리 셋이서 즐거운 하루를 보낼 거예요. 나는 아이들을 좋아하는걸요."

"알고 있어요. 선생님을 만난 순간 이분은 아이를 진심으로 좋아한다고 느꼈죠. 그런 건 꼭 알 수 있더라고요. 아이들을 진심으로 좋아하는 분들에게는 '뭔가가' 느껴져요. 딱하게도 미스 프라우티는 아이들이라면 질색해요. 어떻게든 아이들의 단점을 찾으려드니, 그러면 결점이 당연히 보일 수밖에 없죠. 오늘은 귀여운 우리 아이들이 애들을 사랑하고 이해해주는 분과 함께 보낼 수 있어 얼마나 마음이 놓이는지 모르겠어요. 덕분에 저도 하루를 편하게 지낼 수 있을 거예요."

갑자기 2층 창문으로 제럴드가 머리를 쏙 내밀고 소리쳤다.

"우리를 장례식에 데려가면 좋을 텐데. 우리는 그런 재미있는 곳에 한 번도 못 가봤어."

레이먼드 부인이 좀 과장해서 슬픈 듯 소리쳤다,

"어머나, 아이들이 욕실에 있어요! 미안하지만 선생님, 저 애들을 데리고 나와주세요. 제럴드, 엄마가 너희들 둘을 한꺼번에 데려갈 수 없다는 것을 잘 알잖니. 오, 선생님, 저 애가 또 응접실 바닥에 깔아놓은 코요테 가죽을 가져다가 앞발을 목에 매서 망토처럼 쓰고 있네요. 저러다 깔개를 망가뜨리겠어요. 제발 제자리에 갖다 놓게 해주세요. 저는 이만 갈게요. 빨리 가지 않으면 기차를 놓치겠어요."

레이먼드 부인은 우아하게 총총 걸어서 사라졌다. 앤이 2층으로 뛰어 올라가자 천사 같은 제럴딘이 제럴드의 발목을 잡아 막 창문 밖으로 내던지려고 낑낑대는 참이었다.

제럴딘이 무서운 표정으로 말했다.

"셜리 선생님, 제럴드가 나한테 자꾸 메롱 해요. 못 하게 해주세요."

앤은 미소를 지으며 물었다.

"제럴드가 그러는 게 너를 아프게 하니?"

"'나한테' 메롱 하면 못 참겠어요."

그러면서 제럴딘이 얼굴을 찌푸려 제럴드를 쏘아보자, 제럴드는 더 심하게 얼굴을 구기며 제럴딘을 노려보았다.

"내 혀는 내 거니까 내가 메롱 하고 싶으면 메롱 하는 거지, 네가 뭔데 이래라저래라야. 그렇죠, 셜리 선생님?"

앤은 그 질문을 무시했다.

"얘들아, 점심 먹을 때까지 한 시간밖에 안 남았는데, 우리 다 같이 뜰에 나가서 놀이도 하고 서로 재미있는 이야기도 해줄까? 그리고 제럴드, 그 코요테 가죽은 응접실 바닥에 도로 깔아두고 오는 게 좋지 않을까?"

"하지만 난 늑대 놀이를 하고 싶은걸요."

"제럴드는 늑대 놀이를 하고 싶대요!"

쌍둥이의 본능이 되살아난 제럴딘은 방금 전까지 제럴드와 으르렁대던 일을 까맣게 잊고 갑자기 제럴드와 한편이 되어 신나서 소리를 질렀다.

때마침 현관에서 초인종 소리가 나서 앤은 곤경에서 벗어났다.

제럴딘이 큰 소리로 말했다.

"이리 와, 누구인지 가서 보자."

둘은 층계로 달려가 계단 난간을 타고 미끄러져 내려가서 앤보다 먼저 현관에 닿았다. 그러는 사이에 코요테 가죽은 잡아맨 데가 느슨해져서 흘러내렸다.

제럴드는 현관 앞에 서 있는 부인에게 말했다.

"우리 집에서는 행상인한테 결코 물건을 사지 않아요."

손님이 물었다.

"어머니는 안 계시니?"

"안 계세요. 엄마는 엘라 아주머니 장례식에 갔어요. 셜리 선생님이 우리를 돌봐주고 있어요. 봐요, 층계를 내려왔어요. 셜리 선생님이 아줌마 같은 사람은 멀리 쫓아버릴 거예요."

그 손님이 누구인지 알았을 때 앤은 정말로 쫓아버리고 싶은 마음이 들기는 했다. 미스 패멀라 드레이크는 서머사이드에서 그리 환영받지 못하는 방문객이었다. 언제나 물건을 강매하러 다녔는데, 상대가 퇴짜를 놓든 눈치를 주든 전혀 안 들리고 안 보인다는 식인 데다, 온 세상의 시간이 다 자기 것인 양 여유만만이라 뭐라도 사지 않는 한 그녀를 쫓아버리는 것은 거의 불가능한 일이었다.

요즘은 어느 학교 교사에게고 없어서는 안 될 백과사전 '주문'을 받으러 다니고 있었다. 앤은 자기에게는 백과사전이 필요 없고, 학교에 이미 좋은 것이 있다고 거절했으나 소용없었다.

미스 패멀라는 조금도 흔들리지 않고 말했다.

"어머나, 그 백과사전이라면 벌써 10년이나 된 낡은 거잖아요. 셜리 선생님, 잠깐 이 벤치에 앉으시면 제가 안내책자를 보여드릴게요."

"죄송하지만 그럴 시간이 없어요, 미스 드레이크. 아이들을 봐야 하거든요."

"2, 3분밖에 안 걸려요. 원래 선생님을 찾아가려던 참이었어요, 셜리 선생님. 그런데 마침 여기서 만나다니 정말 잘됐죠. 자, 너희들은 저리 가서 놀아라. 셜리 선생님과 나는 이 예쁜 안내책자를 잠깐 보고 있을 테니까."

제럴딘이 고개를 획 들면서 옅은 빛깔의 머리를 찰랑하더니 말했다.

"셜리 선생님은 우리를 돌봐주기 위해 엄마가 오라고 한 거예요."

그러나 제럴드가 뒤쪽에서 그녀를 잡아당겨 집 안으로 끌고 들어가더니 문을 쾅 닫아버렸다.

"셜리 선생님, 이 백과사전이 얼마나 요긴한 것인지 잘 아시겠죠. 이 예쁜 종이를 좀 보세요…… 한번 만져보세요…… 멋진 도판(圖版)이죠…… 시장에 나와 있는 백과사전은 이것의 절반만큼도 도판이 포함되어 있지 않아요. 인쇄 상태는 또 얼마나 깨끗해요…… 장님도 읽을 수 있을 정도라니까요.

게다가 80달러예요. 지금 8달러를 내고 나머지는 다달이 8달러씩 할부로 내면 돼요. 이런 기회는 두 번 다시 없어요. 이번에만 특별 할인가로 진행하는 거니까요. 내년이면 120달러로 값이 올라요."

앤은 필사적으로 거절했다.

"하지만 난 백과사전이 필요치 않다니까요, 미스 드레이크."

"천만에요, 백과사전이 필요가 없다니요. '누구에게나' 백과사전은 필요해요.

나는 정말이지 백과사전을 알기 전에 어떻게 살았던가 싶어요. 우리는 '살아 있는' 게 아니었어요. 그냥 숨만 쉬고 있었던 거죠. 이 화식조(火食鳥)의 도판을 한번 보세요, 셜리 선생님, 이 도판을 보기 전까지 제대로 화식조를 본 적이 있다고 할 수 있겠어요?"

"하지만 미스 드레이크, 나는……."

"만일 할부 조건이 부담이 좀 된다면 학교 선생님이신 만큼 특별히 편의를 봐드릴 수 있어요. 8달러 대신 한 달에 6달러로 하죠. 이만큼 좋은 제안을 거절할 수는 없겠죠, 셜리 선생님."

앤은 정말로 더 거절할 수 없을 것만 같았다. 주문을 받을 때까지는 꼼짝하지 않으려 단단히 작정한 이 귀찮은 여자를 쫓아낼 수 있다면 한 달에 6달러를 치를 가치가 있지 않을까? 더욱이 쌍둥이들은 무엇을 하고 있는 것일까? 섬뜩할 만큼 조용하다. 혹시 욕조 속에 배를 띄우고 있을까? 아니면 뒷문으로 빠져나가 연못에 들어간 것은 아닐까?

앤은 그 여자의 손아귀에서 빠져나가보려고 다시 한번 눈물겨운 노력을 했다.

"미스 드레이크, 시간이 있을 때 찬찬히 생각해보고 연락드릴게요."

미스 드레이크는 얼른 만년필을 꺼냈다.

"지금 같은 기회는 다시 없어요. 어차피 백과사전을 사려는 것을 알고 있어요. 그러니 다른 때 하겠다고 할 것 없이 지금 바로 계약하시는 게 낫죠. 무슨 일이든 미뤄서 득되는 것은 하나도 없어요. 값이 언제 오를지 모르고, 그렇게 되면 선생님은 80달러를 내고 살 수 있었던 것을 120달러를 줘야만 해요. 자, 여기에 서명해주시겠어요, 셜리 선생님?"

앤은 만년필이 자기 손에 억지로 쥐어지는 것을 느꼈다. 이제 꼼짝없이 서명해야겠구나, 라고 생각한 바로 그때…… 미스 드레이크가 순식간에 등골이 오싹해질 정도의 비명을 질렀다. 앤은 벤치 옆 겹삼잎국화 무더기 속에 만년필을 떨어뜨리고 멍하니 상대를 보았다.

'이 사람'이 미스 드레이크가 맞나……이 모자도 없고 안경도 없고 머리카락도 거의 없는, 무어라 설명해야 좋을지 알 수 없는 이 사람이? 모자와 안경과 가발은 미스 드레이크의 머리 위 공중으로 둥둥 떠올라 욕실 창문을 향해 가고 있는 참이었다. 욕실 창문에서 두 개의 금발이 나란히 머리를 내밀고 있었다. 제럴드는 낚싯대를 쥐고 있었고, 그 끝에 낚싯바늘을 맨 두 가닥의 실이 묶여 있었다. 어떤 요술을 부려서 세 개의 물건을 한꺼번에 낚아 올렸는지는 제럴드만이 아는 일이었다. 단순히 행운에 지나지 않았는지도 모른다.

앤은 집으로 뛰어 들어가 층계를 달려 올라갔다. 앤이 욕실로 갔을 때 쌍둥이는 이미 달아나고 없었다. 제럴드가 낚싯대를 떨어뜨리고 갔길래, 앤이 창문으로 내다보니 격노한 미스 드레이크가 만년필을 비롯한 자기 물건을 죄다 챙겨 씩씩대며 대문으로 나가는 것이 보였다. 태어나서 처음으로 미스 드레이크는 주문을 받아내지 못했다.

앤은 뒤뜰 포치에 앉아서 천사 같은 얼굴로 사과를 먹고 있는 쌍둥이를 발견했다. 어찌해야 좋을지 몰랐다. 확실히 그런 짓을 야단치지 않고 그대로 넘어갈 수는 없었지만, 제럴드가 앤을 곤경에서 구해낸 건 틀림없고 더구나 미스 드레이크는 혼쭐이 좀 날 필요가 있는 밉상스러운 사람이었다. 그렇기는 하지만…….

제럴드가 새된 소리를 질렀다.

"너 방금 엄청 커다란 벌레를 꿀꺽 삼켰어! 네 목구멍 속으로 넘어가는 거 내가 봤어."

제럴딘은 사과를 내려놓고 그만 구역질을 했다. 구역질을 심하게 했다. 잠시 동안 제럴딘을 챙기느라 앤은 눈코 뜰 새 없이 바빴다. 제럴딘의 속이 좀 가라앉자 점심시간이 되었다. 그 사이 앤은 제럴드를 아주 부드럽게 타이르기만 하고 용서하기로 마음먹었다. 결국 미스 드레이크에게 큰 손해를 끼친 것도 아니고 미스 드레이크도 자기의 비밀을 지켜야 하는 만큼 이 일에 대해 절대로 소문내지 않을 것이었다.

앤은 상냥하게 말했다.

"얘, 제럴드, 네가 한 일이 신사다운 행동이었다고 생각하니?"

"아니요! 그래도 재미있었는걸요. 나, 낚시 진짜 잘하죠?"

점심 식사는 아주 맛있었다. 레이먼드 부인이 나가기 전에 준비해둔 것인데, 아이들 훈육 방면에서는 어떤 결점이 있는지 몰라도 요리 솜씨만큼은 흠잡을 데 없이 뛰어났다. 제럴드와 제럴딘은 먹는 데 정신이 팔려 서로 다투지도 않았고 식사 예절도 여느 가정의 아이들 이상으로 나쁜 데는 없었다.

점심을 다 먹고 나서 앤은 설거지를 한 뒤 제럴딘에게는 그릇을 마른 행주로 닦게 하고 제럴드에게는 조심스럽게 그릇장에 넣도록 했다. 둘 다 제법 야무지게 시킨 일을 해냈다. 그런 아이들을 보며 앤은 이 두 아이는 엄격함을 적절히 곁들여 현명하게 버릇을 들이기만 하면 얼마든지 말을 잘 듣겠다고 흐뭇하게 생각했다.

혼꿀난 아이비 트렌트

2시에 제임스 그랜드 씨가 찾아왔다. 그랜드 씨는 서머사이드 고등학교 이사회의 이사장을 맡고 있는데, 월요일에 킹스포트에서 열리는 교육회의에 참석하기 전 중요한 일들에 대해 앤과 상의하고 싶다는 뜻을 전해 왔다. 윈디윌로즈로 저녁때 와줄 수 있겠느냐고 앤이 묻자 시간이 안 될 것 같다고 했다.

그랜드 씨는 그 나름대로 좋은 사람이었지만 좀 주의해서 대해야 한다는 것을 앤은 오래전부터 파악하고 있었다. 게다가 학교에 새로 마련하고 싶은 장비에 대한 격전을 앞두고 앤은 반드시 그랜드 씨를 자기편으로 만들고 싶었다.

앤은 쌍둥이에게로 다가갔다.

"얘들아, 선생님이 그랜드 씨랑 잠깐 이야기할 동안 뒤뜰에서 조용히 놀 수 있을까? 그리 오래 걸리지 않을 거야. 그리고 나면 연못 기슭으로 소풍 가서 간식을 먹자. 선생님이 빨간 물을 섞어서 만든 예쁜 비눗방울을 부는 법도 가르쳐줄게. 얼마나 예쁜지 아니?"

제럴드가 물었다.

"우리가 말 잘 들으면 우리한테 25센트씩 주실래요?"

앤은 딱 잘라 말했다.

"아니, 제럴드, 그럴 순 없어. 나는 돈으로 너희들이 말을 듣게 하지는 않을 거야. 선생님이 조용히 있어달라고 부탁하면 제럴드는 신사니까 마땅히 그렇게 해줄 거라 믿는걸."

그러자 제럴드는 엄숙하게 약속했다.

"얌전히 있을게요, 셜리 선생님."

제럴딘도 진지하게 되풀이해서 말했다.

"아주 얌전히 있을게요."

앤이 그랜드 씨와 조용히 이야기를 나누기 위해 응접실에 들어가서 앉자마자 아이비 트렌트가 오지 않았다면 두 아이는 약속을 지킬 수 있었을지 모른다. 그런데 아이비 트렌트가 왔다. 레이먼드 쌍둥이는 언제나 나무랄 데 없는 아이비 트렌트가 매우 싫었다. 아이비는 나쁜 행동은 한 번도 한 적이 없고 언제나 인형 상자 속에서 막 걸어나오기라도 한 것처럼 보였다.

이날 오후에도 아이비는 예쁜 새 밤색 부츠와 주홍색으로 색깔을 맞춘 허리끈, 나비 모양 어깨 장식, 머리에 맨 나비 리본을 자랑하러 온 게 틀림없었다. 다른 면에서는 어떤 결점이 있다 해도 레이먼드 부인은 아이들의 옷차림에 대해서는 꽤 분별 있는 식견을 가지고 있었다. 이웃 사람들은 부인이 제 몸치장에 돈을 너무 쓰느라 쌍둥이에게까지 쓸 돈은 한 푼도 없어서라고 말했지만 어쨌든 제럴딘에게는 아이비 트렌트처럼 차려입고 거리 한복판을 뽐내며 돌아다닐 기회가 한 번도 없었다. 아이비 트렌트는 1주일 내내 갈아입어도 될 만큼 많은 옷들을 가지고 있었다. 트렌트 부인은 아이비에게 늘 '얼룩 하나 없는 새하얀' 옷을 입혔다. 적어도 아이비가 집을 나올 때는 그랬었다. 집으로 돌아왔을 때 얼룩이 여기저기 묻은 경우는, 물론 이웃에 있는 수많은 '시샘쟁이' 아이들 때문이었다.

제럴딘도 실제로 샘이 났다. 수놓은 하얀 원피스며 주홍색 허리끈과 나비 모양 어깨 장식이 너무나 예뻐서 부러웠다. 어떻게든 단추가 조르르 달린 그런 밤색 부츠를 가지고 싶다고 생각했다.

아이비는 자랑스럽게 물었다.

"내 새 허리끈이랑 어깨 리본 어때?"

제럴딘이 비아냥거리며 흉내 냈다.

"내 새 허리끈이랑 어깨 리본 어때?"

아이비는 거들먹대며 말했다.

"하지만 너한테는 어깨 리본이 없잖아."

제럴딘이 끽끽거리는 목소리로 따라 했다.

"하지만 너한테는 어깨 리본이 없잖아."

아이비는 영문을 몰라 얼떨떨해서는 물었다.

"나한테는 있는걸. 이게 안 보이니?"

제럴딘이 또다시 흉내 냈다.

"나한테는 있는걸. 이게 안 보이니?"

제럴딘은 아이비가 하는 말을 무엇이든 비꼬듯 되풀이한다는 이 기발한 생각을 해낸 것이 기뻐 견딜 수 없었다.

제럴드가 말했다.

"그거 산 돈 아직 다 못 냈지?"

아이비 트렌트는 발끈하는 성미가 있었다. 그것이 얼굴에 표가 확 나서 그녀의 얼굴은 어깨에 장식된 나비 리본 못지않게 빨개졌다.

"돈을 못 내다니! '우리' 엄마는 반드시 돈을 다 내고 떳떳이 산다고."

제럴딘은 노래를 부르듯 말했다.

"'우리' 엄마는 반드시 돈을 다 내고 떳떳이 산다고."

아이비는 불안해졌다. 어떻게 해야 좋을지 몰랐다. 아이비는 제럴드 쪽으로 돌아섰다. 제럴드는 확실히 이 동네에서 가장 잘생긴 소년이었다. 제럴드에 대해 아이비는 마음속으로 목적하는 바가 있었다.

아이비가 밤색 눈을 반짝이며 제럴드를 보았다.

"나는 너한테 내 남자친구가 되게 해주겠다고 말하러 온 거야."

아직 7살밖에 안 되었지만 이 눈빛이 자신이 알고 있는 주변의 어린 남자아이들 대부분에게 놀랄 만한 효과가 있음을 아이비는 이미 알고 있었.

제럴드는 얼굴이 새빨개졌다.

"네 남자친구가 될 일은 절대 없어."

아이비는 침착하게 힘주어 말했다.

"그래도 되어야만 해."

제럴딘이 제럴드를 향해 머리를 흔들며 똑같이 말했다.

"그래도 되어야만 해."

제럴드가 화가 나서 소리쳤다.

"되긴 뭐가 돼! 그딴 건방진 말을 하다니 가만두지 않겠어, 아이비 트렌트."

아이비는 고집스레 주장했다.

"되어야만 해."

제럴딘이 또다시 따라 했다.

"되어야만 해."

아이비는 제럴딘을 노려보았다.

"너는 입 다물고 가만히 있어, 제럴딘!"

제럴딘도 지지 않았다.

"우리 집 뜰인걸. 여기서 내 마음대로 말하는 건 내 자유야."

제럴드도 거들어 말했다.

"맞아. 아이비 트렌트, '너나' 그 입 다물지 않으면 너의 집에 가서 인형 눈을 몽땅 뽑아주겠어."

아이비가 소리쳤다.

"그런 짓을 하면 우리 엄마가 너를 때려줄 거야."

"어, 그래? 때릴 수 있으면 때려보라지. 그런 짓을 하면 '우리' 엄마가 너네 엄마를 어떻게 할지 알고나 있어? 너네 엄마 코를 주먹으로 한 방 시원하게 갈길 거야."

"아무래도 좋아. 어쨌든 너는 내 남자친구가 되어야만 해."

아이비는 여유 만만하게 중요한 문제로 되돌아왔다.

제럴드는 격노하여 소리쳤다.

"나는……나는 네 머리를 빗물받이통 속에 처넣어주겠어! 네 얼굴을 개미집에다 문질러주겠어! 나는……너의 그 나비 리본이랑 허리끈을 확 잡아 뜯어버리겠어!"

그는 의기양양했다. 적어도 이것은 실행할 수 있을 듯했기 때문이었다.

제럴딘이 흥분해서 소리를 질렀다.

"얼른 해치우자!"

두 아이는 가엾은 아이비에게 재빨리 달려들었다. 아이비는 발로 차고 비명을 지르며 물려고 했지만 둘을 상대하기에는 어림없었다. 둘은 힘을 합쳐 아이비를 끌고 뒤뜰을 가로질러 장작광으로 들어갔다. 거기라면 아이비가 울어대도 남에게 들킬 염려가 없었다.

숨이 찬 제럴딘이 헐떡이며 재촉했다.

"빨리 하자. 셜리 선생님이 오기 전에!"

한시도 늦출 수 없었다. 제럴드가 아이비의 다리를 꽉 붙든 사이에 제럴딘이 한 손으로는 아이비의 두 손목을 잡고 또 한 손으로 머리 리본이며 어깨 장식이며 허리끈을 사정없이 잡아 뜯었다.

그러다 지난주 일꾼이 남겨두고 간 페인트 두 통을 보고 제럴드가 소리쳤다.

"얘 다리에다 페인트칠하자. 내가 잡고 있을 테니까 네가 칠해."

아이비는 필사적으로 소리를 질렀지만 소용없었다. 쌍둥이는 아이비의 긴 양말을 잡아 내리더니 금세 다리에 빨강과 초록 페인트로 넓은 줄무늬를 그려놓았다. 그러는 동안에 많은 페인트가 아이비의 수놓은 옷과 새 부츠로 마구 튀었다. 마지막 손질로 둘은 아이비의 곱슬머리에 옷이며 털에 잘 달라붙는 꺼끌꺼끌한 씨앗을 잔뜩 붙여놓았다.

겨우 풀려나왔을 때 아이비는 차마 눈 뜨고 볼 수 없는 비참한 꼴이 되어 있었다. 쌍둥이는 그런 아이비를 보고 즐거운 듯 승리의 함성을 질렀다. 오랫동안 잘난 척하며 거만을 떨던 아이비에게 드디어 복수한 것이다.

제럴드가 말했다.

"자, 그만 돌아가! 이것으로 아무나 붙잡고 네 남자친구가 되어야 한다느니 어쩌니 하고 다니면 어떻게 되는지 잘 알게 됐겠지."

아이비는 엉엉 울기 시작했다.

"엄마한테 이를 테야. 바로 집에 가서 너네가 한 짓을 엄마에게 다 이를 줄 알아. 이 못되고, 못생긴 제럴드!"

제럴딘이 눈을 동그랗게 뜨고 소리쳤다.

"네가 뭔데 제럴드를 멋대로 못생겼다고 하는 거야, 이 거드름쟁이야! 얼른 네 잘난 어깨 리본 가지고 꺼져! 몽땅 가져가. 우리 장작광에 그런 쓰레기 넣어둘 데는 없어."

제럴딘이 홱 집어 던진 나비 리본을 뒤로한 채 아이비는 울면서 뒤뜰에서 한길로 뛰어나갔다.

제럴딘은 숨을 헐떡이며 말했다.

"셜리 선생님한테 들키기 전에 얼른 뒤편 계단으로 살짝 올라가서 욕실 들어가서 깨끗이 씻자."

셜리 선생님이 좋아요

이야기가 끝나자 그랜드 씨는 인사하고 돌아갔다. 앤은 잠시 입구 돌층계에 선 채 자기가 보기로 한 아이들이 어디서 무엇을 하고 있는지 불안스러워졌다. 길을 따라 걸어와 순식간에 대문을 열고 현관까지 들어온 사람은 웬 격노한 부인으로, 아직도 울고 있는 비참한 몰골의 아이의 손을 잡고 있었다.

트렌트 부인은 바짝 다가섰다.

"셜리 선생님, 레이먼드 부인은 어디 있죠?"

"레이먼드 부인은······."

"레이먼드 부인을 꼭 만나야겠어요. 이 집 아이들이 힘없고 죄 없는 우리 가 없는 아이비에게 무슨 짓을 했는지 두 눈으로 똑똑히 보여줘야겠어요. 이 애를 좀 보세요, 셜리 선생님. 좀 보라고요!"

"어머나, 트렌트 부인, 너무 죄송해요! 제 잘못이에요. 레이먼드 부인은 오늘 볼일이 있어 집을 비웠고 제가 아이들을 돌봐준다고 약속했어요. 그런데 그랜드 씨가 오셔서······."

"아니에요, 선생님 때문이 아니에요. 선생님을 탓할 생각은 없어요. 그런 악마 같은 아이들에게는 아무도 당해낼 재주가 없으니까요. 그 애들에 대해서는 온 서머사이드가 다 알고 있어요. 레이먼드 부인이 없다면 여기 더 있을 필요도 없네요. 불쌍한 우리 딸을 데리고 집으로 가야겠어요. 하지만 그냥 넘어갈 수 없어요. 레이먼드 부인에게 다시 따지러 오겠어요. 꼭 오죠…… 아니, '저 소리를 들어보세요, 선생님. 저 애들은 서로 갈기갈기 찢기라도 하는 걸까요?"

'저 소리'란 층계 위쪽에서 들려오는 비명, 으르렁거림, 고함의 뒤죽박죽 합창이었다. 앤은 2층으로 뛰어 올라갔다. 그곳에는 뒤엉켜서 엎치락뒤치락하며 물고 쥐어뜯고 할퀴어대는 한 덩어리가 있었다. 앤은 날뛰는 쌍둥이를 간신히 잡아떼어 저마다 몸부림치는 어깨를 꽉 움켜쥐며, 이런 짓을 하는 이유가 무엇이냐고 다그쳐 물었다.

제럴드가 으르렁거리며 대답했다.

"제럴딘이 나한테 아이비 트렌트의 남자친구가 돼야 한다는 말도 안 되는 소리를 했단 말이에요!"

제럴딘이 새된 소리를 질렀다.

"그렇게 되어야 하잖아?"

"누가 된대!"

"돼야 한다니까!"

앤이 말리며 말했다.

"너희들!"

그 엄한 말투가 두 아이들을 조용히 만들었다. 얼굴을 들고 소리의 주인공을 보니 거기에는 두 아이가 지금껏 본 적 없는 셜리 선생님이 있었다. 어린 그들은 태어나서 처음으로 권위 있는 어른의 위력을 느꼈다.

앤은 나직이 말했다.

"제럴딘, 너는 두 시간 동안 침대에 들어가 꼼짝 말고 있어. 제럴드, 너는 그 시간 동안 복도의 벽장에 들어가 있어. 아무 소리 하지 마. 너희들은 너무너무

심한 짓을 했으니까 벌받지 않으면 안 되는 거야. 어머니가 나에게 너희를 맡겼으니 너희들은 내 말을 들어야만 해."

"그렇다면 우리를 '함께' 벌주세요."

제럴딘이 말을 마치고 훌쩍훌쩍 울기 시작했다.

제럴드도 웅얼거리며 불평했다.

"맞아요…… 선생님에게 우리를 갈라놓을 권리는 없어요…… 우리는 지금까지 한 번도 따로 떨어져본 일이 없는걸요."

앤은 여전히 목소리를 높이지 않은 채 단호하게 말했다.

"그렇지만 지금은 따로 떨어지는 거야."

제럴딘은 얌전히 옷을 벗고 자기들 방의 작은 침대로 들어갔다. 제럴드도 조용히 복도의 벽장으로 들어갔다. 벽장이라고 해도 그곳은 널찍하고 통풍도 잘 되는 곳으로, 창문도 있고 편히 앉아 있을 의자도 있어 누구라도 이 벌을 부당하게 엄한 것이라고 말할 수는 없었다.

앤은 열쇠로 문을 잠그고 책을 한 권 들고서 복도의 창가에 앉았다. 이것으로 적어도 두 시간은 마음 놓고 있을 수 있었다.

조금 시간이 지나 제럴딘을 들여다보니 곤히 잠들어 있었다. 쌔근쌔근 잠든 그 얼굴이 너무 천진난만한 나머지 앤은 하마터면 자기의 엄한 처사를 후회할 뻔했다. 그래, 낮잠을 한숨 자는 거야 아이에게 좋지. 눈을 뜨면 두 시간이 지나지 않았더라도 침대 밖으로 나와도 좋다고 용서해주자.

한 시간이 지나도 제럴딘은 아직 깊이 잠들어 있었다. 제럴드도 무척 조용해서 앤은 그 아이가 아무 군소리 없이 벌을 받았으니 용서해주어도 괜찮겠다 생각했다. 따지고 보면 아이비 트렌트는 허영심 많은 거드름쟁이니까 아마 쌍둥이들을 짜증 나게 했는지도 모른다.

앤은 벽장 문을 열쇠로 열었다. 그곳에는 제럴드의 흔적이 없었다. 창문이 열려 있고, 그 바로 아래에는 옆문 포치의 지붕이 보였다. 앤은 입술을 꽉 깨물었다. 아래층으로 내려가 뒤뜰로 나가보았으나 제럴드의 모습은 보이지 않았다. 앤은 장작광 안도 들여다보고 큰길 위쪽과 아래쪽도 둘러보았다. 그러나 제럴드는 어디에도 없었다.

앤은 문득 어떤 생각이 떠올라 뜰을 달려서 가로질러 대문을 통과해 오솔길을 따라 떨기나무가 우거진 숲을 지나 로버트 크리드모어 씨의 목장에 있는 작은 못으로 갔다. 제럴드는 크리드모어 씨가 그 못에다 비끄러매두었던 작은 거룻배에 타고 즐거운 듯 유유히 장대처럼 생긴 노를 저으며 노닐고 있었다. 앤이 나무 사이에서 달려 나왔을 때, 흙탕 속에 푹 박힌 노를 잡아빼기 위해 제럴드가 세 번째로 힘껏 잡아당긴 순간 노가 생각보다 쉽게 쓰윽 빠져버렸다. 그 바람에 제럴드는 그 반동으로 고꾸라지면서 물속으로 곤두박질쳤다.

놀란 앤은 그만 비명을 질렀으나 사실 걱정할 이유는 없었다. 다행히 못은 아주 깊지 않았다. 가장 깊은 곳도 제럴드의 어깨에 닿지 못했고 그가 빠진 곳은 허리보다 좀 깊은 정도였다. 겨우 몸을 일으켜 머리에 착 달라붙은 금발에서 물이 뚝뚝 떨어지는 채로 제럴드는 계면쩍은 듯 서 있었다. 그때 앤의 비명이 마치 등 뒤에서 메아리치는가 싶더니 제럴딘이 잠옷 차림으로 나무숲 사이를 달려나와 배가 매어져 있었던 조그만 나무 배다리 끝까지 달음박질쳐 갔다.

"제럴드!"

비통한 부르짖음과 함께 제럴딘은 날쌔게 물에 뛰어들어 요란한 물보라를 일으키며 제럴드 옆에 풍덩 하고 떨어졌다. 그 때문에 제럴드는 또 한번 물속에 고꾸라질 뻔했다.

제럴딘은 소리쳤다.

"제럴드, 너 물에 빠졌니? 빠져죽을 뻔했어, 제럴드?"

"아니, 별일 없어…… 나 아무렇지도 않아…… 제럴딘."

제럴드는 이를 딱딱 마주치며 제럴딘에게 대답했다.

둘은 부둥켜안은 채 마구 뽀뽀를 퍼부었다.

앤은 명령했다.

"너희들 둘 다 빨리 이리로 올라와."

둘은 첨벙첨벙 물을 건너 올라왔다. 오전 중에는 따뜻했던 9월의 날씨도 늦은 오후가 되더니 추워지고 바람이 거세게 일었다. 둘은 몹시 바들바들 떨며 얼굴이 금세 보랏빛이 되었다. 앤은 나무라는 것을 미루고 아이들을 서둘러 집으로 데려가 젖은 옷을 벗기고 레이먼드 부인의 침대에 들어가게 한 다음 발치에 탕파를 하나씩 넣어주었다. 그래도 둘은 계속 떨어댔다. 오한이 든 것일까? 폐렴에라도 걸리는 것이 아닐까?

제럴드가 여전히 이를 딱딱거리며 말했다.

"셜리 선생님, 우리를 좀 더 잘 돌봐주셨어야죠."

제럴딘도 따라 말했다.

"맞아요. 잘 돌봐주셨어야죠."

아이들 말이 귀에 들어오지 않는 앤은 정신없이 아래층으로 뛰어 내려가 의사에게 전화를 걸었다. 의사가 왔을 즈음 다행스럽게도 쌍둥이는 몸이 녹아 의사는 앤에게 아무 걱정 말라고 말했다. 내일까지 침대 속에 가만히 누워서 쉬면 염려 없다는 것이었다.

역에서 집으로 들어오는 도중 돌아가는 의사를 마주친 레이먼드 부인은 곧 새파랗게 질린 얼굴로 히스테리를 일으킬 듯이 뛰어 들어왔다.

"오, 셜리 선생님, 내 귀한 보물들을 이런 위험에 빠지게 하다니요!"

쌍둥이도 한목소리로 소리쳤다.

"우리도 그 말을 하고 있던 참이에요, 엄마."

"나는 셜리 선생님을 철석같이 믿고 있었어요. 선생님에게 신신당부했잖아요……."

"어째서 제가 책망받고 있는지 모르겠군요, 레이먼드 부인."

앤의 눈은 잿빛 안개처럼 차가웠다.

"흥분이 가라앉고 나면 부인도 제 말이 틀리지 않다는 것을 깨달으실 거에요. 아이들은 아무렇지도 않아요. 의사 선생님은 다만 혹시나 하는 마음에서 와달라고 한 것뿐이에요. 만일 제럴드와 제럴딘이 내 말을 따르기만 했다면 이런 일은 일어나지 않았으리라 생각해요."

레이먼드 부인은 신랄하게 말했다.

"나는 '선생님'이라면 좀 더 아이들에게 권위가 통하리라 생각했는데요."

'아이들에게라면 그랬겠지요…… 하지만 꼬마 악당들에게는 아니죠.'

앤은 마음속으로 이렇게 생각했으나 입으로는 이렇게 말했다.

"레이먼드 부인, 이제 돌아오셨으니 전 이만 집으로 갈게요. 이 이상은 아무 도움도 되지 못할 거고 오늘 밤 해야 할 학교 일도 있어서요."

쌍둥이는 너 나 할 것 없이 침대에서 폴짝 뛰어나와 앤에게 매달렸다.

제럴드가 소리쳤다.

"매주 장례식이 있으면 좋겠어요. 왜냐하면 나는 선생님이 좋거든요. 엄마가 없을 때는 늘 와서 우리와 함께 있었으면 좋겠어요."

제럴딘도 말했다.

"나도, 나도."

"나는 프라우티 할머니보다 선생님이 훨씬 좋아."

제럴딘도 말했다.

"진짜 훨씬훨씬 좋아요!"

제럴드가 계속 졸랐다.

"우리를 이야기에다 써주지 않을래요?"

제럴딘도 말했다.

"네, 써주세요."

마음이 약해진 레이먼드 부인은 말했다.

"선생님도 잘하려고 애쓰신 거 알아요."

"그렇게 말씀해주시니 되었네요."

앤은 차갑게 대답하고 매달리는 아이들을 떼어놓으려 했다.

"아, 우리 이런 일로 다투지 말아요."

레이먼드 부인의 커다란 눈에 눈물이 그렁그렁 고여 있었다.

"나는 어떤 사람과도 싸우고 싶지 않아요."

"물론이에요."

앤의 태도는 더없이 당당했다. 앤은 마음만 먹으면 위엄 있는 태도를 취할 수 있었다.

"싸울 필요는 조금도 없어요. 제럴드와 제럴딘에게는 그런대로 즐거운 하루였을 거예요. 딱하게도 아이비 트렌트에게는 그렇지 못했겠지만요."

앤은 폭삭 늙어버린 기분으로 집에 돌아가며 생각했다.

'데이비를 장난꾸러기라고 생각했다니, 정말!'

앤은 리베카 듀가 어스름이 깃든 뜰에서 늦게 핀 팬지를 꺾고 있는 것을 보았다.

"리베카 듀, 나는 '아이들이란 눈에만 보여야지 귀에 들려선 안 된다'는 옛말을 좀 너무하다고 생각했었거든요. 하지만 오늘은 그 말도 어쩌면 조금은 일리가 있을지 모르겠다는 것을 알았어요."

리베카 듀는 위로했다.

"아이고, 우리 선생님, 내가 맛있는 저녁을 차려드릴게요."

그리고 "내가 뭐랬어요."라는 말은 하지 않았다.

사랑은 어디로

길버트에게 보내는 편지에서 발췌.

어젯밤 레이먼드 부인이 찾아와 성급한 말을 한 것을 용서해달라고 눈물을 흘리며 말했어.
"셜리 선생님, 엄마의 마음을 안다면 용서해주는 것도 그리 어렵지 않으실 거라 생각해요."
실제로 너그러운 마음으로 용서하는 것은 어렵지 않았어. 레이먼드 부인에게는 어딘가 좋아하지 않고는 못 배길 구석이 있거니와, 우리 학교 연극부 일로 신세를 지기도 했으니까. 그렇지만 '부인이 토요일에 외출하고 싶을 때는 언제든지 제가 아이들을 봐드릴게요.'라는 말하지 않았어. 나같이 못 말릴 낙천가이자 사람을 잘 믿는 인간도 고된 경험을 통해 배우는 것이 있으니까.
요즘 서머사이드에 있는 몇몇 사람들은 자비스 모로와 도비 웨스트콧의 연애사에 대해 걱정하고 있어. 리베카 듀의 말로는, 그 두 사람이 '약혼한 지 1년이 넘도록 그 이상 진전이 전혀 없다'고 해.
케이트 아주머니는 도비의 먼 친척 할머니뻘—정확히 말하면 도비 어머니 쪽 육촌 언니의 이모가 되나 봐—이 되어서 이 사건에 유난히 깊은 관심을 가지고 있어. 이유는 자비스가 도비의 결혼 상대로서 더할 나위 없는 짝이라고 여겨서이기도 하지만, 어쩌면 케이트 아주머니가 무척 싫어하는 프랭클린 웨스트콧을 찍소리 못 하게 해주고 싶어서가 아닐까 하는 생각도 들어. 케이트 아주머니는 누구든지 간에 자기가 남을 '싫어한다'는 그런 일을 쉽게 인정하지 않을 테지만, 프랭클린 웨스트콧 부인은 케이트 아주머니의 소중한 소녀 시절 친구였는데 프랭클린 손에 죽임을 당한 것이나 다름없다고 대놓고 말할 정도거든.

나도 이 연애사에 관심이 있어. 그것은 내가 자비스를 굉장히 좋게 생각하고 도비도 웬만큼 좋아한다는 그런 이유도 있지만, 실은 남의 일에 습관적으로 끼어들기 좋아하는—물론 선의에서이기는 하지만—내 오지랖 넓은 성격 탓이 아닌가 하는 생각을 요즘 들어 하게 됐어.

사정은 간단히 말하면 이래. 프랭클린 웨스트콧은 키가 크고 음울하고 고집스러운 인상의 상인으로, 말이 없고 대인관계가 썩 좋지 않은 인물이야. 항구 거리를 죽 따라가다가 시내를 벗어나자마자 바로 있는 '느릅나무 저택'이라는 크고 고풍스러운 집에 살고 있어. 나도 한두 번 만난 적 있는데, 무슨 말을 하고는 소리 죽여 가만히 쿡쿡 웃는 다소 기묘한 버릇을 가지고 있어. 그것 말고는 달리 프랭클린 웨스트콧의 사람됨에 대해 그리 아는 게 없어.

그는 교회에서 찬송가가 불리게 된 뒤로 교회에 발을 딱 끊었고 겨울에 폭풍이 한창일 때도 창문을 모두 열어놓기를 고집하는 사람이래. 그런데 이 점에는 나도 프랭클린 웨스트콧에게 남몰래 동질감을 느끼지만, 아마도 그런 사람은 온 서머사이드에 나 하나뿐일 거야. 그는 어느덧 서머사이드의 유지가 되어 있어서 마을 일에 대한 것은 무엇 하나 그의 동의 없이 이루어지지 못해.

부인은 일찍이 세상을 떠났어. 소문에 의하면 부인은 남편에게 휘둘려 노예나 다름없는 생활을 했다고 해. 프랭클린이 결혼해서 아내를 집으로 데려왔을 때 아내에게 이제부터 자기가 주인이라고 당당히 말했다는 거야.

도비의 진짜 이름은 시빌인데, 프랭클린의 외동딸로 아주 예쁘고 통통하면서 누구에게나 호감을 얻는 19살의 아가씨야. 언제나 약간 벌어진 빨간 입술 속에서 하얀 이가 드러나 보이고, 다갈색 머리는 살짝살짝 밤색으로 빛날 때가 있어. 파란 눈은 아주 매혹적이고, 검은 속눈썹은 엄청 길어서 과연 진짜인가, 라는 의심이 들 정도야. 자비스가 정말로 사랑하는 것은 도비의 눈이라고 젠 프링글이 말했어. 이 일에 대해 젠과 둘이 진지하게 이야기 나눈 적이 있어. 자비스는 젠이 제일 좋아하는 사촌 오빠거든.

(잠깐 지나가는 말을 하자면, 젠이 얼마나 나를 좋아하고 내가 또 얼마나 젠을 좋아하는지 자기는 아마 못 믿을 거야. 정말이지 젠처럼 귀여운 아이는 없어.)

프랭클린 웨스트콧은 도비가 남자친구 사귀는 것을 단 한 번도 허락한 일이 없어. 그러다 자비스 모로가 도비에게 '눈길을 주기' 시작하자 자비스가 집에 드나드는 것을 금지시키고 도비에게는 앞으로 '그 녀석하고 어울리고 돌아다니지 말라'고 명령했어. 그러나 뒷북을 친 격이었지. 도비와 자비스는 이미 서로 깊이 사랑하는 사이가 되어 있었거든.

이곳 사람들은 너 나 없이 두 연인을 보며 안타까워해. 솔직히 프랭클린 웨스트콧이 정말 먹통처럼 구는 거야. 자비스는 변호사로 집안도 좋고 앞날도 유망하고 성격까지 아주 좋은, 훌륭한 젊은이란 말이지.

리베카 듀는 확신에 차 말하고 있어.

"이처럼 좋은 짝이 달리 없어요. 자비스 모로는 마음에 드는 아가씨가 있다면 서머사이드에 있는 어느 누구라도 고를 수 있는 처지인데 말이에요. 프랭클린 웨스트콧은 도비를 노처녀로 만들기로 작정한 거예요. 지금 집안 살림을 해주고 있는 매기 아주머니가 죽으면 가정부 대신으로 삼을 셈이겠죠."

나는 물어보았어.

"프랭클린 웨스트콧에게 누가 알아듣도록 이야기해줄 사람이 없을까요?"

"프랭클린 웨스트콧을 상대로 이야기가 통할 사람은 아무도 없어요. 뭐든 곧이곧대로 듣지 않고 비꽈야 직성이 풀리는 사람이니까요. 게다가 만일 상대의 말에 못 당하게 되면 한바탕 성질을 부리지요. 나는 아직 그가 성질내는 것을 직접 본 적은 없지만, 미스 프라우티가 언젠가 그 집에 바느질하러 갔을 때 프랭클린이 신경질을 냈는데 그때 어땠는지 이야기하는 것을 듣기는 했어요.

그 사람은 아무도 정확한 이유를 모르는 어떤 일에 단단히 수틀려 있었대요. 그래 가지고 눈에 띄는 것을 무엇이든 닥치는 대로 집어서 창밖으로 내던지더래요. 밀턴의 시집이 휙하고 날아서 울타리까지 넘어 조지 클라크네 수련 못 속에 떨어졌다더군요. 프랭클린 웨스트콧은 날 때부터 인생에 불만이 많나 봐요. 그 사람의 어머니가 미스 프라우티에게 이야기했다던데, 프랭클린이 태어났을 때 울음소리가, 살면서 그렇게 악을 쓰는 울음소리는 들어본 적이 없을 정도였대요.

그런 인간을 만드시다니, 하느님에게도 그럴 만한 이유가 있겠지만 그 이유란 진짜 모를 일 아니겠어요. 어쨌거나 둘이 아버지 몰래 달아나기라도 하지 않는 한, 도비가 자비스와 맺어질 희망은 없다고 봐요. 연인이 사랑의 도피를 하는 걸 요새는 꽤 낭만적인 일인 양 이야기하지만 사실 이러니저러니 해도 천박한 일이죠. 그래도 이 경우는 누구에게 물어도 어쩔 수 없는 일이라고 눈감아줄 거예요."

나는 어떻게 해야 할지 잘 모르겠지만, 어떻게든 하지 않으면 안 되겠다고 생각해. 아무리 프랭클린 웨스트콧이 성질을 부리더라도, 내 눈앞에서 누군가가 일생을 망쳐버리는 것을 손 놓고 가만히 보고 있을 수만은 없어. 자비스 모로도 언제까지고 마냥 기다려주지도 않을 거고. 소문을 듣자 하니, 자비스 모로가 이미 인내심이 바닥이 나서 자기가 나무에 새겨놓았던 도비의 이름을 막 파내는 것을 본 사람도 있대. 또 매력적인 파머 집안의 딸이 자비스에게 대놓고 관심을 보이고 있다고도 하고, 자비스 누이 말로는 어머니도 자기 아들이 어떤 아가씨가 됐든 몇 년씩이나 뒤꽁무니를 쫓아다닐 필요 따위는 전혀 없다고 말했다더군.

정말이지 길버트, 이 일을 생각하면 나는 우울한 기분이 들어.

사랑하는 길버트, 오늘은 달빛이 은은히 빛나는 밤이야. 뜰의 버드나무에 달빛이 흘러내리고 항구 가득히 은결이 일며 환상의 배가 먼 바다로 천천히 나아가고 있어. 옛 묘지도, 나만의 골짜기도, '폭풍왕'도 달빛을 받고 있어. '연인의 오솔길'에도 '반짝이는 윤슬의 호수'에도, 오래된 '도깨비숲'에도, '제비꽃 골짜기'에도, 달빛이 비치고 있겠지. 오늘 밤은 언덕에서 요정이 춤추고 있을 거야. 하지만 사랑하는 길버트, 함께 볼 사람이 아무도 없다면 그 달빛은 달이 빛나는 것이 아니라, 그냥 하늘에 떠 있는 것에 지나지 않겠지.

조그만 엘리자베스를 산책에 데려가고 싶다는 생각을 했어. 엘리자베스는 달밤의 산책을 아주 좋아하거든. 그린게이블즈에 갔을 때 둘이서 몇 번인가 즐거운 산책을 했어. 하지만 집에 있을 때 엘리자베스는 창문 너머로밖에는 달빛을 볼 수 없어.

엘리자베스의 일이 나는 좀 걱정스러워지고 있어. 이제 곧 10살이 되는데, 그 집에 함께 사는 두 노부인은 엘리자베스가 정신적으로나 정서적으로 어떤 것을 필요로 하는지 전혀 몰라. 좋은 음식과 예쁜 옷만 주면, 그 이상 뭐가 더 필요하리라고 그 두 사람은 상상도 못 하는 거야. 해마다 더 심해져가겠지. 가 없게도 점점 자라나는 이 애는 성숙한 소녀로서 앞으로 어떤 시절을 보내게 될까?

고등학교 졸업식에서 돌아오는 길에 자비스 모로가 앤에게 고민을 털어놓았을 때 앤이 말했다.

"도비와 함께 아버지 몰래 달아나야만 해요, 자비스. 모두 그렇게 말하고 있어요. 원칙적으로 말하면 나는 부모님 허락 없이 달아나는 일에는 찬성하지 않지만……."

('마치 40년의 교직 경험이 있는 선생처럼 말했어.'라고 앤은 생각하며 속으로 웃었다.)

"어떤 규칙에든지 예외라는 게 있으니까요."

"손바닥도 마주쳐야 소리가 나는 법이에요, 앤. 나 혼자서는 달아날 수 없어요. 도비는 아버지를 무서워해서 제 힘만으로는 설득할 수가 없습니다. 따지고 보면 수치를 무릅쓰고 달아난다고 할 것까지도 없어요. 도비는 그냥 어느 날 저녁에 나의 누나인 줄리아 누님—아시죠, 스티븐스 부인—집으로 오기만 하면 됩니다. 제가 목사님도 그리로 모셔서 누구나 축복할 수 있도록 정정당당히 결혼식을 올리고, 킹스포트의 버사 아주머니 댁으로 신혼여행을 가면 됩니다. 아주 간단하죠.

그런데도 도비가 그 결심을 하도록 만들 힘이 나에게는 없습니다. 딱하게도 도비는 너무 오랫동안 자기 아버지의 이상한 변덕과 장단에 맞추느라 자기 의지력이란 깡그리 없어져버렸죠."

"자비스, 어떻게든 도비가 그렇게 하도록 만들어야 해요."

"아니, 설마 내가 시도도 해 보지 않았다고 여기는 것은 아니겠죠, 앤? 나는 정말이지 여러 번 설득했습니다. 나와 함께 있을 때는 도비도 거의 승낙하는가 싶더니, 일단 집에만 돌아가면 역시 그렇게는 못 하겠다고 전갈을 보내옵니다.

 이상하게 보일지 모르지만 딱하게도 도비는 자기 아버지를 진심으로 사랑하고 있어요, 앤. 그래서 아버지가 영영 용서하지 않을 일을 저지른다는 것은 생각만 해도 못 견디는 거죠."

"도비에게 아버지든가 아니면 자비스 당신이든가, 어느 한쪽을 택해야만 한다고 말하지 않으면 안 돼요."

"그러다 만일 아버지를 택하면요?"

"그럴 염려는 없어요."

 자비스는 어두운 얼굴로 말했다.

"그건 몰라요. 하지만 뭐가 됐든 결단을 내리기는 해야 합니다. 나도 언제까지나 이런 상태로 있을 수는 없으니까요. 나는 도비에게 푹 빠져 있습니다. 그것은 온 서머사이드 사람들이 알죠. 도비는 마치 내 손이 미치지 못하는 곳에 피어 있는 작고 붉은 장미 같아요. 나는 무슨 수를 써서라도 그 장미를 손에 넣고 싶습니다, 앤."

 앤은 쌀쌀맞게 말했다.

"시적인 표현이란 때와 장소만 맞으면 아주 좋은 것이지만, 이번 경우에는 아무 도움이 되지 못해요, 자비스. 이런 말은 꼭 리베카 듀가 할 법한 말처럼 들리지만, 사실이에요.

 이 일에서 당신에게 필요한 것은 누구나 다 알지만, 정신이 번쩍 들게 할 무정한 상식이에요. 도비에게, 이제 당신이 우물쭈물하는 데 질려버렸다, 나를 따르든가, 그게 아니면 놓아버리든가 하라고 말해요. 어차피 도비가 아버지를 떠나도 좋을 만큼 당신을 사랑하지 않는다면, 안타깝지만 그것을 이제라도 깨달는 편이 결국에는 당신에게도 좋아요."

자비스는 신음했다.

"앤은 지금까지 프랭클린 웨스트콧에게 눌려 지내지 않았으니, 그런 말을 할 수 있어요. 그분이 어떤 사람인지 앤은 몰라요.

아무튼 당신이 말한 대로 나도 마지막 노력을 다해보죠. 앤 말대로 만일 도비가 정말로 나를 사랑하고 있다면 내게로 올 것이고, 그렇지 않다면 차라리 나로서는 최악의 사태에 눈을 뜨는 편이 더 좋을 테니까요. 나는 내가 여태 어리석은 짓을 해온 게 아닌가 하는 생각이 들기 시작했습니다."

앤은 마음속으로 생각했다.

'자비스가 그런 마음이 들기 시작했다면 도비는 정신을 똑바로 차리는 편이 좋겠어.'

2, 3일 지난 저녁, 도비 웨스트콧이 윈디윌로즈로 앤에게 의논하러 왔다.

"나는 어떻게 하면 좋을까요, 앤. 내가 뭘 어떻게 할 수 있죠? 자비스가 나한테 달아나자고 해요. 그러니까, 내 말은……사실상 달아나자는 셈이에요. 아버지가 다음 주중에 하룻밤 샬럿타운의 프리메이슨 집회에 참석하기로 되어 있어요. 그래서 그날이 좋은 기회예요. 매기 고모가 눈치챌 일도 없고, 자비스는 내게 스티븐스 부인 댁으로 가서 거기서 결혼식을 하자고 하지만……."

"그런데 뭐가 문제예요, 도비?"

"아아, 앤, 정말 그렇게 해야 한다고 생각해요?"

도비는 귀여운 응석받이 아이처럼 부탁하는 듯한 표정으로 고개를 들고는 말했다.

"부디, 부디 나 대신 내 마음을 정해줘요. 나는 머리가 뒤죽박죽되어버렸어요."

눈물로 목이 멘 도비가 잠시 멈추었다가 다시 말을 이어갔다.

"오, 앤은 아버지를 몰라요. 아버지는 자비스를 무턱대고 싫어하세요. 왜 그런지 나는 이해할 수 없어요. 대체 '그 누가' 자비스를 싫어할 수 있을까요? 자비스가 처음 나를 찾아왔을 때, 아버지는 자비스에게 두 번 다시 이 집에 발 들이지 마라, 다시 한번 왔다가는 개를 풀어서─왜, 우리 집에 있는 커다란 불도그 있잖아요─물도록 하겠다고 으름장을 놓았어요. 불도그는 일단 물었다 하면 놓지 않는 거 알죠. 그러니 내가 자비스와 함께 달아나면 아버지는 나를 결코 용서하지 않을 거예요."

"두 사람 가운데 하나를 택해야만 해요, 도비."

"자비스도 똑같은 말을 했어요."

도비는 흐느껴 울면서 말을 이었다.

"아아, 그 사람은 실로 단호하게 말했어요. 자비스가 그러는 것을 이제까지 한 번도 본 적이 없어요. 나는 그 사람 없이는 도저히 살아……살아갈 수가 없어요, 앤."

"그렇다면 그 사람과 함께 살아요, 도비. 그리고 그것을 달아나는 거라고 말하지 말아요. 잠깐 서머사이드 시내로 와서 자비스의 친척들에게 둘러싸여 결혼식을 올리는 것뿐이에요. 부모를 속이고 사랑의 도피를 한다고 할 수조차 없어요."

"아버지는 달아났다고 할 거예요."

도비는 눈물을 삼키고 말했다.

"하지만 앤의 충고를 따를게요. 앤이 내게 잘못된 길을 권할 리 없으니까요. 자비스에게 준비를 시켜 혼인증명서를 받으라고 할게요. 그리고 아버지가 샬럿타운에 가시는 날 밤 자비스의 누님 댁으로 가겠어요."

자비스는 도비가 마침내 항복했다고 자랑스레 앤에게 보고했다.

"다음 주 화요일 밤에 내가 오솔길 끄트머리에 도비를 데리러 가기로 약속했습니다. 혹시나 매기 고모님 눈에 띄면 안 되니 집까지 오는 것은 도비가 극구 반대해서요. 그리고 둘이 줄리아 누님에게 가서 바로 결혼식을 올릴 겁니다. 우리 쪽 친척은 모두 올 거니까 가엾은 도비도 마음을 놓겠죠. 프랭클린 웨스트콧은 절대로 내가 자기 딸과 맺어질 리 없다고 했었죠. 하지만 그가 틀렸다는 것을 내가 똑똑히 보여줄 겁니다."

지금 아니면 기회는 두 번 다시 없다

11월 막바지의 화요일은 음산한 날이었다. 이따금 돌풍에 실려 싸늘한 소나기까지 언덕을 넘어 덮쳐 왔다. 잿빛 안개비 속으로 보이는 경치는 사람들마저 다 죽어버린 황량한 땅처럼 음산했다.

앤은 생각했다.

'불쌍한 도비는 결혼식날 날씨마저 좋지 않으려나.'

앤은 몸을 떨었다.

'만약 일이 잘못되면 어떻게 하지. 내 책임이 될 텐데. 내가 충고하지 않았다면 도비는 결코 승낙하지 않았을 테니까. 그리고 프랭클린 웨스트콧이 정말 도비를 평생 용서하지 않으면 어쩌지…… 앤 셜리, 망상 그만해. 네가 이러는 건 다 음산한 날씨 탓일 뿐이야.'

밤이 되자 비는 멎었지만 공기가 싸늘하고 구름은 낮게 깔려 있었다. 앤은 탑의 방에서 학생들이 제출한 글을 수정하고 있었고, 더스티 밀러는 몸을 옹송그린 채 난로 옆에 누워 있었다. 바로 그때 현관문이 부서져라 두드리는 요란한 소리가 들렸다.

앤이 서둘러 아래로 달려 내려가자 리베카 듀가 깜짝 놀라 침실 문으로 머리를 쑥 내밀었다. 앤은 그녀에게 방으로 도로 들어가라고 손짓했다.

리베카 듀는 멍한 얼굴로 말했다.

"'현관'에 누가 왔어요!"

"염려 말아요, 리베카. 아마도 일이 잘못됐나 봐요. 아무튼 자비스 모로가 왔을 뿐이에요. 탑의 옆 창문으로 내려다봤는데 자비스더라고요. 날 만나러 왔을 거예요."

"자비스 모로라고요! 이거야말로 나도 더는 못 참을 일이네."

리베카는 들어가서 방문을 닫았다.

"자비스, 무슨 일이에요?"

자비스는 당장 미쳐버릴 것같이 말했다.

"도비가 오지 않았습니다! 우리는 몇 시간이나 기다렸어요. 목사님도 오시고…… 우리 친척도 다 왔고…… 줄리아 누님은 식사 준비까지 해놨는데…… 도비가 오지 않습니다. 나는 오솔길 끄트머리에서 도비를 기다리고 있었는데, 마침내 머리가 터질 것 같은 지경이 되었어요.

집까지는 차마 가보지 못했습니다. 무슨 일이 벌어졌는지 알 수 없으니까요. 폭군 프랭클린 웨스트콧이 낌새를 알아채고 돌아왔는지도 모르고 매기 고모가 도비를 가둬버렸는지도 모릅니다. 어쨌든 나는 이유를 알아야만 되겠습니다. 앤이 그 집에 가서 왜 도비가 오지 않는지 알아봐줘요."

"'내게'요?"

(너무도 믿기지 않고 당황한 나머지 앤은 토씨마저 틀리게 말했다.)

"그렇습니다. 달리 믿을 사람이 아무도 없습니다. 이 일을 속속들이 알고 있는 사람 또한 앤밖에 없고요. 아, 앤, 이제 와서 나를 버리지 마십시오! 지금까지 죽 우리의 방패가 되어줬잖습니까. 도비는 진실한 친구라곤 당신 하나밖에 없다고 했습니다. 아직 늦지는 않았어요…… 아직 9시밖에 안 됐으니까요. 제발 가봐주세요!"

앤은 비꼬듯 물었다.

"날더러 가서 불도그에게 물어뜯기라는 거예요?"

자비스는 그 개를 떠올리고는 경멸을 담아 말했다.

"그런 늙어빠진 개 따위! 그 개는 부랑자가 와서 어슬렁대도 짖을 줄 모르는 녀석입니다. 설마 당신은 내가 그깟 개가 무서워서 안 갔다고 생각하는 건 아니겠죠? 게다가 그 녀석은 밤이면 못 나오게 가둬둡니다. 나는 다만 발각됐을 경우 도비가 집에서 곤욕을 치르게 하고 싶지 않은 겁니다. 앤, 부탁입니다!"

"내가 골치 아픈 일에 스스로 발을 담근 결과로군요."

앤은 어쩔 수 없다는 듯 어깨를 으쓱했다.

자비스는 앤을 마차에 태우고 느릅나무 저택으로 가는 긴 오솔길까지 달려갔다. 그러나 앤은 그에게 더 이상 오지 말고 기다리라고 했다.

"당신이 말한 대로 만일 아버지가 돌아왔을 경우에는 도비가 난처해질 테니까요."

앤은 양옆에 나무가 줄지어 선 긴 오솔길을 급히 걸었다. 이따금 빠르게 흐르는 구름 사이로 달이 나오기도 했지만 대체로 소름 끼칠 만큼 컴컴한 어둠에 둘러싸여 있었다. 게다가 앤은 문제의 개에 대해서도 적잖이 걱정스러웠다.

느릅나무 저택에 불이 켜져 있는 곳은 오직 한 군데였고 그 불빛은 부엌 창문에서 반짝였다. 매기 고모가 직접 옆문을 열어주었다. 매기 고모는 프랭클린 웨스트콧의 나이 든 누님으로 허리가 좀 굽은 주름살 많은 노파였다. 머리 회전은 그리 좋다고 할 수 없었지만 가정부로서는 우수했다.

"매기 고모님, 도비는 집에 있나요?"

매기 고모는 무신경하게 대답했다.

"그 아이라면 자고 있어."

"자고 있다고요? 어디가 아픈가요?"

"내가 보기에 아픈 것 같지는 않았어. 하루 종일 안절부절못하더니 저녁 식사가 끝나자 피곤하다면서 2층으로 올라가 자고 있어."

"잠깐만이라도 꼭 만나야겠어요, 고모님. 저……꼭 좀 중요하게 확인할 것이 있어서요."

"그렇다면 그 애 방으로 가봐. 층계를 올라가면 오른쪽 방이야."

매기 고모는 층계 쪽을 몸짓으로 가리키고 부엌으로 뒤뚱뒤뚱 들어가버렸다.

앤이 급히 문을 두드리고 예의고 뭐고 차릴 새도 없이 방으로 들이닥치자 도비는 침대에서 일어나 앉았다. 조그만 촛불로 밝혀진 도비의 얼굴을 보니 그녀는 울고 있었던 듯했으나, 그 눈물은 앤의 화를 돋울 뿐이었다.

"도비 웨스트콧, 자비스 모로와 결혼식 올리기로 한 약속을 잊었어요? 오늘 밤이잖아요!"

도비는 훌쩍대며 말했다.

"아뇨……아뇨. 오, 앤, 나는 정말이지 비참한 기분이에요! 괴로운 하루를 보냈어요. 어떤 기분이었는지 앤은 절대로 모를 거예요."

앤은 사정없이 차갑게 말했다.

"내가 알고 있는 건 자비스가 차가운 가랑비 속에서 두 시간이나 벌벌 떨며 저 오솔길 끝에서 당신을 기다렸다는 거예요."

"그 사람은……그 사람은 몹시 화가 났나요, 앤?"

앤은 아주 엄하게 대답했다.

"얼굴을 보면 도저히 모를 수 없을 정도로요."

"아, 앤, 나는 덜컥 겁이 났어요. 어젯밤 한숨도 못 잤어요. 나는 도저히 못 해요. 아버지 뜻을 거역하고 사랑의 도피를 하다니, 정말로 떳떳하지 못한 일이에요, 앤. 게다가 멋진 선물을 받지도 못하고…… 어쨌든 많이 받지 못하죠. 나는 옛날부터……아름답게 꾸민 교회에서 정식으로 결혼하는 게 꿈이었어요…… 하얀 베일과 드레스에……은빛 구두를 신고…… 제대로 된 결, 결, 결혼식을 올리고 싶었어요!"

"도비 웨스트콧, 침대에서 일어나요. 당장! 그리고 옷을 입고 나와 같이 가요."

"앤, 이미 너무 늦었어요."

"늦지 않았어요. 지금을 놓치면 영원히 못 해요. 낟알 한 톨만큼의 분별이나마 가지고 있다면 그걸 알 거예요. 이 정도로 바보짓을 당하면 자비스 모로는 두 번 다시 도비와 말도 섞지 않을 거예요."

"오, 앤, 사정을 안다면 그 사람은 용서해줄 거예요."

"아뇨. 나는 자비스의 사람됨을 알아요. 그렇게 언제까지나 자신의 인생을 도비 뜻대로 쥐고 흔들게 놔둘 사람이 아니에요. 도비, 내가 침대에서 억지로 끌어내야겠어요?"

도비는 몸을 떨며 한숨을 쉬었다.

"입고 갈 만한 드레스가 없는걸요."

"예쁜 드레스가 여섯 벌은 되잖아요. 그 장밋빛 태피터 드레스를 입어요."

"게다가 혼수도 하나 없고. 모로 집안사람들이 두고두고 이 일로 나를 흠잡을 거예요."

"나중에 갖추면 돼요. 도비, 이런 일을 미리 생각해두지 않았어요?"

"그래요…… 생각해두지 않았어요…… 그래서 더 난처한 거예요. 어젯밤 비로소 생각하기 시작한걸요. 게다가 아버지가 절대로…… 아, 앤은 아버지를 몰라요."

"도비, 준비할 시간을 딱 10분 주겠어요!"

도비는 정해진 시간 안에 준비를 끝냈다.

앤이 등 뒤의 고리를 채워주자 도비는 흐느꼈다.

"이 옷은 내게 너무 꼭 껴요. 이 이상 살이 찌면 자비스는 나를 사, 사, 사랑해 주지 않을 거예요. 앤처럼 키 크고 가냘프고 파리하면 좋을 텐데. 오, 앤, 매기 고모에게 우리가 나가는 소리가 들리면 어떡하죠?"

"들리지 않아요, 부엌에 들어가 계세요. 원래 귀가 좀 어둡잖아요. 자, 모자와 외투예요. 그리고 이 가방 속에 필요한 것 몇 가지를 집어넣었어요."

"어머나, 심장이 마구 뛰어요. 나 너무 겁먹은 얼굴을 하고 있죠, 앤?"

앤은 진심으로 말했다.

"아주 아름다운 얼굴이에요."

도비의 비단결 같은 피부는 장밋빛과 우윳빛을 섞은 것 같았으며, 그토록 울었는데도 눈도 붓지 않고 여전히 아름다웠다. 그러나 어둠 속에서 자비스에게 도비의 눈은 보이지 않았고, 그는 사랑해 마지않는 아름다운 연인에게 좀 짜증스러운 기분을 느껴 시내로 마차를 모는 동안 아주 차갑게 대했다.

그는 스티븐스 부인 댁 층계를 내려오는 도비에게 짜증스럽게 말했다.

"부탁이니 도비, 나와 결혼하는데 그렇게 겁먹은 얼굴은 하지 말아요. 그리고 그만 좀 울어요. 코가 붓겠어요. 벌써 10시가 다 됐어요. 우리는 11시 기차를 타야만 한다고요."

도비는 자비스와 결혼식을 올리고, 더는 돌이킬 수 없이 자비스의 아내가 되었다는 것을 알게 되자 아주 침착해졌다. 길버트에게 보내는 편지에서 앤이 나중에 좀 음흉한 표현을 써서 '신혼여행용 얼굴'이라고 한 그런 표정이 이미 도비의 얼굴에 나타나 있었다.

"모두 앤 덕분이에요. 우리는 이 은혜를 언제까지나 잊지 않을게요, 그렇죠, 자비스? 그리고, 앤, 마자막으로 하나만 더 부탁할게요. 이 일을 아버지에게 알려주었으면 해요. 아버지는 내일 저녁 일찍 돌아오실 테니까. 누군가 아버지에게 말해야만 해요. 아버지를 잘 다독여 마음을 풀어줄 수 있는 단 한 사람이 있다면 바로 앤뿐이에요. 부디 아버지가 나를 용서하도록 최선을 다해주세요."

그때 앤의 마음은 자기야말로 누군가가 다독여서 마음을 좀 풀어줄 필요가 있다고 생각했다. 그러나 이 사건에 대해 자신에게 어느 정도 책임이 있으므로 부탁대로 하겠노라 약속했다.

도비는 위로의 말을 건넸다.

"물론 아버지는 엄청난 기세로……정말 앞뒤 안 가리고 성을 낼 거예요, 앤. 하지만 설마 앤을 죽이기야 하겠어요. 오, 앤, 자비스와 함께 있으니 얼마나 '안전하다고' 느껴지는지 모를 거예요."

앤이 집으로 돌아와보니 리베카 듀는 어떻게든 궁금증이 풀리지 않으면 미쳐버리기 직전이었다. 잠옷 차림에 네모진 플란넬 천으로 머리를 감싼 리베카 듀는 앤의 뒤를 졸졸 따라 탑의 방까지 와서 사건의 전모를 들었다.

리베카 듀는 비웃음을 한껏 담아 말했다.

"과연 이것이 이른바 '인생'이라는 거겠죠. 하지만 프랭클린 웨스트콧이 마침내 받아야 할 벌을 받았다니 그것만큼은 기분이 좋군요. 매코머 선장 부인도 그렇게 생각할 거예요. 그걸 프랭클린에게 알려야 하는 선생님 역할은 전혀 부럽지가 않네요. 프랭클린은 펄펄 뛰며 경우에 없는 말들을 퍼부을 거예요. 내가 선생님 처지라면 오늘 밤 한숨도 못 잘 거예요."

앤도 서글픈 듯이 찬성했다.

"그리 유쾌한 경험은 아닐 것 같아요."

고양이 가죽을 벗기는 방법

다음 날 저녁 느릅나무 저택으로 향한 앤은 11월의 안개에 포근히 싸여 꿈같이 펼쳐진 풍경 속을 침울한 마음으로 걸어갔다. 확실히 그것은 즐거운 일이 못 되었다. 도비의 말처럼, 프랭클린 웨스트콧이 설마 앤을 죽일 리는 없을 것이다. 앤은 물리적 폭력을 겁내는 것이 아니었다. 그러나 프랭클린을 둘러싼 소문이 모두 사실이라면 프랭클린은 앤에게 물건을 집어 던질지 모른다. 그는 화나서 날뛰며 고함쳐댈까?

앤은 화나서 미친 듯 고함치는 남자를 이제까지 본 적이 없으므로 얼마나 불쾌한 장면일까 상상했다. 그러나 프랭클린은 비꼬면서 남을 불쾌하게 만드는 그의 남다른 재능을 발휘할 가능성이 높았다. 남녀를 막론하고, 비꼬는 것이야말로 앤이 소름 끼치도록 두려워하는 오직 하나의 무기였다. 비꼼을 당하면 그녀는 반드시 상처를 받고 몇 달은 갈 만큼 아린 영혼의 물집이 마음속에 생기곤 했다.

"제임시나 아주머니가 '나쁜 소식을 전하는 전령 역할은 가능한 한 하는 게 아니다.'라고 말씀하셨는데. 다른 일에서도 마찬가지였지만 아주머니는 이 점에서도 현명하셨네. 자, 드디어 다 왔군."

느릅나무 저택은 네 모퉁이에 탑이 있는 고풍스러운 집으로, 지붕에 둥근 천장이 있었다. 그리고 현관 층계 맨 꼭대기에 개가 앉아 있었다.

'불도그는 일단 물었다 하면 놓지 않는다'고 했던 도비의 말이 떠올랐다. 빙 돌아서 옆문으로 갈까? 그때 프랭클린 웨스트콧이 창문으로 이쪽을 내다보고 있을지도 모른다는 생각이 앤의 머릿속에 떠올라 도리어 마음을 다잡게 했다. 개를 무서워하는 모습을 보여 그를 은근히 기쁘게 하는 일은 당치도 않다. 앤은 결연히 머리를 꼿꼿이 치켜들고 서슴없이 층계를 성큼성큼 올라가 개 옆을 지나 초인종을 눌렀다. 개는 꼼짝도 하지 않았다. 앤이 돌아보니 자는 것 같았다.

알고 보니 프랭클린 웨스트콧은 아직 돌아오지 않았지만, 샬럿타운에서 오는 기차가 올 때가 다 되었으므로 곧 돌아올 거라고 했다. 매기 고모는 서재로 앤을 안내하여 그곳에 남겨두고 나갔다. 어느새 잠에서 깬 개는 두 사람의 뒤를 졸졸 따라 들어오더니 앤의 발치에 앉아버렸다.

서재는 앤의 마음에 들었다. 소박한 방으로, 난롯불이 기분 좋게 타오르고 닳아빠진 빨간 양탄자 위에는 곰가죽 깔개가 깔려 있었다. 프랭클린 웨스트콧은 책과 파이프에 관한 한 호사스러운 생활을 하고 있는 게 틀림없었.

얼마 안 되어 그가 들어오는 소리가 들렸다. 모자와 외투를 홀에 걸고 나서 그는 몹시 씁쓰레한 얼굴로 서재로 들어오는 문간에 섰다. 앤은 처음 프랭클린 웨스트콧을 보았을 때 신사적인 해적이라는 인상을 받았던 일을 떠올리며 다시금 같은 느낌을 맛보았다.

프랭클린은 무뚝뚝하게 말했다.

"아, 셜리 선생 아니십니까요. 그래, 예까지 어쩐 일로 오셨죠?"

그는 앤에게 악수조차 먼저 청하지 않았다. 개와 비교하자면 오히려 개 쪽이 예의를 안다고 앤은 생각했다.

"웨스트콧 씨, 내 말을 끝까지 잘 참고 들으셔야 할 일이 있습니다……."

"나는 잘 참소. 아주 잘 참죠. 자, 어서 이야기해보시죠!"

앤은 프랭클린 웨스트콧 같은 사람에게는 어차피 에둘러 이야기를 꺼낸들 소용이 없다고 생각했다.

앤은 떨지 않고 차분히 말했다.

"나는 도비가 자비스 모로와 결혼했다는 것을 알리러 왔습니다."

이제 큰 지진이 일어나리라고 짐작하며 앤은 잠자코 기다렸다. 그러나 아무런 흔들림조차 없었다. 프랭클린 웨스트콧의 야윈 갈색 얼굴에는 근육 하나 움찔하지 않았다. 그는 서재로 들어와 앤 맞은편에 있는 다리가 굽은 가죽 안락의자에 앉았다.

"언제 일이지요?"

"어젯밤이오. 자비스의 누님 집에서."

프랭클린은 희끗희끗한 눈썹 밑에 쑥 들어가 있는 황갈색 눈으로 잠시 앤을 가만히 바라보았다. 한순간 앤은 이 사람은 갓난아기였을 때 어떤 모습이었을까 생각했다. 이윽고 프랭클린은 머리를 젖히고 경련을 일으키듯 특유의 소리 없는 웃음을 웃었다.

무서운 폭로가 끝난 지금 앤은 말할 힘을 되찾아 진지하게 부탁했다.

"제발 도비를 나쁘게 여기지 말아주세요. 도비 탓이 아니에요……."

"물론 그랬겠죠."

프랭클린은 비웃고 있는 것일까?

앤은 용감하게 자백했다.

"그래요, 모두 제 탓이에요. 나는 도비에게 달아나…… 그러니까, 결혼하도록 권했어요. 내가 도비에게 그렇게 하라고 '시킨' 거예요. 그러니 부디 도비를 용서해주세요, 웨스트콧 씨."

프랭클린은 침착하게 파이프를 집어 들어 담배를 재기 시작했다.

"시빌을 자비스 모로와 달아나도록 시켰다면, 내가 그 누구도 할 수 없으리라 여겼던 일을 셜리 선생이 해낸 셈이오. 시빌에게는 도저히 그렇게 할 만한 배짱이 없는 게 아닐까 걱정스러워지던 참이었거든요. 그렇게 되면 내가 끝내 양보해야만 되니까. 그리고 우리 웨스트콧 집안사람들은 정말이지 양보라면 아주 질색을 하거든요. 당신은 내 체면을 세워줬어요, 셜리 선생. 당신에게 깊이 감사드립니다."

프랭클린이 파이프에 담배를 재며 앤의 얼굴을 우스운 듯 보는 동안 한참 침묵이 이어졌다. 앤은 도무지 갈피를 잡을 수 없었고 또 뭐라고 말해야 좋을지 몰랐다.

"셜리 선생은 이 무서운 기별을 내게 가져오며 겁에 질려 있었겠죠?"

앤은 좀 무뚝뚝하게 대답했다.

"네."

프랭클린 웨스트콧은 또다시 소리 내지 않고 낄낄대듯 웃었다.

"그럴 필요는 없었어요. 내게 이보다 더 좋은 소식은 없으니까요. 둘이 아직 어린 시절부터 나는 시빌의 짝으로 자비스를 점찍어두었소. 다른 사내 녀석들이 시빌에게 눈을 돌리기 시작할 즈음 나는 얼른 그런 애들을 쫓아내버렸소. 그제야 비로소 자비스는 시빌에게 관심을 기울이기 시작했죠. 그 아비에게 본때를 보여주겠다는 생각이 든 게지!

솔직히 자비스는 아가씨들에게 엄청 인기가 많아서, 자비스가 시빌에게 진지한 관심을 보였을 때 나는 그 행운을 믿을 수 없을 정도였어요. 아무튼 그래서 나는 곧 전략을 짰지요. 나는 모로 집안사람들에 대해서는 하나에서 열까지 다 알고 있으니까요. 셜리 선생은 모르오. 그 집안사람들은 좋은 사람들이지만, 그 집안 남자들은 손에 쉽게 손에 넣을 수 있는 것은 원하지 않는 습성이 있죠. 그리고 손에 들어오기 어려운 줄 알면 그때서야 손에 넣으려고 마음먹소. 다분히 청개구리 기질이 있지요.

자비스의 아버지에게 노골적으로 관심을 내비쳤다는 것만으로 세 아가씨가 그에게 실연을 당했었다오. 자비스의 경우도 어떻게 될지 불 보듯 뻔했소. 시빌은 자비스에게 정신없이 빠져 달아오를 터였고, 그렇게 되면 자비스 쪽에서는 금방 시빌에게 싫증을 냈겠지요. 시빌이 쉽게 손에 들어오리라는 것을 알게 되면 자비스가 시빌을 언제까지나 원할 리 없다는 것을 나는 알고 있었소.

그래서 나는 자비스에게 집에 드나드는 것을 금하고 시빌에게는 자비스와 말 한마디도 섞어서는 안 된다고 엄포를 놓으며 무자비한 아비의 역할을 완벽하게 연출해왔죠. 아직 잡히지 않은 것의 매력이라는 말이 있지만, 결코 잡을 수 없는 것의 매력에는 비할 게 못 되지요.

모두 계획대로 되어갔지만, 시빌의 우유부단함이 생각지도 않은 걸림돌이 되었소. 그 애는 착한 아이지만 도통 의지력이 없지요. 이러다 그 애가 나를 거역하고 자비스와 결혼할 용기를 영영 내지 못하는 게 아닌가 하는 생각이 들기 시작했소.

자, 선생이 혹시 입을 열 준비가 되었으면 자초지종을 들려주지 않겠소?"

앤의 유머감각이 다시금 구원의 손길을 뻗쳤다. 앤은 비록 자기가 웃음거리가 된다 해도 진심으로 웃을 기회를 놓치지 않았다. 갑자기 앤은 프랭클린 웨스트콧과 잘 아는 사이가 된 기분이 들었다.

프랭클린은 조용히 파이프를 즐기며 앤의 이야기에 귀 기울였다. 앤의 이야기가 끝나자 그는 만족한 듯 고개를 끄덕였다.

"내가 생각했던 것보다 선생의 도움을 더 많이 받았군요. 앤 셜리 선생이 없었다면 그 애는 도저히 그만한 용기를 내지 못했을 거요. 자비스만 해도 내가 그 집안사람의 기질을 모른다 치더라도 한 번이야 모르지만 두 번 웃음거리가 될 짓은 하지 않을 테니까요.

아, 정말 꽤나 아슬아슬한 상황이었군요! 평생 고맙게 생각하겠소. 사람들 입에 오르는 소문을 사실이라고 생각하면서도 이렇게 여기까지 와주다니 정말 대단하네요. 아마도 많은 이야기를 들었겠지요, 어떻소?"

앤은 고개를 끄덕였다. 불도그는 어느새 앤의 무릎에 머리를 대고 기분 좋게 코를 골며 단잠에 빠져 있었다.

앤은 솔직하게 말했다.

"웨스트콧 씨가 괴팍하고 까다로운 심술쟁이라고 이구동성으로들 말했어요."

"그리고 내가 폭군이고, 내 아내가 비참한 일생을 보내게 만들었으며, 식솔들을 폭력으로 다룬다고도 들었을 텐데요?"

"네, 하지만 난 그런 소문은 대체로 어느 정도 걸러서 들었던 편이에요, 웨스트콧 씨. 만일 소문대로 까다로운 분이라면 도비가 그처럼 아버지를 좋아할 리 없다고 생각했거든요."

"거 참, 사리분별을 제대로 하는 사람이군요! 내 아내는 행복한 여자였어요, 셜리 선생. 그러니 매코머 선장 부인이 내가 아내를 못살게 굴어 죽였다느니 하는 말을 하면 내 대신 혼꾸멍을 좀 내줘요. 아, 이런 품위 없는 말을 하여 실례했소.

몰리는 정말이지 미인이었소…… 시빌보다 훨씬 더 아름다웠죠. 하얀 피부에 장밋빛이 돌고 머리는 황갈색에다 눈은 이슬을 머금은 듯 촉촉한 파란색이었으니까요! 서머사이드에서 으뜸가는 미인이었죠. 그럴 수밖에 없었지요. 내

아내보다 아름다운 여자와 함께 교회에 들어오는 남자가 있었다면 내가 참지 못했을 테니까요.

나는 남자로서 마땅한 태도로 집안을 다스렸지만 강압적이지는 않았소. 아, 물론 때때로 성질을 부린 적도 있었지만 몰리는 익숙해진 뒤로 그리 마음 쓰지 않았어요. 이따금 아내와 부부 싸움을 할 권리쯤은 남자에게 있지 않겠소. 여자도 똑같기만 한 남편에게는 싫증 내는 법이니까요. 게다가 나는 한바탕 성질을 피우고 나서 제정신이 돌아온 뒤엔 반드시 반지며 목걸이 같은 액세서리를 아내에게 선물로 주었소. 온 서머사이드에서 아내만큼 멋진 보석을 많이 가진 여자는 없었을 게요. 그걸 꺼내 와서 시빌에게 줘야겠군요."

앤은 심술궂게 물었다.

"밀턴 시집은 어떻게 된 거죠?"

"밀턴 시집이라니요? ……아, 그게! 그건 밀턴 시집이 아니었소. 테니슨이었죠. 나는 밀턴은 경건히 받들지만 앨프리드 테니슨은 참을 수가 없어요. 너무 달콤해서 아주 속이 메슥거리거든.

어느 날 밤인가 〈이녁 아든〉의 마지막 두 줄에 너무 화가 나서 창밖으로 책을 내던졌소. 그렇지만 다음 날 아침 〈뿔피리의 노래〉가 아까워서 도로 주워왔소. 그 시를 위해서라면 어떤 사람도 용서할 마음이 되죠. 그 책은 조지 클라크네 못 속에 떨어지지는 않았소. 그것은 프라우티 노파가 살을 붙여 각색한 것이오.

벌써 돌아가는 것은 아니겠죠? 좀 더 같이 있으면서 하나뿐인 딸아이를 뺏긴 쓸쓸한 노인네와 함께 저녁 식사를 하고 가시죠."

"정말로 아쉽지만 웨스트콧 씨, 오늘 밤은 직원 회의가 있어서 이만 가봐야 해요."

"그럼 시빌이 돌아오고 나서 다시 뵙지요. 그 두 녀석에게 결혼 축하 파티를 열어주어야만 할 테니까요.

아, 이제 한시름 놓았네요! 내가 뜻을 꺾고 내 입으로 자비스에게 '딸을 데려가주시오.'라고 말해야 했다면 얼마나 자존심이 상했을지 셜리 선생은 모를 거요. '이렇게' 된 지금 내가 해야 할 일은 비탄에 젖어 체념하며, 죽은 어미를 봐서 하는 수 없이 딸을 용서하는 척하는 거죠. 나는 잘 해치울 거요. 자비스가 결코 눈치채게 해서는 안 되니까요. 셜리 선생도 이 연극이 들통나게 해서는 안 됩니다."

앤은 약속했다.

"들통날 일 없도록 할게요."

프랭클린 웨스트콧은 현관까지 정중히 앤을 바래다주었다. 개는 몸을 일으켜 뒷다리로 앉은 채 아쉬운 듯 앤에게 컹컹 짖었다.

문가에서 프랭클린은 입에서 파이프를 떼어 앤의 어깨를 톡톡 두드리며 진지한 얼굴로 말했다.

"언제나 잊어서는 안 됩니다. 심술꾸러기 고양이의 가죽을 벗기는 방법은 꼭 한 가지만이 아니라는 것을. 고양이 녀석이 자기 가죽이 벗겨진 줄도 모르도록 하는 수도 있으니까요.

리베카 듀에게 안부 전해주세요. 아주 좋은 할미 고양이죠. 쓰다듬는 법만 제대로 안다면요. 고마워요…… 정말로요."

고요하고 온화한 저녁을 걸어서 앤은 집으로 돌아왔다. 안개가 걷히고 바람은 바뀌었으며 연녹색 하늘은 서리가 내릴 듯 보였다.

앤은 생각했다.

'모두들 내게 프랭클린 웨스트콧을 모른다고 했는데, 그 말이 맞았어. 그리

고 그 사람을 제대로 모르기는 다른 사람들도 마찬가지였네.'

리베카 듀는 안달 난 듯 물었다.

"프랭클린은 뭐라던가요?"

앤이 없는 동안 몹시 조바심치고 있었던 것이다.

앤은 말해주었다.

"생각보다 별말 없었어요. 시간이 좀 지나면 도비를 용서해줄 듯해요."

리베카 듀는 감탄했다.

"사람을 설득하는 데 셜리 선생님보다 잘하는 사람을 결코 본 적이 없어요. 확실히 어떤 '요령'을 타고났나 봐요."

"무엇인가 시도하고 무엇인가 이루고서 하룻밤의 휴식이 얻어지도다."[1]

그날 밤 앤은 침대로 오르는 발판 세 개를 딛고 올라가면서 이 시 한 구절을 읊고는 잠자리에 들었다.

'하지만 다음에 다른 사람이 사랑의 도피를 하고 싶다고 의논해오면 내가 두 번 다시 끼어드나 봐라!'

---

[1] 헨리 워즈워스 롱펠로의 시 〈마을 대장장이〉에서 따옴.

엘리자베스 아버지에게 띠운 편지

길버트에게 보내는 편지에서 발췌.

서머사이드의 어느 부인으로부터 내일 밤 저녁 식사 초대를 받았어. 믿지 않겠지만 그분의 이름은 톰갤런이야, 미스 미너바 톰갤런. 자기는 내가 디킨스의 소설을 너무 오랫동안 늦은 시간까지 읽는 탓에 그런 이름을 지어냈다고 하겠지.

사랑하는 길버트, 당신 성이 블라이드여서 참 다행이야. 만일 당신 성이 톰갤런이었다면 나는 도저히 당신과 결혼할 엄두가 나지 않았을 거야. 생각해봐. 앤 톰갤런! 그런 이름은 생각조차 할 수 없어.

이것은 서머사이드에서 최고의 영예야—톰갤런 저택에 초대된다는 것은. 이 저택에는 달리 이름이 붙어 있지 않아. 톰갤런 집안에 느릅나무 저택이니, 밤나무집이니, 무슨무슨 농장이니 하는 시시한 이름은 필요 없었던 거야.

예전에는 톰갤런 가문이 서머사이드의 '왕족'이었대. 프링글 집안은 이 집안에 비하면 그저 벼락부자나 다름없대. 그런데 지금은 미스 미너바 한 사람이 6대에 걸쳐 내려온 톰갤런 집안의 하나뿐인 생존자래. 이 사람은 퀸 거리에 있는 대저택에 혼자 살고 있어. 저택에는 커다란 굴뚝이 몇 개나 있고 차양은 녹색이지. 개인 집으로는 온 서머사이드에서 오로지 그 집 창문에만 스테인드글라스가 끼워져 있어. 집은 네 가족이 충분히 살 수 있을 만큼 넓은데 미스 미너바와 요리사, 가정부만 살아. 손질이 잘 되어 있지만 그 옆을 지날 때마다 어쩐지 삶에서 잊힌 장소라는 느낌이 들어.

미스 미너바는 성공회 성당에 가는 날 말고는 좀처럼 외출하지 않아서 2, 3주일 전 미스 미너바가 아버지의 귀중한 장서를 학교에 정식으로 기증하기 위해 직원과 이사회 회의에 참석했을 때 나는 그분을 처음 만났어.

정말 미너바 톰갤런이라는 이름에 걸맞은 외모를 가진 사람이었어. 키가 크고 말랐고, 좁고 흰 얼굴은 길었으며 코와 입도 길고 얇았지. 이렇게 말하면 그리 매력 있는 외모로 들리지 않겠지만, 미스 미너바는 위엄 있고 귀족적인 아름다움을 갖추고 있고 조금은 옛날풍이지만 늘 대단히 우아한 차림을 하고 있어. 젊었을 때는 무척 미인이었다고 리베카 듀가 말했는데, 지금도 커다란 검은 눈이 불꽃같이 빛나고 있어. 말은 아무 걸림 없이 유창하게 흘러나오고, 증정식 연설을 이 사람만큼 즐기면서 하는 사람을 본 적이 없어.

미스 미너바가 내게 특별히 잘해주더니, 어제는 함께 만찬을 하고 싶다는 정식 초대장을 보내왔어. 리베카 듀에게 그 말을 하니까 마치 내가 버킹엄 궁전에 초대라도 받은 듯 눈을 동그랗게 떴어.

그러더니 외경스러운 듯한 목소리로 말했지.

"톰갤런 저택에 초대받는 것은 엄청난 영광이에요. 지금까지 미스 미너바가 교장을 초대했다는 말은 들어본 적 없는걸요. 하기야 지금까지는 모두 남자였으니까 초대하기에 좀 그랬겠지만요.

글쎄, 그 사람 수다가 셜리 선생님의 숨통을 조이지는 않으면 좋겠군요. 톰갤런 집안사람들은 모두 말을 잘하니까요. 또 항상 주인공이 되어 남들 앞에 나서기를 좋아하죠. 사람에 따라서는 미스 미너바가 그렇게 집 안에서만 지내고 있는 것은 나이를 먹어 전처럼 모든 자리에서 주인공으로 나설 수 없는 데다 다른 사람 들러리 취급당하는 것은 싫어하기 때문이래요.

뭘 입고 갈 생각이죠, 셜리 선생님? 그 크림색 비단 드레스에 검은 벨벳 볼레로를 걸치면 어떨까요. 그 차림이 정말이지 화려하고 좋던데."

나는 물었어.

"조용한 저녁 외출치고는 그야말로 너무 '화려하지' 않을까요?"

"그래도 미스 미너바는 좋아할걸요. 톰갤런 집안사람들은 손님이 훌륭하게 차려입고 오는 걸 좋아해요. 미스 미너바의 할아버지가 언젠가 무도회에 초대된 어느 여자가 제일 좋은 드레스를 입고 오지 않았다고 문전박대를 한 적이 있다는 소문이 아직까지 전해져요. 톰갤런 가문에 올 때는 제일 좋은 외출복을 입어도 지나치지 않다고 말하면서요."

하지만 나는 녹색 보일[1] 옷을 입고 가려 해. 톰갤런 가문의 망령들은 눈을 질끈 감고 참아주는 수밖에 없다고 봐.

길버트, 내가 지난주에 무슨 짓을 했는지 털어놓을게. 또 남의 일에 공연한 참견을 한다고 여기겠지만, 어쩔 도리가 없었어. 내년이면 나는 서머사이드에 없을 거고, 조그만 엘리자베스를, 해가 갈수록 더 엄해지고 식견이 좁아지기만 할 매서운 두 노인의 손에 내맡겨두고 떠나려니 도저히 견딜 수 없었어. 그런 음침한 집에서 그 사람들과 함께 있으면 엘리자베스가 대체 어떤 소녀 시절을 보내게 되겠어?

얼마 전에도 엘리자베스는 뭔가 아련한 투로 내게 이렇게 물었는걸.

---

1) "앤은 길버트를 사랑하고 있다" 각주 2 참조(131쪽).

"무섭지 않은 할머니가 있으면 어떤 기분일까요?"

그래서 내가 한 일이 무엇이냐면…… 바로 엘리자베스의 아버지에게 편지를 보낸 것이야. 아버지는 파리에 살고, 나는 주소를 몰랐지만 리베카 듀가 그 아버지가 지사장으로 일하고 있는 회사 이름을 기억하고 있었어. 나는 하늘에 운명을 맡기는 셈 치고 그 회사의 파리 지사로 편지를 띄웠지. 편지는 표현에 한껏 신경 썼지만, 엘리자베스를 데려가야만 한다는 것만큼은 분명히 밝혔어. 엘리자베스가 아버지를 몹시 그리워하며 꿈에서까지 본다는 것과 캠벨 부인이 실제로 아이에게 지나치게 엄하다는 것을 썼어. 어쩌면 아무 도움도 안 될지 몰라. 그래도 이것마저 하지 않으면 나는 서머사이드를 떠난 후에도 그 편지를 썼더라면 좋았을 거라는 후회를 영영 떨쳐버릴 수 없을 거야.

이 일을 생각하게 된 것은 얼마 전에 엘리자베스가 '아버지를 내게 돌려주세요, 그리고 나를 사랑하게 해주세요.'라고 하느님에게 편지를 썼다는 말을 아주 진지한 얼굴로 했기 때문이야. 학교에서 돌아오는 길에 빈터 한가운데에 서서 하늘을 올려다보며 편지를 읽었대.

엘리자베스가 다른 사람들이 보기에 좀 특이한 행동을 했다는 것은 나도 알고 있었어. 미스 프라우티가 지나가다 그것을 보고 그다음 날 미망인들에게 삯바느질을 하러 왔을 때 내게 말해줬었거든. '그런 식으로 하늘에 대고 말을 하다니 애가 점점 이상해져간다'고 말이야.

그 일을 엘리자베스에게 물어봤더니 대답해줬어.

"기도보다는 편지에 하느님이 더 관심을 가질 것 같았거든요. 기도는 벌써 오랫동안 해왔는걸요. 하느님에게 기도는 여기저기서 너무 많이 들어올 게 틀림없어요."

그날 밤 나는 엘리자베스의 아버지에게 편지를 썼어.

이 편지를 마치기 전에 더스티 밀러 일을 이야기해야겠어. 케이트 아주머니가 더스티 밀러를 보낼 다른 집을 알아봐야겠다, 리베카 듀가 더스티 밀러의 일로 너무 불평을 해서 이제 더 이상 견딜 수 없다고 내게 말했다는 얘기는 내가 다른 편지에 이미 썼었지.

지난주 어느 날 저녁 무렵 학교에서 돌아와보니 더스티 밀러가 없었어. 에드먼즈 부인에게 보냈다고 채티 아주머니가 말했어. 에드먼즈 부인의 집은 서머사이드에서 윈디윌로즈하고는 아주 반대편에 있는 곳이야. 나는 슬펐지. 더스티 밀러와 나는 단짝이었으니까. 그렇지만 적어도 리베카 듀는 좋아할 거라 생각했어.

그날 리베카 듀는 그날 낮에 무릎덮개 짜는 것을 도와주러 시골 친척집에 가고 없었어. 해가 저물어 리베카 듀가 돌아왔을 때에는 아무 말 않고, 자야 할 시간이 되어 리베카 듀가 집 뒤편 포치에서 더스티 밀러를 부르고 있을 때 케이트 아주머니가 조용히 말했어.

"더스티 밀러를 부르지 않아도 돼요, 리베카. 여기에 없으니까요. 더스티 밀러에게 다른 집을 찾아줬거든요. 리베카도 이제는 더스티 밀러 때문에 더 이상 애먹지 않아도 돼요."

"여기 없다고요? 그 녀석한테 집을 찾아줬다고요? 아니, 그게 대체 무슨 소리죠? 여기가 그 녀석 집 아니었나요?"

"에드먼즈 부인에게 보냈어요. 딸이 시집간 뒤로 부인이 아주 적적해했는데, 좋은 고양이가 옆에 있으면 덜 쓸쓸하겠다 싶어서요."

리베카 듀는 집 안으로 들어오더니 문을 쾅 닫았어. 몹시 화를 내고 있었어.

"나도 이제 더는 못 참아요!"

실제로 그런 것 같았어.

"이달 말에 나가겠어요, 매코머 부인. 상황이 허락한다면 더 빨리 나갔으면 해요."

케이트 아주머니는 어리둥절해서 말했어.

"하지만 리베카, 나는 이해가 안 되네요. 언제나 더스티 밀러를 싫어했잖아요. 바로 지난주에도 리베카가 분명……."

그러자 리베카는 덤벼들 듯이 말했어.

"그래요. 내 탓을 하세요! 내 기분 따위는 신경 쓰지 않아도 좋아요! 아, 가엾은 고양이! 내가 여태 그 고양이 시중도 다 들고 응석도 다 받아주고 밤에도 자다 깨서 집 안에 들여보내곤 했는데. 그런데 이제 와서 나한테는 한마디 상의도 없이 내가 없는 동안에 그 녀석을 쫓아내다니. 그것도 제인 에드먼즈한테. 그 사람은 비록 그 불쌍한 녀석이 간이 먹고 싶어 죽는다 하더라도 간 한 조각 사줄 그런 사람이 아닌데! 내가 부엌에서 일할 때면 옆에 있던 오직 하나뿐인 친구였는데!"

"하지만, 리베카는 늘……."

"네, 말씀하세요…… 뭐든지 말씀해보시라고요! 어차피 '내' 말은 한마디도 들을 필요 없으니까요, 매코머 부인. 내가 그 고양이를 새끼 고양이 때부터 돌보면서, 어디 아픈 데는 없는지 기운이 없지는 않은지 항상 다 살폈는데. 그게 다 무슨 소용이겠어요. 잘 훈련시켜서 키워놨더니 제인 에드먼즈 좋은 일만 시켜줬네요. 글쎄요, 그 제인 에드먼즈가 내가 지금까지 한 것처럼 고양이가 행여 밖에서 얼어 죽진 않을까 걱정이나 할까요? 추운 밤에 '몇 시간씩' 덜덜 떨면서 밖에 서서 그 고양이를 불러들이겠냐고요. 과연 그렇게 할까요…… 글쎄요, 난 잘 모르겠네요.

매코머 부인, 부디 다음번에 영하 10도가 되었을 때 부인 마음이 불편하지는 않았으면 좋겠군요. 그런 일이 있으면 '나야 한숨도 못 잘 테지만, 물론 누가 그런 걸 헌신짝만큼이라도 신경을 쓰겠어요."

"리베카, 당신이 그렇게······."

"매코머 부인, 나는 아무렇게나 밟고 지나가도 되는 지렁이도 아니고 발깔개도 아니에요. 그래요, 덕분에 귀한 교훈을 배웠네요······ 아주 귀중한 교훈을요! 살면서 두 번 다시 어떤 동물에게도 애정을 주거나 하지 않을 거예요. 그나마 부인이 당당하게 했다면 또 모르겠지만······ 내가 집에 없는 동안에······이런 식으로 나를 기습하다니! 이런 비겁한 수법은 들어본 적이 없어요. 하지만 나 따위가 뭐라고 내 기분도 생각해달라고 큰소리를 치겠어요?"

케이트 아주머니는 필사적으로 말했어.

"리베카, 더스티 밀러를 되찾고 싶어한다면 되찾아 올 수 있어요."

"그러면 그렇다고 왜 진작 말하지 않았죠? 그런데 과연 될까요. 제인 에드먼즈가 그 고양이를 자기 것이라고 꽉 붙들고 놔주려 하겠어요?"

"내놓을 거예요."

케이트 아주머니는 또다시 형편없이 진 꼴이 되었어.

"그럼 만일 더스티 밀러가 돌아오면 우리 집에서 안 나갈 거죠, 리베카?"

리베카 듀는 큰 선심이라도 쓰듯 말했어.

"한번 다시 생각해볼 수는 있죠."

다음 날 채티 아주머니가 뚜껑 달린 바구니에 더스티 밀러를 넣어 집으로 데려왔어. 리베카 듀가 더스티 밀러를 꼭 안고 부엌으로 가서 문을 닫아버리자 채티 아주머니와 케이트 아주머니가 서로에게 눈짓을 하고 있는 것을 나는 보았어. 아니 설마! 이 모든 일이 제인 에드먼즈까지 합세하여 미망인들이 꾸며낸 교묘한 계책이었을까?

그 뒤로 리베카는 더스티 밀러의 일로 한마디도 불평하지 않고, 자러 들어갈 시간에 더스티 밀러를 부를 때 그 목소리에는 의기양양한 승리의 울림이 또렷이 담겨 있어. 마치 더스티 밀러가 마땅히 있어야 할 곳으로 돌아왔으며 자기가 또 한번 미망인들을 이겼다는 사실을 온 서머사이드가 알아주기를 바라는 듯이 말이지!

톰갤런 저택으로의 초대

하늘을 휙휙 지나가는 구름조차 바빠 보이는, 바람 센 3월의 어느 저녁, 앤은 폭은 넓고 높이는 낮은 형태의 층계를 총총히 올라가고 있었다. 3단으로 이루어진 층계는 톰갤런 저택의 묵직한 정면 현관문까지 이어지고, 양옆에는 돌항아리와 아주 냉엄한 돌사자가 우두커니 앉아 있었다. 어두워진 뒤에 앤이 그 앞을 지나갈 때면 불빛은 언제나 한두 개 창문에서만 흘러나올 뿐 저택은 어둡고 음침했었다. 그러나 지금은 미스 미너바가 마치 온 서머사이드 사람들을 다 초대한 듯 양 가장자리 방들에까지 불을 켜놓아서 저택이 온통 휘황하게 빛나고 있었다. 자기 하나를 위해 이 정도까지 불을 밝혀놓았나 싶어 앤은 압도되었다. 리베카 말대로 크림색 비단옷을 입고 올걸 그랬나 싶은 생각마저 들었다.

그러나 녹색 보일 드레스를 입은 앤은 무척 아름다워 보였다. 현관홀에서 앤을 맞은 미스 미너바도 그렇게 생각하는 듯 얼굴과 목소리에 다정함이 넘쳤다. 미스 미너바 자신은 위엄이 느껴지는 검은 벨벳 옷을 입고 풍성하게 빗은 엷은 잿빛 머리에 다이아몬드 빗을 꽂았으며, 톰갤런 가문의 어느 선조의 머리카락으로 감싼 카메오[1] 브로치를 달고 있었다. 의상은 전체적으로 좀 유행에 뒤떨

---

1) 어두운색 바탕에 밝은색의 초상을 돋을새김으로 넣은 작은 장신구의 하나.

어진 것이었으나 미스 미너바가 워낙 위풍당당한 태도로 입고 있어서 흡사 왕족의 의상처럼 시대를 뛰어넘는 듯 보였다.

"톰갤런 저택에 잘 오셨어요."

미스 미너바는 다이아몬드가 잔뜩 박힌 반지를 낀 가녀린 손을 내밀었다.

"미스 셜리를 손님으로 모실 수 있어 진심으로 기뻐요."

"저도……."

"옛날엔 톰갤런 저택은 언제나 아름다운 사람들, 젊은 사람들이 자주 드나드는 곳이었지요. 성대한 파티를 열어 이곳을 찾은 명사를 모두 접대하곤 했었답니다."

미스 미너바는 빛바랜 붉은 벨벳 카펫 위를 걸어 큰 층계 쪽으로 앤을 안내했다.

"하지만 지금은 모든 게 달라져버렸어요. 나는 이젠 손님을 거의 부르지 않아요. 나는 마지막 남은 톰갤런 가문 사람이에요. 그편이 다행인지도 몰라요. 우리 집안은 '저주받았으니까요.'"

미스 미너바의 괴기와 공포가 담긴 으스스한 목소리에 모골이 송연해져 앤은 몸이 떨려오는 것 같았다. 톰갤런 가문의 저주! 소설 제목으로 얼마나 멋진가!

"이곳은 저택이 완성돼서 그 신축 축하연을 열었던 날 밤 우리 증조부님이 굴러떨어져 목이 부러진 층계예요. 이 집은 사람의 피를 봉헌하며 거룩해진 거죠. 증조부님은 바로 '저기'에 떨어졌었어요."

미스 미너바가 길고 가느다란 하얀 손가락으로 현관홀의 호랑이 가죽 깔개를 사뭇 연극적인 포즈로 가리켰기에 앤은 그 위에 죽어 누워 있는 톰갤런의 모습이 보이는 것 같았다. 앤은 뭐라고 해야 좋을지 몰라 그저 의미 없는 감탄사를 뱉을 뿐이었다.

"어머나!"

미스 미너바는 복도를 따라 앤을 안내해 갔다. 빛바랜 아름다운 초상화며 사진이 걸려 있고 복도 끄트머리에는 그 유명한 스테인드글라스 창문이 있었다. 그곳을 지나 넓고 천장이 높은 매우 웅장한 손님용 침실로 들어갔다. 머리맡의 나무판마저 거대한, 높다란 호두나무 침대에는 너무도 호화스러운 실크 이불이 덮여 있어서 앤은 그 위에 모자와 외투를 올려놓는 것이 황송하게 느껴질 지경이었다.

미스 미너바는 감탄했다.

"미스 셜리는 머리칼이 매우 아름답군요. 나는 원래부터 빨강머리를 좋아했어요. 리디아 고모가 빨강머리였죠. 톰갤런 집안에서 빨강머리를 가진 사람은 이 리디아 고모뿐이었어요. 어느 날 밤 방에서 머리를 빗다가 머리에 촛불이 옮겨붙어 아주머니는 불꽃에 싸여 비명을 지르며 1층 복도까지 뛰어 내려왔어요. 그것도 모두 저주의 일부예요."

"그럼 그분은……."

"아뇨, 타 죽지는 않았지만 아름다움을 모두 잃었죠. 고모는 아주 미인인 데다 허영심도 강했어요. 그래서 그 일이 있었던 밤부터 죽는 날까지 저택에서 한 발자국도 나간 적이 없어요. 그리고 불에 덴 자국이 있는 얼굴을 아무도 보지 못하게 장례 때 반드시 관 뚜껑을 덮어달라고 유언하고 숨졌죠. 앉아서 덧신을 벗지 않겠어요? 이 의자는 아주 앉기 편해요. 우리 언니가 뇌졸중으로 이 의자에 앉은 채 죽었죠. 미망인이어서 남편이 죽은 뒤 여기로 돌아와 살고 있었는데 언니의 어린 딸은 이 집 부엌에서 냄비에 든 끓는 물에 데었어요. 어린아이의 죽음으로는 너무 비극적인 방식이지 않나요?"

"어머나, 어쩜 그렇게……."

"하지만 적어도 '어떻게' 죽었는지는 알 수 있었죠. 나의 아버지하고는 낳아준 어머니가 달랐던 여동생—그러니까, 아직 살아 있다면 내 고모가 됐을—일라이자는 6살 때 갑자기 사라져버렸어요. 그분이 어떻게 되었는지 아는 사람은 아무도 없어요."

"하지만 분명……."

"사방팔방 다 찾아보았지만 아무 단서도 없었어요. 그 고모의 어머니가—내게는 수양할머니가 되죠—남편인 우리 할아버지가 이곳에 데려다 키우던, 부모 잃은 조카딸을 심하게 학대했대요. 어느 더운 여름날 벌을 준다고 층계 위에 있는 옷장에 그 애를 가두고 문을 잠갔는데, 꺼내주려고 가보니 그 애가……'죽어' 있었던 거예요. 그래서 그 할머니의 친딸이 없어졌을 때 그 조카딸을 죽게 한 할머니를 신이 벌준 것이라 말하는 사람도 있었죠. 하지만 나는 그냥 우리 집안에 내린 저주 탓이라고 생각해요."

"누가 대체 그런 저주를……."

"미스 셜리의 발등은 어쩌면 그토록 높은가요! 나도 발등으로는 남들에게서 칭찬을 많이 받았어요. 그 밑으로 물이 흘러갈 수도 있겠다고들 말했으니까요. 귀족이라는 증거죠."

미스 미너바는 벨벳 치맛자락 밑에서 조심스레 한쪽 구두를 앞으로 내밀어 확실히 뛰어나게 아름다운 발을 내보였다.

"발등이 정말……."

"식사 전에 저택 안을 보여드릴까요? 전에는 서머사이드의 자랑거리였었죠. 이제는 모두 구식일지 모르지만, 조금은 재미있는 것도 있을 거예요.

층계 위에 걸린 그 칼은 고조부님의 것이었어요. 그분은 영국 육군 장교였는데 공훈을 인정받아 프린스에드워드섬에 토지를 하사받았죠. 고조부님은 이 집에서 살지 않았지만 고조모님은 몇 주일 정도 살았어요. 아들이 비극적인 죽음을 맞고 나서 얼마 더 살지 못하셨죠. 그 뒤로 심장이 몹시 나빠졌는데 막내아들인 제임스가—나에게는 작은증조부죠—지하실에서 권총 자살을 했을 때 그 충격으로 돌아가셨어요.

제임스 할아버지가 자살한 것은 결혼하고 싶어했던 아가씨에게 실연당했기 때문이에요. 그 아가씨는 엄청 미인이었다고 해요. 어쩌면 너무 아름다워서 오히려 마음씨는 그닥 곱지 않았던가 봐요. 엄청난 유혹이 되니까요. 이 아가씨 때문에 비탄에 빠졌던 사람은 가엾은 우리 작은증조부님 말고도 많이 있었던 듯싶어요.”

미스 미너바는 사정없이 앤을 이끌고 커다랗고 네모진 방이 가득 있는 넓은 저택 안을 돌아다녔다. 무도실, 온실, 당구장, 응접실 셋, 아침 식사방, 수없는 침실, 터무니없이 큰 다락방 등이었다. 어느 방이나 모두 호화롭고 음침했다.

“저것은 로널드 숙부와 루벤 숙부예요.”

미스 미너바는 벽난로 양쪽에서 서로 노려보고 있는 듯 보이는 두 인물의 초상화를 가리켰다.

“이분들은 쌍둥이인데 태어났을 때부터 서로 몹시 미워했어요. 온 저택 안에 두 사람의 싸움 소리가 울려 퍼졌죠. 그 불화 때문에 두 사람을 낳은 어머니는 일생 동안 비참했어요.

천둥 번개가 치던 밤, 이 방에서 최후의 싸움을 벌이고 있을 때 루벤 숙부가 벼락에 맞아 죽어버렸죠. 로널드 숙부는 그 충격에서 벗어나지 못해 그날부터 얼빠진 사람이 되어버렸대요. 그 부인은······.”

미스 미너바는 생각난 듯 덧붙였다.

"결혼반지를 삼켜버렸어요."

"어쩌면 그런 놀라……."

"너무 조심성이 없는 행동이었다며 로널드 숙부는 아무것도 손쓰지 못하게 했어요. 곧바로 토하는 약을 먹었더라면…… 하지만 반지에 대해서는 두 번 다시 입에 올리지 못했어요. 그 덕분에 아내의 일생은 엉망이 되었지요. 결혼반지가 없어서 늘 '미혼' 같은 기분이 든다고 말했대요."

"어쩌면 저토록 아름다운……."

"아, 그분. 우리 에밀리아 숙모예요. 나랑 혈연은 아니었고, 그냥 알렉산더 숙부의 부인이었죠. 천사의 얼굴을 하고 있다 하여 소문이 자자했지만 자기 남편이 먹는 스튜에 버섯을 넣어서—사실은 독버섯이었던 거죠—독살했어요. 우리는 다들 그 일이 사고인 척했어요. 한 집안에 살인이 일어나면 아주 성가시니까요. 그렇지만 우리는 모두 진실을 알고 있어요.

물론 그 숙모는 자기 집안 등쌀에 떠밀려서 마음에 없는 결혼을 했어요. 숙모는 아직 젊고 명랑한 아가씨였고 숙부는 그에 비해 너무 나이가 많았으니까요. 그래요, 한창 봄날인 5월과 한겨울인 12월만큼이나 차이가 많이 나는 그런 결혼이었죠. 아무리 그렇다 한들 독버섯을 써서 사람을 죽인 일을 정당화할 이유는 못 되죠. 그 뒤 얼마 안 되어 이 숙모는 폐병에 걸렸어요. 두 사람은 함께 샬럿타운에 묻혀 있어요. 톰갤런 집안사람은 모두 샬럿타운에 묻혀요.

이것은 루이즈 고모예요. 이 사람은 아편팅크[2]를 마셨죠. 의사 선생님이 그것을 토하게 해서 목숨은 건졌지만, 우리는 두 번 다시 마음을 놓을 수 없다고 생각했어요. 그래서 폐렴으로 돌아가셨을 때는 다들 차라리 다행이라 여겼죠.

---

[2] 아편 추출물을, 적포도주 등의 술이나 에탄올, 또는 에탄올과 정제수의 혼합액에 녹여 만든 액체로 된 약물.

사람들 입에 오르내릴 거리를 주지 않으니까요.

물론 우리들 가운데에는 고모가 그럴 만했다고 수긍한 사람도 있었어요. 그 남편이라는 사람은 고모의 엉덩이를 때렸거든요."

"엉덩이를 때렸다고요……?"

미스 미너바는 의연히 말했다.

"그래요. 세상에는 신사라면 해선 안 되는 일이 몇 가지 있는데, 아내의 엉덩이를 때리는 것도 그 가운데 하나예요. 밀쳐서 쓰러뜨리는 일은 있을지라도 엉덩이를 때리는 것만은 결코 용납할 수 없어요. 감히 '내' 엉덩이를 때리겠다고 덤비는 용기를 가진 남자가 있다면 한번쯤 보고 싶군요."

앤도 그런 사람을 보고 싶다고 생각했다. 앤은 상상력에도 한계가 있다는 것을 깨달았다. 앤의 상상력이 미치는 한 미스 미너바 톰갤런의 엉덩이를 때리는 남편을 상상할 수는 없었다.

"이 방은 불쌍한 내 남동생 아서가 결혼식이 끝나고 신부를 집으로 데려온 날 밤 신부와 싸웠던 방이에요. 신부는 그날 밤 방을 나가 두 번 다시 돌아오지 않았어요. 싸움의 이유가 무엇이었는지는 아무도 몰라요. 신부가 그야말로 아름답고 위엄이 있어서 우리는 그녀를 늘 '여왕'이라 불렀죠. 그녀가 실은 아서의 청혼을 거절해 그의 마음을 상하게 하기 싫어서 결혼을 하기로 해놓고는, 뒤늦게 후회한 거라고 말하는 사람들도 있었어요.

가엾게도 그 일로 동생의 인생은 완전히 망가졌어요. 그는 떠돌이 외판원이 되었거든요. 톰갤런 집안사람으로서……."

미스 미너바는 비극적인 목소리로 말을 이었다.

"외판원이 된 이는 일찍이 단 한 명도 없었는데……. 자, 여기는 무도실이에요. 물론 지금은 쓰지 않아요. 하지만 전에는 여기서 무도회가 수도 없이 열렸죠.

톰갤런가의 무도회라면 정말 유명했어요. 온 섬에서 모여들었으니까요.

저 샹들리에는 아버지가 5백 달러를 주고 샀어요. 어느 날 밤 여기서 무도회가 한창일 때 나의 고모할머니뻘 되는 페이션스가 그만 쓰러져 죽었죠. 저기 저쪽 구석에서요. 그분은 자기에게 낙담을 안겨준 남자 때문에 아주 속을 태우고 있었어요. 남자 일로 여자가 비탄에 빠지는 일은 상상도 되지 않아요. 나에게 남자는……."

미스 미너바는 말하면서 아버지의 사진을 가만히 바라보았다. 구레나룻의 털이 곤두서 있고 매부리코를 하고 있었다.

"언제나 '하찮은' 존재로밖에 여겨지지 않았거든요.

그런데 우리 집안에는 할아버지대부터 전해지던 오래된 전설이 하나 있었어요. 할아버지와 할머니가 집을 비운 어느 토요일 밤 가족들이 여기서 무도회를 열었는데, 너무 늦게까지 춤을 추고 있을 때……."

갑자기 목소리를 낮춘 미스 미너바의 어조가 너무 섬뜩해 앤은 오싹해졌다.

"'악마가 들어왔다는 거예요'. 저 내닫이창의 창틀 바닥에 이상한 자국이 있어요. 마치 불에 그을린 발자국 같은 모양이죠. 하지만 물론 나는 '그런' 이야기를 믿지는 않아요."

미스 미너바는 그것을 믿지 못하는 것이 아쉽다는 듯 한숨을 깊이 내쉬었다.

톰갤런 저택에서의 하룻밤

식당도 저택의 다른 부분과 조화를 이루고 있었다. 여기에도 화려한 샹들리에가 있고, 벽난로 위에는 마찬가지로 화려한 금박 테두리의 거울이 걸려 있었다. 식탁은 은식기와 크리스털 잔과 유서 깊은 영국 더비산(産) 도자기로 아름답게 차려져 있었다.

음산한 인상의 나이 든 가정부가 시중드는 저녁 식사는 푸짐하고 아주 맛있어 젊고 건강한 앤의 왕성한 식욕을 충분히 자극했다. 미스 미너바는 잠시 입을 다물고 있었으며, 앤 또한 잘못 입을 열었다가는 집안의 또 다른 비극이 산사태처럼 쏟아져 내릴까 봐 두려워서 아무 말 하지 않고 있었다.

커다랗고 윤기 나는 검은 고양이가 들어와 미스 미너바 곁에 앉아 쉰 목소리로 야옹 하고 울었다. 미스 미너바는 접시에 우유를 부어 고양이 앞에 놓아 주었다. 그때부터 미스 미너바가 훨씬 인간미가 느껴지게 보여 앤의 마음에서 톰갤런 가문 최후의 1인이라는 공포감이 거의 사라졌다.

"복숭아라도 좀 더 드세요. 뭘 통 드시지를 않네요. 정말로 아무것도 드시질 않았어요."

"어머나, 미스 톰갤런, 저는 너무……."

미스 미너바는 만족스러운 듯 말했다.

"톰갤런가의 식사는 언제나 이렇게 대단하지요. 소피아 숙모는 내가 세상에서 먹어본 스펀지케이크 가운데 가장 맛있는 스펀지케이크를 만드셨어요. 이 집에 오는 사람들 가운데 아버지가 싫어한 단 한 사람이 아버지의 여동생 메리였는데, 그 까닭은 메리 고모가 너무 깨지락거렸기 때문이에요. 음식을 거의 갉아먹다시피 조금 먹으면서 맛만 보고 만다고요.

아버지는 그걸 자기에 대한 모독이라고 받아들였죠. 아버지는 아주 인정사정없는 사람이었어요. 내 동생 리처드가 아버지 뜻을 거스르고 결혼한 것을 절대로 용서하지 않았죠. 아버지는 그에게 집을 나가라고 명하고는 동생이 두 번 다시 이 집에 발을 들여놓지 못하게 했어요. 아버지는 아침마다 가족 예배를 볼 때 주기도문을 외었는데, 리처드가 아버지를 거역하고 나서부터는 '우리가 우리에게 죄지은 자를 사하여 준 것같이 우리 죄를 사하여 주시옵고'라는 구절을 반드시 빼고 외었어요. 아버지가 저기에 무릎 꿇고 앉아 그 구절을 빼놓고 외시던 모습이 눈에 선하네요."

미스 미너바는 꿈꾸듯 말을 맺었다.

식사가 끝나자 두 사람은 세 개의 응접실 가운데 가장 작은 방으로 옮겨— 그래도 꽤 넓고 음침했다— 활활 타오르는 따스하고 다정한 불 앞에서 한때를 보냈다.

앤은 접시 밑에 까는 레이스 냅킨 몇 개를 코바늘로 뜨고, 미스 미너바도 어깨에 걸칠 수 있는 모포를 짜면서 연극의 독백처럼 계속 말했는데 대부분 톰갤런가의 화려하고 섬뜩한 역사 이야기였다. 누구는 남편에게 거짓말을 해서 남편에게 두 번 다시 믿음을 얻지 못했고, 또 다른 누구는 남편이 죽을 줄 알고 상복까지 모조리 준비해놓고 있었는데 남편의 병세가 좋아지는 바람에 실망해버렸다. 오스카 톰갤런은 죽었다가 되살아났다.

"아무도 오스카가 살아나길 바라지 않았기 때문에 그의 부활이 곧 비극이 되고 말았지요."

클로드 톰갤런은 실수로 자기 아들을 쐈고, 에드거 톰갤런은 어둠 속에서 약을 잘못 먹고 죽어버렸다. 데이비드 톰갤런은 질투심 많은 아내가 죽어갈 때 재혼하지 않겠다고 약속했으면서 아내가 죽자 다시 결혼을 했는데, 그 뒤로 죽은 전처의 망령에 시달렸다.

"데이비드의 눈길은 언제나 상대방을 지나쳐 그 뒤에 있는 무엇인가를 멍하니 쳐다보고 있었어요. 사람들은 데이비드와 한 방에 있고 싶어하지 않았죠. 그렇지만 데이비드 말고는 아무도 그 부인의 유령을 보았다는 사람은 없었으니, 아마 데이비드의 양심의 가책이 만들어낸 환영인지도 모르죠. 미스 셜리는 유령을 믿나요?"

"저는……."

"물론 이 저택 북쪽 건물에는 진짜 유령이 있어요. 아주 아름다운 젊은 아가씨예요. 한창나이에 죽은 나의 고모할머니뻘 되는 에설이에요. 이분은 무척 살고 싶어했죠. 곧 결혼하기로 되어 있었거든요. 이 저택은 비극적인 기억이 산더미처럼 쌓여 있어요, 미스 셜리."

"미스 톰갤런, 이 저택에서 즐거운 일은 '하나도' 없었나요?"

가까스로 앤은 문장 하나를 끝까지 말할 수 있었다. 미스 미너바가 코를 푸느라 잠시 말을 멈춰야만 되었기 때문이다.

"아, 꼭 그렇지는 않아요."

미스 미너바는 그것을 인정하기 싫은 말투였다.

"그래요, 물론 내가 젊었을 때는 여기도 떠들썩하게 즐거운 일들이 있었죠. 미스 셜리는 서머사이드 사람들 일을 모두 모아서 책으로 쓰고 있다지요?"

"아뇨, 그렇지 않아요. 그런 말은 전혀 터무니없는······."

미스 미너바의 얼굴에는 실망한 티가 났다.

"그렇군요! 하지만 만일 쓴다면 우리 집안 이야기는 무엇이든 자유롭게 가져다 써도 좋아요. 아마도 이름은 조금 바꿔서요. 그럼 이제 파치지[1] 놀이를 좀 해 볼까요?"

"죄송하지만 이제 그만 가봐야 할 시간이라······."

"어머나, 미스 셜리, 오늘 밤은 못 가요. 비가 마구 퍼붓는걸요. 게다가 저 휘몰아치는 바람 소리를 들어봐요. 우리 집에는 이제 거의 쓸 일이 없다 보니 마차도 없는데, 그렇다고 이 무시무시한 빗속을 반 마일이나 걸어갈 수는 없어요. 오늘 밤은 묵고 가야만 해요."

앤은 톰갤런 저택에서 하룻밤 묵는 것이 썩 내키지 않았다. 그러나 3월 폭풍우 속을 뚫고 집까지 걸어가는 것도 엄두가 나지 않기는 마찬가지였다. 그래서 두 사람은 파치지 놀이를 시작했다. 미스 미너바는 이 놀이에 몹시 열중하여 무서운 이야기를 하는 것도 잊어버렸다. 그러고 나서 '밤참'을 먹었다. 두 사람은 시나몬 토스트를 먹고 톰갤런 집안에 옛날부터 전해 내려오는 놀라우리만큼 얇으면서 아름다운 찻잔으로 따뜻한 코코아를 마셨다.

마침내 미스 미너바는 앤을 손님용 침실로 데려갔다. 앤은 그 방이 미스 미너바의 언니가 뇌졸중으로 죽은 방이 아닌 것을 보고 비로소 마음이 놓였다.

"이곳은 애너벨라 고모의 방이었어요."

미스 미너바는 아름다운 녹색 화장대 위에 놓인 은촛대에 촛불을 켜고 가스등을 껐다. 매슈 톰갤런은 어느 날 밤 가스등을 불어 끈 뒤······자취를 감추

---

[1] 우리나라의 윷놀이와 비슷한 인도의 주사위 놀이.

어버렸다고 했다.

"애너벨라 고모는 톰갤런 집안에서 으뜸가는 미인이었어요. 거울 위에 걸린 것이 고모의 사진이에요. 자부심 강한 입매를 하고 있는 것이 보이나요? 침대에 덮인 저 굉장한 퀼트는 애너벨라가 만든 거예요. 잠자리가 편안했으면 좋겠네요. 메리가 침대에 덮어두었던 이불을 걷어 눅눅한 기운을 날린 다음 뜨거운 벽돌 두 개를 넣어 침대를 데워두었어요. 그리고 이 잠옷도 미스 셜리를 위해 미리 꺼내서 바람을 쐬어두었고요."

미스 미너바는 의자에 걸쳐진 길고 낙낙한 플란넬 잠옷을 가리켰다. 나프탈렌 냄새가 강하게 코를 찔렀다.

"미스 셜리에게 잘 맞으면 좋겠네요. 어머니가 그것을 입고 돌아가셨는데 그 뒤로 죽 입은 적이 없어요. 아 참, 하마터면 깜빡 잊고 얘기 안 할 뻔했네요."

미스 미너바는 문가에서 뒤돌아섰다.

"저 벽장 안에서 애너벨라 고모가 목을 맸어요. 원래도 꽤 오랫동안······우울감에 시달렸는데······당연히 초대받을 줄 알았던 결혼식에 초대받지 못하면서, 끝내 그 비참함을 마음에서 떨쳐내지 못했던 거예요. 애너벨라 고모는 늘 남의 눈에 띄고 관심받는 것을 좋아했죠. 그럼 편히 쉬세요."

앤은 편히 쉴 수 있을지 어떨지 모를 기분이었다. 갑자기 방 안에 어떤 이상하고 낯선 기운이, 어떤 적의 같은 것이 느껴졌다. 하지만 몇 대에 걸쳐 여러 사람이 살아온 방에는 어디든 뭔지 모를 이상한 기운이 있기 마련 아닐까? 그런 방에는 오랫동안 되풀이된 죽음이 옹그리고 있기도 하고, 사랑이 장미꽃처럼 빨갛게 꽃핀 일도 있을 테고, 아기가 태어난 일도 있고, 갖가지 열정이며 희망도 있었을 것이다. 온갖 망령으로 가득 차 있는 것이다.

한데 이 집은 그 점을 염두에 두더라도 참으로 끔찍한 기억들로 채워진 무척 오래된 저택이다. 죽은 자의 지독한 미움이며 사랑을 잃은 슬픔이 넘치고, 한번도 볕이 드는 곳에 내놓인 적 없는 사악한 행위들이 집 안 구석구석에 숨어서 우글거리며 계속 썩어가고 있는 것이다. 수없이 많은 여자들이 여기서 울었을 게 틀림없다. 바람이 창가의 가문비나무을 흔들며 비탄에 젖은 듯 흐느끼고 있었다. 한순간 앤은 폭풍우가 몰아치든 말든 밖으로 뛰쳐나가고 싶은 충동을 느꼈다.

그러나 그 순간 앤은 마음을 고쳐먹고 냉정하게 이성을 되찾았다. 가늠도 되지 않는 그 까마득히 긴 세월 동안 여기서 비극적이거나 무서운 일들이 일어났다면, 유쾌하고 즐거운 일들도 일어났을 것이다. 명랑한 젊은 아가씨들이 여기서 빙그르르 춤추고 저마다 재미있는 비밀 이야기를 속닥거리기도 했을 것이다. 보조개가 옴폭 파인 귀여운 아기가 여기서 태어났을 것이다. 끊임없이 결혼식이며 무도회며 음악이며 웃음이 이어졌을 것이다. 스펀지케이크를 잘 만드는 그 부인은 사람 마음을 편하게 해주는 사람이었음에 틀림없고, 아버지가 반대하는 결혼을 해서 평생 용서받지 못했던 리처드는 사랑에 헌신하는 용감한 연인이었을 것이다.

"이런 행복한 일들을 생각하며 잠들기로 하자. 아니, 그리고 이 퀼트는 도대체 무늬가 얼마나 화려하고 정신없는 거야! 이걸 덮고 자다 아침에 깨면 나까지도 정신없어지는 건 아니겠지. 게다가 여기는 손님용 침실이잖아! 어릴 때 남의 집 손님용 침실에서 잘 때 늘 맛보았던 즐거운 설렘을 아직도 생생히 기억하고 있어."

앤은 애너벨라 톰갤런의 코앞에서 머리를 풀어 빗질했다. 애너벨라는 엄청난 미인에게 따라다니는 자부심과 허영심과 오만함이 어린 표정으로 앤을 가만히 내려다보고 있었다. 거울을 들여다볼 때 앤은 좀 으스스한 기분이 들었다. 거울 속에서 어떤 얼굴이 이쪽을 노려보고 있을지 모를 일이었다. 이 거울을 본 일이 있는, 비극적인 일을 겪은 모든 여인들의 유령이 어쩌면 앤을 보고 있는 것은 아닐까.

앤은 행여나 해골이 몇 개쯤 굴러나오지는 않을까 조금은 기대하며 용감하게 벽장문을 열어 입고 왔던 옷을 걸었다. 그리고 분명히 의자임에도 마치 누구라도 거기에 앉으면 모욕이라도 될 듯 보이는 위엄 있는 의자에 침착하게 앉아 구두를 벗었다. 그러고 나서 플란넬 잠옷으로 갈아입고 촛불을 끈 다음 메리가 넣어준 벽돌로 따뜻하게 데워진 침대에 들어갔다.

침대에 몸을 누이고도 얼마 동안은 창문을 타고 흐르는 빗물 소리며 오래된 처마 둘레에서 비명 지르는 바람 소리 때문에 잠들지 못했다. 그러다 톰갤런 집안의 온갖 슬픔을 씻은 듯이 잊고, 꿈조차 꾸지 않는 깊은 잠에 빠졌다. 눈을 떴을 때에는 검은 전나무 가지 너머로 붉은 해가 떠오르고 있었다.

아침 식사가 끝난 뒤 앤이 작별 인사를 하자 미스 미너바는 말했다.

"와주셔서 참으로 고마워요. 우리 둘이서 꽤 즐거운 시간을 보내지 않았나요? 하기야 나는 너무 오랫동안 혼자 살아서 말하는 법을 거의 잊어버렸답니다. 이 천박한 시대에 정말로 매력 있으면서 유행에 물들지 않은 젊은 아가씨를 만난 게 얼마나 기쁜지 몰라요. 어제는 말하지 않았지만 사실 어제가 내 생일이었어요. 그래서 이 저택에 잠시 젊음이 찾아와주니 아주 행복했지요. 지금은 내 생일을 기억해주는 사람이 아무도 없거든요."

미스 미너바는 가늘게 한숨을 쉬었다.

"전에는 정말 많은 사람이 기억해주었지만요."

그날 밤 채티 아주머니가 물었다.

"어땠어요, 꽤 음산한 연대기를 들었겠지요?"

"그랬죠. 그런데 미스 미너바가 이야기한 일들이 모두 정말로 일어났었나요, 채티 아주머니?"

채티 아주머니는 고개를 끄덕이며 대답했다.

"정말로 일어났어요. 참 이상한 일이지만, 앤, 톰갤런 집안에는 무서운 일이 많이 벌어졌지요."

케이트 아주머니가 말했다.

"6대나 이어져 내려온 대가족인걸요. 어느 집이든 그만큼 유서 깊고 가지 많은 집안이라면 그 정도 일은 일어날 수 있지 않겠어요?"

"나는 그렇게 생각하지 않아요. 확실히 그 집에는 지독한 저주가 따라다니는 것 같았어요. 정말 많은 사람들이 갑자기 죽거나 끔찍한 사고로 죽었으니까요. 그리고 그 집안에는 광기의 피가 흐르고 있어요. 그것은 모두가 알고 있는 일이에요. 그것만으로도 충분히 저주받았다고 말할 수 있지요.

그런데 내가 예전에 들었던 이야기로는—자세한 것은 기억이 안 나지만—그 집을 지은 목수가 그 집을 저주했다는 거예요. 공사 계약을 두고 무슨 문제가 있었다나 봐요…… 폴 톰갤런 노인이 그 목수에게 계약서대로 다 이행하게 했는데 그 때문에 목수는 파산해버렸대요. 견적보다 훨씬 많은 비용이 들어서요."

앤이 말했다.

"미스 미너바는 그 저주를 오히려 자랑스럽게 여기는 것 같았어요."

리베카 듀가 말했다.

"딱한 사람이죠, 나이 들고 자랑할 일이 그것밖에 없으니까요."

앤은 당당하고 위엄 있는 미스 미너바가 '딱한 사람'으로 일컬어지는 것이 우스워 몰래 웃음 지었다.

그리고 탑의 방으로 돌아간 앤은 길버트에게 편지를 썼다.

사실 나는 지금까지 톰갤런 저택이 아무 일도 일어나지 않은 채 고이 잠든 옛 저택이라 여기고 있었어. 그래, 아마도 지금은 어떤 일도 일어나지 않지만 전에는 확실히 일어났었을 거야. 조그만 엘리자베스는 늘 '내일'에 대해서 이야기하고 있는데, 톰갤런가의 옛 저택은 '어제'야. 나는 내가 '어제' 속에 살고 있지 않고……'내일'이 여전히 내 친구여서 기뻐.

물론 미스 미너바는 톰갤런 집안 대부분의 사람들과 다르지 않은 듯해. 화려한 스포트라이트 받는 걸 좋아하고 집안의 비극적인 이야기에 무한한 만족을 느끼는 것 같아. 미스 미너바에게 있어 그것은 다른 결혼한 여성들의 경우에 남편이나 아이에 해당하는 것이겠지.

오, 길버트, 하지만 우리는 아무리 나이를 먹어도 인생을 온통 비극으로만 보고 그것에 탐닉하는 일은 없도록 하자. 나는 120년이나 된 그런 집은 정말 싫어. 우리가 우리만의 꿈의 집을 가질 때에는 새로 지었든가 유령이 없든가 전통이 없는 집으로 하자.

톰갤런 저택에서 보낸 하룻밤을 나는 언제까지나 잊을 수 없을 거야. 게다가 나는 태어나서 처음으로 내가 입도 못 떼볼 만큼 말을 많이 하는 사람을 만났어.

'두둥실 구름'에 간 엘리자베스

조그만 엘리자베스 그레이슨은 태어나면서부터 내내 무슨 일이 일어나리라 기대해왔다. 자신이 기대하는 일들은 할머니와 시녀의 감시 아래에서는 좀처럼 일어나지 않으리라는 사실도 엘리자베스의 기대를 꺾지 못했다. 언젠가는 반드시 일어날 게 틀림없다…… 오늘 일어나지 않으면 내일 반드시 일어난다.

셜리 선생님이 윈디윌로즈에 살게 되었을 때 엘리자베스는 '내일'이 바로 손에 잡힐 듯 가까워졌다고 느꼈고, 그린게이블즈 방문으로 그 '내일'을 '맛본' 듯한 기분이었다. 그러나 셜리 선생님이 서머사이드 고등학교에 교장 선생님으로 온 지 3년째이며 마지막 해인 올해 6월이 된 지금, 조그만 엘리자베스의 마음은 할머니가 늘 사주는 단추로 잠그는 예쁜 부츠의 밑바닥까지 푹 꺼져버렸다. 엘리자베스가 다니는 학교에서는 많은 아이들이 엘리자베스의 단추 달린 아기 염소 가죽 부츠를 부러워했지만, 그 신발을 신고 자유로운 길을 걷는 게 아닌 한 엘리자베스는 단추 달린 부츠 같은 건 하나도 갖고 싶지 않았다.

그리고 이제 곧 사랑하는 셜리 선생님마저 영원히 자기 곁에서 사라져버린다. 6월이 다 끝날 즈음이면 서머사이드와 작별하고 그 아름다운 그린게이블즈로 돌아가는 것이다. 조그만 엘리자베스는 그 일을 생각하는 것만으로도 가슴 아파 견딜 수가 없었다. 셜리 선생님이 결혼하기 전 여름 동안 엘리자베스가 그린게이블즈로 올 수 있도록 해주겠다고 약속해도 소용없었다. 할머니가 두 번 다시 보내주지 않으리라는 것을 조그만 엘리자베스는 알고 있었다. 자기가 셜리 선생님과 친하게 지내는 일을 할머니는 결코 탐탁하게 여기지 않았다.

엘리자베스는 흐느끼며 말했다.

"모든 것이 끝이에요, 셜리 선생님."

하지만 앤은 명랑하게 말했다.

"끝이 아니라 새로운 시작이라고 생각하고 희망을 갖도록 하자, 엘리자베스."

그러나 앤 자신도 마음이 무거웠다. 조그만 엘리자베스의 아버지로부터는 아무 소식이 없었다. 편지가 닿지 못했든가 받고도 편지 같은 건 아예 무시하든가 둘 중 하나다. 만일 그런 편지를 받고도 개의치 않는 사람이 아버지라면 엘리자베스는 어떻게 될까? 이미 어린아이가 감당하기에는 버거운 힘겨운 나날인데 앞날은 어찌 될 것인가?

리베카 듀가 말했다.

"저 두 할머니의 감시와 등쌀에 못 이겨 그 애는 죽고 말 거예요."

그 말은 우아하지는 않았지만 진실을 담고 있다고 앤은 느꼈다.

엘리자베스는 자기가 '감시와 등쌀'에 시달리고 있음을 알고 있었다. 특히 엘리자베스는 시녀에게 감시당하는 것이 싫었다. 물론 할머니가 두 눈을 부릅뜨고 보는 것도 싫었지만 할머니라면 어느 정도 감시할 권리가 있을지도 모르므로 마지못해 인정할 수밖에 없었다. 그러나 시녀에게는 대체 어떤 권리가 있단 말인가? 조그만 엘리자베스는 이 일을 늘 분명히 따져 묻고 싶었다. 언젠가 물어보고 말 것이다……'내일'이 오면. 아, 그때 시녀 얼굴을 보면 얼마나 가슴이 후련할까!

할머니는 조그만 엘리자베스를 결코 혼자서 산책 가도록 허락하지 않을 것이다. 집시에게 잡혀가기라도 하면 큰일이기 때문이라고 했다. 40년 전에 딱 한 번 그런 일이 있었다. 그러나 지금은 집시가 프린스에드워드섬에 오는 일이 좀처럼 없으므로 그 말은 결국 핑계에 지나지 않는다고 조그만 엘리자베스는 생각했다. 그러나 어째서 할머니는 그런 일에 마음 쓰는 것일까? 내가 잡혀가든 말든 상관없을 텐데.

엘리자베스는 할머니도 시녀도 자기를 조금도 사랑하지 않는 것을 알고 있었다. 두 사람은 되도록 자기 이름조차 부르지 않으려 하잖는가. 늘 '그 애'였다. 집에서 기르는 개나 고양이를 가리키는 것과 같은 말투로 '그 애'라고 불리는 것이 엘리자베스는 얼마나 싫은지 몸서리를 쳤다. 물론 그것도 집에 기르는 개나 고양이라도 있다면 그렇다는 말이지만.

엘리자베스가 단단히 한번 마음먹고 항의했을 때 할머니는 무서운 얼굴을 하며 건방지게 굴었다고 벌을 주었다. 한편 시녀는 만족스러운 얼굴로 그냥 바라보고만 있었다. 어째서 시녀는 그토록 나를 미워하는 것일까 조그만 엘리자베스는 늘 이상하게 생각했다. 대체 무슨 이유로 이토록 조그만 아이를 미워하는 마음이 생길 수 있을까? 미움을 받아야 할 만큼 어떤 큰 잘못을 저지른 적이 있을까? 조그만 엘리자베스는 자기를 낳다가 돌아가신 어머니를 그 무정한 늙은 시녀가 무척 사랑했었다는 것을 미처 몰랐다. 또 비록 알았다 하더라도 어긋난 애정이 얼마나 비뚤어진 형태를 취할 수 있는지 어차피 이해하지 못했을 것이다.

조그만 엘리자베스는 음울하고 으리으리한 늘푸른나무 저택이 너무 싫었다. 태어나서 줄곧 이곳에서 살아왔지만 그 무엇도 그녀에게 정답게 느껴지지 않았다. 그러나 셜리 선생님이 윈디윌로즈로 오고부터 모든 것이 마법같이 달라졌다. 셜리 선생님이 온 뒤로 조그만 엘리자베스는 이야기 속 나라에 살고 있었다. 어디를 보나 아름다웠다. 다행히 할머니도 시녀도 엘리자베스가 무엇을 보든 그것마저 막을 수는 없었다. 하기야 할 수만 있다면 두 사람은 틀림없이 그렇게 했을 것이라고 엘리자베스는 생각했다.

아주 드물게 허락을 받고 셜리 선생님과 붉은 마법의 길인 항구 거리를 잠시 산책하는 것은 어두운 엘리자베스의 생활에서 가장 빛나는 순간이었다. 엘리자베스는 눈에 보이는 모든 것을 사랑했다. 기묘한 빨간 띠와 흰 띠로 번갈아 색칠된 머나먼 등대, 멀리 가물거리는 푸른 바닷가, 은빛이 반짝이는 푸른 잔물결, 보랏빛 저녁 어스름 속에 희미하게 반짝이는 방목장(放牧場)의 불빛…… 이 모든 것들이 엘리자베스에게는 너무 큰 기쁨을 준 나머지 가슴이 저릴 정도였다.

그리고 연기처럼 흐릿한 섬들과 새빨갛게 불타며 항구로 떨어지는 저녁 해! 엘리자베스는 늘 지붕 밑 다락방 창문으로 가서 우듬지 너머로 그 광경을 지켜보고, 달이 뜰 때 항해를 떠나는 배들을 보았다. 물론 돌아오는 배도 있고 두 번 다시 돌아오지 않는 배도 있었다. 엘리자베스는 그 수없이 많은 배 가운데 하나를 타고 '행복한 섬'으로 항해해 가고 싶었다. 두 번 다시 돌아오지 않는 배는 '행복한 섬'에 닻을 내리고 머물러 있으며 그곳은 언제까지나 '내일'인 것이다.

그 신비스러운 붉은 길은 끝없이 뻗어 있으며, 엘리자베스의 발은 그 길을 따라 걷고 싶어 근질거렸다. 어디로 이어져 있을까? 그것을 알아내지 못하면 엘리자베스는 뻥 하고 터져버리고 말 것이다. 정말로 '내일'이 온다면 나는 저 길로 내달려 갈 것이다. 그리고 아마 나만의 섬을 찾아낼지도 모른다. 그곳에서 엘리자베스는 셜리 선생님과 단둘이 살면서, 할머니나 시녀는 결코 오지 못

할 것이다. 두 사람 다 물을 아주 싫어하니까 무슨 일이 있어도 배에 발도 디디려 하지 않을 것이다. 조그만 엘리자베스는 자기 섬에 서서 건너편 육지에서 어쩌지 못하며 노려보는 두 사람을 약 올리고 있는 자기를 그려보았다.

"여기는 '내일'이에요. 할머니들은 이제 나를 붙잡을 수가 없어요. 할머니들은 '오늘'에만 머물러 있는걸요."

이렇게 말하며 놀려주는 것이다. 그러면 얼마나 즐거울까! 그때 시녀가 어떤 표정을 지을지 빨리 보고 싶어!

6월 말의 어느 날 저녁, 깜짝 놀랄 일이 있어났다. 셜리 선생님이 여성 자선회 접대위원회 위원장인 톰프슨 부인을 만나기 위해 다음 날 '두둥실 구름'섬으로 갈 일이 있는데, 엘리자베스를 함께 데려가도 되겠느냐고 캠벨 부인에게 물어보았다. 그러자 할머니가 평소처럼 떨떠름한 태도로—프링글 집안사람들에게 공포의 씨앗인 '어떤 비밀'을 셜리 선생님이 손아귀에 쥐고 있다는 것을 전혀 모르는 엘리자베스로서는 할머니가 어째서 허락했는지 짐작할 길이 없지만—어쨌거나 허락을 해주었다.

앤은 속삭였다.

"내가 '두둥실 구름'에서 볼일을 다 끝내면 항구 어귀까지 가보자."

조그만 엘리자베스는 너무도 흥분한 나머지 한잠도 못 자리라 생각하며 잠자리에 들었다. 마침내 오랫동안 자신을 불러대던 그 길의 손짓에 응할 수 있다. 들떠 있었지만 엘리자베스는 자기 전에 해야 하는 모든 의식을 충실하게 해나갔다. 옷을 개키고 이를 닦고 묶었던 금발을 풀어 빗질했다. 엘리자베스가 생각하기에 자기 머리도 꽤 아름답다고 여겼다. 물론 물결처럼 굽이치며 흘러내리면서 귓가에는 곱슬거리는 애교머리가 있는 셜리 선생님의 아름다운 붉은빛 도는 머릿결에는 비할 바가 아니었지만. 셜리 선생님 같은 머리를 가질 수만 있다면 무엇이든 내줄 수 있겠다고 엘리자베스는 생각했다.

마지막으로, 잠자리에 들기 전 높다랗고 반질거리는 오래된 검은 서랍장의 서랍 한 칸을 열고 조그만 엘리자베스는 손수건 더미 속에 조심스레 감춰두었던 사진을 하나 꺼냈다. 그것은 《위클리쿠리어》 특집호에 실렸던, 고등학교 교원 소개 기사에서 잘라낸 셜리 선생님 사진이었다.

"세상에서 제일 좋은 셜리 선생님, 안녕히 주무세요."

엘리자베스는 사진에 살며시 입을 맞추고 사진을 다시 제자리에 감춰두었다. 그리고 침대에 올라가 이불 속으로 쏙 들어갔다. 6월이라고는 해도 아직 밤은 서늘했고 항구에서 불어오는 산들바람이 매서웠다. 실제로 오늘 밤 바람은 산들바람 이상이었다. 바람은 휙휙 몰아치다가 쾅쾅 두들겨대고 덜거덕거리더니 탁 부딪쳤다. 이런 밤이면 항구에서는 달빛 아래 파도가 크게 춤추는 것을 엘리자베스는 알고 있었다. 몰래 빠져나가 달빛을 받으며 그 바로 앞까지 가서 구경할 수 있으면 얼마나 신날까! 하지만 그런 모험은 '내일'이 되어야만 떠날 수 있었다.

'두둥실 구름'섬이란 어디에 있을까? 어쩌면 이름조차 그토록 설렐까! 이것 또한 '내일'에 나오는 이름이다. 이렇게 '내일'에 바짝 다가가 있으면서 그 속으로 들어갈 수 없는 것은 속상한 일이다. 그나저나 이 바람이 내일 비를 잔뜩 몰고 오면 어쩌지? 비가 오면 할머니가 무슨 일이 있어도 밖에 내보내줄 리 없다는 것을 엘리자베스는 잘 알고 있었다.

엘리자베스는 침대 위에 일어나 앉아 손을 마주 잡았다.

"하느님, 나는 쓸데없는 참견은 하고 싶지 않지만 내일만은 꼭 날씨가 맑게 해주세요. 제발 부탁입니다, 하느님."

다행히 다음 날 오후는 쾌청했다. 음울한 집에서 셜리 선생님과 함께 빠져

나왔을 때 조그만 엘리자베스는 눈에 보이지 않는 쇠고랑을 풀고 나온 듯한 기분이었다. 커다란 현관문의 붉은 유리 너머로 시녀가 씁쓰레한 얼굴로 두 사람을 지켜보고 있었지만 상관없었다. 엘리자베스는 자유 한 모금을 꿀꺽 들이마셨다.

예쁜 세상을 셜리 선생님과 함께 걷는 것은 얼마나 즐거운 일인가! 셜리 선생님과 단둘이 있을 때는 늘 신났다. 선생님이 가버리면 나는 어떻게 해야 좋을까? 조그만 엘리자베스는 그러한 생각을 단호히 밀쳐두었다. 그런 생각이나 하며 이 좋은 날을 엉망으로 만들면 안 된다. 어쩌면—있을 수 없는 일이기는 하지만—오늘 오후 셜리 선생님과 함께 '내일'로 들어가게 되어 언제까지나 선생님과 헤어지지 않아도 될지 모른다.

조그만 엘리자베스는 주위의 아름다움을 한껏 만끽하며 이 길을 따라 세계의 끝에 있는 저 새파란 곳을 향해 그냥 조용히 걷고만 싶었다. 모퉁이를 하나 돌 때마다, 길이 한번 꺾일 때마다 새롭고 아름다운 것들이 나타났다. 그리고 길은 어디에서 나타났는지 알 수 없는 조그만 강물을 따라 쉴 새 없이 휘돌아가고 있었다.

사방에 미나리아재비와 토끼풀 들판이 끝없이 펼쳐져, 벌이 윙윙거리고 있었다. 그러다 두 사람은 은하수같이 흐드러지게 핀 데이지 속을 걷기도 했다. 멀리 건너편 해협에서는 끄트머리가 은빛인 파도가 두 사람에게 웃음을 던졌다. 가까이 다가갈수록 바다는 흡사 물결무늬가 또렷이 들어간 비단 같았다. 멀리서 희미한 연푸른색 새틴처럼 보일 때보다 이편이 조그만 엘리자베스는 더 좋았다. 두 사람은 바람을 들이마셨다. 상쾌하고 부드러운 바람이었다. 두 사람 둘레에서 손짓하듯 살랑거렸다.

조그만 엘리자베스가 말했다.

"선생님, 이런 바람이랑 같이 걸으니까 정말 신나지 않아요?"

이 말에 앤은 엘리자베스에게라기보다는 스스로에게 이야기하듯 말했다.

"다정하면서 좋은 향기가 깃든 바람이지. 나는 바로 이런 바람의 이름이 '미스트랄'이 아닐까 생각했었어. 이런 바람결에 너무 잘 어울릴 이름이잖아. 그런데 막상 미스트랄이 겨울에 불어대는 거세고 불쾌한 바람이라는 걸 알았을 때 얼마나 실망했는지 몰라!"

엘리자베스는 셜리 선생님의 말을 다 이해하지 못했다. '미스트랄' 같은 것은 들어본 일이 없었다. 그러나 사랑하는 선생님의 노랫소리 같은 목소리를 듣는 것만으로 엘리자베스는 충분했다. 하늘까지도 즐거운 듯했다. 황금 귀걸이를 한 선원이 ─'내일'의 나라에서 만날 듯한 인물이었다 ─ 싱긋 웃으며 그들 곁을 지나갔다.

엘리자베스는 주일학교에서 배운 시 한 줄을 떠올렸다. '작은 산들이 사방에서 기뻐하나이다.'[1] 이 시를 쓴 사람도 항구 건너편에 있는 저런 푸른 산들을 보았던 것일까?

조그만 엘리자베스는 꿈을 꾸듯 말했다.

"이 길을 곧장 가면 하느님한테로 갈 수 있다고 생각해요."

"그럴지도 몰라. 아마 모든 길이 그럴 거야, 조그만 엘리자베스. 여기서 잠시 멈추자. 우리는 이제 저 섬으로 건너가야 해. 저기가 바로 '두둥실 구름'섬이야."

그 섬은 바닷가에서 4분의 1마일(약 400미터)쯤 간 곳에 있는 길쭉한 작은 섬으로, 나무들 사이에 집 한 채가 덩그러니 있었다. 조그만 엘리자베스는 오래전부터 은빛 만에 둘러싸인 자기만의 섬이 있으면 좋겠다고 생각해왔다.

---

1) 《구약성서》〈시편〉 65편 12절.

"어떻게 건너가요?"

"이 조각배를 저어서 건너가지."

셜리 선생님은 기울어진 나무에 비끄러매어진 작은 거룻배의 노를 잡았다. 셜리 선생님은 배를 저을 줄 안다. 선생님이 못하는 일도 있을까?

섬에 닿아보니 무슨 일이든 일어날 듯한 아주 매력적인 곳이었다. 물론 그 섬은 '내일'에 속해 있다. 이런 섬은 '내일'이 아니고는 있을 수 없다. 시시한 '오늘'의 일부일 리 없었다.

현관문에서 그들을 맞아준 가정부가 톰프슨 부인은 섬 구석에서 산딸기를 따고 있다고 앤에게 말했다. 산딸기가 있는 섬이라니, 얼마나 멋진가!

앤은 톰프슨 부인을 찾으러 가면서, 그 전에 조그만 엘리자베스는 응접실에 앉아서 좀 기다리게 해달라고 가정부에게 부탁했다. 익숙치 못한 길을 오래 걸어 엘리자베스가 지친 듯하여 좀 쉬게 할 필요가 있다고 생각했던 것이다. 조그만 엘리자베스는 그럴 필요가 없다고 여겼지만, 아무리 작은 부탁이라도 셜리 선생님의 부탁이라면 절대적으로 따르려고 했다.

그곳은 곳곳에 꽃이 놓여 있고, 거친 바닷바람이 불어오는 아름다운 방이었다. 엘리자베스는 벽난로 위에 걸려 있는 거울이 마음에 들었다. 방 안의 모습이 아름답게 그 속에 비치고 있었다. 열린 창문으로는 항구와 언덕과 해협도 보였다.

느닷없이 문으로 한 남자가 들어왔다. 엘리자베스는 한순간 당황하고 겁먹었다. 이 사람은 집시인가? 남자는 엘리자베스가 생각하는 집시와 비슷하지 않았다. 그러나 물론 엘리자베스는 집시를 본 적이 없었다. 그러니 이 사람이 정말 집시일도 모를 일이었다. 그때 머릿속에 순간적으로 어떤 직감이 번뜩이고 지나가면서 엘리자베스는 이 사람에게라면 잡혀가도 상관없다고 생각했다. 엘리자베스는 그 사람이 마음에 들었다. 눈가에 잔주름이 있는 담갈색 눈도, 갈색 곱슬머리도, 네모난 턱도, 그 미소도 마음에 들었다. 그렇다, 그 사람은 미소 짓고 있었다.

그 사람이 물었다.

"꼬마 아가씨는 누구지?"

그때까지도 좀 혼란스러웠던 엘리자베스는 우물쭈물하면서 더듬거렸다.

"나는……나는 나예요."

"아, 그렇군. 너는 바다에서 불쑥 솟았나 보구나. 모래 언덕을 지나서 왔니? 사람들에게는 이름조차 알려주지 않는가 보네."

엘리자베스는 그 사람이 자기를 좀 놀리고 있다고 느꼈다. 그러나 마음 쓰지 않았다. 솔직히 말하면 오히려 재미있었다.

그러나 조마만 엘리자베스는 속마음과는 달리 좀 새침하게 대답했다.

"내 이름은 엘리자베스 그레이슨이에요."

잠시 침묵이 흘렀다. 매우 이상한 침묵이었다. 한순간 그 사람은 말없이 엘리자베스를 지켜보고 있었다. 이윽고 엘리자베스에게 정중하게 앉으라고 했다.

"나는 셜리 선생님을 기다리고 있어요. 선생님은 여성 자선회 만찬 일로 톰프슨 아주머니를 만나러 갔어요. 셜리 선생님이 돌아오면 둘이서 세계의 끝까지 가기로 했어요."

자, 나를 잡아가려면 한번 잡아가봐요, 아저씨……!

"물론 그렇겠지. 하지만 그동안은 좀 쉬고 있거라. 내가 대접을 해줘야겠구나. 가볍게 간식이나 먹을까? 톰프슨 부인의 고양이가 아마 뭔가 가져온 것 같더구나."

엘리자베스는 앉았다. 그녀는 이상하게 행복하고 편안한 기분이었다.

"무엇이든 내가 좋아하는 것도 갖다줄까요?"

"물론이지."

엘리자베스는 의기양양하여 말했다.

"그럼 딸기잼을 얹은 아이스크림을 먹고 싶어요."

그 사람은 벨을 흔들어 주문했다. 그렇다, 이것은 '내일'임에 틀림없다…… 확실히 그렇다. 고양이가 가져왔든 아니든 '오늘'이라면 이렇게 마법처럼 딸기잼 얹은 아이스크림이 나타날 리 없다!

그 사람이 말했다.

"셜리 선생님 건 따로 남겨두자."

두 사람은 금세 친구가 되었다. 그 사람은 말은 그리 많이 하지 않고 엘리자베스를 자꾸만 바라보았다. 그 얼굴은 자애로움으로 가득했다. 그런 표정을 엘리자베스는 누구에게서도 본 적 없었다. 셜리 선생님의 얼굴에서조차 본 일이 없는 표정이었다. 이 사람이 자기를 좋아하고 있음을 엘리자베스는 느꼈다. 자기 또한 그 사람이 마음에 든다는 것도 알 수 있었다.

마침내 그 사람은 창문 밖으로 얼핏 눈길을 보내더니 일어섰다.

"이제 가야겠다. 너의 셜리 선생님이 이쪽으로 오고 있으니까 네가 쓸쓸하지는 않을 테지?"

엘리자베스는 잼의 마지막 흔적이 남은 숟가락을 빨며—이것을 보았다면 할머니도 시녀도 놀라서 까무러쳤을 것이다—물었다.

"기다렸다가 셜리 선생님을 만나지 않을래요?"

그 사람은 말했다.

"응, 이번에는 말고."

그 사람에게는 자기를 잡아갈 생각이 조금도 없음을 안 엘리자베스는 왠지 모를 실망을 느꼈다.

 엘리자베스는 정중히 인사했다.

"안녕히 가세요. 그리고 고맙습니다. '내일'은 아주 좋은 곳이네요."

"내일?"

"여기가 '내일'이잖아요. 나는 전부터 '내일'에 들어가고 싶었는데, 이제야 들어왔어요."

"아, 그렇구나. 유감이지만 나는 '내일'은 그리 좋아하지 않아. 오히려 '어제'로 되돌아가고 싶구나."

 조그만 엘리자베스는 그 사람이 가엾어졌다. 하지만 어째서 이 사람은 불행할까? '내일'에 살고 있는 사람이 불행할 리 있을까?

 아쉬운 듯 '두둥실 구름'섬을 자꾸만 돌아다보는 엘리자베스를 태우고 거룻배는 유유히 섬을 떠났다. 바닷가와 도로의 경계를 이룬 키 작은 가문비나무 숲을 헤치고 걸어가며 엘리자베스는 마지막으로 다시 한번 돌아보았다. 그때 짐마차를 맨 한 쌍의 말이 느닷없이 모퉁이를 돌아 나타났다. 말들이 마부의 뜻대로 말을 듣지 않는 것을 한눈에 알 수 있었다.

 엘리자베스는 셜리 선생님의 비명을 들었다……

 방이 이상스레 빙글빙글 돌았다. 가구가 끄떡거리기도 하고 흔들흔들대기도 했다. 침대네…… 어째서 내가 침대에 누워 있는 것일까? 하얀 모자를 쓴 어떤 사람이 문으로 나가고 있는 참이었다. 어디의 문일까? 머릿속이 어쩌면 이토록 이상한 느낌일까? 어디에선지 목소리가 들려왔다…… 낮은 목소리였다. 누가 이야기하고 있는지 보이지는 않았지만, 그것이 셜리 선생님과 그 남자라는 것을 왠지 알 수 있었다.

두 사람은 무슨 말을 하고 있는 것일까? 뜻을 알 수 없는 웅얼웅얼하는 속삭임 가운데 간혹 알아들을 수 있는 문장이 띄엄띄엄 들려왔다.

흥분한 셜리 선생님의 목소리가 들렸다.

"정말이에요?"

"그렇습니다…… 셜리 선생님의 편지를…… 직접 한번 보시죠…… 캠벨 부인을 만나서 말을 하기 전에…… '두둥실 구름'섬은 우리 회사 총지배인의 여름별장이에요……."

이 방이 제발 가만히 좀 있어주면 좋을 텐데. 정말이지 '내일'에서는 여러 가지 것들이 이상하게 행동하는구나. 머리를 돌려 이야기하는 사람들을 볼 수 있으면 좋을 텐데…… 엘리자베스는 깊이 한숨을 쉬었다.

그러자 그 사람들이 침대 옆으로 다가왔다. 셜리 선생님과 그 남자였다. 가냘프고 키가 큰 셜리 선생님은 낯빛이 파리해져 꼭 백합꽃 같았다. 무슨 무서운 일이 닥친 듯했다. 그러나 그 표정의 그늘에서 마음속의 눈부신 빛이 넘쳐나왔다. 갑자기 방 안에 가득 찬 황금빛 저녁 햇살 때문인가 싶기도 했다. 그 남자는 엘리자베스를 보며 미소 짓고 있었다. 그가 자기를 무척 사랑하고 있다는 것, 두 사람 사이에 자애로움이 넘치는 친밀한 비밀이 있다는 것을 엘리자베스는 느꼈다. '내일'에서 쓰는 말을 배우게 되면 자기도 곧 그 비밀을 알 수 있을 것 같았다.

셜리 선생님이 물었다.

"기분이 좀 나아졌니, 엘리자베스?"

"무슨 일이 있었나요?"

"미친 듯이 길을 달려온 말에 부딪쳐서 네가 쓰러졌었어. 내가……내가 재빨리 피하도록 하지 못해서. 나는……나는 정말이지 네가 죽은 줄 알았어. 너를 작은 배로 여기에 다시 데려와 너의……이 신사분이 전화로 의사 선생님과 간호사를 불러오셨어."

조그만 엘리자베스는 물었다.

"나는 죽어요?"

"아니, 당치도 않아, 엘리자베스! 그냥 놀라서 잠시 정신을 잃었던 것뿐이야. 걱정 마. 금방 좋아질 거야…… 그리고 말이지, 엘리자베스, 이분은 너의 아버지란다."

"아빠는 프랑스에 있어요. 나는 지금 프랑스에 있나요?"

프랑스에 있다 해도 엘리자베스는 놀랄 마음이 없었다. 여기는 '내일'이 아닌가? 게다가 아직도 좀 어질어질했다.

"아빠는 여기에 있다, 착한 아가야."

아버지는 아주 좋은 목소리를 가지고 있었다. 그 목소리를 듣고 있는 것만으로도 기분이 좋아질 정도였다. 그는 몸을 구부려 엘리자베스에게 뽀뽀를 했다.

"아빠는 너를 데리러 왔어. 우리는 이제 두 번 다시 헤어지지 않을 거야."

하얀 모자를 쓴 여자가 방으로 다시 들어오려는 참이었다. 엘리자베스는 어쩐지 그 여자가 방 안에 들어오기 전에 하고 싶은 말을 다 해버려야 할 것만 같았다.

"우리는 함께 살게 되나요?"

아버지가 대답했다.

"그래, 지금부터는 늘 함께."

"그러면 할머니와 시녀도 함께요?"

"그 사람들하고는 아니야."

황금빛 저녁 햇살이 엷어지고 간호사는 탐탁지 않은 얼굴로 엘리자베스 쪽을 보았다. 그러나 엘리자베스는 상관하지 않았다. 간호사가 아버지와 셜리 선생님에게 이만 방에서 나가라고 눈짓할 때 엘리자베스는 혼잣말을 했다.

"나는 '내일'을 찾아냈어."

간호사가 두 사람을 방에서 내보내고 문을 닫자 엘리자베스의 아버지는 앤에게 말했다.

"나는 내가 가지고 있는 줄도 몰랐던 보물을 발견했습니다. 그 편지에 대해 뭐라고 감사의 말을 해야 좋을지 모르겠습니다, 선생님."

그날 밤 앤은 길버트에게 보내는 편지에 이렇게 적었다.

"그렇게 해서 조그만 엘리자베스는 미지의 길을 따라 행복에 이르러 옛 세계에 마침내 작별을 고했어."

서머사이드의 마지막 나날

6월 27일
유령골목
윈디윌로즈에서
(마지막으로)

가장 사랑하는 그대에게

나는 다시 길모퉁이에 이르렀어. 지난 3년간 이 오래된 '탑의 방'에서 꽤 많은 편지를 자기에게 보냈지. 이 마지막 편지를 쓰고 나면 앞으로 오랫동안 자기에게 편지 쓸 일이 없을 테지. 이제부터는 더 이상 편지가 필요 없으니까. 앞으로 몇 주일 뒤면 영원히 나는 당신 것이 되고 당신은 내 것이 되는걸. 우리는 마침내 함께 살아가게 되니까.

생각해봐…… 함께 있으면서 이야기하고 산책하고 밥을 먹고 공상에 잠기고, 함께 계획을 세우고 서로 감격스런 순간을 나누고, 우리는 꿈의 집에서 행복한 가정을 이루는 거야! '우리'의 집! '신비스럽고 경이롭게' 들리지 않아, 길버트?

나는 살면서 지금껏 줄곧 꿈의 집을 그려왔는데, 지금 그 가운데 하나가 실현되는 거야. 내 꿈의 집에서 누구와 정말로 함께하고 싶은지는……내년이 되었을 때 4시에 가르쳐줄게.

처음에는 3년이 끝없이 길게 느껴졌었어, 길버트. 그것이 지금은 밤의 시계처럼 쏜살같이 지나가버렸어. 프링글 집안사람들에게 배척당해 마음고생한 처음 몇 달을 빼면 그 이후의 생활은 즐거운 황금빛 강처럼 흘러갔어. 프링글 집안과 옥신각신한 일이 마치 꿈결같이 여겨져. 그들은 이제 나를 좋아해. 나를 미워했던 일은 까맣게 다 잊고 말았지.

프링글 집안 미망인의 아이 가운데 하나인 코라 프링글은 어제 내게 장미꽃다발을 갖다주었어. 그 줄기에 매단 쪽지에 이렇게 씌어 있었어.

'온 세상에서 가장 상냥한 선생님께.'

프링글 집안사람에게서 이런 말이 나올 줄이야!

내가 떠나게 되어 젠은 슬픔에 젖어 있어. 나는 젠의 앞길을 관심을 가지고 지켜볼 생각이야. 젠은 아주 머리가 좋지만, 장래는 전혀 짐작되지 않아. 단 한 가지 확실하게 말할 수 있어. 젠은 결코 평범한 인생을 보내지 않으리라는 거야. 젠이 괜히 《허영의 시장》의 베키 샤프를 닮았을 리 없을 테니까.

루이스 앨런은 몬트리올에 있는 맥길 대학에 가게 되었어. 소피 싱클레어는 우선 퀸즈아카데미에 진학한 뒤 킹스포트의 연기학교에 입학할 만한 돈이 모일 때까지 교편을 잡겠다고 했어. 마이라 프링글은 가을 시즌에 '사교계로 진출한대'. 그 아이는 너무 아름다워서 낫 놓고 기역자도 모른다 한들 아무 상관 없을 거야.

담쟁이덩굴이 얽힌 쪽문 건너편에 살던 조그만 이웃은 이미 없어. 조그만 엘리자베스는 햇빛이 비치지 않는 그 집을 영원히 떠나 '내일'의 나라로 들어갔어. 만일 내가 이대로 죽 서머사이드에 머물렀다면 엘리자베스가 너무 그리워 비탄에 젖고 말았을 거야. 그렇지만 지금은 모든 일이 순리대로 풀려 나는 기뻐.

피어스 그레이슨이 엘리자베스를 데려갔어. 파리에는 돌아가지 않고 보스턴에 가서 살 거래. 나하고 헤어질 때 엘리자베스는 몹시 울었지만, 아버지와 함께 있어서 아주 행복하니까 그 눈물도 곧 마르겠지. 그 일에 대해 캠벨 부인과 시녀는 매우 언짢아하며, 그 책임을 모조리 내 탓으로 돌렸어. 그리고 나는 그 책임을 아무런 뉘우침 없이 기꺼이 받아들여.

캠벨 부인은 여왕이라도 되는 양 당당하게 말했어.

"그 애에게는 이처럼 좋은 가정이 있는데 말이지요."

'사랑 어린 말을 한마디도 들을 수 없는 가정이겠지요.'

나는 머릿속으로 이런 생각을 했지만 입 밖에 내지는 않았어.

"이제부터 나는 죽 베티로 있을 것 같아요, 사랑하는 셜리 선생님."

이것이 미소를 머금은 엘리자베스의 마지막 말이었어.

그러나 다시 생각하고는 한마디 덧붙였지.

"다만 선생님이 그리워지면 쓸쓸해서 그때는 리지가 되어 있겠지요."

나는 말했어.

"무슨 일이 있어도 다시는 리지가 되어서는 안 돼."

우리 둘은 서로가 안 보일 때까지 서로에게 키스를 던졌고 나는 눈물을 머금고 탑의 방으로 돌아왔어. 엘리자베스는 너무도 상냥하고 귀여운 금발의 요정 같은 아이였어. 내게는 늘 에올리언 하프[1]처럼 여겨졌어. 아주 미묘한 사랑의 바람결만 스쳐도 금세 느끼고 아름다운 선율로 화답했으니까. 엘리자베스의 친구가 되는 일은 흥미진진한 모험이었어. 피어스 그레이슨이 자기가 얼마

---

[1] 그리스 신화에 나오는 바람의 신 아이올로스에서 유래한 현악기로, 줄에 바람이 와서 닿으면 저절로 울림.

나 놀라운 딸을 가지고 있는지 알아주었으면 싶어. 그런데 알고 있다고 느껴져. 아주 고마워하며 깊이 뉘우치고 있었거든.

"그 애가 이미 아기가 아닌 줄도 몰랐습니다. 또 얼마나 애정이 메마른 환경에서 자라고 있는지도요. 그 애를 위해 너무도 많은 것을 베풀어주셔서 정말 깊이 감사드립니다."

나는 둘이서 만든 요정 나라 지도를 액자에 넣어 조그만 엘리자베스에게 작별 선물로 주었어.

윈디윌로즈를 떠나려니 정말 섭섭해. 물론 사실은 떠돌이 같은 하숙 생활에 좀 싫증이 났지만 그래도 여기가 아주 내 집처럼 좋았어. 내 방 창가에서 보내는 서늘한 아침 시간, 매일 밤 글자 그대로 기어올라가야 하는 침대, 도넛 모양의 파란색 쿠션, 갖가지 바람…… 이러한 것들이 하나같이 좋았어. 여기 있었을 때처럼 바람과 다정하게 지내는 일은 두 번 다시 없지 않을까 하는 생각이 들어. 또 해돋이와 해넘이를 둘 다 볼 수 있는 방에 사는 일이 앞으로 다시 있을까?

윈디윌로즈와도, 그곳에서 보낸 시간과도 이제 나는 작별을 할 때가 되었어. 그리고 나는 약속도 지켰어. 채티 아주머니의 비밀 장소를 케이트 아주머니에게 일러바치지도 않았고, 서로에게 비밀로 해달라던 탈지유 세수에 대해서도 어느 쪽에도 발설하지 않았으니까.

모두들 내가 떠나는 것을 슬퍼하는 듯해서 조금은 기분이 좋아. 내가 떠나는 것을 기뻐한다든지 또는 가버린 뒤 조금도 서운해하지 않는다면 엄청 서운할 것 같았거든. 오늘까지 1주일 동안 리베카 듀는 내가 좋아하는 요리를 몽땅 만들어줬어. 달걀을 열 개나 넣은 엔젤케이크도 두 번이나 만들어줬지. 게다가 '손님용' 도자기에다 담아줬어. 채티 아주머니는 내가 떠난다는 이야기를 들을 때마다 상냥한 다갈색 눈에 눈물이 가득 고여. 더스티 밀러조차 자기 뒷발을 깔고 앉아 나를 원망스러운 듯 가만히 올려다보는 기분이야.

지난주 캐서린에게서 긴 편지를 받았어. 캐서린은 편지를 쓰는 데는 역시 천재야. 세계 순방을 떠나는 하원의원의 비서직에 채용됐대. '세계 순방'이라니, 얼마나 멋진 말이야! '샬럿타운에 가요.' 하는 심상한 말투로 '이집트에 가요.'라고 하고는 '훌쩍 떠나는' 사람! 그런 생활이야말로 캐서린에게 어울려.

캐서린은 완전히 바뀐 자기의 앞날이며 삶의 전망을 모두 내 덕이라고 주장해.

'앤, 당신이 내 생애에 얼마나 멋진 것을 가져다주었는지 꼭 알아주었으면 해요.'

이렇게 씌어 있었어. 내가 도움이 좀 되기는 했겠지. 처음에는 쉬운 일이 아니었지만. 입만 열면 가시 돋친 말을 뱉고 학교 일로 내가 무슨 제안이라도 하면 마치 정신 나간 사람이라도 대하는 태도로 한 귀로 흘려들었지. 그러나 이제 나는 그런 일은 모조리 잊었어. 그것은 캐서린이 남몰래 품고 있던 인생에 대한 증오로 말미암아 일어난 일이었으니까.

서머사이드의 모든 사람들이 내가 떠나기 전에 나를 만찬에 초대했어—심지어 폴린 깁슨도. 깁슨 부인이 두세 달 전에 돌아가셔서 폴린이 자기 뜻대로 그렇게 할 수 있었지. 톰갤런 저택에도 다시 한번 초대받아 또 지난번과 마찬가지로 미스 미너바와 식사를 함께하며 일방적인 수다를 듣고 왔어. 하지만 나는 미스 미너바가 마련해준 맛있는 식사를 즐겼고, 미스 미너바는 지난번에 빠뜨렸던 케케묵은 비극 이야기를 두어 가지 더 해주며 즐거워했어.

미스 미너바는 누구든 톰갤런 집안사람이 아닌 이를 가엾게 생각한다는 사실을 잘 감추지 못했지만, 그럼에도 내게 몇 가지 기분 좋은 칭찬도 해주고 아콰마린이 박힌 아름다운 반지를 주었어. 파란색과 녹색이 섞인 달빛 같은 느낌의 보석이야. 미스 미너바의 열여덟 번째 생일에 아버지가 준 거래.

"그 무렵에는 나도 젊고 아름다웠어요…… '제법' 아름다웠어요. '이제는' 이런 말을 해도 괜찮겠죠."

그 반지가 애너벨라의 것이 아니라 미스 미너바의 것이어서 다행이야. 만일 애너벨라가 끼고 있던 반지라면 도저히 낄 수 없을 거야. 반지는 아주 아름다워. 바다의 보석에는 신비로운 매력이 숨어 있어.

톰갤런 저택은 확실히 참으로 훌륭해. 특히 지금은 저택의 소유지가 잎새와 꽃으로 가득 덮여 있어 한층 더 그래. 그러나 그 저택과 소유지가 아무리 멋져도 나는 아직 발견되지 않은 내 꿈의 집을 유령이 나오는 톰갤런 저택과 바꾸고 싶지는 않아. 물론 유령이 나온다는 것은 멋있고 귀족적인 상상이라고 하지 않을 수 없어. 유령골목에 대한 내 유일한 불만은 유령이 하나도 나오지 않는다는 것이었으니까.

엊저녁에 옛 묘지로 마지막 산책을 갔어. 묘지를 한 바퀴 빙 돌며 스티븐 프링글은 마침내 눈을 감았을까, 허버트 프링글은 때때로 무덤 속에서 홀로 껄껄 웃고 있을까 하는 일들을 생각했어. 오늘 저녁에는 산 끄트머리로 기울어가는 해를 받고 있는 나이 든 '폭풍왕'과 어스름이 가득 깃든 나의 작고 구불구불한 골짜기에 이별을 고할 참이야.

시험이며 송별회며 이런저런 '마무리'로 지난 한 달을 보내면서 조금 지쳤어. 그린게이블즈로 돌아가서 일주일 동안은 아무것도 하지 않으면서 마냥 게으름을 피울 생각이야. 여름의 아름다움이 가득한 푸른 숲과 들판을 마음껏 뛰어다녀야지.

해거름에 '드리아스의 샘' 둘레에서 공상에 잠기거나 달을 한 조각 떼어낸 모양의 조각배로 '반짝이는 윤슬의 호수'를 떠돌고…… 혹시나 아직 달 모양의 조각배를 탈 때가 아니라면 배리 씨의 거룻배라도 좋아. '도깨비숲'에 가서 앵초꽃이며 흰 수선화를 꺾어야지. 그리고 해리슨 씨네 언덕의 목장에서는 산딸기가 있는 데를 찾아보겠어. '연인의 오솔길'에서는 반딧불이 틈에서 함께 춤추고, 헤스터 그레이의 오래된, 사람들 기억에서 잊힌 정원도 찾아가고…… 그린게이블즈 뒷문 층계에 별을 이고 앉아 바다가 잠결에 부르는 소리에 귀 기울여야지.

    그리고 그 1주일이 끝나면 '자기'가 돌아오겠지! 그렇게 되면 나는 달리 아무것도 바랄 게 없어.

윈디윌로즈여, 안녕

다음 날, 앤이 윈디윌로즈 사람들과 이별할 때가 다가오자 리베카 듀의 모습이 보이지 않았다. 그 대신 케이트 아주머니가 엄숙하게 한 통의 편지를 건네주었다.

셜리 선생님께

내가 이 편지로 셜리 선생님과 이별하는 것은 내 입으로는 도저히 마지막 인사를 할 수 없을 것 같아서예요. 3년 동안 셜리 선생님은 우리와 한 지붕 밑에서 살았어요. 운 좋게도 쾌활한 성격과 청춘의 화사함을 즐기는 천성을 타고난 선생님은 일찍이 경박하고 변덕스러운 무리의 헛된 쾌락에 뛰어드는 일이 없었죠. 어떤 경우에도, 또 어떤 사람에 대해서도, 특히 지금 이렇게 펜을 들고 있는 이에 대해서도 더없이 세심한 배려심을 가지고 대해주었어요.

셜리 선생님은 늘 누구보다도 내 마음을 따뜻하게 감싸주었어요. 셜리 선생님이 떠난다는 생각만 해도 내 마음에는 비애가 무겁게 덮쳐옵니다. 그러나 우리는 주님께서 정해주신 일에 불평해서는 안 되죠.(《사무엘기》 상권 29장 및 18장을 읽어주세요.)

셜리 선생님을 알게 되는 은혜를 입었던 서머사이드 사람들은 모두 이 이

별을 몹시 슬퍼할 거예요. 그리고 비천한 사람임에도 마음만은 충실한 나는 셜리 선생님을 영원히 존경해 마지않을 것입니다. 또한 선생님이 현세에서 행복과 번영을 누리고 내세에서 사그라지지 않는 지복을 누리길 늘 기도드리지요.

셜리 선생님은 머지않아 '셜리' 선생님이 아니게 된다지요. 사랑으로 선택한 분과 영혼까지 결합하는 결혼의 결실을 맺는다면서요. 들리는 바에 따르면, 그분은 아주 보기 드문 젊은이라고 하더군요. 매력도 보잘것없고 나이도 들기 시작한 나는—그러나 아직 몇 년은 거뜬히 건강할 테지만—결혼에 대한 염원을 품은 적이 없었어요.

그러나 나는 내 벗의 결혼을 축하할 수 있는 영광을 뿌리치지는 않겠어요. 셜리 선생님의 결혼 생활이 그칠 줄 모르고 막힘없는 기쁨 그 자체이기를 뜨겁게 소망하는 마음을 드러내도 좋을까요? (다만 어떤 남자든 너무 큰 기대를 걸어서는 안 돼요.)

셜리 선생님에 대한 내 존경심과—감히 말씀드리건대—애정은 영원히 사라지는 일이 없을 거예요. 혹 앞으로 살아가면서 심심할 때에는 이따금 나 같은 사람이 있다는 것을 떠올려주면 영광이겠어요.

셜리 선생님의 충실한 종
리베카 듀 드림

추신. 셜리 선생님께 하느님의 가호가 있기를.

편지를 접는 앤의 눈이 눈물로 흐려졌다. 리베카 듀가 그 글귀의 대부분을 그녀가 아주 좋아하는 《예법사전》에서 끄집어내 온 게 아닌가 하는 의심이 짙었지만, 그 때문에 조금이라도 성의가 덜했을 리 없으며 그 추신만큼은 리베카 듀의 애정이 넘치는 마음에서 우러나온 것임에 틀림없었다.

"리베카 듀에게 내가 언제까지나 잊지 않겠다는 것과, 해마다 여름에는 여러분을 찾아뵙겠다는 말을 꼭 전해주세요."

채티 아주머니는 울먹이며 말했다.

"앤에 대한 추억은 어떤 일이 있어도 우리에게서 영원히 사라지지 않을 거예요."

케이트 아주머니는 힘주어 말했다.

"무슨 일이 있어도."

윈디윌로즈에서 마차로 떠나는 앤이 받은 마지막 인사는 탑의 방 창문에서 미친 듯이 펄럭이는 큼지막한 하얀색 목욕 수건이었다. 그것을 흔들고 있는 사람은 리베카 듀였다.